dtv

FELICITY WHITMORE

Der Faden der Vergangenheit

DIE FRAUEN VON
Hampton Hall

ROMAN

dtv

Ausführliche Informationen über unsere Autorinnen und Autoren und ihre Bücher finden Sie unter www.dtv.de

Von Felicity Whitmore
sind bei dtv außerdem erschienen:
Das Herrenhaus im Moor (21763)
Der Klang der verborgenen Räume (21791)
Die vergessenen Stimmen von Chastle House (21816)

MIX
Papier aus verantwortungsvollen Quellen
FSC® C019821

Originalausgabe 2020

Umschlaggestaltung: Wildes Blut, Atelier für Gestaltung,
Stephanie Weischer unter Verwendung von
Bildmotiven von shutterstock.com
Satz: C.H.Beck.Media.Solutions, Nördlingen
Gesetzt aus der Aldus 10/13,5˙
Druck und Bindung: Druckerei C.H.Beck, Nördlingen
Printed in Germany · ISBN 978-3-423-21838-2

Für Elke und Willi,
Nadine und Carsten Kunz
und Birgit Ebbert

Prolog

Herbst 2017

Dan trat in das Büro der neuen Oberstaatsanwältin und hielt einen Augenblick lang überrascht die Luft an. Es war nicht ihr außerordentlich hübsches Gesicht, das ihn aus der Fassung brachte, und auch nicht die strahlenden grünen Augen und das samtene, haselnussbraune Haar, das ihre hellen Wangen umspielte. Es waren vielmehr die Sanftheit und das Verständnis, die in ihren Zügen lagen und ihn auf sonderbare Weise berührten. Instinktiv hatte er das Bedürfnis, dieses Wesen zu beschützen und sich gleichzeitig von ihm beschützen zu lassen. Noch nie zuvor hatte er etwas Derartiges erlebt. Er war kein gefühlsbetonter Mensch und immer stolz auf seine Sachlichkeit gewesen, auf die Fähigkeit, Emotionen ausblenden zu können. Das machte ihn zu einem guten Polizisten. Daher traf ihn dieser Moment auch vollkommen unvorbereitet. Wie in Zeitlupe nahm er wahr, dass sie zu ihm aufblickte. Ein zartes Lächeln breitete sich auf ihrem Gesicht aus. Sie kam um ihren Schreibtisch herum und streckte ihm die Hand entgegen. Er sah ihre geschmeidigen Bewegungen, wie die einer Tänzerin, und es gelang ihm nicht, sich diese Frau in einem Gerichtssaal vorzustellen. Er verfolgte sie mit den Augen und nahm den dezenten blumigen Duft ihres Parfüms wahr.

»Melody Stewart«, stellte sie sich vor. »Sie sind sicher Detective Inspector Daniel Rashleigh?«

Er nickte linkisch wie ein Teenager und wusste nicht, was er sagen sollte.

»Wir arbeiten also im Burford-Fall zusammen«, stellte sie fest und deutete zu dem kleinen Tisch neben der Tür, an dem zwei Stühle standen.

Dan nickte wieder und stolperte über die Kante des Teppichs, als er zum Tisch hinübergehen wollte. Was war mit ihm los? Er war vierundvierzig Jahre alt, geschieden und sah nicht zum ersten Mal eine attraktive Frau. Warum brachte Melody Stewart ihn dermaßen aus der Fassung?

Er atmete tief durch und legte seine Mappe auf den Tisch. »Ich freue mich auf die Zusammenarbeit«, sagte er schließlich. »Hier habe ich eine Aufstellung der Zeugenaussagen, die Mr Jenkins angefordert hat. Ich weiß nicht, was Sie sonst noch brauchen …«

»Das ist erst einmal ausreichend, vielen Dank.« Sie lächelte und griff nach dem Computerausdruck, den er in die Mitte des Tisches gelegt hatte. Sein Blick blieb an den langen, schlanken Fingern hängen, an dem Ehering an ihrer linken Hand. Sie fuhr fort: »Ich habe mich in den Fall eingelesen und den Eindruck gewonnen, dass Mr Jenkins allen Hinweisen nachgegangen ist. Es sind nur noch wenige offene Punkte zu klären.«

Dan nickte und sein Blick begegnete ihrem. Einen Moment lang gab es nur diese Augen. Er riss sich von dem Grün los und versuchte, sich auf ihre Fragen zu konzentrieren. Er konnte sich hinterher nur schwach an seine Antworten erinnern, aber sie schien damit zufrieden zu sein.

»Hier ist meine Telefonnummer«, sagte sie, stand auf und holte eine Visitenkarte vom Schreibtisch. Sie warf einen prüfenden Blick darauf. »Wenn es irgendwelche Neuigkeiten gibt, melden Sie sich bitte.«

Dan nahm ihr die Karte ab, einen Moment lang berührten sich ihre Finger.

»Ich bemühe mich, erreichbar zu sein.« Sie zog ganz leicht die Augenbrauen zusammen, was zwei kleine Falten auf ihrer Stirn entstehen ließ. »Aber mein Handynetz in dem alten Haus ist nicht das beste. Ich wohne übergangsweise in Abigail's Place auf dem Hampton's-Mill-Gelände, falls Sie das kennen.«

Dan sah sie überrascht an. »In der alten Villa?«

Melody Stewart lachte. Ihre Zähne waren weiß und gleichmäßig, die Lippen seidig und voll. »Ungewöhnlich, ich weiß. Ich bin tatsächlich seit fast hundertachtzig Jahren wieder die erste Bewohnerin dort. Aber es ist nur für eine kurze Zeit. Ich habe das Haus geerbt und werde es wohl verkaufen.«

»Stammen Sie denn aus der Hampton-Familie?« Ein Kribbeln breitete sich in Dan aus.

Sie nickte. »Abigail, nach der die Villa benannt ist, war eine Vorfahrin von mir.«

Plötzlich war alles ganz klar. Diese Frau berührte ihn so sehr, weil er die Ähnlichkeit zwischen ihr und Abigail gesehen hatte, ohne es sofort verstanden zu haben. Dan war mit Abigails Bild aufgewachsen. Das Porträt von Melodys Urahnin hing im Haus seiner Eltern. Das Gemälde war viel zu groß für ihr kleines Haus, aber es war das wertvollste Erbstück, das die Familie besaß. Seit Generationen wurde es weitergegeben, gemeinsam mit seiner Geschichte. Dans Vorfahre Oliver Rashleigh war vor vielen Jahren Verwalter in der Baumwollfabrik des sechsten Lords of Mahony gewesen, der mit Abigail Hampton verheiratet war. Als Oliver Abigail zum ersten Mal sah, verliebte er sich unsterblich in sie, sodass er einen Mord für sie beging. Bevor er hingerichtet wurde, schenkte Abigail ihm das wertvolle Porträt, um seine Kinder finanziell abzusichern. Dann sprang Abigail Hampton, die sechste Lady Mahony, aus lauter Verzweiflung aus dem Fenster von Abigail's Place in den Tod. Olivers Kinder hatten das Bild nie verkauft, sondern es von Generation zu Generation weitergereicht.

Dan wusste nicht, ob diese Geschichte stimmte und warum Oliver einen Mord begangen haben sollte, aber er würde das Bild immer genauso in Ehren halten, wie es seine Vorfahren getan hatten. Jetzt einer Frau gegenüberzustehen, die nicht nur eine direkte Nachkommin Abigails war, sondern ihr auch noch sehr ähnlich sah, erklärte seine emotionale Reaktion auf Melody Stewart.

Er atmete tief durch. »Ich habe davon gehört.«

»Oh«, sagte Melody und betrachtete ihn abwartend. Vermutlich kannte sie die Geschichte vom Selbstmord ihrer Ahnin ebenfalls.

Dan ging nicht weiter darauf ein und reichte ihr zum Abschied die Hand. »Ich hoffe, Sie leben sich gut ein.«

Das Lächeln, das sie ihm schenkte, begleitete ihn hinaus, und es sollte ihn bis an sein Lebensende nicht mehr loslassen.

Kapitel 1

September 1838

Abigail reckte sich und sah zu Renard, ihrer Zofe, hinüber, die auf der gegenüberliegenden Bank der Equipage saß und schlummerte. Sie musste lächeln. Renard hatte weiß Gott anstrengende Wochen hinter sich. In London hatte Abigail jeden Abend auf einem anderen Ball oder bei einer Dinnergesellschaft verbracht, hatte nachmittags Besucherinnen empfangen oder selbst ihre Aufwartung in einem der herrschaftlichen Häuser gemacht, und während der Stunden, die dann noch übrig geblieben waren, hatte sie Renard von einem Geschäft ins nächste getrieben, um sich mit den feinsten Seiden- und Leinenstoffen, Perlen, Bändern und Spitzen einzudecken. Wenn Abigail – wie in diesem Jahr – nicht nach Paris kam, erledigte sie ihre Einkäufe meist in London und besuchte bei dieser Gelegenheit alte Freundinnen und Verwandte. Renard hatte Abigail viermal am Tag beim Umkleiden helfen müssen, sie hatte dafür gesorgt, dass ihre Einkäufe in ihr Londoner Stadthaus gebracht wurden, und sich um Abigails gesamte Garderobe gekümmert. Die junge Französin hatte mehr als einmal entnervt das Gesicht verzogen, sodass Abigail sie zurechtweisen musste, obwohl sie durchaus Verständnis für die Zofe hatte. Abigail war bekannt für ihre schier unerschöpfliche Energie, und ihr war bewusst, dass andere schnell von ihrem Temperament überfordert waren. Dabei brauchte sie eine zuverlässige und loyale Begleiterin an ihrer Seite. Anthony hatte ihr von Anfang an zu einer englischen Dienerin geraten, aber Französinnen waren geschickter, was Frisuren, Kleider und andere Schönheitsdinge betraf.

Abigail beugte sich vor und lächelte, als sie an ihre baldige Heimkehr dachte. Sie freute sich darauf, ihre Söhne endlich wiederzusehen. Und Anthony. Sie runzelte die Stirn und betrachtete ihr eigenes Bild in einem der kleinen Spiegel, die als Dekoration neben den Türen der Equipage angebracht waren. Ihre haselnussbraunen Haare waren kunstvoll hochgesteckt, und einzelne gelockte Strähnen umspielten ihr blasses Gesicht. Während sie in ihre grünen Augen sah, musste sie sich eingestehen, dass ihr Mann ihr in den letzten Wochen kaum gefehlt hatte – im Gegenteil. Sie lehnte sich wieder in den weichen Sitz zurück. Abigail hatte die Tage ohne ihn genossen. Sie hatte ihre Zeit verbringen können, wie es ihr gefiel. Wenn Anthony bei ihr war, verlangte er, dass sie ihn auf Empfänge und Gesellschaften begleitete, auf denen sie sich meist zu Tode langweilte. Während er sich mit anderen Fabrikanten unterhielt und Geschäfte mit ihnen abschloss, musste Abigail sich mit den Fabrikantengattinnen in ermüdenden Gesprächen ergehen. Viel lieber hätte sie den Männern bei ihren Verhandlungen zugehört und hätte beobachtet, wie um Geld gefeilscht und Vermögen verschoben wurde. Ja, bei diesen oft hitzigen Verhandlungen musste es spannend zugehen, wohingegen die Pläusche mit den tumben Frauen für Abigail beinahe unerträglich waren.

Sie zog den Vorhang des Kutschfensters zur Seite. In der Ferne konnte sie schon die dunklen Rauchwolken sehen, die Stockmill werktags einhüllten. Die unzähligen Schornsteine der Fabriken sorgten für einen beständigen grauen Nebel über der Stadt.

Die Kutsche verlangsamte ihr Tempo, und Abigail beobachtete, wie sie auf die breite Straße Richtung Stockmill abbogen. Ein großes Fuhrwerk, beladen mit Fässern und Kisten, kam ihnen entgegen, gefolgt von zwei kleinen Equipagen und einem Zweispänner. In den letzten Jahren war Stockmill auf mehr als das Doppelte seiner Einwohnerzahl gewachsen, und man hatte viele neue Straßen in und um die Stadt herum angelegt. Während sie die neu gebaute Poststation passierten, die Abigail verriet, dass sie in wenigen Minuten die Südlodge von Hampton Hall erreichen würden, dachte sie mit Stolz daran, dass ihr Mann entscheidend zur Blüte der Stadt beitrug. Hampton's Mill war die größte Baumwollfabrik der Gegend, und Anthony beschäftigte in diesem Jahr fast achthundert Arbeiter. Zu gern würde Abigail sich mehr in die Verwaltung der Fabrik einbringen, aber sie wusste, dass Anthony das nicht dulden würde. Er war der Meinung, dass seine Ehefrau mit ihren Repräsentationspflichten und dem Haushalt schon genug zu tun habe, und hielt nichts davon, dass Frauen sich außerhalb des Hauses betätigten. Wenn sie ihm vorhielt, dass er in der Fabrik doch auch Frauen beschäftige – dort schien er also nichts gegen arbeitende Frauen einzuwenden zu haben –, entgegnete er, dass es sich bei den Arbeiterinnen nicht um Damen handele und somit ein derartiger Vergleich nicht statthaft sei.

Abigail ließ sich wieder in das Polster der Kutsche zurücksinken und dachte an die vergangenen Wochen. Sie liebte London, die Theater und Museen dort, und auch viele ihrer Freundinnen lebten in der Hauptstadt. Fünf Wochen lang war sie der Langeweile von Hampton Hall entkommen. Obwohl Anthony ihr jede Annehmlichkeit gewährte und sie mit schönen Dingen überhäufte und obwohl sie, wann immer sie wollte, die Damen der benachbarten Anwesen einladen konnte, um sich die Zeit zu vertreiben, fühlte sie sich hier oben im Norden oft einsam und von der Gesellschaft isoliert. London schien so weit entfernt. Und dieses Jahr hatte Anthony – zu Abigails großem Leidwesen – auch die Jagdgesellschaft abgesagt, die er sonst jeden Herbst in seinem Landhaus in Nordwales zu geben pflegte und auf die Abigail sich immer sehr freute. Die Wochen kurz nach ihrer Rückkehr aus London waren für Abigail normalerweise ein Trost gewesen und hatten ihr Kraft für den langen Winter gegeben, der ihr bevorstand. Doch nun würde sie sich bis zum Weihnachtsball im Dezember gedulden müssen, erst dann würden die Gästezimmer wieder mit Leben gefüllt werden, überall im Haus würde es von Menschen wimmeln und Abigail in ihrer Rolle als Gastgeberin aufgehen.

Sie fuhr mit den Händen über den hellblauen Samt des Sitzes. Fünf lange Wochen hatte Abigail auf Ebenezer und Hugo, ihre beiden Söhne, verzichten müssen, denn während ihres Aufenthalts in der Hauptstadt waren die Jungen mit der Kinderfrau in Hampton Hall geblieben. London war für Kinder zwar eine gewisse Zeit lang interessant, aber wenn alle Museen besucht waren, wurde es ihnen dort schnell langweilig. Und der Garten ihres Hauses in der Hauptstadt war lächerlich klein im Vergleich zu dem großen Park und den Wäldern von Hampton Hall.

Abigail starrte wieder aus dem Fenster auf die vertraute Straße, die sie schon hundertmal in Richtung Stockmill gefahren war. Ein altbekanntes Gefühl breitete sich in ihr aus. Es war die Erwartung von Langeweile und Beklemmung, die sie immer überfielen, wenn sie zurückkehrte. Natürlich, sie konnte es kaum erwarten, Ebenezer und Hugo wiederzusehen, und doch schien ihr Leben hier oben trist und bedeutungslos zu sein.

Es hatte schon wenige Jahre nach ihrer Hochzeit begonnen, damals, als Hugo – ihr jüngerer Sohn – gerade laufen gelernt hatte. Abigail presste die Lippen aufeinander. Sie konnte die Stimme ihrer Mutter hören, die vermutlich jetzt sagen würde, dass Abigail undankbar war. Sie hatte mit Anthony eine außerordentlich gute Partie gemacht, hatte einen Mann von Adel geheiratet, der nicht nur hoch angesehen innerhalb der Gesellschaft war, sondern auch noch über ein jährliches Einkommen von sechshunderttausend Pfund verfügte. Das war eine Summe, die ihn im ganzen Land bekannt gemacht hatte, und sie kam größtenteils aus der Baumwollfabrik, die sein Vater gegründet und die Anthony mit großem Geschick erweitert hatte.

Aber schon bald hatte sich diese entsetzliche Langeweile ausgebreitet, die Abigail nicht zu vertreiben wusste. Wie viele Bälle, Dinnergesellschaften oder Teepartys sie auch gab, wie viele Wohltätigkeitskomitees sie auch leitete, die Leere in ihr blieb und begleitete sie überallhin. Sogar nach London, auch wenn sie dort am wenigsten zu spüren war. Abigail wusste, dass ihre Rastlosigkeit aus dieser inneren Leere hervorgegangen war, sie organisierte und repräsentierte, ob in London oder Stockmill, und sie wurde dafür bewundert. Die Menschen fragten, woher sie all diese Energie nur nähme. Abigail lächelte und gab Floskeln von sich, dass es ihr Spaß mache, dass sie darin Erfüllung finde, doch in Wahrheit war ihre Umtriebigkeit nichts anderes als eine Flucht, eine Flucht vor der Eintönigkeit ihres Lebens.

Sie beugte sich gerade wieder zum Fenster der Kutsche, als ihr Blick an einem Bündel hängen blieb, das am Straßenrand lag. Sie hatten die Stadtmauer von Stockmill erreicht und mussten nun in die Straße einbiegen, die rechts an der Mauer entlanglief, um nach Hampton Hall zu gelangen. Doch Abigail schlug erschrocken an die Wand der Kutsche. Sofort drosselte der Kutscher die Pferde, bis sie schließlich zum Stehen kamen. Kurze Zeit später wurde die Tür geöffnet, und Abigail drängte sich an dem Kutscher vorbei ins Freie.

»Schauen Sie – da, Kay!« Abigail deutete auf den Lumpenhaufen am Straßenrand. Sie schlug die Hand vor den Mund, als sie erkannte, dass es sich bei dem Bündel in Wirklichkeit um eine zusammengekauerte Frau handelte, die auf der staubigen Erde lag. Sie war so abgemagert, dass ihre Wangenknochen hervortraten, und ihre Arme, die aus der zerrissenen Bluse ragten, waren kaum dicker als Besenstiele. Ihr Gesicht war aschfahl und das schmutzige, von Staub bedeckte braune Haar so verfilzt, dass man es wohl nur noch abschneiden konnte. Das, was Abigail jedoch die Tränen in die Augen trieb, was ihre Brust zusammenschnürte, war der Junge, der sich weinend an seine kraftlose und ohnmächtige Mutter schmiegte. Er trug kein Hemd, keine Schuhe oder Strümpfe, nur eine zerrissene Hose, und jede seiner Rippen war so deutlich zu sehen, als hätte Abigail ein Skelett vor sich gehabt. Die Tränen hinterließen helle Spuren auf den schmutzigen Wangen des Kindes.

»Um Himmels willen, Kay, wir müssen ihnen helfen. Sie scheinen sehr krank zu sein«, rief Abigail ihrem Kutscher zu, und sie lief zu den ärmlichen Kreaturen hinüber. »Die Frau ist vollkommen kraftlos!«

»Eure Ladyschaft, das ist eine Arbeiterin«, erwiderte Kay und deutete mit seiner Mütze, die er sich vom Kopf genommen hatte, in Richtung Stadt. »Dort drinnen sind Hunderte von ihnen, die im Rinnstein liegen und betteln.«

Abigail hatte sich zu den Hilfsbedürftigen hinabgebeugt und sah nun erschrocken auf. »Hier? In Stockmill? Hunderte von Arbeitern, die Hunger leiden?«

Kay nickte. Seine roten Locken leuchteten unter dem von Qualm verhangenen Himmel. »Leider Ma'am. Wir können ihnen nicht helfen.«

Abigail schluckte. Das hier war Stockmill, hier verhungerten keine Arbeiter! Sie lebte inzwischen seit fünfzehn Jahren in Hampton Hall, es wäre ihr doch aufgefallen, wenn es den Menschen hier so schlecht ginge. Auch wenn Abigail nur selten in die Stadt fuhr – schließlich gab es in Stockmill keine angemessenen Läden für Damen der Gesellschaft –, so fuhr sie doch beinahe täglich an den Stadtmauern entlang und die Landstraßen zu den benachbarten Anwesen hinauf und hinunter, ein Elend wie dieses wäre ihr längst aufgefallen!

»Wir müssen den Wachmann rufen, er wird die beiden in die Stadt scheuchen.« Kay ging zur Kutsche zurück und hielt ihr die Tür auf. Abigail bemerkte den Blick, den er mit Renard wechselte, die Zofe hatte ihren Kopf aus der Tür gestreckt.

»*Quelle canaille!*«, rief sie und rümpfte ihre zierliche Nase. »Madame, *vite*! Steigen Sie ein!« Sie warf einen letzten, angewiderten Blick auf Mutter und Sohn im Rinnstein und verschwand dann schnell wieder im Inneren der Kutsche.

»Ich werde die Polizei rufen«, sagte Kay, der noch immer neben der Equipage stand, die Hand am Türgriff.

»Die Polizei?« Abigail richtete sich auf. Bei ihren Worten öffneten sich die trüben Augen der Frau. Abigail erkannte die Angst darin. Sie schluckte. Noch nie hatte sie so viel Leid, Not und Sorge in einem einzigen Blick gesehen.

Die Frau schüttelte den Kopf, und Abigail merkte, wie viel Kraft es sie kostete.

»Sie darf nicht hier sein«, erklärte Kay. »Das Gesetz verbietet das Betteln außerhalb der Stadtmauern. Die Reisenden sollen nicht belästigt werden. Steigen Sie ein, Ma'am, ich werde gleich einen Boten zum Wachtmeister schicken.«

Die Augen der Frau flehten. Der Junge in ihrem Arm schluchzte leise. Abigail war plötzlich übel. Das gekochte Hühnchen und der Yorkshire Pudding, die sie am Mittag in einem Rasthaus bei Nottingham gegessen hatte, lagen ihr mit einem Mal schwer im Magen. Sie strich der Frau vorsichtig über das verfilzte Haar.

»Machen Sie sich keine Sorgen«, sagte Abigail. »Ich lasse nicht zu, dass er die Polizei ruft.«

Abigail wusste nicht, ob ihre Worte bei der Frau angekommen waren, doch die bemitleidenswerte Kreatur schloss wieder die Augen und sank zurück auf die staubige Straße. Abigails Kehle wurde eng, und auch ihr liefen nun Tränen über die Wangen. Langsam richtete sie sich auf und ging zur Kutsche zurück.

Sie sah Kay an. »Können wir ihr denn nicht helfen? Wir können sie doch nicht einfach hier liegen lassen.«

Der Kutscher senkte den Blick. »Ich schicke gleich den Boten zum Wachmann.«

»Nein«, sagte Abigail mit belegter Stimme, sie wischte sich die Tränen von der Wange, »nicht die Polizei. Wir müssen sie mitnehmen und ihnen Essen geben.«

»Wem?« Kay sah sie erschrocken an. »Eure Ladyschaft, das können wir nicht. Sie ist eine Arbeiterin, ganz offensichtlich ohne Stellung. Die sind gefährlich. Wenn wir sie mit ins Haus nehmen, wird sie uns alles stehlen, was sie in die Finger bekommt.«

Abigail warf einen Blick auf die Frau, die jetzt wieder reglos am Straßenrand lag. Der Junge hatte sich an sie geschmiegt, er war noch viel jünger als Hugo. »In ihrem Zustand? Wenn sie stehlen könnte, dann hätte sie es längst getan und läge jetzt nicht hier.«

»Wenn Sie sie mitnehmen, müssten Sie alle mitnehmen. Die Stadt ist voll von ihnen.« Der Kutscher nickte in Richtung des Stadttores.

Abigail seufzte und stieg langsam wieder in die Kutsche. Kay warf noch einen letzten Blick auf die beiden Gestalten am Wegesrand und kletterte dann eilig auf seine Kutschbank.

Abigail hörte sein Schnalzen durch das geöffnete Fenster. Die Pferde setzten sich in Bewegung. Sie betrachtete die Mutter und den Jungen, die sie gerade ihrem Schicksal überließ. Die Übelkeit verstärkte sich. Abigail atmete tief durch. Renard hatte ihren Spiegel hervorgeholt und arrangierte gerade ihre vom Schlaf zerzauste Frisur. Sie schien keinen Gedanken an diese armen Geschöpfe zu verlieren.

Da richtete Abigail sich plötzlich auf. Nein, sie würde die beiden nicht im Staub liegen lassen. Sie klopfte wieder an die Wand, und als der Kutscher wenige Sekunden später die Tür öffnete, sprang sie, schneller als es für eine Dame schicklich war, aus der Kutsche.

»Vielleicht können wir nicht alle Bettler retten, aber diese beiden schon. Wir nehmen sie mit nach Hampton Hall. Bitte, helfen Sie ihnen in die Kutsche.« Abigail lief zurück zu der Frau und ihrem Sohn. Sie waren nur wenige Schritte weitergefahren.

Kay sah Abigail skeptisch an, und einen Moment lang glaubte sie, er würde sich ihrer Anordnung widersetzen, doch dann nickte er, wandte sich um und bat einen vorbeieilenden Jungen, ihm mit den beiden zu helfen.

»Eure Ladyschaft, wir haben zurzeit genug Probleme.« Mrs Alison rang die Hände und warf den beiden ausgezehrten Gestalten auf dem Bett einen misstrauischen Blick zu.

Als sie Hampton Hall erreicht hatten, hatte die Dienerschaft bereits vor dem Haus gestanden, um Abigail zu begrüßen. Die Haushälterin Mrs Alison, die Abigail aus ihrem Elternhaus mitgebracht hatte und die für sie eher eine Mutter als eine Dienerin war, hatte sofort das Kommando übernommen und die beiden abgemagerten Kreaturen in eine Kammer neben der Küche bringen lassen. Abigail ließ nach Doktor Smith schicken und eine Suppe und Brot für die beiden Kranken zubereiten.

Jetzt stand sie in dem schmalen Zimmer, sah in das frisch entzündete Feuer und spürte mit einem Mal die Müdigkeit, die sie wie eine Welle überkam. Mühsam wandte sie den Blick von den züngelnden Flammen auf ihre Haushälterin. »Probleme? Was meinen Sie damit?«

Mrs Alison hob die Augenbrauen und deutete auf den Holzstuhl, der neben dem Kamin stand.

Nachdem Abigail Platz genommen hatte, sagte Mrs Alison: »Lord Mahony ist vor einer Woche in den Süden aufgebrochen. Er fühlte sich gesundheitlich nicht in bester Verfassung, und Lord George ist gekommen, um die Angelegenheiten der Fabrik in seiner Abwesenheit zu übernehmen.«

Abigail sprang auf. »Anthony ist verreist? Aber das ist unmöglich. Er hat mir doch letzte Woche erst geschrieben, er freue sich auf meine Rückkehr.«

Mrs Alison, deren graue Haare wie immer in einem strengen Knoten zusammengefasst waren, zuckte mit den Schultern. »Vermutlich wollte er Sie nicht beunruhigen. Es scheint nur eine Art Erholungsaufenthalt zu sein. Sicherlich plant er, in Kürze zurückzukehren. Er hat Ihnen einen Brief hiergelassen. Er liegt in Ihrem Zimmer.«

Abigail schüttelte den Kopf. Das sah ihrem Mann nicht ähnlich. Auch wenn sie sich in den letzten Wochen nicht täglich geschrieben hatten, so doch regelmäßig, und Anthony hätte seine Reisepläne bestimmt erwähnt. Verunsichert warf sie einen letzten Blick auf die Frau und ihren Sohn, die auf dem Bett lagen und tief schliefen. Dann ging sie zur Tür.

»Bitte, sorgen Sie dafür, dass sie etwas zu essen bekommen, und wenn Doktor Smith da ist, soll er, sobald er hier fertig ist, bei mir vorbeikommen.«

Während Abigail die Treppe hinaufstieg, die von der Küche nach oben führte, versuchte sie, sich den Inhalt von

Anthonys letztem Brief ins Gedächtnis zu rufen. Es waren belanglose Dinge gewesen, worüber er geschrieben hatte – dass der Gärtner im Terrassengarten neue Buchsbaumfiguren geschnitten hatte, dass Anthony darüber nachdachte, ein neues Klingelsystem für die Dienstboten einzuführen, und noch weitere Punkte, an die sich Abigail schon kaum mehr erinnern konnte.

Sie öffnete die mit rotem Filz bezogene Schwingtür und trat aus dem Dienstbotentrakt in den Flur, der zur großen Halle führte. Sie nahm den vertrauten Geruch des Hauses nach Holz, Rauch, Blumen und Bohnerwachs wahr. Nichts hatte sich während ihrer Abwesenheit verändert. Vor dem großen Kamin in der Halle standen das Sofa und daneben der jahrhundertealte Sessel. Ein roter Teppich bedeckte die Holzdielen. Auf dem Tisch in der Ecke stand ein Blumenstrauß. Paravents waren hinter dem Sofa und neben der Treppe aufgestellt und ließen den riesigen Raum gemütlicher erscheinen, um den auf Höhe der ersten Etage eine imposante Galerie verlief. Ein Teppich mit kunstvollem Muster führte die Treppe hinauf, die Abigail nun hastig erklomm.

Als sie auf dem ersten Treppenabsatz angekommen war, hörte sie die Stimmen ihrer Söhne, die von ihrer Ankunft erfahren haben mussten. Gleich darauf tauchten die beiden braunhaarigen Köpfe vor ihr auf. Ebenezer war schneller als sein sechs Jahre jüngerer Bruder Hugo und warf sich sofort in Abigails Arme. Sie lachte und hielt sich mit der freien Hand am Geländer fest.

Der Vierzehnjährige schien während der letzten fünf Wochen schon wieder gewachsen zu sein, er überragte Abigail inzwischen um fast einen Kopf und wirkte beinahe erwachsen. Hoffentlich passten ihm die neuen Hosen und Röcke, die sie in London für ihn hatte schneidern lassen.

Jetzt hatte auch Hugo sie erreicht und drückte sich fest an seine Mutter. Während Abigail den geliebten Duft ihrer Söhne einsog, dachte sie wieder an den weinenden Jungen auf der Straße, der sich an seine dürre Mutter geklammert hatte. Was für ein Glück hatten Ebenezer und Hugo, in diesem reichen Haus geboren worden zu sein! Wie schrecklich musste es für eine Mutter sein, ihrem Sohn beim Hungern zusehen zu müssen, selbst zu schwach, um ihn versorgen zu können.

Abigail küsste Hugo aufs Haar und drückte ihn und Ebenezer fest an sich. Tränen standen ihr in den Augen. Sie würde alles tun, um Ebenezer und Hugo zu schützen. Sie war unendlich glücklich darüber, diese zwei gesunden, reizenden Kinder geschenkt bekommen zu haben. Während sie den aufgeregten Schilderungen ihrer Söhne lauschte, die ihr von ihren Abenteuern in den letzten Wochen erzählten, genoss sie ihre Nähe und ihre Liebe. Dann versprach sie, gleich in ihr Spielzimmer zu kommen, sobald sie sich etwas ausgeruht habe.

Als sie in ihren eigenen Räumen angekommen war, schickte sie das Hausmädchen fort, das gerade dabei war, Abigails Reisetruhe und Taschen auszuräumen. Dann trat sie an den Frisiertisch.

An einer Vase mit frischen Rosen lehnte der Brief von Anthony. Sie runzelte die Stirn. Wenn ihr Mann bereits vor einer Woche abgereist war, hätte er ihr den Brief nach London schicken können, er hätte sie auf jeden Fall dort noch erreicht.

Sie ließ sich auf den mit heller Seide bezogenen Sessel

fallen, der vor dem Tisch stand, und brach das Siegel auf. Nachdem sie den Bogen entfaltet hatte, las sie die wenigen Sätze, die Anthony ihr geschrieben hatte.

Liebe Abigail,
ich fühle mich ermattet und gesundheitlich angeschlagen. Nichts Ernstes, du brauchst dich nicht zu sorgen. Aber aus diesem Grunde und auf Anraten von Doktor Smith begebe ich mich für eine Weile in den Süden an die Küste, um mich in einem Sanatorium dem Müßiggang zu widmen. Danach werde ich dich gestärkt wieder in die Arme schließen können.
Die Leitung von Hampton's Mill und die Verwaltung des Anwesens habe ich solange in Georges Hände gelegt.
Ich hoffe, du hattest eine schöne Zeit in London, und freue mich, dich bald gesund wiederzusehen.
In Liebe,
Anthony

Abigail ließ den Brief sinken und starrte aus dem Fenster. In der Ferne sah sie die dunklen Rauchwolken über den Schornsteinen der Baumwollfabriken. Vor ihr erstreckte sich der weitläufige Garten von Hampton Hall. Anthonys Verhalten war merkwürdig. Diese übereilte Abreise ergab keinen Sinn. Weshalb hatte er nicht ein paar Tage warten können, um Abigail noch zu sehen? Es wirkte beinahe so, als hätte er ihr Zusammentreffen absichtlich vermeiden wollen. Aber warum? Sie hätte ihn begleiten können, eine gemeinsame Auszeit hätte ihnen beiden gutgetan.

Abigail stand auf und durchquerte den großen Raum.

Sie warf ihre Handschuhe aufs Bett und wollte gerade nach Renard läuten, als sie innehielt. Oder war es genau das, worum es Anthony ging? Er wollte eine Begegnung mit Abigail vermeiden, um der möglichen Bitte zu entkommen, dass sie ihn begleiten durfte? Hatte er allein verreisen wollen? Anthony hatte Abigail noch nie einen Wunsch abschlagen können, und wenn sie ihn bekniet hätte, dann hätte er es ihr bestimmt gestattet. Aber wieso würde Anthony ihre Begleitung nicht wollen? War er wirklich aus gesundheitlichen Gründen in den Süden gereist, oder steckte etwas anderes dahinter? Eine Frau etwa? Abigail wurde plötzlich kalt. Sie stand wie erstarrt vor ihrem Bett. Sie wusste, dass die meisten verheirateten Männer es heutzutage mit der Treue nicht so genau nahmen, viele hatten Mätressen. Abigail machte sich nichts vor, sie ahnte, dass auch Anthony da keine Ausnahme war. Ihre Ehe war nicht aus Liebe geschlossen worden, es war eine Verbindung, die ihre Väter arrangiert hatten. Aber selbst wenn Anthony nie sonderlich liebevoll war, hätte Abigail es schlechter treffen können. Ihr Ehemann war diskret, er hatte keine Geliebten in der Dienerschaft – zumindest wusste Abigail nichts davon. Sie hätte es nur schwer ertragen können, wenn sie sich die Gunst ihres Mannes mit einer ihrer Angestellten hätte teilen müssen. Und doch vermutete sie, dass er, wenn er allein verreiste, von Zeit zu Zeit andere Frauen traf. Abigail konnte es spüren, wenn er sie betrogen hatte. Es waren nur kleine Anzeichen, aber deutlich genug für sie: Wenn er nach seiner Rückkehr ihren Blicken auswich, sich in seine Zimmer zurückzog und geistig abwesend war. Oft stand er dann stundenlang am Fenster und starrte hinaus. Abigail hatte sich früher nichts dabei gedacht, bis sie zufällig einen Brief gefunden hatte, dessen Inhalt eindeutig gewesen war. Sie hatte Anthony zur Rede gestellt, und er hatte das Verhältnis unumwunden zugegeben. Ja, er war der Meinung, als Mann ein Recht dazu zu haben. Abigail hatte monatelang nur das Nötigste mit ihm gesprochen, bis sie sich endlich mit ihren Freundinnen ausgesprochen und erfahren hatte, dass es ihnen allen nicht anders erging. Also hatte sie sich in ihr Schicksal gefügt, was hätte sie auch anderes tun sollen? Anthony war ihr Mann, er sorgte gut für sie, sicherte ihr eine angesehene Position in der Gesellschaft und stellte sie wenigstens nicht vor ihren Angestellten oder gar seinen Freunden bloß, indem er bei seinen außerehelichen Affären äußerst diskret vorging. Abigail hatte nie wieder einen Brief oder andere Spuren gefunden, und doch merkte sie es fortan, wenn er mit einer anderen Frau zusammen gewesen war.

Abigail streckte sich. Das lange Sitzen in der Kutsche war anstrengend gewesen. Wenn sie nur wüsste, ob Anthony wirklich gesundheitlich angeschlagen oder ob er mit einer anderen Frau verreist war.

Als Renard plötzlich im Zimmer stand, fuhr sie erschrocken zusammen. Sie war so in Gedanken versunken gewesen, dass sie ihr leises Klopfen überhört hatte.

»*Le docteur,* Madame. Er erwartet Sie in Ihrem Salon.« Renard deutete auf die linke Tür aus schwarzem Ebenholz, als könnte Abigail vergessen haben, dass es dort in ihren privaten Salon ging. »Soll ich Ihnen Tee bringen lassen?«

»Ja, bitte.« Abigails Schritte klangen dumpf auf dem teuren Teppich. »Und anschließend möchte ich mich umkleiden.«

Abigail sehnte sich danach, ihr Reisekleid abzulegen, das vom Staub der englischen Landstraßen bedeckt war. Aber zuerst musste sie mit dem Arzt sprechen.

Als sie ihren Salon betrat, stand Doktor Smith vor dem Kamin und starrte in das Feuer, das die Diener bei Abigails Ankunft entzündet haben mussten. Einen Moment lang betrachtete sie die gebückte Gestalt des Arztes, seinen kahlen Hinterkopf, den eleganten Gehrock. Hoffentlich konnte er ihr mehr über Anthonys überraschende Reise sagen.

»Doktor Smith?« Sie trat auf ihn zu.

Der Arzt drehte sich um. Er ergriff ihre Hand und hauchte einen Kuss darauf.

»Bitte, nehmen Sie Platz.« Abigail deutete auf das große Sofa, das mit dunkelgrünem Samt bezogen war. Sie selbst setzte sich in den zierlichen Sessel gegenüber.

Die Augen des Arztes ruhten auf ihr. Er lächelte. »Wie geht es Ihnen? Sie wirken müde.«

Abigail nickte. »Die Fahrt war anstrengend und dann der Schrecken über die armen Geschöpfe, die wir vor der Stadtmauer gefunden haben … Wie steht es um sie?«

Doktor Smith holte tief Luft. »Ich habe ihnen ein Stärkungsmittel verabreicht und der Küchenmagd aufgetragen, ihnen regelmäßig Suppe und Wein zu geben. Sie haben sicher seit Tagen nichts Anständiges mehr gegessen. Nun müssen sie wieder zu Kräften kommen.«

Abigail strich über den braunen Leinenstoff ihres Reisekleides. Seit sie die Frau gefunden und ihren entkräfteten Jungen gesehen hatte, war etwas in ihr in Aufruhr geraten. Sie wusste es nicht genau zu benennen, aber mit einem Mal schämte sie sich – wegen ihrer Unwissenheit. Sie musste mehr über die Menschen hinter der Stadtmauer erfahren. Also fragte sie: »Wie ist das möglich? Wie kann es sein, dass eine Frau und ein Junge so ausgezehrt sind? Greifen in diesem Fall denn unsere Armengesetze nicht?«

Doktor Smith lehnte sich zurück. »Das Geld reicht bei Weitem nicht aus, um all die Hungernden zu unterstützen. Die Armenhäuser sind überfüllt.«

Abigail sah den Arzt erschrocken an. »Sind es denn so viele?«

Er nickte. Seine Hände lagen gefaltet in seinem Schoß. »Die Not in den Städten wird leider von Jahr zu Jahr größer. Die Politiker müssen nach Lösungen suchen. Ich kann Ihnen nur raten, Eure Ladyschaft, die Frau und den Jungen schnell wieder aus dem Haus zu schaffen und anschließend alles gut auszuräuchern.«

»Was?« Abigail schüttelte verwundert den Kopf. »Aber Sie sagen doch, die Not wird größer. Und dass die beiden zu Kräften kommen müssen. Wie kann ich sie in diesem Fall ihrem Schicksal überlassen?«

Der Arzt zog unbehaglich die Schultern hoch. »Eure Ladyschaft, ganz Stockmill ist voller Kreaturen wie diesen. Und nicht nur Stockmill. Auch in Manchester, Blackpool, London oder Leeds sieht es nicht besser aus.«

Der Arzt hielt inne, als das Hausmädchen den Tee brachte. Nancy knickste und stellte die Silberkanne vor ihre Herrin auf den Ebenholztisch. Dann verteilte sie die Tassen und den Teekuchen.

Abigail rührte den Tee und goss ihn durch das feine Silbersieb in die beiden Tassen aus chinesischem Porzellan. Der würzige Geruch des Assamtees stieg ihr in die Nase. Sie betrachtete den Dampf, der aus dem heißen Getränk kam.

Nachdem sie beide Sahne in den Tee gegeben und ihn

gekostet hatten, fuhr Doktor Smith fort: »Sie können diese Geschöpfe nicht alle retten. Und Sie sollten einen großen Bogen um die Armen machen. Sie sind unsauber, Krankheiten und Seuchen brechen immer wieder in den Arbeitervierteln aus. Recht und Gesetz kennen diese Menschen nicht. Besonders schlimm sind die Irländer. Sie sind brutal und gewalttätig. Und sie ziehen unsere englischen Arbeiter mit in den Strudel der Kriminalität.«

Abigail starrte in ihren Tee. Nachdenklich trank sie einen weiteren Schluck. Dann stellte sie die Tasse ab. »Wie ist es möglich, dass ich bislang so wenig von diesem Elend gesehen habe? Wenn Ihre Worte stimmen, und ich zweifle nicht daran, hätte ich dann nicht viel mehr davon mitbekommen müssen?«

»Es wird darauf geachtet, dass die rechtschaffene Gesellschaft nicht belästigt wird. Die Straßen der Armen sind versteckt. Wenn Sie nicht wissen, wo Sie danach suchen müssen, finden Sie sie nicht.« Doktor Smith lehnte sich zurück und nahm ebenfalls noch einen Schluck Tee.

»Aber wenn es wirklich so viele sind …?« Abigails Blick wanderte zum Fenster. Am Ende des Parks von Hampton Hall lag ihre Fabrik Hampton's Mill. Und dahinter begann die Arbeitersiedlung, kaum drei Meilen von Abigails Salon entfernt. Hatte sie all das Leid nicht sehen wollen? Plötzlich kam sie sich unendlich dumm und naiv vor.

»Es gibt viele dieser Straßen, Eure Ladyschaft. Aber Sie sollten sich Ihren Kopf nicht darüber zerbrechen. Das sollen die hohen Herren im Parlament tun. Ihr Mann gibt den Menschen Arbeit, er tut genug für sie.«

Abigail sah den Arzt an. »Vermutlich«, sagte sie nachdenklich.

»Soll ich dem Diener auftragen, die Frau und den Jungen zurück in ihr Cottage zu bringen?«, fragte Doktor Smith und nahm sich ein Stück Kuchen.

Abigail schüttelte den Kopf. »Sie sollen ruhig noch ein wenig hierbleiben und sich erholen. Ich werde sie zurückbringen lassen, wenn es ihnen besser geht.«

Doktor Smith legte die Stirn in Falten. »Als Ihr Arzt muss ich Ihnen entschieden davon abraten. Denken Sie an Ihre Kinder. Der Junge hat am ganzen Körper Skrofeln und außerdem Rachitis. Nicht auszudenken, was für gefährliche Erreger er mit sich herumträgt. Und die Frau ebenso.«

Abigail dachte an Hugo und Ebenezer. Sie würde sie niemals in unnötige Gefahr bringen. Und doch war es gerade der Gedanke an ihre Söhne, der es ihr unmöglich machte, den Jungen und seine Mutter wegzuschicken. »Ich werde aufpassen, aber wie kann ich meine Söhne Nächstenliebe lehren, wenn ich diese Menschen, die unsere Hilfe nötiger haben als jeder andere, abweise? Nein, Doktor Smith, ich muss den beiden helfen.«

Der Arzt schüttelte den Kopf. »Krankheiten können über Dritte weitergegeben werden. Sie selbst könnten zum Überträger werden. Bitte, Ma'am, Sie können sie nicht retten.«

Abigail stand auf. Sie trat ans Fenster und sah in den Garten hinaus. Ein feiner Nieselregen hatte eingesetzt und einen dunstigen Schleier über den Rasen und die Beete gelegt. Sie drehte sich zu Doktor Smith um. »Ich schäme mich, dass ich bislang nicht mehr von dem Elend bemerkt habe. Schauen Sie mich an. Ich organisiere Wohltätigkeitsfeste, auf denen getanzt, gegessen und getrunken wird.

Und anschließend, wenn alle mit vollen Bäuchen in ihren warmen Betten liegen, beweihräuchern wir uns gegenseitig, so viel Gutes getan zu haben.«

Doktor Smith lächelte sie an. »Zu Recht, Eure Ladyschaft. Ihre Wohltätigkeitsbälle sind legendär.«

Abigail sah ihn entsetzt an. Er hatte nicht verstanden, was sie ihm sagen wollte. »Es geht dabei doch gar nicht um die Armen. Es geht um uns. Die Armen sind für uns nur ein Vorwand, um zusammenzukommen und zu feiern. Wir amüsieren uns auf diesen Wohltätigkeitsveranstaltungen und versuchen uns gegenseitig zu übertreffen, was unsere Güte und Großzügigkeit angeht. Aber wenn wir einem Geschöpf begegnen, das Hilfe braucht, wenden wir uns angewidert ab und scheuchen es hinter die Stadtmauern zurück, damit wir seinen Anblick nicht ertragen müssen.« Abigail sah wieder die Bilder der Frau und ihres Jungen vor sich.

»Aber Eure Ladyschaft …!« Der Arzt stellte seine Tasse ab und stand auf. »Sie tun so viel für diese Menschen.«

Abigail hob die Hand, und der Arzt schwieg.

Sie fragte mehr sich selbst als Doktor Smith: »Wie kann ich jemals wieder zufrieden mit meinen Veranstaltungen und anderen Unternehmungen sein, wenn es gleichzeitig Hunderte von Menschen wie diese Frau und ihren Jungen gibt, die kaum drei Meilen entfernt im Rinnstein verhungern?«

Der Arzt sah sie unsicher an. »Eure Ladyschaft, es kann nicht Ihre Aufgabe sein, die Armen zu retten. Sie können das Leid so vieler Menschen nicht mindern.«

Abigail schüttelte den Kopf. Sie setzte sich auf den zierlichen Sessel und wartete, bis der Arzt auch wieder Platz genommen hatte.

»Die Frau und ihr Junge bleiben vorerst hier«, sagte sie dann entschlossen. »Bitte kommen Sie morgen wieder, um nach ihnen zu sehen. Sollte es einem von ihnen schlechter gehen, schicke ich schon früher nach Ihnen.«

Doktor Smith nickte und nestelte an der goldenen Taschenuhr, die in seiner Weste steckte.

Um ihn am Aufbrechen zu hindern, sagte Abigail schnell: »Kommen wir zu einem anderen Thema, das mich beschäftigt.« Sie trank einen Schluck Tee, bevor sie sich der delikaten Frage zuwandte. »Ich war sehr … überrascht, als ich von der plötzlichen Reise meines Mannes erfuhr.«

Doktor Smith legte die Fingerspitzen aneinander und sah Abigail an. Er machte keine Anstalten, etwas zu erwidern.

Also sprach Abigail weiter: »Mich wundert besonders, dass er mir keine Nachricht in London zukommen ließ. Ich habe erst vorhin davon erfahren, als ich in Hampton Hall eingetroffen bin.«

Doktor Smith schwieg weiter, während er Abigail mit leicht gesenktem Blick betrachtete.

»Doktor Smith, können Sie mir über Anthonys gesundheitlichen Zustand Auskunft geben? Ich hatte nie das Gefühl, dass er von schwacher Konstitution sei.« Abigail spürte die Wärme, die vom Kaminfeuer ausging. Ihr war plötzlich heiß.

Doktor Smith stieß einen Seufzer aus. »Leider darf ich Ihnen nichts darüber sagen. Ihr Mann hat ausdrücklich darauf bestanden, dass ich mit niemandem spreche. Diesen Wunsch muss ich natürlich respektieren.«

»Selbstverständlich.« Abigail zögerte. »Aber ich mache mir Sorgen. Es ist ganz und gar ungewöhnlich für Lord

Mahony, einfach zu verreisen, ohne mich vorher darüber zu informieren.«

Doktor Smith nickte.

»Daher wäre es eine Erleichterung für mich, wenn Sie mir wenigstens sagen könnten, ob ein Grund zur Beunruhigung besteht.« Abigail schenkte dem Arzt Tee nach. Vielleicht konnte sie wenigstens erfahren, ob Anthony tatsächlich aus gesundheitlichen Gründen verreist war.

Doch die Antwort des Arztes ließ sie weiter im Unklaren. Nachdem er sich umständlich geräuspert hatte, erklärte er: »Eure Ladyschaft, es besteht kein Grund zur Besorgnis. Ein paar Wochen Ruhe und Ihr Mann wird frisch und erholt wieder bei Ihnen sein.«

Abigail richtete sich nachdenklich auf, doch bevor sie weiter nachfragen konnte, warf der Arzt einen Blick auf seine goldene Taschenuhr.

»Oje, schon so spät. Ich muss weiter, fürchte ich. Ich werde morgen früh herkommen und nach der Patientin und ihrem Sohn sehen. Ich danke Ihnen für den Tee.« Er blickte auf die frisch gefüllte Tasse und lächelte Abigail an. »Und machen Sie sich keine Sorgen um Seine Lordschaft. Ich wünsche Ihnen noch einen angenehmen Nachmittag.«

Doktor Smith verneigte sich und verließ das Zimmer. Abigail blickte nachdenklich auf die Tür, die er hinter sich geschlossen hatte. Der heiße Tee dampfte in der Tasse. Der plötzliche Aufbruch des Arztes hatte etwas von einer Flucht an sich. Abigail griff nach ihrer Tasse und trank in kleinen Schlucken. Dann stand sie auf und ging hinunter in die Küche. Sie wollte noch einmal nach der Frau und ihrem Sohn sehen, sich umziehen und dann den Nachmittag mit Ebenezer und Hugo verbringen.

Als Abigail in die Kammer neben der Küche trat, hatte die Frau die Augen geöffnet und nippte an einer Tasse Suppe. Der Junge schlief neben ihr. Noch nie hatte Abigail so ausgezehrte Gestalten gesehen. Die Augen der Frau wirkten riesig in dem eingefallenen Gesicht, die Hautfarbe war mehr grau als rosig, und sie trug noch immer die zerrissene Kleidung, in der Abigail sie gefunden hatte.

Als die Frau sie sah, stellte sie die Tasse hastig auf den Steinboden.

»Bitte«, Abigail griff nach dem Holzstuhl und stellte ihn neben das niedrige Bett, »lassen Sie sich von mir nicht stören. Sie müssen wieder zu Kräften kommen. Essen Sie!« Sie lächelte ihr aufmunternd zu und deutete auf die Suppentasse.

Zögernd griff die Frau wieder danach. Abigail fielen die Knochen auf, die sich deutlich unter der schlaffen blassen Haut abzeichneten.

»Wie ist Ihr Name?«, fragte sie, während sie auf dem Stuhl Platz nahm.

»Nelly. Nelly Brixton, Ma'am.« Sie trank einen Schluck Suppe, ohne Abigail aus den Augen zu lassen.

Sie erinnerte Abigail an ein ängstliches Reh, jederzeit zur Flucht bereit.

Eine Weile lang sagte keine der beiden ein Wort. Abigail rieb sich die Augen. Sie war müde. Der Tag war lang gewesen und hatte viele Überraschungen für sie bereitgehalten. Ihr Blick wanderte zu dem dürren Jungen, dessen Brust sich unter seinen Atemzügen hob und senkte. Er wirkte so hilflos und verletzbar.

Abigail stand auf und beugte sich über Mutter und Kind. Sie zog die Decke höher und deckte ihn fest zu, wie sie es auch bei Ebenezer und Hugo tat, wenn sie ihnen eine gute Nacht wünschte.

»Ich werde Ihnen und Ihrem Jungen Kleidung bringen lassen«, sagte sie zu Nelly. »Meine Söhne können Etliches entbehren. Und ich bin sicher, dass ich auch das ein oder andere Kleid für Sie habe.«

»Nein, Ma'am. Ich habe kein Geld, ich …«

»Aber nicht doch«, wehrte Abigail ab, »ich möchte kein Geld von Ihnen haben. Ich schenke Ihnen die Kleidung.«

Die Frau sah sie einen Moment lang an. Dann fragte sie mit leiser Stimme, als fürchtete sie sich vor der Antwort: »Warum tun Sie das?«

Abigail erschrak, als ihr klar wurde, dass dieser Frau bisher keine Hilfsbereitschaft widerfahren sein konnte. Sie schluckte die Tränen hinunter, die plötzlich in ihr aufstiegen. Dann räusperte sie sich.

»Ich habe mehr Kleider, als ich jemals tragen kann«, sagte sie. »Wenn ich mich mit einem Abendkleid einmal in der Gesellschaft gezeigt habe, gebe ich es weg, denn es schickt sich nicht, zweimal im selben Kleid auszugehen. Sie hingegen haben nicht einmal ein einziges ordentliches Kleid, das Sie wärmt.« Abigail presste die Lippen fest aufeinander. Sie schämte sich so sehr für ihre Verschwendungssucht, zu der sie erzogen worden war.

»Eure Ladyschaft, warum haben Sie mich mitgenommen?«

Abigail hielt inne. Statt eine Antwort zu geben, fragte sie: »Hat Ihr Sohn auch schon gegessen?«

Nelly nickte.

Abigail stand auf. Die Kammer war klein, aber trocken und warm. Früher hatte die Köchin hier gewohnt, das war zu Zeiten von Anthonys Großeltern gewesen. Heute wohnte die Köchin mit den anderen Dienstboten oben unter dem Dach. Nur Mrs Alison und Mr Tucker, der Butler, hatten eigene Räume hier unten.

Abigail strich gedankenverloren über die alte Steinwand der Kammer. »Es war Ihr Sohn ... Sie waren ... sind so schwach, und ich dachte, Sie würden sterben. Und Ihr Sohn hat um Sie geweint. Ich habe an meinen Sohn Hugo gedacht, kaum älter als Ihrer. Da konnte ich Sie nicht dort liegen lassen. Auf der Straße. Ich glaube, Sie wären verhungert.«

»Bitte, rufen Sie nicht die Polizei, Eure Ladyschaft.«

Abigail nahm Nelly die Tasse ab und reichte ihr das Stück Brot, das die Köchin auf den Tisch gelegt hatte. »Sie haben Angst, ich könnte mich beschweren, weil Sie vor dem Stadttor waren, um zu ... betteln?«

Nelly sah Abigail mit ihren großen, dunklen Augen ängstlich an.

»Nicht dort. Nicht vor der Stadt.« Die Frau schüttelte den Kopf und ließ sich in die Kissen zurücksinken. »Dort gibt uns niemand was.«

»Haben Sie keine Arbeit?«

Nelly schloss die Augen. »Schon seit dem letzten Winter nicht mehr. Viele von uns haben keine Arbeit, Eure Ladyschaft.«

Abigail trat ans Fenster. Sie starrte in den schmucklosen Hinterhof. Jetzt erinnerte sie sich daran, dass sie Anthony im Frühjahr mit seinem Verwalter über eine Handelskrise hatte sprechen hören. Damals hatte sie der Sache keine besondere Aufmerksamkeit geschenkt. Anthony hielt alles Geschäftliche von ihr fern, versorgte sie aber stets mit sämtlichem Luxus, den sie sich wünschen konnte. Eine Handelskrise fiel in Hampton Hall nicht groß auf. Das Leben ging seinen gewohnten Gang.

»Wo haben Sie gearbeitet, Nelly? In Hampton's Mill?« Abigail beobachtete ein paar Spatzen, die im Hof umherhüpften.

»Nein, bei Uman's. Mein Mann und mein Sohn waren auch dort. Wir haben alle unsere Arbeit verloren. Nur unsere beiden Töchter werden noch beschäftigt, bei Hampton's Mill. Aber das, was sie bekommen, reicht bei Weitem nicht.« Nellys Stimme klang müde.

»Ihr Mann wird sich Sorgen um Sie machen«, erwiderte Abigail. Sie drehte sich um und sah Nelly an.

Die schüttelte mit geschlossenen Augen den Kopf. »Er ist gestorben. Letzte Woche. Hatte keine Kraft mehr.«

Abigail starrte die Frau an, die ebenfalls nicht weit entfernt vom Tod zu sein schien. Wenn sie Nelly heute nicht mitgenommen hätte, wäre sie jetzt vermutlich nicht mehr am Leben. Abigail schluckte. »Und Ihre Töchter?«

»Sie sind besser ohne uns dran«, flüsterte Nelly, die das Gespräch sehr anzustrengen schien. »Deshalb sind wir vor die Stadt gegangen, Ben und ich. Wir wollten in den Wald, um dort zu sterben. Die Mädchen sollten uns nicht finden, sie haben genug Kummer. Aber wir hatten keine Kraft mehr. Haben es nicht geschafft.«

Abigail wandte sich ab, um die Tränen zu verbergen, die ihr über die Wangen liefen. Sie hatte keine Vorstellung vom Leid dieser Frau. Als sie sich wieder umdrehte, schüttelte Nelly mit letzter Kraft den Kopf.

Abigail trat zu ihr und legte ihr die Hand auf den Arm. »Es tut mir unsagbar leid, dass Sie so viel Not ertragen mussten. Ich werde Ihnen helfen. Wie heißen Ihre Töchter?«

»Margaret und Frances«, flüsterte Nelly.

»Schlafen Sie jetzt. Ich werde meine Zofe beauftragen, Ihnen Kleidung herauszusuchen, die Sie besser wärmt als das, was Sie tragen. Auch für Ihren Sohn. Ich verspreche Ihnen, ich werde Ihnen helfen.«

Abigail wollte nicht nur Nelly und ihrem Sohn Ben helfen. Auf einmal wusste sie, dass sie mehr tun musste. Ihre Wohltätigkeitsveranstaltungen gehörten der Vergangenheit an. Sie würde sich von nun an wirklich um das Wohl der Armen kümmern. Zuallererst würde sie sich einen Eindruck von dem Leben der Arbeiter verschaffen, die ganz in ihrer Nähe zu verhungern drohten, während Abigail im Luxus lebte.

An diesem Nachmittag schaffte Abigail es jedoch nicht mehr, zur Fabrik hinunterzugehen. Nachdem sie zwei Stunden mit ihren Söhnen verbracht, mit ihnen gespielt, ihnen vorgelesen und Tee mit ihnen getrunken hatte, stand plötzlich ihr Schwager George in der Tür des Spielzimmers. In der Hoffnung, von ihm vielleicht mehr über Anthonys mysteriöses Verschwinden zu erfahren, willigte sie ein, ihn zu einem Abendessen bei den Umans zu begleiten, die auf dem benachbarten Anwesen lebten. Weder Abigail noch Anthony mochten diese Familie besonders gern, sie waren in ihren Umgangsformen eher gewöhnlich, und man merkte ihnen deutlich an, dass sie erst vor Kurzem in den Besitz von Geld gelangt waren. Normalerweise würden sich Lord und Lady Mahony niemals mit Fabrikanten abgeben, die nicht von Geburt an ihrer gesellschaftlichen Schicht angehörten, doch da die Umans die zweitgrößte Baumwollfabrik in Stockmill betrieben, meinte Anthony, dass ein freundschaftlicher Umgang unerlässlich sei. Dabei zeigte Mr Uman immer wieder unverhohlenes Interesse an Hampton's Mill und spielte gern auf eine Übernahme an, obwohl Anthony ihm wiederholt versichert hatte, die Baumwollfabrik nicht verkaufen zu wollen.

Während Abigail sich von Renard in die Unterröcke helfen ließ, war sie also nicht gerade begeistert darüber, dass sie den Abend bei den Umans verbringen würde. Hinzu kam, dass sie ihren Schwager George nicht ausstehen konnte, was sie Anthony gegenüber niemals erwähnt hätte, der seinen Bruder sehr bewunderte. In Abigails Augen war George ein Müßiggänger, der im Gegensatz zu seinem Bruder – der die vom Vater gegründete Baumwollfabrik mit viel Fleiß vorantrieb – den unterschiedlichsten Vergnügungen zugetan war. George flirtete gern und machte auch bei Abigail keine Ausnahme. Mehr als einmal hatte sie sich in der Gesellschaft ihres Schwagers unwohl gefühlt, Anthony schien das jedoch nicht zu bemerken.

Sie seufzte, während sie in die Knie ging und die Arme nach oben streckte, damit die Zofe ihr das hellgrüne Brokatkleid über den Kopf stülpen konnte. Heute Abend würde sie ihrem Schwager hilflos ausgeliefert sein und noch dazu der tumben Unterhaltung mit den Umans. Sie konnte nur hoffen, dass Anthony bald wieder zurück war und ihr weitere dieser Abende erspart blieben. Außerdem war sie in Sorge wegen Nelly.

Als sie in der Kutsche saßen, die sie zu den Umans brachte, fragte Abigail George nach seinem Bruder. Doch sie erfuhr nichts Neues. Anthony habe sich überarbeitet und gesundheitlich nicht wohlgefühlt und sei aus diesem Grund in den Süden gereist, sagte George. Er habe ihn gar nicht mehr persönlich gesehen, Anthony sei bei Georges Ankunft in Hampton Hall bereits abgereist gewesen.

Abigail runzelte die Stirn. Also hatte Anthony ein Zusammentreffen mit George ebenfalls vermieden. Das sprach nicht unbedingt für ihre Vermutung, dass eine Mätresse im Spiel war, denn Abigail hatte mitbekommen, dass die beiden Brüder intime Dinge durchaus miteinander besprachen. Sie war überzeugt davon, dass Anthony seinem Bruder George von einer anderen Frau erzählt hätte. Diese seltsam überstürzte Reise blieb Abigail ein Rätsel.

Als sie am Abend bei den Umans eintrafen, empfing sie der Butler, der sie in den Salon des Hauses führte. Abigail runzelte unmerklich die Stirn. Niemals würde sich ein Mitglied des alten Adels erlauben, seine Gäste – noch dazu wenn sie gesellschaftlich weit über ihnen standen – nicht an der Tür zu empfangen, sondern in den Salon kommen zu lassen.

»Abigail!« Mrs Uman ging mit ausgestreckten Armen auf sie zu, als sie den großen Raum betraten. In seiner Mitte plätscherte ein Springbrunnen, große Farne standen in den Ecken, und zwei Kamine spendeten eine angenehme Wärme. »Wie schön, dass Sie kommen konnten, wo Sie doch heute erst aus London zurückgekehrt sind, wie ich hörte.«

Abigail lächelte freundlich und reichte der Gastgeberin die Hand. Innerlich zuckte sie vor der ungehobelten Art der Frau zurück. Es gehörte sich ganz und gar nicht, sie mit ihrem Vornamen anzusprechen. Aber hier oben im

Norden galten ohnehin andere Gesetze als in London, und seit Abigail mit Anthony verheiratet war und sich zwangsläufig viel in Gesellschaft anderer Fabrikanten bewegte, hatte sie es sich abgewöhnt, allzu sehr auf die Regeln der Etikette zu bestehen.

»Vielen Dank für die Einladung, Mrs Uman.« Abigail nahm ein Glas Sherry entgegen, das der Butler ihr reichte.

»Oh bitte, nennen Sie mich Isobell. Wir sind doch Freunde.« Mrs Uman verzog den Mund zu einem breiten Grinsen, was ihr ohnehin schon rundes Gesicht noch fleischiger wirken ließ. Mit den blonden Löckchen, die ihr in die Stirn fielen, erinnerte sie Abigail an eine antike Statue, wie sie im Garten von Hampton Hall standen. Isobell Uman war trotz allem auf eine gewisse Weise attraktiv.

»Lady Mahony.« Mr Uman, der in ein Gespräch mit einem weiteren Gast vertieft gewesen war, sah nun auf und ging auf Abigail zu. Seine lange, hagere Gestalt überragte Abigail um gut einen Kopf. Ein gepflegter Backenbart bedeckte seine Wangen. Abigail schätzte den Mann auf Mitte dreißig. Ein wohlwollendes Lächeln umspielte seine Lippen, als er sagte: »Wie schön, dass Sie unseren Abend durch Ihre Anwesenheit bereichern. Kennen Sie schon meinen Freund Sir Laurence Lancaster?« Er deutete auf den Herrn neben sich.

»Sir Laurence.« Abigail streckte dem schlanken großen Mann ihre Hand entgegen.

Sir Laurence ergriff sie und deutete einen Handkuss an. »Lady Mahony, welch eine Freude! Ich habe von Ihrer Schönheit gehört, doch sämtliche Beschreibungen reichen nicht an Ihren tatsächlichen Liebreiz heran.«

Abigail errötete. Sie wusste um ihr attraktives Aussehen, und doch war es ungehörig, es so offen anzusprechen. Noch dazu hatte sie ihn erst in diesem Moment kennengelernt. Ob Sir Laurence sich diese Taktlosigkeit herausnahm, weil ihr Mann Anthony nicht dabei war?

Da löste sich ein Schatten aus der hinteren Ecke des Salons, und Lord Walter Lutlow, ein alter Freund von Abigail und Anthony, kam auf sie zu. Ihm gehörte das größte Anwesen der Gegend. Seine Familie ging auf William the Conqueror zurück und hatte seit Jahrhunderten die Gerichtsbarkeit des Bezirks inne. Walter hielt regelmäßig den Gerichtstag in Stockmill ab.

Erfreut lächelte Abigail ihn an. »Ich wusste nicht, dass du auch hier bist, Walter.«

Er zwinkerte ihr zu, was bei jedem anderen anstößig gewirkt hätte, aber Abigail kannte ihn so lange, dass sie es als freundschaftliche Geste verstand.

»Wie geht es Ihrem Mann, meine Liebe?«, fragte Isobell und deutete auf das Sofa, das mit gelbem Seidenstoff bezogen war.

Abigail lächelte gezwungen. »Danke, sehr gut.«

»Wir hörten, er sei gesundheitlich angeschlagen«, warf Sir Laurence ein. Er wirkte noch sehr jung, kaum dem Knabenalter entwachsen. Sein dunkles Haar war dick und schimmerte im Licht der Kerzen. Laurence' dunkle Augen blickten sie interessiert an.

»Als ich ihn zuletzt sah, schien mir Anthony bei bester Gesundheit zu sein«, widersprach Lord Lutlow, der neben dem Springbrunnen in der Mitte des Zimmers stehen geblieben war.

»Aber dieser plötzliche Aufbruch …« Isobell hob die Augenbrauen und ließ ihren Blick zwischen Abigail und

Walter Lutlow hin und her wandern. »Ist es etwas Ernstes?« Sie nippte an ihrem Sherry.

»Nein, gar nicht.« Abigail sah ihre Gastgeberin an. »Eine kleine Unpässlichkeit. Nicht der Rede wert. Ein paar Tage Seeluft und es geht ihm schon viel besser.«

Abigails Finger spielten nervös mit ihrer langen Perlenkette. Schnell ließ sie ihre Hände in ihren Schoß sinken. Sie wusste ja nicht einmal, ob Anthony wirklich an die See gefahren war. Er hatte ihr keine Adresse hinterlassen. Um von dem Thema abzulenken, fragte sie: »Sir Laurence, was führt Sie in unsere Gegend? Sie stammen nicht von hier, nicht wahr?«

Der junge Mann lächelte. »Ganz recht, Eure Ladyschaft. Meine Ländereien liegen in Northumberland.«

»Ist das möglich?«, rief Abigail. »So weit nördlich? Dabei habe ich immer das Gefühl, am Nordpol zu wohnen.«

Die anderen lachten höflich und Sir Laurence fuhr fort: »Ich beabsichtige, ins Baumwollgeschäft einzusteigen, und Victor war so freundlich, mir seine Fabrik zu zeigen.« Er prostete Mr Uman zu, der ebenfalls das Glas hob.

»Ich hatte gehofft, heute Abend Lord Mahony zu treffen«, wandte er sich an George. »Schließlich ist Hampton's Mill die größte Fabrik hier in Stockmill.«

Abigails Schwager nickte. »Das stimmt. Aber ich kann Ihnen sicher auch behilflich sein. Ich leite die Geschäfte während der Abwesenheit meines Bruders.«

»Das wäre großartig.«

»Hampton's Mill ist ein Vorreiter in der Baumwollproduktion«, mischte sich nun Lord Lutlow in die Unterhaltung. »Erst dieses Jahr hat Anthony neue Webstühle und drei der modernsten Selfaktoren angeschafft.«

Die Männer vertieften sich in ein Gespräch über die Herstellung von Baumwolle, und Abigail hörte Isobell Umans ausschweifenden Erzählungen zu. Sie berichtete von einem Ball, der am vergangenen Wochenende bei den Regans von Bentley Hall stattgefunden hatte und den Abigail aufgrund ihrer Reise nach London verpasst hatte. Abigail sehnte sich zurück in die Gesellschaft der Londoner Damen, die so viel interessanter waren als diese plumpe Fabrikantengattin.

Das Dinner war gut, sehr gut, wie Abigail zugeben musste. Die Umans hatten einen französischen Koch eingestellt, der ein exquisites Mahl zubereitet hatte.

Als sie bei Kaffee wieder im Wohnzimmer saßen, spürte Abigail die Anstrengungen und Aufregungen des langen Tages allzu deutlich. Sie hatte Mühe, die Augen offen zu halten und Isobell Umans Geplapper zu folgen. Immer wieder wanderte ihr Blick zur Tür, in der Hoffnung, die Männer würden sich mit ihren Zigarren und dem Portwein beeilen. Sie sehnte sich danach, das Korsett und das unbequeme Kleid abzulegen und sich endlich auf ihrem Bett ausstrecken zu können.

»Sicherlich werden Sie im Dezember wieder Ihren berühmten Weihnachtsball geben, nicht wahr, Abigail?« Isobells Wangen waren gerötet vom Wein, die blonden Löckchen lösten sich allmählich aus der kunstvollen Frisur.

Abigail bemühte sich um ein verbindliches Lächeln und nickte.

»Wissen Sie, ich war im Mai auf einem großen Ball bei meiner Cousine in Bath. Dort ist eine Ballettgruppe aufgetreten. Ich habe sofort an Hampton Hall und Ihren Weihnachtsball gedacht. Den Platz dafür hätten Sie, ich könnte meine Schwester bitten, mir den Kontakt zu vermitteln.« Isobell trank ihren Kaffee aus.

Abigail versteifte sich. Was für eine impertinente Person! Jetzt wollte sich Mrs Uman auch noch in die Organisation ihres Balles einmischen.

Glücklicherweise wurde in diesem Moment die Tür zum Salon geöffnet, und die Männer kehrten ins Wohnzimmer zurück und befreiten Abigail damit von einer Antwort.

Sie entschuldigte sich bei ihrer Gastgeberin und stand auf. »Ich fürchte, der Tag war sehr anstrengend. Bitte verzeihen Sie mir, wenn ich zum Aufbruch dränge.« Sie sah George auffordernd an.

»Wie schade, dass Sie schon gehen müssen«, sagte Mr Uman. Er ergriff Abigails Hand und deutete einen Kuss an.

Auch Walter Lutlow verabschiedete sich von ihr. Als sie sich an den jungen Sir Laurence wandte, fasste er sie bei der Hand und sah ihr tief in die Augen. Abigail erschauderte unter dem durchdringenden Blick. Sie wandte den Kopf ab, doch er ließ ihre Hand nicht los. Erst nachdem George zu ihnen getreten war, lockerte sich sein Griff. Plötzlich steckte ein Zettelchen zwischen Abigails Fingern. Sie hielt inne, doch der junge Mann hatte sich bereits ihrem Schwager zugewandt. Abigail errötete, als ob sie bei einer Straftat erwischt worden wäre. Es war vollkommen ungehörig, dass ein Mann einer verheirateten Dame ein Briefchen zusteckte. Einen Moment lang überlegte sie, es fallen zu lassen und so zu tun, als hätte sie es nicht bemerkt. Aber was stand wohl in der Nachricht? Würde jemand falsche Schlüsse ziehen, wenn er sie fand? Unauffällig ließ sie den Brief in ihre Rocktasche gleiten.

Als sie endlich in der Kutsche saßen, war Abigail froh, Isobell Umans nicht enden wollendem Redefluss und Sir Laurence' Blicken entkommen zu sein. Der Zettel lag schwer in ihrer Tasche.

Eine Weile fuhren sie schweigend durch die Dunkelheit. Nur das gleichmäßige Pferdegetrappel war zu hören. Abigail dachte über die Fabriken nach. Bislang hatte sie sich nie sonderlich für die Abläufe dort interessiert, es war Anthonys Arbeitsstätte, er war gern dort, und mehr war für Abigail nicht wichtig. Doch heute, als sie das Elend erkannt hatte, in dem die Arbeiter leben mussten, war ihr zum ersten Mal aufgefallen, wie wenig sie darüber wusste.

»George, wäre es möglich, dass du mir die Fabrik zeigst?« Sie sah zu ihrem Schwager, der neben ihr eingeschlummert war.

Jetzt öffnete er die Augen und blinzelte Abigail müde an. »Die Fabrik?«

Abigail nickte. »Hampton's Mill. Ich würde gern mehr darüber wissen.«

»Warum um Himmels willen?« Er lehnte den Kopf gegen die Scheibe und tastete nach ihrer Hand. Seine Finger schlossen sich um ihre.

Abigail erstarrte. Am liebsten hätte sie ihm ihre Hand entzogen, denn auch wenn er ihr Schwager war, diese Berührung war unschicklich. Außerdem war ihr eine solch intime Nähe zu ihm unangenehm.

Sie bemühte sich, ihr Unbehagen nicht zu zeigen. »Ich möchte mehr erfahren. Ich war bisher nur in Anthonys Büro, aber ich möchte die Arbeitsabläufe kennenlernen.« Abigail hatte eigentlich sagen wollen, dass sie mehr über die Arbeitsbedingungen der Frauen und Männer dort erfahren wollte, aber sie war sicher, dass weder George noch Anthony dafür Verständnis zeigen würden.

»Ich weiß nicht.« Er schlug das rechte Bein über das linke und unterdrückte ein Gähnen, während er Abigails Finger streichelte. »Das ist kein Ort für eine Dame.«

»Aber dort arbeiten doch auch Frauen«, warf Abigail ein und nutzte die Gelegenheit, ihre Hand aus seinem Griff zu befreien.

»Ja, aber keine Damen.« George sah sie an, und für einen kurzen Moment konnte sie die Begierde in seinen Augen erkennen.

»Bitte, George.« Abigail stand in der schaukelnden Kutsche auf und ließ sich auf die gegenüberliegende Bank fallen. »Ich bin die Frau deines Bruders, das solltest du nicht vergessen.«

Er grinste sie müde an. »Wenn du nur nicht so schrecklich spröde wärst.« Er seufzte. »Sollte Anthony jemals etwas zustoßen, werde ich dich sowieso heiraten.«

Abigail wusste, dass es üblich war, dass Männer die Witwen ihrer Brüder heirateten. Sie zog die Augenbrauen zusammen. »Du scheinst es ja kaum erwarten zu können.«

Im zuckenden Schein der Kerze, die in der Halterung neben der Tür brannte, konnte Abigail erkennen, wie er die Schultern hochzog.

»Ganz im Gegenteil, meine Teure. Ich genieße die Freiheit, solange ich kann. Trotzdem hätte ich nichts gegen einen kleinen Vorgeschmack.«

»Herrgott, du bist widerlich«, entfuhr es Abigail.

»Und du bist prüde«, entgegnete er.

Abigail hatte keine Lust mehr, sich weiter mit ihm zu unterhalten, und starrte in die Dunkelheit hinaus. Es war nicht das erste Mal, dass George sich aufdringlich zeigte, und doch fragte sich Abigail, ob es einen Anlass für George gab, gerade jetzt von Anthonys Tod zu sprechen. Wusste er mehr, als er zugeben wollte?

»Komm morgen in die Fabrik, wenn du möchtest«, kam George plötzlich auf ihre Bitte zurück. »Mein Verwalter kann dich ein wenig herumführen. Aber sei vorsichtig. Die vielen Maschinen sind nicht ungefährlich.« Er schloss wieder die Augen.

Abigail zog vorsichtig das Zettelchen aus der Tasche, das Sir Laurence ihr zugesteckt hatte. So leise wie möglich entfaltete sie das Papier. Die Schrift war unsauber, wie in Eile geschrieben. Ein Tintenfleck prangte am rechten oberen Rand. Abigail erstarrte. Sie erkannte das Gedicht sofort. Es war von Percy Shelley.

Worte zu einer indischen Melodie

Ich erwach' aus Träumen von dir
Im ersten Schlummer der Nacht,
Wenn die Winde flüstern im Laub,
Und die Sterne schimmern voll Pracht.
Ich erwach' aus Träumen von dir,
Und ein magischer Zauber trieb
Meine Schritte mit stürmender Hast
Zu deinem Fenster, mein Lieb.

Die Lüfte schweigen so bang
Auf dem stillen und dunklen Strom;

Wie ein lieblicher Traum verweht
Der Champakblüthen Arom;
Der Nachtigall Klagelied
Erstirbt in ihrer Brust,
Wie ich in dir vergeh',
Du mein Leben, meine Lust!

O, hebe mich empor!
Ich sterb', ich verschmachte hier!
Auf Lippen und Augen lass
Deine Küsse regnen mir!
Meine Wang' ist bleich und kalt,
Wildstürmisch pocht die Brust!
O, schließ mein Herz an deins,
Wo es brechen wird vor Lust!

Abigail starrte auf die Zeilen. Was für eine Kühnheit, was für eine Unverschämtheit! Für wen hielt Sir Laurence sie? Glaubte er, es mit einem naiven jungen Mädchen zu tun zu haben? Meinte er, sie würde sich von Shelleys Liebesschwüren einnehmen lassen? Wollte er sie brüskieren? Oder hatte er es auf Anthony abgesehen? Wenn Abigail wirklich so dumm wäre, sich auf eine Affäre einzulassen, würde sie damit auch Anthonys gesellschaftlichen Ruf zerstören.

George schnarchte, und Abigail faltete schnell den Brief wieder zusammen. Sir Laurence Lancaster war noch sehr jung. War es möglich, dass er sich tatsächlich auf der Stelle in Abigail verliebt hatte? Sie zog die Stirn in Falten und schüttelte den Kopf. Der junge Adelige wusste sicher ganz genau, wann es sich lohnte, um eine Frau zu werben, und wann nicht. Sich ausgerechnet einer verheirateten Dame zu erklären, die er noch dazu gerade erst kennengelernt hatte, war mehr als unüberlegt.

Nachdenklich schob sie den Brief in ihre Rocktasche. Sie würde ihn gleich ins Feuer werfen. Was für ein Tag! Zwei unerwünschte und aufdringliche Verehrer, ein verschwundener Ehemann und die Erkenntnis, dass das Leid die ganze Zeit vor Abigails Füßen gelegen hatte, ohne dass sie es erkannt hatte.

Gleich am nächsten Morgen machte Abigail sich auf den Weg in die Fabrik. Sie verließ die Gärten des Anwesens und bog auf den Feldweg ein, der nach Stockmill führte. Die Fabrik lag ein Stück unterhalb von Hampton Hall am Stadtrand. Abigail betrachtete die dunklen Wolken, die am Horizont aufgezogen waren. Falls es anfangen sollte zu regnen, würde sie für den Rückweg die Kutsche nehmen. Der Fußweg zur Fabrik dauerte eine halbe Stunde. Noch immer war sie verwirrt ob des anzüglichen Gedichts, das ihr Sir Laurence zugesteckt hatte. Was für ein ungewöhnliches Verhalten eines jungen Mannes von hohem Stand! Eine solch impulsive Handlung traute sie einem Bauern oder Stallburschen zu. Doch die Erziehung, die Sir Laurence genossen haben musste, hätte ihn doch von dem unüberlegten Kopieren von Liebesgedichten abhalten müssen.

Sie blieb stehen. Seltsam, dass ausgerechnet zur gleichen Zeit auch George wieder einen Vorstoß gewagt hatte. Hatten die Männer bei Zigarren und Portwein etwa über sie geredet? Sie schüttelte den Kopf und ging langsam weiter. Nicht in Anwesenheit von Lord Lutlow. Walter war immer respektvoll ihr gegenüber und sie wusste, dass er Anthony sehr schätzte. Niemals würde er ungebührlich über die Frau seines Freundes reden oder unanständiges Verhalten anderer ihr gegenüber unterstützen.

Sie war so in Gedanken versunken, dass sie kaum etwas von dem Weg wahrnahm, den sie zurücklegte. Als sie schließlich Hampton's Mill erreicht hatte, legte sie den Kopf in den Nacken und sah an den hohen Fabrikgebäuden hinauf. Sie war noch nie in einem dieser Backsteinhäuser gewesen, die die Werkhallen beherbergten. Langsam schritt sie auf das schmiedeeiserne Eingangstor zu, hinter dem ein großer Innenhof lag. Rechts und links des Hofes befanden sich weitläufige Lagerhallen, und dazwischen ragte das imposante Hauptgebäude auf. Über ihr hatte der Qualm, der aus den Schornsteinen aufstieg, den Himmel bedeckt. Ganz Stockmill war in eine einzige dunkle Wolke eingehüllt. Zwei Männer gingen an ihr vorbei, ins Gespräch vertieft. Als sie Abigail sahen, grüßten sie kurz und führten dann ihre Unterhaltung fort.

Abigail überquerte den Hof und ging um das vierstöckige Verwaltungsgebäude herum. Dahinter befand sich ein zweiter Hof. Ein Pferdewagen rumpelte über den Kies, er war mit zahlreichen Leinensäcken beladen. Abigail wusste, dass das die Rohbaumwolle war, die in der Fabrik zu Tüchern verarbeitet werden würde. Plötzlich fühlte Abigail sich zwischen all den hohen Gebäuden hier winzig. Es roch nach verbranntem Holz und Pferdemist. Das Hufgetrappel vermischte sich mit dem Quietschen eines Seilzuges, der an einer Außenwand angebracht war und an dem Fässer in die oberen Etagen gezogen wurden. Männer riefen sich etwas zu. Ein Hund bellte in der Ferne.

Aus den Gebäuden drangen Maschinengeräusche in den Hof.

Abigail musste husten. Jetzt erst bemerkte sie, dass der dunkle Nebel beinahe bis auf den Boden gesunken war. Die Luftfeuchtigkeit drückte den Qualm herunter, der sich unangenehm auf ihre Lunge legte und das Atmen erschwerte.

In diesem Moment hielt der Karren mit den Säcken an einer Rampe, die sich links an der Hauswand befand. Abigail beobachtete die Arbeiter, die sofort aus dem Haus gelaufen kamen und die Säcke hineintrugen. Sie durchquerte den Hof und ging auf einem Fußweg in den kleinen Park, der dahinter lag. Hier hatte Anthony letztes Jahr eine Villa bauen lassen. »Abigail's Place« hatte er dieses Haus genannt, in dem sich hauptsächlich Anthonys Büro befand. Er war sehr stolz auf die hübsche Villa mit den drei Türmen. Ein paar Säulen standen vor der großen Eingangstür, zu der zwei flache Stufen hinaufführten. Das Familienwappen der Lords of Mahony war über dem Eingang in Stein gemeißelt.

Abigail betätigte den schweren Türklopfer. Kurz darauf wurde die Tür von einem jungen Mann geöffnet.

Während sie die Eingangshalle betrat, sah sie sich um. Die Flügeltür zum benachbarten Raum stand offen, und sie entdeckte mehrere junge Männer, die an hohen Tischen saßen und eifrig damit beschäftigt waren, auf Papierbögen zu schreiben, Unterlagen zu sortieren und Briefe zu falten. Die Federn kratzten über das Papier. Es herrschte ein geschäftiges Treiben.

Die Herren sahen auf und verneigten sich vor Abigail.

Der Mann, der sie eingelassen hatte, verbeugte sich ebenfalls und erklärte: »Eure Ladyschaft, Euer Schwager erwartet Euch bereits.«

Abigail folgte ihm an Säulen aus Alabaster vorbei. Ihre Schritte hallten von den Wänden wider, die aus demselben edlen Material bestanden, auf dem bunt gekachelten Boden lagen teure Teppiche.

Der junge Mann führte sie eine breite Eichenholztreppe hoch in die erste Etage. Abigail sah zur Decke hinauf, sie liebte den Anblick der bunten Glaskuppel in etwa zehn Metern Höhe, die das trübe Sonnenlicht in bunte Strahlen verwandelte. In den Kronleuchtern, die von der Decke herunterhingen, leuchteten Kerzen, die eine angenehme Helligkeit verbreiteten. An den Wänden sorgten Gaslampen für zusätzliches Licht.

»Wenn Sie mir bitte folgen möchten.« Der junge Mann deutete auf die geschlossene Zimmertür auf der anderen Seite des Treppenabsatzes.

»Vielen Dank«, sagte Abigail und ging ihm voraus. Sie betrachtete die Porträts, die rechts und links des Büros an den Wänden hingen und Anthonys Eltern zeigten.

Abigail wartete, bis ihr Begleiter geklopft und die Tür für sie geöffnet hatte.

George saß an Anthonys Schreibtisch und blickte von seinen Papieren auf. Als er Abigail sah, rieb er sich über die Augen und stand auf. Er wirkte erschöpft.

»Ach ja, Abigail.« Er kam um den großen Schreibtisch herum. »Kann ich dir eine Tasse Tee anbieten?«

Abigail schüttelte den Kopf. »Ich bin nicht gekommen, um Tee zu trinken, sondern um die Fabrikationsstätten kennenzulernen. Ich möchte die Arbeitsplätze sehen, die Maschinen, die Lagerräume.«

»Natürlich, wir haben gestern darüber gesprochen. Ich fürchte nur, du kommst heute ungünstig. Ich habe eine Menge zu tun.« George deutete auf das Durcheinander von Unterlagen, Briefen und Notizen, die sich auf dem Schreibtisch stapelten. »Anthony hat eine ziemliche Unordnung hinterlassen. Das sieht ihm gar nicht ähnlich.«

Abigail hob eine Augenbraue. Irgendetwas musste Anthony beschäftigt haben, wenn er seinen Schreibtisch in einem solchen Chaos zurückgelassen hatte. Wieder stieg ein beklemmendes Gefühl in ihr auf. Anthonys Reise kam ihr immer mysteriöser vor. Und sie hatte nach wie vor noch keine Nachricht von ihm erhalten.

George wandte sich an den Schreiber, der an einem Tisch neben dem Fenster saß und den er Abigail als Freddy vorstellte. »Bringe Lady Mahony bitte zu Mr Rashleigh.« Er legte Abigail die Hand auf den Rücken und schob sie sanft zur Tür. Georges Finger blieben etwas zu lang auf ihrem Schulterblatt liegen. »Er soll dich herumführen. Rashleigh ist Anthonys Verwalter. Niemand kennt die Fabrik besser als er. Es tut mir wirklich leid, dass ich so wenig Zeit habe.«

Abigail nickte und betrachtete ihren Schwager forschend. George wirkte zerstreut, und seine Frisur, sonst immer adrett und ordentlich, war derangiert. Er schien Abigail kaum wahrzunehmen und war in Gedanken offenbar schon wieder bei den Papieren auf dem Schreibtisch.

»Machst du dir Sorgen um Anthony?«, fragte sie beunruhigt.

»Aber nein.« Er lächelte.

Abigail verabschiedete sich von ihm.

Als sie wieder auf der Galerie stand, hielt sie einen Moment inne. Welch seltsames Verhalten ihres Mannes! Anthony war immer sehr gewissenhaft, wenn es um die Erledigung seiner Korrespondenz und geschäftlicher Arbeiten ging. Sie seufzte. Die überstürzte Abreise, noch bevor sie oder George ihn persönlich treffen konnten, die Unordnung in seinen Papieren, das alles war ungewöhnlich für ihren Mann.

Langsam folgte sie Freddy die Treppe hinunter, durch die Eingangshalle und in den Hof hinaus. Sie durchquerten den kleinen Park, und Abigail betrachtete die Backsteingebäude, die hinter den kahlen Bäumen in dunklen Qualm gehüllt aufragten. Das höchste der Fabrikgebäude war sechs, die anderen beiden vier Etagen hoch. Unzählige Fenster zeigten in den Hof hinaus, an den der Park grenzte. Aus den Schornsteinen stieg stetig schwarzer Rauch in den Himmel und vermischte sich mit dem der anderen Fabriken Stockmills.

»Wozu dienen diese Gebäude?«, fragte Abigail den jungen Mann, während sie sich umsah.

»In diesem Haus«, Freddy deutete auf das Gebäude rechts von ihnen, vor dem die Wagen standen, die Rohbaumwolle anlieferten, »befinden sich die Spinnräder. Und dort, in dem größten Gebäude, sind die Webstühle untergebracht.«

»Und dort?« Abigail zeigte auf den dritten Backsteinbau.

»Darin sind die Kontore. Und im ersten Hof stehen die Hallen, in denen die fertigen Stoffe gelagert werden. Von dort aus geht die gewebte Ware hinaus in die Welt.« Der Diener hielt inne. »Ah, da kommt Mr Rashleigh.«

Freddy winkte dem Herrn im schwarzen Gehrock zu, der gerade aus dem Kontorgebäude getreten war. Er trug einen schwarzen Zylinder, unter dem sein blondes Haar hervorschaute. Abigail betrachtete die schlanke Gestalt, die jetzt flink die Stufen vor dem Eingang hinuntersprang. Eilig lief Rashleigh auf sie zu. Freddy verabschiedete sich und verschwand im Park hinter ihnen.

»Lady Mahony«, der Mann nahm den Hut ab und verneigte sich vor ihr. Er war nur wenig größer als Abigail, aber das Lachen in seinen Augen machte ihn ihr sofort sympathisch. »Wie ich höre, möchten Sie die Fabrik kennenlernen?«

Abigail nickte.

Er deutete auf das vierstöckige Gebäude. »Wir sollten in der Spinnerei beginnen. Dort wird die Rohbaumwolle verarbeitet.«

»Wann fangen die Arbeiter morgens an?«, erkundigte sich Abigail, während sie dem Aufseher in das Gebäude folgte.

»Um halb sechs.« Mr Rashleigh hielt ihr die Tür auf. Im Flur hing ein riesiges Porträt von Abigail. Sie betrachtete es einen Moment lang. Das Bild war vor vierzehn Jahren gemalt worden, kurz nach Ebenezers Geburt. Sie hatte sich seitdem nicht viel verändert. Das mahagonifarbene Haar war heute noch so strahlend wie damals, die Haut noch genauso weiß und glatt. Mr Rashleigh lächelte. »Es ist mir eine Ehre, Sie heute persönlich hier herumzuführen. Ich komme jeden Tag mehrmals an Ihrem Bild vorbei.«

»Ich danke Ihnen, Mr Rashleigh«, sagte Abigail und erwiderte sein Lächeln.

Der Verwalter zog einen Schlüsselbund aus der Tasche

und schloss eine der Türen im Flur auf. Sie betraten eine weitläufige Halle. Einen Moment lang hielt Abigail vor Staunen den Atem an. Sie hatte das Gefühl, mitten in einem Wintertag gelandet zu sein. Schneeflocken schienen über den Maschinen und Arbeitern zu schweben. Doch im nächsten Moment wurde ihr bewusst, dass das kein Schnee, sondern die Baumwolle war, die sich bei der Verarbeitung löste und in sanften Flocken zur Erde schwebte. Abigail betrachtete die Spinnmaschinen, die in langen Reihen im Raum standen. Frauen und Kinder eilten durch die Gänge dazwischen, kleine Kinder hockten am Boden und krochen unter den laufenden Rädern herum. Abigail wandte sich zu Mr Rashleigh um, der gerade dabei war, die Tür wieder zu verschließen.

»Warum wird hier abgeschlossen?« Abigail musste husten, als sie versehentlich eine Baumwollflocke verschluckte.

Die große Halle war erfüllt vom Klappern und Rasseln der Spinnräder. Wie von Zauberhand bewegten sich die großen Räder, die die Spulen antrieben. Abigail beobachtete ein Kind, das gerade auf eine der Maschinen kletterte, um die Spulen zu wechseln. Sie schätzte es auf höchstens sieben oder acht Jahre.

Mr Rashleigh führte sie auf eine kleine Empore, wo bereits zwei Herren standen, die mit strengen Mienen die Arbeiterinnen unten beobachteten. Mr Rashleigh trat an das Geländer der Empore, sie befand sich etwa einen Meter über den Frauen und den Maschinen.

»Damit wollen wir dem Zuspätkommen vorbeugen«, beantwortete der Verwalter Abigails Frage und nickte den beiden Vorarbeitern zu. »Zehn Minuten nach Beginn der Arbeit wird die Tür verschlossen, und sie wird erst wieder zum Frühstück geöffnet. Wer mehr als zehn Minuten zu spät kommt, wird erst danach wieder hereingelassen und verliert einen Vierteltag an Lohn.«

Abigail presste die Lippen zusammen. Es erschien ihr sehr hart, dass die Frauen um halb sechs Uhr morgens schon an den Maschinen stehen sollten, wenn sie nebenbei noch ihre Kinder zu versorgen hatten. »Und wenn eine Krankheit vorliegt?«

Mr Rashleigh zog die Schultern hoch. »Die schlimmste Krankheit unter den Arbeitern ist der Alkohol. Sie trinken abends häufig zu viel Branntwein und haben am nächsten Morgen Mühe, rechtzeitig aus dem Bett zu kommen.«

»Aber wenn eins ihrer Kind krank wird? Oder sich eine der Frauen erkältet? Dann ist es schwer, morgens um halb sechs zur Arbeit zu kommen.« Abigail kam es unmenschlich vor, schon nach zehn Minuten Verspätung einen Teil des Lohns abzuziehen.

Mr Rashleigh nickte. »Aber das kann nicht unser Problem sein, Eure Ladyschaft. Jede Minute, die unsere Maschinen stillstehen, verlieren wir Geld. Nachdem wir die letzte Krise überwunden haben, ist unsere Auftragslage jetzt endlich wieder stabil, und wir dürfen unsere Händler nicht enttäuschen. Ständig werden neue Märkte erschlossen, in den Kolonien, in Europa und Amerika. Wer vorn dabei sein will, muss schnell und gut produzieren und liefern.« Mr Rashleigh machte eine kleine Pause. Dann deutete er mit ausgestrecktem Arm auf die Arbeiterinnen und Arbeiter hinunter. »Und Hampton's Mill ist vorn dabei. Wir dürfen all die Arbeitsplätze nicht gefährden, indem wir auf Einzelne Rücksicht nehmen.«

Abigail runzelte die Stirn. Wie seltsam, von einer Gefährdung von Arbeitsplätzen zu sprechen, während sie und Anthony in Luxus schwelgten. Wäre es nicht vernünftiger, allgemein Kosten zu sparen, anstatt die Menschen auch bei Krankheit hierherzuzwingen, was ihre Arbeitskraft gewiss nicht stärken konnte? Abigail schluckte eine derartige Bemerkung hinunter und fragte stattdessen: »Und wann endet die Arbeitszeit?«

»Um halb acht am Abend.« Mr Rashleigh deutete auf die Maschinen. »Eine Frau kann vier von diesen sogenannten Selfaktoren bedienen. Das sind unsere Spinnmaschinen, die das Garn automatisch herstellen. Die Frauen beaufsichtigen die Maschinen, verknüpfen gerissene Fäden und sorgen dafür, dass immer genug Rohfasern vorhanden sind. Die Kinder legen die leeren Spulen ein. Alles andere machen die Maschinen von allein. Trotzdem ist die Arbeit anspruchsvoll. Die Frauen müssen die Abläufe genau kennen, und sie müssen geschickt sein im Verknoten der gerissenen Fäden.«

Abigail überlegte. Das bedeutete, dass die Frauen täglich vierzehn Stunden arbeiteten.

Sie betrachtete die langen Reihen der Spinnräder, wo Kinder, Frauen oder sehr junge Männer umhereilten. Hier war es kalt und feucht, was dazu diente, wie Mr Rashleigh ihr erklärt hatte, dass die Fäden nicht so schnell rissen. Bestimmt war dieses Klima der Gesundheit nicht gerade zuträglich. Auf dem Fußboden krochen Kinder umher, die die Baumwollflocken in Körben aufsammelten. Abigail fuhr erschrocken zusammen, als sie ein kleines, etwa fünf oder sechs Jahre altes Mädchen sah, das viel zu nah an dem von Dampf betriebenen Rad vorbeikrabbelte.

»Um Himmels willen!«, rief Abigail. »Ist das denn nicht

gefährlich?« Aber sofort schämte sie sich für diese Frage, denn das war offensichtlich.

Mr Rashleigh antwortete nicht. Er sagte nur: »Wir bemühen uns, die Maschinen sicherer zu machen, Lady Mahony.«

»Ich sehe hier so viele Kinder und Frauen, aber nur wenige Männer.« Abigail runzelte die Stirn, als sie in das Gesicht eines Jungen blickte, der direkt vor ihnen auf dem Boden umherkroch und die Wollflocken einsammelte. Auf seinem Gesicht war kein Ausdruck unbeschwerter Jugend zu erkennen, wie Abigail ihn von ihren Söhnen kannte. Dieser Junge betrachtete den Fußboden der Fabrik mit müder und resignierter Miene. Während Hugo und Ebenezer in diesem Moment über die Wiesen ihres Anwesens tobten, im Schulzimmer saßen oder Kakao tranken, schufteten die Jungen und Mädchen hier schon seit Stunden unter den Spinnrädern.

»Frauen und Kinder haben feinere Finger. Sie sind daher für diese Arbeiten besser geeignet. Männerhände können die Fäden nicht so geschickt wieder verknoten, wie es eine Frau vermag«, erklärte Mr Rashleigh. »Außerdem sind Frauen und Kinder billiger.«

»Wie viele Spinnerinnen sind hier beschäftigt?«, wandte Abigail sich an Mr Rashleigh.

»Fünfundzwanzig«, erwiderte der Aufseher, und Abigail entgingen nicht die ängstlichen Blicke, die die Kinder und Frauen immer wieder in Richtung der Empore warfen. Zweifellos waren die Vorarbeiter streng mit ihnen. Aber diese Strenge befahl ihnen Mr Rashleigh, und er wiederum erhielt seine Anweisungen von Anthony. Unauffällig betrachtete Abigail den Verwalter von der Seite.

In sein blondes Haar mischten sich erste graue Strähnen. Seine glatt rasierte Haut zeigte schon Anzeichen von Falten.

»Mr Rashleigh, was genau ist Ihre Aufgabe?« Abigail wollte alles von Grund auf verstehen, um sich ein umfassendes Bild machen zu können. Sie war sich noch nicht im Klaren, was sie unternehmen würde, aber sie wusste, dass sie nicht zulassen konnte, dass die Frauen und Kinder hier so hart arbeiten mussten. Nicht für Abigails eigenen Luxus. Sie wollte auf die Hälfte ihrer Kleider verzichten, auf die teuren Reisen und auch auf die Bälle und Dinnergesellschaften, die sie bisher so gern gegeben hatte, wenn sie die Arbeitszeiten der Menschen hier in Hampton's Mill dafür reduzieren oder die Arbeitsplätze der Kinder sicherer gestalten könnte. Ja, sie wollte sogar versuchen, Anthony davon zu überzeugen, die Kinderarbeit in seiner Fabrik gänzlich abzuschaffen, auch wenn sie wenig Hoffnung hatte, dass er auf sie hören würde.

Mr Rashleigh richtete seinen Blick von den Maschinen auf Abigail und deutete ein Lächeln an. »Ich kümmere mich darum, dass die Produktion läuft. Auf jeder Etage gibt es zwei Vorarbeiter, die alle Arbeiter überwachen und aufpassen, dass ordentlich gearbeitet wird.«

»Wie viele Vorarbeiter gibt es insgesamt in Hampton's Mill?«, unterbrach Abigail ihn.

Mr Rashleigh dachte einen Augenblick nach. »Sechsundzwanzig. Letztes Jahr waren es mehr, wir mussten einige Arbeiter entlassen.«

»Wegen der Handelskrise?«

Mr Rashleigh nickte. Er lehnte sich gegen das Geländer. »Lady Mahony, bitte verstehen Sie mich nicht falsch, aber ich frage mich, woher Ihr Interesse an der Fabrik so plötzlich stammt.«

Abigail errötete. Wieder schämte sie sich dafür, der Not um sich herum bisher so wenig Aufmerksamkeit geschenkt zu haben. Der Aufseher sollte sich eigentlich nicht darüber wundern, dass sie sich auf einmal für die Fabrik interessierte, sondern vielmehr darüber, dass sie es bisher nicht getan hatte.

Abigail dachte einen Moment lang darüber nach, was sie ihm antworten sollte. George gegenüber hatte sie Nelly nicht erwähnt, und sie hoffte, dass ihm auch keiner der Dienstboten von ihr erzählt hatte. Sie wusste nicht genau, warum, aber irgendwie war sie sicher, dass George kein Verständnis für die arme Frau und ihr Kind aufbringen würde. Mr Rashleighs Reaktion hingegen vermochte Abigail nicht einzuschätzen. Die Blicke, mit denen die Jungen und Mädchen in der Halle immer wieder zu ihm aufsahen, ließen erahnen, dass er hart durchzugreifen verstand. Aber war er unbarmherzig? Abigail meinte, in seinen Augen gleichzeitig Verständnis zu erkennen, doch vielleicht bildete sie sich das auch nur ein. Trotzdem entschloss sie sich dafür, ihm die Wahrheit zu sagen.

Abigail seufzte. »Als ich gestern aus London kam, habe ich auf der Straße vor der Stadt eine Frau und ihren Sohn gesehen. Sie lagen am Straßenrand und waren kurz davor, zu verhungern. Ich habe sie mitgenommen und von unserem Arzt versorgen lassen. Sie werden gerade in Hampton Hall gepflegt.« Abigail schluckte. Ihre Stimme war jetzt so leise, dass sie über das Rasseln und Schnurren der Spinnräder kaum noch zu hören war und Mr Rashleigh sich zu Abigail herabbeugen musste, um sie verstehen zu können.

»Ich hatte keine Ahnung, wie schlimm es den Menschen in der Stadt geht.«

Tränen standen ihr in den Augen.

Mr Rashleigh richtete sich wieder auf. Eine Weile betrachtete er sie schweigend. Dann nickte er. »Das Elend dieser Menschen wird vor den Augen der Reichen verborgen.«

»Ich schäme mich entsetzlich.« Abigail wischte sich ungeduldig die Tränen von der Wange. »Ich habe eine Wohltätigkeitsveranstaltung nach der anderen besucht und auch organisiert. Ich habe immer geglaubt, meinen Teil beizutragen, aber in Wahrheit hatte ich keine Ahnung. Wir klopfen uns gegenseitig auf die Schulter, dass wir so gute Menschen sind. Und unter unseren Fenstern verhungern Menschen.«

Mr Rashleigh fuhr sich mit der Hand über das Gesicht. »Seien Sie nicht zu streng mit sich, Lady Mahony. Woher hätten Sie es denn wissen sollen?«

»Ich hätte nur nachfragen müssen, woher unser Geld stammt. Wer für unseren Luxus arbeitet.« Abigail deutete auf die Kinder, die unter den laufenden Maschinen umherkrochen.

»Und gleichzeitig gibt Ihr Mann ihnen Arbeit und damit auch ihr tägliches Brot.« Mr Rashleigh schien selbst nicht ganz überzeugt von seinen Worten, wie Abigail an der steilen Falte erkennen konnte, die sich auf seiner Stirn gebildet hatte. »Kommen Sie, Ma'am. Ich führe Sie hinüber in die Weberei.«

Schweigend traten sie auf den Hof hinaus und wandten sich dem größten der Fabrikgebäude zu. Es hatte zu regnen begonnen, und Mr Rashleigh hatte einen Schirm aufgespannt. Die feinen Tropfen vermischten sich mit der grauen Luft und hüllten alles in einen trüben, feuchten Nebel.

»Mr Rashleigh«, sagte Abigail zu dem Verwalter, während sie sich über den Hof tastete. »Ich bin auf der Suche nach Nellys Töchtern, Margaret und Frances Brixton.«

In diesem Moment stolperte Abigail über einen Stein, den sie in dem dichten Nebel nicht wahrgenommen hatte. Mr Rashleigh fing sie auf, bevor sie zu Boden stürzte.

»Nehmen Sie meinen Arm, Eure Ladyschaft«, bot er an, und Abigail hakte sich erleichtert bei ihm unter.

»Ich werde mich gleich bei meinen Vorarbeitern erkundigen«, sagte er. »Wenn die beiden Mädchen hier arbeiten, werden wir sie sicher schnell ausfindig machen.«

Mr Rashleigh sperrte die breite Tür auf, die zur Weberei führte. Und auch diese Tür schloss er sofort wieder hinter ihnen zu.

Das Erste, was Abigail in der großen Halle auffiel, während sie zwischen den langen Reihen von Webstühlen entlangspazierten, war der ohrenbetäubende Lärm, den die durch Dampfkraft betriebenen Webstühle verursachten. Wenn sie sich mit Mr Rashleigh unterhalten wollte, musste sie schreien, was für eine Dame schlichtweg nicht infrage kam – also schwieg sie.

Auch in diesem Teil der Fabrik waren überwiegend Frauen und Kinder beschäftigt. Hier wurde das Garn, das in der anderen Halle von den Selfaktoren aus der Rohbaumwolle gesponnen wurde, zu Stoffen verwebt. Abigail beobachtete die Frauen und Kinder, die die Maschinen betätigten, Fäden in die Schiffchen spannten, lose Enden suchten und sie zusammenbanden.

Mr Rashleigh wechselte ein paar Worte mit dem Vorarbeiter, der ebenfalls auf einer Empore stand, und bedeutete Abigail dann, ihm aus der Halle hinaus zu folgen.

Als sie in das Treppenhaus traten, wurde es schlagartig ruhiger. Das Dröhnen der Maschinen klang nur noch gedämpft an ihre Ohren.

Abigail sah Mr Rashleigh fragend an. »Haben Sie von den Männern erfahren können, wo Nelly Brixtons Töchter arbeiten?«

Mr Rashleigh deutete nach oben. »Sie arbeiten in der vierten Etage. Kommen Sie mit in mein Büro. Ich lasse die beiden jungen Frauen zu uns bringen. Wie Sie sicher bemerkt haben, kann man sich in den Hallen nicht unterhalten, der Lärm der Webstühle ist zu laut.«

Abigail saß bei einer Tasse Tee in Mr Rashleighs kleinem Büro, das sich in dem Verwaltungsgebäude befand, als die Tür sich plötzlich öffnete und zwei Mädchen hereingeführt wurden. Beim Anblick der beiden stellte Abigail erschrocken die Tasse ab, sodass der heiße Tee überschwappte.

»Wie alt seid ihr?«, fragte sie, während sie die Kinder von oben bis unten musterte. Als Nelly ihr von Frances und Margaret erzählt hatte, war Abigail davon ausgegangen, dass es sich bei ihnen um junge Frauen oder zumindest um Jugendliche handelte. Aber vor ihr standen Kinder.

Die Mädchen starrten auf ihre nackten Füße, die von Dreck und Staub schwarz waren. Keine von ihnen antwortete.

Abigail ging in die Hocke, sodass sie den Mädchen direkt in die Augen sehen konnte. Beide trugen einfache Baumwollkleider, denen sie längst entwachsen waren. Der Stoff war mehrfach geflickt worden, aber noch immer waren Löcher und Risse zu sehen. Die Kleider waren offensichtlich seit langer Zeit nicht mehr gewaschen worden. Abigail vermochte nicht zu sagen, welche Farbe sie ursprünglich gehabt hatten.

Sie streckte ihre Hand aus und berührte das größere der beiden Mädchen sanft am Kinn. Das Kind hob den Kopf, und seine Augen blickten Abigail schüchtern aus dem mit Dreck verschmierten Gesicht entgegen. Abigail wiederholte sanft ihre Frage. »Wie alt bist du?«

»Elf«, flüsterte das Mädchen ängstlich.

»Und du?«, wandte sich Abigail an ihre kleinere Schwester.

Das Mädchen presste die Lippen aufeinander.

Die Ältere griff nach der Hand der Kleinen und sagte: »Sie ist sieben, Ma'am.«

»Wer von euch beiden ist Frances?«

Die Elfjährige deutete auf ihre Schwester.

»Dann musst du Margaret sein«, stellte Abgail fest.

Das Mädchen nickte.

»Bitte geben Sie Ihnen eine Tasse Tee«, sagte Abigail zu Mr Rashleigh, der ihrem Wunsch sofort nachkam.

Abigail war sich durchaus bewusst, dass es nicht üblich war, die Arbeiterkinder mit Tee zu versorgen, aber diese beiden Mädchen wirkten so hilflos und schutzbedürftig, dass Abigail sie am liebsten in ihre Arme geschlossen und ihnen gesagt hätte, dass alles gut werden würde. Aber wie konnte sie das? Sie begann ja selbst gerade erst zu begreifen, in welchem Elend diese Mädchen lebten. Und sie hatte die Befürchtung, dass sie erst einen winzigen Teil der Wahrheit kannte.

Abigail spürte, wie erneut Tränen in ihr aufstiegen, die sie schnell wegblinzelte. Dann atmete sie tief ein und griff kurzentschlossen unter die Arme des dürren siebenjährigen Mädchens. Sie hob es auf den Stuhl, auf dem sie selbst gerade noch gesessen hatte. Lächelnd gab sie Sahne und Zucker in die Tassen der Kinder und forderte sie dann auf, den Tee zu trinken. Sie selbst griff nach ihrer Tasse.

Aber die beiden Mädchen rührten sich nicht.

»Ihr braucht keine Angst zu haben, ich möchte nur mit euch reden«, versuchte Abigail, die Kinder zu beruhigen.

»Bitte, Ma'am …« Margret hielt wieder die Hand ihrer Schwester fest. »Werfen Sie uns nicht hinaus. Wir werden noch fleißiger sein, ich verspreche es. Wir werden nie wieder früher gehen.«

Abigail schluckte. Dachten die beiden tatsächlich, sie wolle sie entlassen? Schnell bemühte sie sich, die Mädchen zu beruhigen. »Nein, nein. Ich möchte wirklich nur mit euch reden. Es geht um eure Mutter, Nelly Brixton.«

Die Mädchen sahen überrascht auf. Abigail bemerkte die verfilzten dunklen Haare der beiden, die wohl auch der beste Kamm nicht mehr bändigen konnte. »Ihr seid doch Nelly Brixtons Töchter, nicht wahr?«

Margaret nickte. »Haben Sie sie gesehen?«

»Sie ist bei mir zu Hause und wird gut versorgt. Genau wie Ben.«

Die beiden Mädchen wechselten einen kurzen Blick. Erleichterung zeichnete sich auf ihren Gesichtern ab.

»Deswegen sind wir gestern früher gegangen«, erklärte Margaret. »Wir haben sie gesucht. Larry hat uns gesagt, dass Mummy und Ben seit einigen Tagen nicht mehr gekommen sind. Da haben wir uns Sorgen gemacht.«

»Das kann ich gut verstehen, und deshalb bin ich heute hier.« Abigail griff nach den Tassen und drückte sie den Mädchen in die Hände. Während die beiden vorsichtig an dem warmen Getränk nippten, beobachtete Abigail sie für eine Weile. Ihr eigener Sohn Hugo war gerade acht geworden und somit kaum älter als Frances, doch er war deutlich größer und kräftiger als das Mädchen. Schließlich sagte sie: »Eure Mutter war sehr schwach. Sie hatte seit Tagen nichts mehr gegessen.«

Die Mädchen starrten in ihre Tassen.

»Wer ist Larry?«, fragte Abigail vorsichtig.

Wieder wechselten Margaret und Frances einen Blick.

Dann erklärte Margaret: »Mummy hat Stan an Larrys Frau vermietet, aber als Papa gestorben ist und Mummy ihre Arbeit verloren hatte, konnte sie nicht mehr für ihn bezahlen, und da haben sie Stan behalten. Mummy ist jeden Tag hingegangen, um ihn zu sehen. Larry arbeitet auch hier.«

Abigail verstand nicht, wovon das Kind sprach. »Wer ist Stan?«

»Unser kleiner Bruder.«

»Und den hat eure Mutter ... vermietet?«

Mr Rashleigh räusperte sich. Bis jetzt hatte er sich aus dem Gespräch herausgehalten. Doch nun sagte er: »Das ist üblich, Eure Ladyschaft. Während die Frauen arbeiten gehen, werden die Kinder von anderen Frauen verwahrt. Man spricht davon, dass die Kinder vermietet werden. Solange die Mütter noch stillen, laufen sie in der Pause zu den Verwahrmüttern, um ihren Kindern die Brust zu geben, ehe sie wieder zurück an die Arbeit gehen.«

Abigail sah den Mann erschrocken an. »Aber solange die Frauen noch stillen, gehören sie zu ihren Kindern. Die Babys müssen doch immer wieder gestillt werden.«

Mr Rashleigh nickte. Abigail sah, dass er leicht errötete. »Das ist leider regelmäßig der Fall. Keine dieser Frauen kann es sich leisten, ihren Posten länger als ein paar Tage zu verlassen. Wir brauchen die Arbeitskräfte. Und ich bin gezwungen, die Stelle neu zu besetzen, wenn die Frauen länger ausfallen.«

»Aber das ist herzlos, Mr Rashleigh.«

Der Verwalter hob bedauernd die Hände. »Ma'am, ich habe diese Regeln nicht gemacht. Ich habe Zahlen und Vorgaben, die erfüllt werden müssen. Und wie ich Ihnen vorhin schon erklärt habe, sichert diese Strenge die Arbeitsplätze für alle.«

Wieder dachte Abigail daran, dass diese Maßnahmen jedoch ausschließlich auf die Kosten der Arbeiterinnen gingen und dass sie in Hampton Hall davon nicht das Geringste zu spüren bekamen.

Abigail atmete tief ein. »Sie sagen also, dass mein Mann letztendlich dafür verantwortlich ist?«

Mr Rashleigh nickte.

»Margaret und Frances, ihr beiden bringt mich jetzt zu Stan. Wo wohnt ihr eigentlich?«, wandte sie sich nun wieder an die Kinder.

»Nirgendwo, Ma'am. Wir dürfen bei einer Freundin schlafen.« Margaret hatte den Tee ausgetrunken, und Abigail war nicht entgangen, dass sie den letzten Tropfen noch genüsslich aus der Tasse geschlürft hatte.

»Gut, ich nehme euch mit nach Hampton Hall. Wir holen erst Stan und dann eure Sachen.«

»Ma'am?« Margaret trat verlegen von einem Bein auf das andere.

Abigail sah sie fragend an.

»Wir haben keine Sachen. Nur das, was wir anhaben.«

Abigails Blick wanderte zu Mr Rashleigh. Wusste er davon? Wie konnte er die Mädchen den ganzen Tag arbeiten lassen und ihnen nicht einmal so viel Lohn geben, dass sie sich die nötigsten Dinge leisten konnten?

Er besaß immerhin den Anstand, die Augen zu Boden zu richten. »Ich kann nur wiederholen, Eure Ladyschaft: Es steht nicht in meiner Macht. Ich erfülle Anweisungen und Vorgaben. Meine Familie wartet ebenso hungrig zu Hause auf mich, und ich darf meine Arbeit auch nicht verlieren. Sonst würden wir genauso ins Elend stürzen.«

Abigail sah ihn an. Er hatte natürlich recht. Mr Rashleigh war genauso abhängig vom Wohlwollen seines Arbeitgebers wie die Vorarbeiter, die ihm unterstanden. Abigail stand auf. Mit einem Mal war ihr bewusst, dass es mutige Menschen brauchte, die mehr für die armen Kreaturen forderten, als sie im Augenblick bekamen.

»Also gut, Mr Rashleigh. Als Abigail Hampton, die vierte Lady Mahony, bin ich wohl Ihre Vorgesetzte, und ich befehle Ihnen, den Mädchen heute frei zu geben, ohne dass sie dadurch ihre Stellen verlieren. Bei vollem Lohn, versteht sich.«

Mr Rashleigh nickte. Abigail meinte ein leichtes Lächeln zu erkennen, das um seine Lippen spielte.

Sie fuhr fort: »Und ich schlage vor, meinem Schwager gegenüber nichts davon zu erwähnen.«

Der Verwalter zögerte, bevor er sprach. »Eure Ladyschaft, ich halte es für keine gute Idee, dass Sie allein mit den Kindern in die Arbeitersiedlung gehen. Die Stimmung ist aufgeheizt, und Sie sind dort als Lady Mahony bekannt.«

»Dann begleiten Sie uns«, schlug Abigail vor.

Abigail war auf vieles vorbereitet gewesen, aber nicht auf diese ekelhafte Mischung aus Dreck, Abfällen und Gestank. Die Arbeitersiedlung lag gleich hinter der Fabrik und erstreckte sich bis in die Stadtmitte. Am äußeren Rand dieser Ansammlung von ärmlichen Behausungen verlief der Fluss Fair. Abigail folgte den Mädchen und Mr Rashleigh über eine Brücke auf die andere Seite des Flusses. Das Wasser stank bestialisch, und Abigail wurde übel, als sie die Frauen und Kinder am Ufer sah, die ihre Wassereimer füllten. Ganz offensichtlich wurden nicht nur die Abwasser der Stadt in den Fluss geleitet, sondern auch die der Fabriken.

»Woher kommt der schreckliche Gestank?«, wandte sie sich an Mr Rashleigh.

Er deutete auf einige Gebäude, die ein Stück weiter den Fluss hinunter standen. »Von den Gerbereien da drüben.«

Abigail zog eines ihrer Taschentücher aus der Rocktasche, um es sich vor Nase und Mund zu pressen.

Kaum hatten sie den Fluss überquert, gerieten sie in ein Gewimmel aus engen Gassen. Die Häuser standen hier dicht an dicht, der Gestank der Gerbereien vermischte sich mit anderen Gerüchen, nach deren Ursprung Abigail lieber nicht fragen wollte. Trübe Lachen hatten sich auf dem Boden ausgebreitet. Abigail versuchte, ihnen auszuweichen, und bemerkte entsetzt, dass Frances und Margaret mit ihren nackten Füßen durch diese stinkenden Pfützen stapften. Jeder freie Winkel schien hier bebaut zu sein. Die Mädchen führten sie in einen Hof und von dort aus in den nächsten und immer weiter, bis Abigail jegliche Orientierung verloren hatte. Ein Hof ging in den nächsten über, es war ein unübersichtliches Labyrinth.

Angewidert stieg Abigail über die Pfützen, wich Betrunkenen aus, die einfach auf der Straße lagen, und betrachtete entsetzt die Schweine, die in den Gassen herumliefen und in den engen Hinterhöfen in Verschlägen gehalten wurden. Hin und wieder sah sie am Straßenrand einen Abort, der manchmal nicht einmal eine Tür hatte, und sie wandte peinlich berührt den Blick ab, als sie entdeckte, dass einer davon gerade benutzt wurde. Vor einem anderen stand eine Pfütze aus Urin, die so sehr stank, dass Abigail würgen musste. Überall befanden sich halb oder ganz verfallene Gebäude, manche davon offenbar unbewohnt, während andere zwar in schlechtem Zustand waren, aber dennoch bewohnt zu sein schienen. Zwischen den Häusern drängten sich Hütten und Ställe, in denen ebenfalls Menschen wohnten. Es gab Schutthaufen, Abfall und Unrat, wo man nur hinsah. Was für eine entsetzliche Gegend! Wie konnten hier Menschen leben, Kinder geboren und großgezogen werden?

Mr Rashleigh, dem Abigails Entsetzen nicht entgangen war, erklärte: »So sehen die Arbeitersiedlungen in allen größeren Städten Englands aus, Eure Ladyschaft. Die Menschen haben kein fließendes Wasser, Wasserleitungen sind hier noch nicht installiert worden, sie können sich also nicht waschen und auch die Straßen oder Häuser nicht mit Wasser reinigen. Sie müssen es vom Fluss heraufholen, und das ist mühsam.«

Abigail dachte daran, dass das verschmutzte Flusswasser nicht gerade zum Säubern von irgendetwas geeignet war.

»Und es scheint mir viel zu wenige Aborte zu geben«, wandte sie ein.

Mr Rashleigh nickte. »Auf achtzig Menschen kommt ein Abtritt. Oft werden unbewohnbare Kellerräume dafür benutzt, was der Hygiene nicht gerade zuträglich ist.«

Abigail presste ihr Tuch fest vor Mund und Nase, und doch kroch der scharfe Gestank des Urins tief in ihre Lungen.

»Hier ist es, Ma'am.« Margaret deutete auf ein schäbiges Backsteinhaus. Die Fensterscheibe neben der Eingangstür war mit einem Brett geflickt worden, und einzelne Backsteine hatten sich aus der Fassade gelöst. Abigail atmete tief in ihr Taschentuch und ging dann entschlossen auf das Haus zu. Sie klopfte laut an und stieß die Tür auf.

Ihre Augen mussten sich erst an die Dunkelheit gewöhnen. Was sie dann sah, ließ sie erschrocken zurückweichen. Der Wohnraum war etwa fünf Fuß breit und sechs Fuß lang. Auf einem Berg Stroh in der Ecke lagen drei vermutlich betrunkene Männer. Die Alkoholwolke, die sie ausdünsteten, mischte sich mit dem Gestank der Ausscheidungen in einem Blecheimer neben der Tür.

Entsetzt starrte Abigail auf die fünf Kleinkinder, die zwischen den Männern lagen. Ein Herd stand auf der anderen Seite des Zimmers und ein Stuhl, der kaum noch als solcher zu bezeichnen war, direkt daneben. Darauf saß eine Frau, die mit einer Stopfarbeit beschäftigt war. Als sie Abigail sah, sprang sie auf. Ihr Blick huschte gehetzt durch den Raum, als suchte sie nach einer Waffe, mit der sie sich verteidigen konnte.

»Wenn Sie wegen der Miete kommen ...«, rief sie.

»Bitte«, unterbrach Abigail die Frau und hob beschwichtigend die Hände, »ich möchte nur Nelly Brixtons Kind auslösen.«

Die Frau schien nicht zu verstehen, was Abigail gesagt hatte. Sie blickte zu Margaret und Frances.

»Wer ist die?« Beim Sprechen entblößte die Frau eine Reihe fauliger Zähne.

Margaret hob die Schultern.

»Das ist Lady Mahony, und Nelly Brixton ist zurzeit in Hampton Hall«, erklärte Mr Rashleigh, während er einen Blick auf den Haufen menschlicher Körper warf, der in der Ecke schlief.

Abigail zog einen Geldschein aus ihrer Tasche hervor und reichte ihn der Frau. »Wird ein Pfund reichen?«

Die Frau starrte ungläubig auf das Geld in Abigails Hand. Dann schlurfte sie zu dem Lager aus Stroh und hob einen Säugling hoch. Margaret nahm ihr das Kind ab.

Nachdem Abigail ihr gedankt und noch einen Shilling in die Hand gedrückt hatte, war sie froh, der Behausung wieder entkommen zu können.

»Unmöglich!« Georges Gesicht war dunkelrot angelaufen. Seine ohnehin schon hervorquellenden Augen schienen beinahe aus den Höhlen fallen zu wollen. Er hatte die Hände auf dem Rücken verschränkt und ging aufgeregt im Raum auf und ab.

Abigail saß im Morgenzimmer an ihrem Schreibtisch und war gerade dabei gewesen, Briefe zu schreiben, als George hereingestürzt war.

»Eine Arbeiterin! Und ihre verlausten Kinder! Was hast

du dir bloß dabei gedacht?« George stützte sich auf Abigails Schreibtisch ab und beugte sich zu ihr herunter.

»Die Mädchen arbeiten für Anthony«, erwiderte Abigail.

»Umso schlimmer.« George stieß sich vom Tisch ab und ging wieder unruhig im Zimmer umher. »Ich bin mir sicher, Anthony möchte die Trennung zwischen den Arbeitern und unserer Familie genauso wie ich.«

»Aber Anthony ist zurzeit nicht da, und ich bin seine Frau. Du wirst bald wieder nach Bath in dein eigenes Haus zurückkehren. Und ich bin der Meinung, dass man den armen Geschöpfen helfen muss.« Abigail stellte die Feder zurück, die sie in der Hand gehalten hatte.

»Abigail ...« George drückte sich mit Daumen und Zeigefinger an die Nasenwurzel und kniff die Augen zusammen. Dann sah er sie an. »Diese Menschen sind unsauber. Sie tragen unvorstellbare Krankheitserreger mit sich herum. Die Cholera bricht regelmäßig in den Arbeitersiedlungen aus. Willst du diese Menschen allen Ernstes in der Nähe deiner Kinder wissen?«

»Wem gehören diese Siedlungen?«

»Was?« George ließ sich in einen der zierlichen Sessel fallen, der unter seinem Gewicht bedenklich knarrte.

Abigail drehte ihren Stuhl so, dass sie ihren Schwager ansehen konnte. »Die Häuser, in denen die Arbeiter wohnen ... Wem gehören sie?«

»Wem die Häuser ...? Herrgott, Abigail! Das tut doch nichts zur Sache.« Georges Stimme klang inzwischen ungeduldig. »Vermutlich gehören sie Anthony.«

Abigail betrachtete ihren Schwager nachdenklich. »Ich habe die Häuser gesehen, sie haben die Bezeichnung Haus kaum verdient. Die Scheiben sind zerbrochen, die Türen und Wände beschädigt.« Sie hielt einen Moment inne und ließ den Blick durch das Morgenzimmer gleiten. Die Seidentapeten, der Stuck unter der Decke. Die Sessel mit ihrem hellblauen Brokatbezug, die teuren Porzellanfiguren auf dem Kaminsims aus Alabaster. Das Feuer, das im Kamin brannte und eine wohlige Wärme verbreitete. Der Duft des Tees lag noch in der Luft. Sie sah wieder zu George und fuhr fort: »Das Schlimmste aber ist, dass dort viel zu viele Menschen zusammengepfercht sind. Es gibt kaum Abtritte, die Menschen suchen sich andere Möglichkeiten. Fließendes Wasser haben sie nicht, sie holen ihr Wasser aus dem stinkenden Fluss, in den Hampton's Mill und all die anderen Fabriken und Häuser hier ihre Abwässer leiten. In den Arbeitersiedlungen gibt es keine Rinnsteine, die schmutzige Brühe steht in Pfützen auf der Straße. Der allgemeine Gestank ist kaum auszuhalten. Ich finde es nicht erstaunlich, dass es in solch einer Gegend so viele Krankheiten gibt! Nein, mich wundert eher, dass es nicht viel mehr Krankheiten dort gibt.«

George holte Luft. Doch bevor er etwas sagen konnte, erklärte Abigail: »Die Häuser … Wenn sie Anthony wirklich gehören …«

George stand auf. »Ja, verdammt noch mal. Die Häuser hinter Hampton's Mill gehören Anthony. Das gesamte Viertel bis zur Stadtmitte. Die Häuser auf der anderen Seite der Stadt gehören Uman und einigen anderen Fabrikanten.«

Abigail schloss einen Moment lang die Augen. Sie hatte es befürchtet, aber insgeheim gehofft, eine andere Antwort zu erhalten. Sie stand auf. »Wie ist es möglich, dass Anthony dieses ganze Elend zuließ? Warum hat er nicht dafür gesorgt, dass die Häuser besser instand gehalten werden, dass nicht so viele Menschen in die einzelnen Räume gezwängt werden? Warum wurden nicht längst Wasserleitungen installiert, Rinnsteine angelegt und die Schweine woanders untergebracht?«

»Weil es nur Arbeiter sind!«

»Nur Arbeiter?« Abigail fuhr herum. »Es sind Menschen. Und sie arbeiten für unseren Reichtum. Sie haben ein Recht auf Gesundheit, auf sauberes Wasser. Sie arbeiten vierzehn Stunden am Tag und haben oft nicht einmal genug Geld, um sich anständiges Essen zu kaufen. Obwohl sie den ganzen Tag an den Maschinen stehen, müssen sie Hunger leiden. Das ist armselig, George! Das ist beschämend für dich, für Anthony, für Uman und all die anderen.«

George starrte sie eine Weile lang an. Dann lachte er laut auf. »Abigail, du bist eine Frau. Du verstehst nichts vom Finanzgeschäft. Meinst du, das alles«, er machte eine umfassende Handbewegung, die das gesamte teuer eingerichtete Zimmer umschloss, »ist vom Himmel gefallen?«

Abigail zog die Augenbrauen hoch. »Nein. Es entspringt der Arbeit all der Menschen, die in den stinkenden Gassen hinter Hampton's Mill leben. Ich schäme mich dafür, in diesem Luxus zu schwelgen, während die, die dafür arbeiten, kaum ein Dach über dem Kopf haben.«

»Dramatisiere doch nicht so!« George stand auf. »Das sind nun einmal die Regeln. Es gibt Männer, die dafür geboren wurden, die Führung zu übernehmen, und andere, die für sie arbeiten. Das ist Gottes Wille, er hat es so bestimmt, und wir können und sollten nicht in diese Ordnung eingreifen.«

Abigail schüttelte den Kopf. »Ich bin jedenfalls nicht bereit zuzuschauen, wie die Menschen vor meinem Fenster verhungern, während ich im Überfluss lebe. Nein, George! Ich werde die Familie, derer ich mich angenommen habe, nicht wieder in das Loch zurückschicken, wo sie herkommen, und ich werde mir darüber Gedanken machen, was ich tun kann, um die Lage der Arbeiter zu verbessern.«

George sah sie mit einem Blick an, in dem Faszination und Missbilligung zugleich lagen. Er schien belustigt zu sein. »Wenn es dir Spaß macht, bitte!«

Abigail zog die Augenbrauen zusammen. »Du nimmst mich nicht ernst.«

George ging zur Tür. »Was tut das zur Sache? Abigail, ich habe im Moment andere Sorgen.«

»So?« Abigail folgte ihm. »Was meinst du?«

Er zuckte mit den Schultern. »Nichts, was dich beunruhigen sollte. Aber wenn es dir Spaß macht, dann ergreife die Partei der Arbeiter. Was kannst du schon ausrichten?«

Wut stieg in ihr auf. »Unterschätze mich nicht.«

George grinste. »Du bist bezaubernd, wenn du dich aufregst. Anthony hat großes Glück mit dir gehabt, obwohl es nicht gut ist, dass du dich in die Geschäfte der Männer drängst.«

Er trat auf sie zu. Seine Finger berührten ihr Gesicht. Er fuhr langsam an ihrer Wange entlang. Abigail hielt die Luft an. Sie ballte die Fäuste. Doch dann trat er zurück und wandte sich wieder zur Tür. »Aber da du nicht viel anrichten kannst, lasse ich dich erst einmal gewähren.« Sein Blick wanderte durch den Raum und blieb an dem bodentiefen Fenster hängen, hinter dem der nebelverhangene Garten lag. Eine Amsel hüpfte über die Terrasse. Regentropfen fielen vom Rand des Zierbrunnens ins trübe Wasser. Plötzlich lachte George. »Nun, im Grunde ist das Anthonys Angelegenheit. Soll er entscheiden, wenn er wieder zurück ist. Aber wärst du meine Gattin, würde ich dich an deine Pflichten erinnern, und die liegen nicht dort unten in der Arbeitersiedlung, sondern hier im Haus. Und was das Gesindel aus der Stadt angeht, kann ich dir versichern: Anthony geht viel zu großzügig mit ihnen um. Bei mir würden ganz andere Regeln herrschen.«

Er nickte ihr zu und verließ das Zimmer. Abigail sank auf den nächsten Stuhl. Sie fragte sich, was George am Zustand der Arbeiter noch verschlechtern konnte, da sie sich keine Steigerung des Leids vorzustellen vermochte.

Abigail öffnete leise die Tür zu der kleinen Kammer neben der Küche. Nelly lag mit ihrem Säugling und Ben im Bett, und als sie Abigail sah, lächelte sie.

»Sie sehen schon viel besser aus«, sagte Abigail und setzte sich auf den Stuhl neben dem Bett. »Und Doktor Smith sagt, Sie machen große Fortschritte.«

»Ja, Ma'am. Es geht mir schon wieder gut.« Nelly versuchte sich aufzurichten. Sofort wurde Stan in ihrem Arm unruhig.

Abigail bedeutete ihr, liegen zu bleiben. »Lassen Sie ihn schlafen.«

»Danke, Eure Ladyschaft.« Nelly küsste ihren Sohn auf die Stirn. »Ich werde die Kinder heute wieder mitnehmen. Wir wollen Ihnen nicht zur Last fallen.«

Abigail lehnte sich auf dem Stuhl zurück. Nelly trug die sauberen, neuen Kleider, die Renard für sie aus Abigails Sachen herausgesucht hatte. Die Französin hatte sich allerdings geweigert, Nelly die Kleidung persönlich zu bringen, aus Angst, sich mit einer ansteckenden Krankheit zu infizieren. Um sie und die übrige Dienerschaft zu beruhigen, hatte Abigail alle Kleider von Nelly und ihren Kindern verbrennen und sie selbst in heiße Bäder stecken, gründlich schrubben und schließlich neu einkleiden lassen.

»Wo werden Sie hingehen?«, fragte sie die junge Frau.

Nelly sah Abigail einen Moment lang an. Dann zog sie die Schultern hoch.

Abigail nickte. Das hatte sie sich gedacht.

»Letztes Jahr ist der alte Gärtner gestorben, der schon lange nicht mehr arbeiten konnte«, sagte sie zu Nelly. »Er hat bis zu seinem Lebensende in dem kleinen Häuschen oben im Park von Hampton Hall gewohnt. Sein Nachfolger hat schon längst ein anderes Cottage bezogen, sodass das alte Gärtnerhaus nun leer steht. Ich möchte es Ihnen geben, es ist zwar nicht allzu groß, aber im Vergleich zu den Behausungen in der Arbeitersiedlung geradezu riesig.« Abigail wusste noch nicht, wie sie Anthony davon überzeugen konnte, aber irgendwie musste sie ihn dazu bringen, der bedürftigen Familie das Haus zu überlassen.

»Ma'am, das kann ich nicht annehmen. Wir haben kaum Geld. Dic beiden Mädchen verdienen zu wenig, um die Miete bezahlen zu können.« Nelly drückte ihr Kind fest an sich. Mit der anderen Hand fasste sie Bens Finger, der Junge schlief noch friedlich neben ihr. »Ich werde versuchen, mit den Kindern irgendwo unterzukommen. Vielleicht finden wir einen Kellerraum, den wir uns leisten können.«

Abigail schüttelte den Kopf. »Machen Sie sich keine Gedanken über die Miete, ich habe eine Idee.«

Die Frau sah sie überrascht an. Abigail erklärte: »Ich weiß noch nicht genau, wie ich vorgehen werde, aber ich werde Hilfe brauchen und möchte Sie einstellen, Nelly. Ich will etwas gegen die Armut der Arbeiter unternehmen, und Sie sollen mir dabei helfen.«

Kapitel 2

Herbst 2017

Tut mir leid. Meine Mutter hat es nicht böse gemeint.« Philip klang zerknirscht am Telefon. »Aber da du ja jetzt in Stockmill bist, hat sie einfach nicht daran gedacht, dass du am Wochenende zu dem Jagdausflug mitkommen möchtest. Du hast dir nie viel daraus gemacht.«

»Das Vergessen geht schnell, wie ich merke. Ich bin gerade mal vier Tage aus London fort. Außerdem geht es mir nicht ums Jagen, sondern um unsere Töchter, die ich gern sehen würde.« Melody schluckte die nächste bissige Bemerkung hinunter, die ihr bereits auf der Zunge lag. Sie setzte sich an den Küchentisch und griff mit der freien Hand nach dem heißen Tee. »Was soll's! Dann wünsche ich euch viel Spaß.«

»Jetzt bist du sauer«, stellte Philip fest.

Melody seufzte. Sie beobachtete die Rauchschwaden, die aus ihrem Becher in die kalte Luft der zugigen Küche stiegen. Es brachte nichts, beleidigt zu sein, und außerdem hatte er ja recht. Melody hatte sich für ihre Karriere entschieden, obwohl sie wusste, dass sie dafür zwischen London und Stockmill pendeln musste und unter der Woche vom Familienleben ausgeschlossen sein würde. Doch an den Wochenenden wollte sie bei ihnen sein. Auch wenn ihre Töchter, die jetzt schon vierzehn Jahre alt waren, immer weniger Zeit zu Hause verbrachten und sie oft gar nicht mehr brauchten. Melody hatte sich die Entscheidung nicht leicht gemacht. Aber hätte sie die Beförderung zur Oberstaatsanwältin abgelehnt, dann hätte sie es sicher bereut. Jetzt litt sie ihrer Familie gegenüber unter Schuldgefühlen.

»Du weißt, dass meine Eltern es nicht gut finden, dass du die Stelle angenommen hast und nicht bei den Kindern bist«, sagte Philip mit ernstem Ton in der Stimme. »Und ich bin auch nicht gerade begeistert.«

»Fang nicht wieder damit an. Es muss doch möglich sein, Karriere und Familie zu vereinbaren. Als wir uns damals für die Kinder entschieden haben, stand fest, dass wir trotzdem im Job etwas erreichen wollen. In London gibt es unzählige Bewerber, da sind die Chancen gering, ausgewählt zu werden. Stockmill ist eine gute Alternative. Wenn ich zwei oder drei Jahre als Oberstaatsanwältin hier gearbeitet habe, kann ich mich nach London versetzen lassen.« Melody strich sich über die Stirn. »Außerdem ist das eine gute Gelegenheit, Abigail's Place endlich für einen Verkauf vorzubereiten.«

»Das hättest du schon längst von London aus regeln können. Du hast das Haus vor vier Jahren geerbt und bisher noch nichts unternommen.«

Melody atmete tief durch. »Es ist ein Stück Familiengeschichte. Ich kann das Haus doch nicht einfach verkaufen, ohne mich noch einmal in Ruhe hier umgesehen zu haben.« Sie ließ ihren Blick durch die alte Küche schweifen. »Abigail's Place hat zwar hundertachtzig Jahre lang leer gestanden, aber es war meinen Vorfahren anscheinend so wichtig, dass es nie verkauft wurde. Ich hätte ein schlechtes Gewissen, wenn ich es einfach achtlos an jemand anderen weitergeben würde. Und dass ausgerechnet eine Oberstaatsanwältin hier in Stockmill gebraucht wurde, ist Schicksal.«

»Melody«, sie konnte das Augenrollen ihres Mannes durch die Telefonleitung förmlich sehen, »wir leben im einundzwanzigsten Jahrhundert. Die Fabrik, zu der das Haus einmal gehörte, besteht nicht mehr. Du musst lernen, es loszulassen und deinen Pflichten als Mutter nachzukommen. Und die sind nun einmal hier in London.«

Melody spürte, dass Wut in ihr aufstieg. Seit Tagen drehten sie sich mit ihren Diskussionen um Melodys neue Stelle im Kreis. Warum brachte Philip nicht einen Funken Verständnis dafür auf, dass es für sie noch mehr gab, als nur ihre Töchter großzuziehen? Dass es noch mehr geben *musste*! Denn was sollte aus ihr werden, wenn die Mädchen ihre eigenen Wege gingen? Sollte Melody dann zu Hause hocken und dem Echo ihrer Kinder lauschen? Sie bemühte sich, nicht genervt zu klingen, als sie sagte: »Deine Kanzlei ist eine der größten des Landes. Es gibt sogar in Stockmill eine Niederlassung. Wieso ziehst du nicht mit Mia und Miranda hierher?«

»Weil ich kein Hündchen bin, das seinem Herrn auf Schritt und Tritt folgt. Was kann ich dafür, dass du zur Oberstaatsanwältin befördert worden bist?« Philips Stimme klang verächtlich.

Melody biss sich auf die Unterlippe. Ihrem Mann hatte es nie gefallen, dass sie als Frau berufstätig war und Karriere machte. Und dass sie dabei auch noch erfolgreicher war als er, machte die Sache nicht besser. Philip kam aus einer alten Familie mit Geld und Traditionsbewusstsein.

Melody sprach schnell weiter, bevor es zum Streit kommen konnte. »Gib mir doch bitte mal die Mädchen.«

»Oh, tut mir leid«, Philip machte eine kurze Pause, »meine Mutter ist mit ihnen auf Shopping-Tour gegangen. Sie brauchen für den Ausflug noch Tweedjacken, die alten passen ihnen nicht mehr.«

»Nur für dieses eine Wochenende? Ist das nicht etwas übertrieben?« Melody hasste das Konsumverhalten ihrer Schwiegermutter, die mit Sicherheit wieder Hunderte von Pfund für diese Jacken ausgeben würde, die nach dem Wochenende nur im Schrank hängen würden, da die Mädchen genügend andere besaßen.

»Es ist ihr Geld, warum regst du dich auf?« Philips Stimme klang genervt. »Sei doch froh, dass sie sich um die Mädchen kümmert, jetzt wo du einhundertzwanzig Meilen entfernt in Stockmill sitzt.«

»Das hatten wir doch geklärt, die Mädchen freuen sich für mich. Es ist nur für zwei Jahre, und ihr könntet immer noch hierherkommen.« Melody unterdrückte einen Seufzer.

»Wir geben nicht unser Leben auf, nur damit du deiner fixen Idee nachjagen kannst«, sagte Philip wütend.

»Du nennst meine Karriere eine fixe Idee?« Melody ärgerte sich, dass sie sich doch wieder auf eine Diskussion eingelassen hatte. Es gab sowieso nur Vorwürfe und Gegenvorwürfe zwischen ihnen. »Schon gut. Also, macht euch eine schöne Zeit im Exmoor. Wir sehen uns dann übernächstes Wochenende.«

Sie legte auf und starrte einen Moment auf das Display. Elf Minuten hatte ihr Gespräch gedauert. Er hatte sich auffällig wenig nach ihrer Arbeit erkundigt. Dabei schwirrte ihr der Kopf vor lauter neuen Eindrücken, und sie hätte ihm gern mehr über ihre erste Woche als Oberstaatsanwältin erzählt, die fast schon vorbei war. Eigentlich hatte sie geplant, morgen nach der Arbeit direkt nach London zu fahren, um das Wochenende mit ihrer Familie zu verbringen. Sie lehnte sich nach vorn und betrachtete das Fliesenmuster des alten Küchenbodens. Aber Philip hatte ihr gerade eröffnet, dass seine Mutter mit ihm, Mia und Miranda zur Jagd nach Devon fahren wollte, wo ein Freund der Familie ein kleines Jagdhaus besaß.

Melody schüttelte den Kopf und legte das Telefon auf die unebene Tischplatte. Es war scheußlich kalt und zugig in Abigail's Place. Sie umfasste den Teebecher mit beiden Händen. Es ging auf Ende Oktober zu, und ihr graute vor dem Winter. Ihre Gedanken kehrten zu dem Gespräch mit Philip zurück. Aus irgendeinem Grund gab es kein freies Bett mehr in dem Jagdhaus, sodass sie übers Wochenende nicht mit ihrer Familie nach Devon fahren konnte. Melody hasste Jagdgesellschaften und war wirklich nicht traurig, dieses Ereignis zu verpassen, aber sie hätte ihre Töchter gern gesehen. Sie war zwar erst seit einer Woche von London fort, aber die Mädchen fehlten ihr sehr. Ihre Schwiegermutter Henrietta schien die Gelegenheit nur zu gern zu ergreifen, die Mädchen und Philip für sich zu haben. Melody und Henrietta waren nie besonders gut miteinander ausgekommen. Philips Mutter waren Traditionen und die Meinung anderer Menschen schon immer wichtiger gewesen als persönliches Glück und Erfüllung. Daher hatte sie von Beginn an an Melodys Berufstätigkeit herumgenörgelt.

Melody trank den letzten Schluck Tee und stand auf. Gut, dann würde sie das Wochenende eben hier verbringen. Warum sollte sie die Fahrt nach London auf sich nehmen, wenn die Mädchen und Philip sowieso nicht zu Hause waren? Es würde ihr guttun, sich ein paar Tage Ruhe zu gönnen. Vielleicht konnte sie endlich mit dem Aufräumen des alten Hauses beginnen. Bislang hatte sie so viel zu tun gehabt, dass sie noch nicht dazu gekommen war, Abigail's Place genauer zu untersuchen. Sie verdrängte ihre Schuldgefühle, die sie seit dem Telefonat wieder plagten, und drehte das Gaslicht höher. Trotzdem wurde es nicht richtig hell in der Küche. Während ihr Blick über den alten Herd, die massiven Küchenschränke, den großen Spülstein und den Küchentisch glitt, überlegte sie, was sie mit diesem Haus anstellen sollte. Einerseits widerstrebte es ihr, Abigail's Place zu verkaufen, andererseits würde der Renovierungsaufwand enorm werden.

Sie trat in den dunklen Flur hinaus. Ein Luftzug streifte sie, und sie schüttelte sich unwillkürlich. Das alte Holz der Wandvertäfelung knarrte. Es war inzwischen sechs Uhr abends und draußen schon fast dunkel geworden. Während sie nach der Gaslampe tastete, die an der Wand des Korridors angebracht war, lief ihr ein Schauer über den Rücken. Dieses Haus bräuchte dringend elektrische Leitungen! Mit den Gaslampen war es einfach nicht richtig zu beleuchten. Unvorstellbar, dass die Menschen jahrhundertelang mit Gaslicht, Kerzen und Öllampen ausgekommen waren.

Der Wind fegte ums Haus und einen Moment lang flackerten die Lichter. Ein Pfeifen ließ Melody zusammenzucken, bis ihr klar wurde, dass es nur der Sturm gewesen sein konnte, der durch die undichten Fenster wehte. Plötzlich kam sie sich einsam und hilflos vor. Sie stand mitten in der Eingangshalle, hoch über ihrem Kopf erstreckte sich das wunderschöne Glasdach, durch das tagsüber helles Sonnenlicht fiel, das die Halle und das Treppenhaus durchflutete, aber jetzt, im Dunkeln, war es nicht zu erkennen. Die alten Fenster hielten die Kälte kaum ab, Melody würde sofort zu Bett gehen müssen – obwohl sie bezweifelte, dass ihr in dem kalten Schlafzimmer warm werden konnte, auch wenn sie sich noch so dick in Decken hüllte – oder sie würde ein Feuer im Kamin entzünden und warten müssen, bis sich die Wärme im Haus verteilt hatte. Sie seufzte. Es war noch nicht spät, also war die zweite Möglichkeit wohl vernünftiger. Aber das Holz, das sie vorgestern gekauft hatte, lag noch draußen im Schuppen.

Sie schüttelte den Kopf. Was hatte sie sich nur dabei gedacht, in dieses alte Haus zu ziehen? Seit so vielen Jahren hatte niemand mehr hier gewohnt. Das Haus war für ein modernes Leben überhaupt nicht eingerichtet. Aber es half nichts, zu verzweifeln. Entschlossen trat Melody in die Vorhalle, griff nach ihrer Jacke und trat in den Abend hinaus. Sie umklammerte den Schlüsselbund, während sie durch den kleinen verwilderten Park lief, bereit, ihn als Waffe gegen eventuelle Angreifer einzusetzen. Melody nahm sich vor, gleich morgen einen Gärtner zu beauftragen, den Park in Schuss zu bringen und die tiefen Löcher der Einfahrt mit Schotter zu füllen, damit sie mit dem Auto bis vor das Haus fahren konnte. Sie hatte Abigail's Place vor vier Jahren geerbt, nachdem ihr Vater gestorben war. Es war das letzte Gebäude der ehemaligen Baumwollfabrik, das noch im Familienbesitz war. Melodys Vorfahren hatte die gesamte Fabrik Hampton's Mill gehört, die im neunzehnten Jahrhundert sehr erfolgreich gewesen war und noch bis ins Jahr 2000 produziert hatte. Danach waren die Firmengebäude allmählich verkauft worden – bis auf die Villa Abigail's Place. Da Melodys Familie sehr groß war, hatten sie sich das Erbe untereinander aufgeteilt. Melodys Eltern hatten sich immer geärgert, dass sie die Villa, die in äußerst unattraktiver Umgebung lag, geerbt hatten und nicht, wie Melodys Tanten und Onkel, einen Teil des riesigen Anwesens Hampton Hall am Rand der Stadt. Dieser Herrensitz war schon vor dreizehn Jahren von den Erben verkauft worden. Heute befand sich ein Luxushotel samt Spa auf dem Gelände, und Melodys Tanten und Onkel waren um einige Millionen reicher geworden.

Als Melody den kleinen Parkplatz erreicht hatte, der zu Abigail's Place gehörte und am Ende eines verwilderten Weges lag, drangen Musik und Stimmengewirr an ihr Ohr. Der Geruch von Frittiertem lag in der Luft. Die Kneipen und Restaurants, die heute in den ehemaligen Fabrikgebäuden untergebracht waren, schienen gut gefüllt zu sein. Rosa Licht leuchtete ihr von einer blinkenden Werbetafel entgegen. Zigarettenrauch stieg ihr in die Nase, als eine Gruppe Jugendlicher dicht an ihrem Parkplatz vorbeischlenderte. Bald würden auch Miranda und Mia nachts durch die Kneipen ziehen, hoffentlich ohne Zigaretten. Würde Melody wohl dabei sein, wenn sie von ihren ersten Verabredungen erzählten, würde sie bis in die Morgenstunden zu Hause auf sie warten? Oder würde sie das Erwachsenwerden ihrer Töchter während ihrer Karriere als Oberstaatsanwältin verpassen? Einen Moment lang fühlte sie sich wie betäubt. Hatte sie einen Fehler begangen? Hätte sie in London bleiben sollen? Sie dachte an das Filzherz, das Mia und Miranda ihr zum Abschied geschenkt hatten und das jetzt auf Melodys Bett lag. »Wir sind stolz auf dich«, war darauf gestickt. Als sie es ihr überreicht hatten, waren bei allen dreien die Tränen geflossen.

Melody schluckte und trat zu dem Schuppen am Rand des Parks. Ihre Finger waren kalt, und sie brauchte eine Weile, bis sie das dicke Vorhängeschloss aufgesperrt hatte. Mit einem lauten Knarren schwang die Tür auf. Melody schaltete das elektrische Licht ein. Die neu gekaufte Schubkarre stand in der einen Ecke, und die Holzscheite lagen in der anderen. Das Holz duftete nach Wald, und sie genoss einen Moment lang den Geruch, bevor sie in ihre Handschuhe schlüpfte und die Schubkarre belud.

Fünf Minuten später war sie fertig. Vorsichtig zog sie die schwere Ladung zur Tür und verschloss den Schuppen wieder. Dann nahm sie schwungvoll die Schubkarre auf. Aber sie konnte sie nicht ins Gleichgewicht bringen, und die Karre kippte zur Seite, sodass die Hälfte der Holzscheite auf dem Boden landete. Melody fluchte leise, stellte die Karre ab und begann, das Holz wieder einzuladen.

»Mrs Stewart?«

Sie sah auf und blinzelte in das rosafarbene Licht.

»Detective Inspector Daniel Rashleigh«, stellte sich die Gestalt vor, die sich dunkel gegen das Licht abzeichnete.

Melody richtete sich auf.

»Wir arbeiten im Burford-Fall zusammen«, erinnerte er sie.

»Ja, ja«, beeilte Melody sich zu erwidern. »Ich weiß.«

Er nickte und schwieg.

»Ich hatte Sie nur nicht hier erwartet«, erklärte sie und wandte sich wieder den Holzscheiten zu.

»Ich war nach Feierabend mit ein paar Kollegen ein Bier trinken.« Er beugte sich ebenfalls hinunter. »Ich nehme an, die sollen wieder in die Schubkarre?«

Melody nickte. »Ich bin leider ziemlich ungeschickt, was praktische Dinge angeht. Ich fürchte, ich muss mich erst an dieses Leben gewöhnen.«

Er warf die Holzscheite in die Karre. »Welches Leben meinen Sie?«

»Oh.« Melody deutete auf Abigail's Place, das hinter den verwilderten Bäumen und Sträuchern des kleinen Parks aufragte. »Das Leben des neunzehnten Jahrhunderts.«

Der Inspector lächelte.

Er schien nicht sehr gesprächig zu sein. Melody hingegen fühlte sich, aus welchem Grund auch immer, verpflichtet, das Schweigen zu brechen. »Ich habe es schon vor vier Jahren geerbt, und jetzt habe ich endlich die Gelegenheit, es für den Verkauf in Schuss zu bringen.«

»Stand das Haus nicht seit Jahren leer?«

Melody nickte. »Und ich muss gestehen, ich habe mir das Leben in Abigail's Place leichter vorgestellt.«

Er grinste und deutete mit dem Kopf in Richtung Eingangstür. »Soll das Holz da hin?«

»Das wäre sehr nett von Ihnen, Mr Rashleigh.« Melody lächelte erleichtert.

»Dan«, korrigierte er und setzte die schwere Schubkarre in Bewegung.

Sie folgte ihm. »Melody.«

Dan warf ihr einen kurzen Blick zu, während er die Karre sicher die dunkle Auffahrt hinaufschob. »Haben Sie sich schon ein bisschen eingelebt?«

»Eher nicht«, sagte sie, und während sie neben ihm herlief, fiel ihr auf, dass er kaum größer als sie selbst war. Er wirkte exotisch mit den schwarzen Haaren, den dunklen Augen und der hellbraunen Haut. Ein vollkommen anderer Typ als der fast zwei Meter große blonde Philip. Sie merkte, dass sie ihn wohl etwas zu eingehend gemustert hatte, denn er sah sie fragend an. Schnell wandte sie den Blick ab und räusperte sich. »Ich war ja kaum hier. Momentan bin ich immer lang im Büro, und diese Woche war nicht einmal ein Sitzungstag dabei.«

»Alles neue Fälle«, sagte Dan und wich einem tiefen Schlagloch aus. »Ich kann mir vorstellen, dass das erst mal viel Arbeit ist.«

»Aber langsam bekomme ich einen Überblick.« Melody stolperte über eine Wurzel, konnte sich im letzten Moment aber noch fangen.

Dan blieb stehen. »Alles okay?«

Sie nickte.

»Sie bräuchten Licht auf der Zufahrt. Ein paar Laternen.« Er sah sich um. »Ist nicht gerade der übersichtlichste Weg. Es scheint zwar ein bisschen Licht vom Fabrikgelände hier rein, aber die Tage werden kürzer … Bald wird es dunkel sein, wenn Sie morgens das Haus verlassen, und wenn Sie nach Hause kommen, sowieso.«

»Erinnern Sie mich nicht daran.« Melody seufzte. »Ich brauche nämlich nicht nur hier draußen anständiges Licht, sondern auch drinnen. Im Haus sind noch immer die Gaslampen von 1838.«

»Das ist nicht Ihr Ernst?« Der Inspector sah sie überrascht an.

Melody lachte. »Ich fürchte, schon. Immerhin stand das Haus seit 1841 leer.«

»Und die alten Gasleitungen funktionieren noch?«

»Wir haben im Sommer alles überprüfen und die Gasrohre größtenteils erneuern lassen«, erklärte Melody. »Natürlich hätten wir auch gleich elektrisches Licht verlegen lassen können, aber das wäre deutlich teurer gewesen.«

»Wir?« Dan hob die Augenbrauen.

»Mein Mann und ich …« Sie wusste nicht genau, warum sie *wir* gesagt hatte. Eigentlich hatte Philip sich aus der Renovierung von Abigail's Place weitgehend herausgehalten. »Ich bin mir noch nicht sicher, was ich mit dem Haus machen soll. Und jetzt für viel Geld elektrische Leitungen verlegen zu lassen, scheint mir überflüssig.«

Dan musste lachen. »Das bedeutet, Sie leben tatsächlich wie im neunzehnten Jahrhundert?«

»Genau«, bestätigte Melody. »Allerdings wurde im Sommer ein Badezimmer eingebaut. Nicht gerade luxuriös, aber für die kurze Zeit, in der ich hier bin, reicht es.«

»Dann werden Sie Abigail's Place also auf jeden Fall verkaufen?« Dan war stehen geblieben, als das Haus vor ihnen auftauchte.

»Ja«, erwiderte Melody, während sie die Villa betrachtete, die ihre Türmchen und Dachgauben in den dunklen Himmel reckte. In den Fensterscheiben spiegelten sich die Lichter der Restaurants und Bars hinter ihnen. »Obwohl es nicht so unruhig und laut ist, wie ich zuerst dachte. Man bekommt erstaunlich wenig von den Kneipen und von der

Disko vorne mit. Aber es muss unfassbar viel an dem Haus gemacht werden.«

Dan sah an der Fassade hoch. »Die Fenster scheinen noch die alten zu sein. Die Scheiben sind ganz uneben.«

Melody nickte. »Das hat seinen Charme, aber im Winter weiß ich eine doppelte Verglasung dann doch zu schätzen.«

Sie stieg die Stufen zum Eingang hinauf und schloss die Tür auf.

»Soll die Schubkarre mit rein?« Dan betrachtete skeptisch die drei Stufen.

»Geht das?«, fragte Melody zaghaft. Das Holz musste in den Salon, der direkt neben der Eingangshalle und unter ihrem Schlafzimmer lag.

Dan zog die Karre rückwärts die Stufen hinauf und ins Haus. In der Eingangshalle stieß er einen Pfiff aus. »Beeindruckend.«

»Sie müssen es mal sehen, wenn es hell ist.« Melody deutete nach oben. »Durch die Glaskuppel mit den bunten Scheiben fällt bei Tag das Sonnenlicht herein. Dann kann man auch die Schnitzereien im Holz besser erkennen.«

»Oh ja.« Der Inspector trat an den großen Kamin mit der Holzummantelung. »Diese Schnitzereien sind wirklich großartig. Wollen Sie hier das Feuer machen?«

Melody schüttelte den Kopf und deutete auf die Tür zum Salon. »Dort, im Salon.«

Dan folgte ihr mit der Schubkarre in das große Wohnzimmer, und Melody drehte die Gaslampen an.

»Oh mein Gott.« Dan sah sich um. »Was für ein eindrucksvoller Raum!«

Melody nickte. »Schauen Sie, das Muster der Seidentapete an den Wänden wiederholt sich exakt in den Bezügen der Sofas, Sessel und Stühle.«

»Und im Teppich.« Dan deutete auf den Boden. »Was ist das für ein Material?« Er fuhr die Schubkarre zum Kamin und deutete auf die helle Ummantelung.

»Alabaster.« Melody bückte sich und begann, das Holz aufzustapeln.

»Wieso hat das Haus all die Jahre leer gestanden?« Dan ging neben ihr in die Hocke und zerknüllte einige Zeitungsseiten, die er zwischen das Holz steckte.

Melody griff nach den Streichhölzern auf dem Kaminsims. »Sie wissen, was damals hier passiert ist?«

Er sah zu ihr auf. »Lady Abigail Mahony?«

Melody nickte. »Sie hat sich angeblich hier umgebracht. Danach hat ihr Sohn das Haus zusperren lassen. In den folgenden Jahren ist die Fabrik schnell größer geworden, und Abigail's Place wurde als Wohnhaus uninteressant.«

»Ja, es steht mitten auf dem Fabrikgelände. Nicht gerade die beste Wohnlage«, bestätigte Dan. »Wurde es nicht ursprünglich als Bürohaus gebaut?« Er nahm die Streichhölzer, die Melody ihm reichte, und zündete das Feuer an.

Melody beobachtete die Flammen, die an den Scheiten emporzüngelten. »Ehrlich gesagt, weiß ich kaum etwas über die Geschichte dieses Hauses und über meine Familie.«

Er sah sie überrascht an. »Dabei ist doch gerade Ihre Familiengeschichte so spannend.«

»Ja?« Melody runzelte die Stirn. Sie hatte noch nie darüber nachgedacht. »Ich nehme an, sie ist nicht spannender als jede andere Familiengeschichte.«

»Das würde ich nicht sagen.« Dan lachte. »Schließlich

sind Sie eine Nachfahrin der Hamptons, der Lords of Mahony.«

»Sind wir denn so berüchtigt?«, erwiderte Melody und sog die Wärme auf, die plötzlich im Zimmer lag.

»Oh ja.« Er betrachtete sie von der Seite. »Es gibt viele Geschichten über Ihre Familie. Für die einen waren die Lords of Mahony Engel, für die anderen Teufel. Ich glaube, es gibt kaum eine Familie, die so sehr polarisiert wie Ihre.«

»Was sind das für Geschichten?« Melody erwiderte seinen Blick.

»Alles Mögliche, aber nichts wirklich Greifbares. Die Legenden wurden von Generation zu Generation weitergegeben, und Sie wissen ja, wie so was geht. Irgendwann weiß niemand mehr, was nun stimmt und was nicht.«

Melody nickte nachdenklich. Vielleicht wurde es wirklich Zeit, dass sie sich in dem alten Haus einmal umsah, um herauszufinden, was ihre Vorfahren gewesen waren – Engel oder Teufel.

Dan setzte sich im Schneidersitz vor das Feuer, und Melody fiel wieder seine ungewöhnliche Hautfarbe auf, die dunklen Augen, in denen sich jetzt der Schein des Feuers spiegelte. Er war relativ klein und zart gebaut für einen Mann. Und doch wirkte er selbstsicher und stark. Melody konnte sich gut vorstellen, dass er sich in seinem Job problemlos durchsetzte.

»Möchten Sie eine Tasse Tee oder ein Glas Wein?«, fragte sie ihn.

»Ich nehme gern einen Tee.« Jetzt stand Dan auf und setzte sich auf die Kante des Sessels, der neben dem Kamin stand. »Es ist spannend, das geheimnisvolle Abigail's Place mal von innen zu sehen.«

Als Melody kurze Zeit später mit zwei Tassen Tee zurückkehrte, griff sie das Thema wieder auf. »Was meinen Sie damit – das *geheimnisvolle Abigail's Place?*«

»Das Haus hat seine Geschichte«, sagte Dan nachdenklich.

»Sie meinen vermutlich Lady Abigail Mahony?«, fragte Abigail. »Glauben Sie, dass Abigail sich wirklich umgebracht hat?«

Dan lächelte nachdenklich. »Oh, das steht fest. Lady Mahony ist hier aus dem Fenster gesprungen. Allerdings kenne ich keine Einzelheiten. Ich bin in Stockmill aufgewachsen, aber es gibt erstaunlich wenige Informationen über die Ereignisse damals. Ich habe mich schon immer darüber gewundert, dass kein einziger Historiker die Geschichte irgendwann mal untersucht hat.«

»Ja, das ist wirklich ungewöhnlich. Aber vielleicht haben sich die Menschen hier einfach nie mit den reichen Lords of Mahony identifiziert«, überlegte Melody.

Dan schüttelte den Kopf. »Ganz im Gegenteil. Besonders Abigail war bei den Arbeitern wohl sehr beliebt.« Er sah Melody über seinen dampfenden Tee hinweg an.

Sie runzelte die Stirn. »Wie schade, dass ich nicht mehr über meine Familie weiß.« Sie starrte in ihre Tasse.

Dan hob die Schultern. »Das sind alles nur Gerüchte, eigentlich weiß ich auch kaum etwas darüber.« Er stellte seine Tasse auf den Teppich. »Jedenfalls gab es immer jede Menge Spukgeschichten über das Haus. Schließlich stand es jahrelang leer. Hätten Ihre Verwandten keine Sicherheitsfirma beauftragt, das Gelände zu bewachen, hätten bestimmt noch viel mehr Kinder versucht, hier einzusteigen. Ich spreche aus Erfahrung.« Er zwinkerte ihr zu.

Melody lachte. »Sagen Sie bloß nicht, Sie haben sich als Kind hier herumgetrieben?«

»Ja, und wir bekamen gehörig Ärger. Damals gab es die ganzen Freizeiteinrichtungen ja noch nicht. Viele der Fabrikgebäude standen leer. Nur in der Halle vorne gab es einen Betrieb, in dem Stoffe bedruckt wurden. Das war ein Abenteuerspielplatz für uns, wenn wir es mal an den Sicherheitsleuten vorbeigeschafft hatten.«

»Ich weiß so wenig über die Firmengeschichte.« Melody lehnte sich in dem Sessel zurück. Das Polster roch muffig, war aber überraschend gut gepflegt.

Dan sah sie nachdenklich an. »Vielleicht ist es besser so.«

»Was meinen Sie?«

Melody spürte plötzlich eine angenehme Müdigkeit, die von den letzten aufregenden Tagen herrührte. Dans Augen glänzten, und die Flammen des Kaminfeuers spiegelten sich in den goldenen Rahmen der Landschaftsmalereien, die an den Wänden hingen. Das Haus, das ihr gerade noch so unheimlich vorgekommen war, wirkte plötzlich gemütlich und friedvoll.

»In der Zeit, als Ihre Familie ins Baumwollgeschäft eingestiegen ist, gründete sich der Reichtum der Fabrikanten auf der Ausbeutung der Arbeiter. Das war auch hier in Hampton's Mill nicht anders.« Dan zog die Augenbrauen hoch und betrachtete sie abwartend.

Melody lächelte. »Das kommt auf den Blickwinkel an, nicht wahr? Ich meine, andererseits hat meine Familie immer für Arbeitsplätze gesorgt. Ohne Hampton's Mill hätte Stockmill nie einen solchen wirtschaftlichen Aufschwung erfahren.«

Dan hob die Hände. »Ich will Ihnen nicht zu nahe treten, aber meine Familie hat jahrzehntelang für Ihre gearbeitet. Und ich kenne die ganzen Geschichten, die man sich von Generation zu Generation weitererzählt hat.«

»Aber Sie waren nicht dabei.« Melody stellte ihre Teetasse auf den runden Beistelltisch neben ihrem Sessel. »Niemand von uns war damals dabei.«

»Sie haben recht. Wir sollten nicht darüber nachdenken. Die Vergangenheit ist vorbei.« Dan lehnte sich nach vorn und starrte ins Feuer.

Eine Weile lang schwiegen sie, während Melodys Gedanken um die Menschen kreisten, die einmal hier gelebt und gearbeitet hatten. Wie hatte der Alltag ihrer Ahnen ausgesehen? Wie war es den Arbeitern in der Fabrik ergangen?

Sie seufzte. »Aber irgendwie lässt mich die Vergangenheit nicht in Ruhe.« Melody streifte die Hausschuhe ab, die sie an der Eingangstür gegen ihre Gummistiefel eingetauscht hatte, und setzte sich im Schneidersitz auf den Sessel. »Warum hat sich Abigail wohl das Leben genommen?«

»Vielleicht hatte sie psychische Probleme«, überlegte Dan.

»Sie meinen eine Depression?«

Er nickte. »Die man damals natürlich noch nicht als solche erkannte. Aber trotzdem konnten die Menschen ja schon daran erkrankt sein.«

»Und da man die Betroffenen nicht angemessen behandelte, wählten viele wohl den Suizid«, überlegte Melody.

»Gut möglich«, bestätigte Dan.

»Und was ist mit Ihnen?«, wechselte Melody das Thema.

Er sah sie fragend an. »Was meinen Sie?«

Sie lächelte und sah ihm eine Sekunde zu lang in die dunklen Augen mit den dichten Wimpern. »Was wissen Sie über Ihre Familie?«

Er musste lachen. »Sie meinen, weil ich so ganz und gar nicht englisch aussehe, müsste meine Geschichte spannend sein?«

Melody nickte.

Er trank einen Schluck Tee. »Dabei waren meine Vorfahren fast alle Engländer. Mit einer einzigen Ausnahme – die sich bei mir allerdings stark durchgesetzt hat: Meine Ururgroßmutter war Inderin.«

»Und wie ist sie nach England gekommen?«, fragte Melody mit mühsam unterdrückter Neugier.

»Sie war eine Sklavin, auch wenn das damals natürlich nicht mehr so hieß.« Er räusperte sich. »Einer der Hamptons brachte sie angeblich als Mätresse aus Indien mit. Er hat sie aus ihrer Familie gerissen, und mein Ururgroßvater hat sie schließlich bei sich aufgenommen.«

»Eine weitere Verbindung unserer Familien?« Melody zog die Augenbrauen hoch. »Und wieder sieht meine Familie nicht gut dabei aus?«

»Auch das ist eine alte Geschichte. Wer weiß, wie es damals wirklich gewesen ist. Wir werden es vermutlich nie erfahren.« Dan lächelte und stand auf. »Sie sind bestimmt jetzt müde. Ich sollte mich langsam auf den Weg machen.«

»Ach was«, Melody streckte sich, »bleiben Sie doch gern noch eine Weile.«

»Nein, Sie hatten eine anstrengende Woche.« Dan ging zur Tür. »Und danke, dass ich das Haus mal von innen sehen durfte.«

Melody schlüpfte wieder in ihre Hausschuhe und folgte ihm. »Ich danke, fürs Holzschleppen.«

Er nickte ihr zu und öffnete die Haustür. Es hatte zu regnen begonnen.

»Wenn Sie noch mehr vom Haus sehen wollen, müssen Sie mal wiederkommen, wenn es hell ist.«

Dan drehte sich noch einmal zu ihr um. »Ich würde mir das Haus sehr gern genauer ansehen.«

»Haben Sie vielleicht zufällig am Samstagvormittag Zeit?« Melody rieb sich über die Oberarme, um die Kälte, die jetzt ins Haus drang, zu vertreiben.

Er nickte. »Das würde gehen.«

»Prima.« Melody spürte Erleichterung, als sie daran dachte, dass sie den ersten Samstag in dem alten Gemäuer nun doch nicht komplett allein verbringen musste. »Ich habe mir das Haus nämlich selbst noch gar nicht richtig angeschaut, ich bin ja erst letzten Sonntag angekommen und hatte vor lauter Arbeit kaum Zeit dazu.«

»Dann gehen wir übermorgen gemeinsam auf Erkundungstour?« Dan grinste und Melody fiel auf, wie sympathisch er durch dieses Lachen wirkte.

»Gemeinsam macht es bestimmt viel mehr Spaß. Und danach mache ich uns einen kleinen Imbiss. Als Dank dafür, dass Sie mir mit dem Holz geholfen haben.« Melody winkte ihm zum Abschied zu.

Nachdem sie die Tür wieder geschlossen hatte, eilte sie zurück zum Kamin, um sich aufzuwärmen. Wenige Sekunden später war sie im Sessel eingeschlafen.

Statt einer Begrüßung hielt Dan ihr eine Weinflasche entgegen, als Melody ihm am Samstag die Tür öffnete.

»Für später. Wir sind schließlich beide nicht im Dienst«, sagte er fröhlich.

Melody betrachtete das Etikett. »Ein Merlot ist immer eine gute Wahl.« Sie zwinkerte ihm zu. »Sie haben heute also auch keinen Bereitschaftsdienst?«

»Glücklicherweise mal nicht.« Er seufzte. »Ich war jetzt drei Wochenenden hintereinander an der Reihe, und natürlich gab es jede Menge zu tun.«

»Das kenne ich noch aus London.« Melody erinnerte sich an so manche Diskussion mit Philip, der sich immer darüber geärgert hatte, wenn mitten in der Nacht ihr Handy klingelte, weil bei einer Verkehrskontrolle Kokain sichergestellt oder irgendwer festgenommen worden war. Häufig waren diese Anrufe überflüssig gewesen, und Melody war danach froh, wieder in ihr Bett kriechen zu können, aber manchmal musste sie tatsächlich noch in der Nacht los.

»Sollen wir in der Küche anfangen, dann können wir den Wein gleich dort lassen?«, unterbrach Dan ihre Gedanken.

Sie schüttelte den Kopf. »Danach müssten wir eisgekühlten Rotwein trinken. In der Küche ist es nämlich scheußlich kalt.« Sie deutete auf die Tür zum Salon. »Nein, lassen Sie uns lieber im Salon mit der Hausbesichtigung beginnen. Den Rotwein können wir neben den Kamin stellen.«

»Wow!« Dan blieb in der Tür zum Salon stehen. »Das habe ich vorgestern Abend gar nicht wahrgenommen. Der Raum ist ja riesig.«

Melody ging in die Mitte des Zimmers und sah zu der gewölbten Decke empor. »Ja, ich schätze, er ist etwa zwölf

Meter lang und sechs Meter breit. Letztes Mal war es zu dunkel. Man konnte nicht bis in den letzten Winkel schauen.«

Dan trat zu einer der Wandleuchten und betrachtete die Messingleitung, die quer über die Wand verlief. »Sind die Gaslampen im ganzen Haus installiert worden? Das war damals doch bestimmt aufwendig.«

»Nein, die wurden nur in den wichtigsten Räumen angebracht. Hier, im Speisezimmer, in der Küche, den Fluren und den beiden besten Schlafzimmern. Alle anderen Räume mussten wohl mit Öllampen oder Kerzen beleuchtet werden.« Melody ging zur Tür. »Ich muss allerdings gestehen, dass ich noch nicht alle Zimmer dieses Hauses betreten habe.«

»Waren Sie denn nie hier, bevor Sie es geerbt haben?« Dan folgte ihr zur Tür.

In der Mitte der Eingangshalle blieb Melody stehen und deutete nach oben. »Ist die Glaskuppel nicht wunderschön? Ich war als Kind nur ein Mal in diesem Haus, und zwar in dem Jahr, als meine Eltern es geerbt haben.«

»Damals war die Fabrik noch in Betrieb, nehme ich an. Deshalb war Abigail's Place natürlich weniger wertvoll als Hampton Hall. Aber heute …« Dan beendete den Satz nicht. Er folgt Melody zur Treppe. »Wer hat das Haus eigentlich all die Jahre gepflegt, wenn Ihre Eltern kaum hier waren?«, fragte er.

»Der Hausmeister des Geländes.« Melody verharrte einen Moment auf der untersten Treppenstufe. Sie sah sich mit neuer Aufmerksamkeit um. Ihr Blick glitt über die hellgrünen Tapeten des Treppenhauses, an denen sich zwar einige Stockflecken gebildet hatten, die sonst aber noch gut erhalten waren. Der rot und beige gemusterte Teppichläufer, der auf den Treppenstufen lag, war an den Kanten aufgerissen, und lange Fäden hingen jeweils auf die Treppenstufe darunter hinab.

»Die Tapeten, die Möbel, ja sogar die Fensterscheiben, das alles stammt noch aus dem Jahr 1838, in dem das Haus errichtet wurde«, erklärte sie. »Abigail's Place wurde offenbar nur wenige Jahre genutzt, aber seither von der Familie gepflegt. Es wurde beheizt, die Kamine gefegt, das Dach ausgebessert und notwendige Reparaturen durchgeführt.«

»Beeindruckend.« Dan betrachtete die kunstvollen Schmiedearbeiten des Treppengeländers. »Erstaunlich, dass es noch solch unberührte Orte gibt. Für dieses Haus würden sich bestimmt einige Museen interessieren oder der National Trust oder die English Heritage.«

»Tatsächlich habe ich ein paar Anfragen, die in diese Richtung gehen. Ich habe mich aber noch nicht entschieden.« Melody seufzte. »Ich muss mir unbedingt einen Überblick verschaffen, was alles in diesem Haus verstaut ist. Denn auch wenn es einhundertachtzig Jahre lang leer gestanden hat, muss ja zum Beispiel auch von Abigail noch einiges hier sein. Schließlich hat sie bis zu ihrem tragischen Tod in Abigail's Place gelebt.«

Dan nickte. »Ich kann mir vorstellen, dass im Laufe der Jahre auch immer wieder etwas hier gelagert wurde, was in Hampton Hall keinen Platz mehr fand. Es wäre ein idealer Ort, um Dinge zu verstecken, die nicht offen in Hampton Hall herumliegen sollten.«

»Stimmt. Auch das ist ein Grund, warum ich mich irgendwie verpflichtet fühle, zuerst einmal selbst nachzusehen, bevor ich das Haus jemand anderem überlasse.« Melody machte eine umfassende Handbewegung. »Übrigens weiß ich von den Handwerkern, die im Sommer das Bad neben der Küche eingebaut haben, dass damals viele giftige Materialien verwendet wurden. Mir wurde dringend davon abgeraten, kleine Kinder hier unbeaufsichtigt spielen zu lassen.«

»So?« Dan drehte sich zu Melody um. »Was denn zum Beispiel?«

»Die hellgrünen Tapeten«, sagte Melody, während sie langsam die Treppe hinaufstieg. »Für die Farbe wurde damals Arsen verwendet. Man hat damit auch Kleidung grün gefärbt.«

Dan sog laut die Luft ein. »Sie meinen, die Menschen trugen den giftigen Stoff auf der Haut?«

Melody nickte. »Besonders die Damen der Gesellschaft. Hellgrün war eine beliebte Farbe, gerade für Frauen mit braunen Haaren.«

»Wie Sie?«

»Und meine Vorfahrin, Lady Abigail Mahony. Ich habe zwar nie ein Bild von ihr gesehen, aber es heißt, sie habe tatsächlich braunes Haar gehabt«, ergänzte Melody.

»Ja, das hatte sie«, bestätigte Dan.

Melody sah ihn überrascht an.

»Ich habe ein Porträt von ihr gesehen«, erwiderte er schnell.

»Meine Töchter haben dieselbe Haarfarbe«, erklärte Melody, »wie alle Frauen der Familie Hampton – Abigail, meine Mädchen und ich, alle kastanienbraun.«

»Wie alt sind Ihre Töchter?« Dan blieb neben ihr auf dem ersten Treppenabsatz stehen.

»Vierzehn. Sie sind eineiige Zwillinge.« Melody musste

lächeln, als sie an Mia und Miranda dachte. Gleichzeitig meldete sich wieder das schlechte Gewissen. Sie vermisste die beiden so sehr.

»Aber Ihre Familie wohnt nicht hier bei Ihnen?«, fragte Dan, während er sich über das Treppengeländer beugte und die bunten Fliesen in der Eingangshalle betrachtete.

Melody schüttelte den Kopf. »Ich wohne eigentlich auch nicht hier, sondern in London. Während der Woche bleibe ich natürlich in Stockmill, aber am Wochenende bin ich normalerweise bei …« Melody schluckte die widerstreitenden Gefühle von Schuld, Wut und Verlustangst hinunter. Sie erklärte: »Mia, Miranda und Philip sind in London geblieben.«

Dan warf ihr einen Blick zu und nickte. Einen Moment schwieg er, dann wechselte er das Thema: »Und Abigail's Place ist nie umgebaut oder renoviert worden in all den Jahren?«

»Nicht mehr nach 1841, als Abigail das Haus von einem Bürogebäude in ihr Wohnhaus umgewandelt hat.«

»Warum hat sie das wohl getan? Wieso ist sie nicht in Hampton Hall geblieben?«, überlegte Dan laut. »Das Anwesen ist doch viel größer und von einem riesigen Park umgeben. Merkwürdig, dass sie direkt neben die Fabrik gezogen ist.«

Melody zuckte mit den Schultern. »Das ist eigentlich auch schon alles, was ich über die Geschichte des Hauses und meiner Familie weiß. Ich habe den Eindruck, dass Sie viel mehr über die Hamptons wissen als ich selbst.«

»Wo sind Sie aufgewachsen?« Dan hatte sich auf den Handläufer aus Eichenholz gestützt, der an dem kunstvoll geschmiedeten Treppengeländer angebracht war.

Melody betrachtete seine feingliedrigen Hände. »Ich bin hier geboren worden, aber meine Eltern sind wenige Monate nach meiner Geburt nach London gezogen.«

Er lächelte. »Das erklärt einiges.«

»Was?« Melody lehnte sich neben Dan an das Geländer.

»In Stockmill gibt es viele Gerüchte über Ihre Vorfahren«, sagte er. »Die Geschichte von Lady Abigail Mahony ist da noch die harmloseste. Wenn Sie hier aufgewachsen wären, würden Sie all diese Geschichten kennen.«

»Was sind das für Geschichten? Solche wie die mit der indischen Liebessklavin und Ihrem Ururgroßvater?« Melody zog eine Augenbraue hoch.

»Auch.« Dan winkte ab. »Ich würde nicht allzu viel darauf geben. Im Laufe der Jahre ist so viel dazugekommen, was vor keinem Gericht standhalten würde.« Er zwinkerte ihr zu. »Aber ich sehe es als bewiesen an, dass Ihre Ahnen nicht gerade zimperlich mit ihren Angestellten umgegangen sind.«

»Vermutlich haben Sie recht«, sagte Melody und machte eine umfassende Handbewegung. »Das alles ist sicher nicht vom Himmel gefallen. Und auch wenn ich nicht viel auf das gebe, was sich die Leute erzählen, kann es durchaus sein, dass nicht immer alles vollkommen gerecht abgelaufen ist.«

Dan richtete sich auf und sah sich um. »Wir leben heute und sind nicht verantwortlich für das, was unsere Vorfahren getan haben«, erwiderte er.

»Und doch profitieren wir noch heute davon.« Sie sah ihn nachdenklich an. »Schließlich gehört mir heute dieses Haus, ganz egal wie viel es wert ist.«

Dan strich über das Geländer. »Ich finde dieses Haus viel

spannender als Hampton Hall. Ich war noch nie an einem so besonderen Ort.«

Melody ging langsam weiter zur nächsten Treppe, die zu den Räumen direkt unter dem Dach führte. »Ja, das Haus strahlt etwas Geheimnisvolles aus. Vielleicht, weil es all die Jahre unbewohnt und so unberührt war.«

»Ja, weil niemand je etwas verändert hat, seit Abigail sich hier umgebracht hat.« Dan stieg neben Melody die Treppe hinauf. »Wir beginnen also ganz oben?«

»Ja.« Sie deutete zu dem Glasdach hinauf, das jetzt nur noch wenige Meter über ihren Köpfen hing. Von hier aus konnte man den Schmutz erkennen, der sich außen auf den bunten Bleiglasscheiben angesammelt hatte. Sie würde eine Firma beauftragen müssen, das Glas zu reinigen, wenn sie länger hier wohnen wollte. »Hier oben wurden keine Gasleitungen verlegt, sodass wir kein Licht machen können. Wir sollten also das Tageslicht ausnutzen.«

»Wie lange wird die Hausführung denn dauern?« Der Inspector warf einen Blick auf seine Uhr. »Es ist erst halb zwölf am Mittag.«

»Wir haben Ende Oktober, und es wird früh dunkel.« Melody blieb auf dem letzten Treppenabsatz stehen und sah sich um. Vor ihnen führte ein breiter Flur in die Tiefe des Hauses. Rechts von ihnen befand sich eine kurze Galerie, von der zwei weitere Zimmer abgingen. »Hier oben war ich bisher nur ein einziges Mal.«

Dan ging in die Galerie und öffnete die erste der beiden Türen. »Scheint eine Rumpelkammer zu sein.«

»Warum ist es denn so dunkel da drin?« Melody betrachtete die Berge von Kisten und Kartons, die in dem Zimmer gestapelt waren. Vorsichtig tastete sie sich zu der hinteren Wand des kleinen Raumes. Melody zog die Vorhänge an dem Fenster zur Seite, und sofort wurde es heller. Staubkörner tanzten im Licht. Ein schmales Bett stand hinter den Kisten an der Wand, eine Kommode auf der anderen Seite. Eine dicke Staubschicht hatte sich auf die Möbel gelegt.

»Und nachdem Abigail in diesem Haus aus dem Fenster gesprungen ist, war niemand mehr hier?«, hörte sie Dans Stimme plötzlich vom anderen Ende der Kistenstapel.

»Was meinen Sie?« Melody öffnete eine schmale Tür, die sie in der hinteren Ecke des Zimmers entdeckt hatte. Sie stand vor einer engen Wendeltreppe, die weiter nach oben führte. Rechts an der Wand befand sich ein schmales Fenster, durch das etwas Licht hereinfiel.

»Diese Kartons hier sind höchstens zehn Jahre alt«, hörte sie Dans Stimme aus dem Nachbarraum.

Sie eilte zu ihm zurück. »Dan, ich hab nebenan eine Wendeltreppe gefunden.«

»Also gibt es noch eine weitere Etage?« Er richtete sich überrascht auf.

»Die Treppe muss zu einem der Türmchen führen, die von außen zu sehen sind.« Melody griff nach einer der Kisten und schob sie von dem hohen Stapel herunter. Mit einem lauten Knall landete sie auf dem Boden.

Sie musste niesen. Dann beugte sie sich über den Karton und öffnete ihn. Seltsamerweise war er lange nicht so verstaubt wie die Möbel, die an den Wänden standen. »Alte Haushaltsbücher von Hampton Hall.«

»Vermutlich sind die Kisten alle aus dem Anwesen hierhergebracht worden.« Der Inspector hockte sich neben Melody. Der Duft seines Rasierwassers stieg ihr in die

Nase. Herb mit fruchtiger Note, dezent und doch auffallend, wenn man ihm nah genug war.

»Stimmt. Vor fünfzehn Jahren ist mein Großvater gestorben und Hampton Hall wurde wenig später verkauft. Wahrscheinlich sind die Kisten damals hierhergeschafft worden.«

»Das sind bestimmt dreißig Kartons. Was da wohl alles drin ist?« Dan strich den Staub beiseite, der sich auf der Pappe angesammelt hatte.

Melody deutete auf die Zimmerecke. »Ich will zuerst die Wendeltreppe hoch und in den oberen Stock schauen.« Sie schlängelte sich um die Kisten herum, und Dan folgte ihr. Wieder nahm sie sein Parfüm wahr. Sie blies sich eine Haarsträhne aus dem Gesicht und stieg langsam die Stufen hinauf. Das alte Holz knarrte unter ihren Schritten. In der nächsten Etage gab es ein weiteres Fenster, und in die Mauer war eine Tür eingelassen, obwohl die Wendeltreppe noch weiter hinaufführte. Melody sah sich zu Dan um und öffnete dann diese Tür.

Der Raum dahinter war nicht groß, aber ein einfacher Kamin versprach einen gewissen Komfort. Am Fenster stand ein Diwan mit einer Wolldecke, die unter der dicken Staubschicht jedoch kaum zu erkennen war. Ein Bücherregal stand an der Wand und in der Mitte des winzigen Raumes ein einfaches Tischchen mit einer verstaubten Tasse und einem Teller darauf. Dicke Spinnweben spannten sich über das Geschirr.

Einen Augenblick lang betrachteten sie schweigend die Szene. Melody lief eine Gänsehaut über den Rücken.

»Wahnsinn!« Dan flüsterte unwillkürlich. »Das Zimmer scheint mitten im Leben verlassen worden zu sein.«

Melody nickte. Ihr Blick wanderte über die kahlen Wände und den Boden, auf dessen Holzdielen kein Teppich lag. »Wer dieses Zimmer wohl bewohnt hat?«

Dan deutete mit dem Finger nach oben. »Vielleicht finden wir in der oberen Etage einen Hinweis auf die Nutzung dieses Turmes.«

Melody trat wieder ins Treppenhaus und stieg die letzten Stufen hinauf. Die Treppe endete, wie bei einem Dachbodenzugang, mitten im Raum. Schon während Melody die letzten Stufen erklomm, sah sie die ungewöhnlichen Geräte, die in diesem Zimmer standen. Der Raum war rund, und auch hier gab es eine Feuerstelle, ein Bett, das mit dem allgegenwärtigen Staub bedeckt war, zwei Stühle und einen Tisch, auf dem die seltsamen Gegenstände lagen. Überrascht hielt Melody den Atem an. Waren das Glasspritzen? Kolben und Schläuche lagen neben runden Behältern, Flaschen und Gläsern. Vor einem der großen Fenster stand ein altmodisches Teleskop.

»Oh mein Gott«, stieß Melody hervor. »Die Indizien sprechen gegen den Angeklagten.«

»Sie denken an Menschenversuche? Folter?« Dan grinste unsicher und betrachtete ebenfalls die merkwürdigen Gerätschaften. Dann ging er zu dem schmalen Bett und wurde plötzlich ernst. »Die Gurte, die an diesem Bett befestigt sind, lassen jedenfalls nichts Gutes ahnen.«

»Gurte?« Melody trat erschrocken neben ihn.

»Sieht fast so aus, als wären hier Menschen gefesselt worden.« Dan hockte sich neben das Bett und blies den Staub von den Ledergurten.

»Oh mein Gott!«, wiederholte Melody.

Dan richtete sich auf und ging zu dem Teleskop hinüber.

Er strich den Staub, so gut es ging, von dem sperrigen Gerät. Dann blickte er durch das große Rohr, ohne es zu berühren. »Wer immer zuletzt hier durchgesehen hat, hat jedenfalls keine Sterne beobachtet, sondern den Innenhof der Fabrik.«

Er winkte Melody zu sich. »Schauen Sie mal.«

Vorsichtig spähte Melody durch das Teleskop. »Stimmt. Heute ist die Auffahrt zum Haus zwar ziemlich zugewachsen, aber man kann trotzdem die Fabrikgebäude deutlich erkennen.«

Dan nickte. »Puh, das wird immer unheimlicher. Hier scheinen Menschen gefesselt worden zu sein, die mit seltsamen Spritzen behandelt wurden, während jemand durch dieses Teleskop beobachtet hat, was sich bei den Fabrikgebäuden ereignete.«

»Aber warum? Um zu sehen, ob sich jemand dem Haus näherte?« Melody strich sich über die Arme. »Was hat sich wohl hier oben abgespielt?«

»Vielleicht wurde hier jemand gefangen gehalten?«, überlegte Dan laut.

»Sie denken an Mrs Rochester?« Melody grinste.

Dan sah sie fragend an.

»Jane Eyre«, erklärte Melody schnell. »Mr Rochester hat seine psychisch kranke Frau in Thornfield Hall gefangen gehalten und vor Jane versteckt.«

»Das hab ich nie gelesen«, gab Dan zu.

»Dann haben Sie etwas verpasst.« Melody ging zur Treppe zurück und warf einen letzten Blick in das Zimmer. »Ein großartiger Roman.«

»Ich werde es mir merken«, sagte Dan und folgte ihr.

»Mit so etwas habe ich wirklich nicht gerechnet«, gab

Melody zu, während sie die Treppe wieder hinunterstiegen. »Ich bin froh, dass ich diese gruselige Entdeckung nicht allein machen musste.«

»Kommen Ihr Mann und Ihre Kinder Sie nicht übers Wochenende besuchen?«, fragte Dan unvermittelt.

Melody atmete tief ein. »Meine Schwiegermutter hat einen Jagdausflug organisiert, und für mich gab es kein freies Bett mehr.« Sie wandte sich zu Dan um. »Glücklicherweise.«

»Dann gehen Sie nicht gern auf die Jagd?« Dan hielt ihr die Tür auf, die in das Zimmer mit den Kisten führte.

Melody schüttelte den Kopf. »Aber Philip stammt aus einer alten, reichen Familie. Denen ist das Jagen wichtig.« Sie hörte selbst den sarkastischen Ton in ihrer Stimme.

»Noch älter als die Hamptons?« Dan grinste.

»Viel älter und viel wichtiger.« Melody drängte sich an Dan und den Kartons vorbei. »Und je älter Philip wird, desto wichtiger scheint das Ganze für ihn zu werden.«

»Was meinen Sie damit?« Dan öffnete die Tür zum Flur, und Melody war froh, als sie die unheimlichen Zimmer verlassen hatten.

»Ach, dieses ganze Theater mit der Eliteschule für die Mädchen, den ach so wichtigen gesellschaftlichen Dinnereinladungen, das große Haus, das ganze Personal und alles. Ihm wäre es immer schon am liebsten gewesen, wenn ich brav zu Hause gesessen, Partys organisiert und die Kinder versorgt hätte.« Melody verdrehte die Augen.

»Nicht wirklich, oder?« Der Inspector sah sie belustigt an. »Wir leben im einundzwanzigsten Jahrhundert.«

»Aber in einem sehr traditionsbewussten Land. Oder

wie lässt es sich sonst erklären, dass am Supreme Court in London zehn von den elf obersten Richtern Männer sind?« Sie sah ihn beinahe herausfordernd an.

»Ihr Mann muss doch stolz auf Sie sein, dass Sie zur Oberstaatsanwältin befördert wurden.«

Sie hatten inzwischen wieder das Dachgeschoss erreicht, und Dan öffnete eine Tür auf der rechten Seite.

»Das wäre schön«, sagte Melody verhalten. Sie trat neben ihn und sah in ein einfaches Schlafzimmer. »Das war vermutlich das Zimmer eines Hausmädchens oder der Köchin.«

Dan schloss die Tür wieder, und Melody wandte sich den nächsten beiden Türen zu.

»Schauen Sie.« Melody musste lächeln. »All die alten Spielsachen. Das scheint ein Kinderzimmer gewesen zu sein.«

»Und hier ist ein Schulzimmer.« Dan wies auf die Pulte und eine Tafel, die er in dem zweiten Zimmer vorfand.

Die letzte Tür auf der linken Seite führte in ein Kinderschlafzimmer, und gegenüber war eine kleine Bibliothek untergebracht, in der hauptsächlich Kinderbücher zu finden waren.

»Ihr Mann ist also nicht glücklich darüber, dass Sie jetzt Oberstaatsanwältin sind?«, fragte Dan, während sie beide den düsteren Flur entlanggingen.

Melody seufzte. »Ich glaube, er ist eifersüchtig. Philip ist Anwalt, Juniorpartner in einer großen Kanzlei, die übrigens auch in Stockmill eine Niederlassung hat. Aber eigentlich wollte er Richter werden. Leider ist er nicht ausgewählt worden.« Melody sah Dan von der Seite an. »Aber jetzt hab ich so viel von mir und meinen Problemen gesprochen, dabei weiß ich überhaupt nichts von Ihnen.«

»Doch. Ich hab Ihnen ja schon von meinen Sklaven-Wurzeln erzählt.« Nun war Dan dicht neben Melody.

»Das zählt nicht. Ich meine etwas von Ihnen, nicht von Ihren Vorfahren.«

Dan schmunzelte.

»Wer sind Sie? Sind Sie verheiratet? Haben Sie Kinder?«

»Nein zu beidem«, erklärte Dans Stimme aus der Dunkelheit. »Ich bin geschieden.«

»Das tut mir leid«, sagte Melody.

»Mir nicht.« Er grinste. »Ich bin froh, dass ich das Kapitel meines Lebens endlich abgeschlossen habe.«

Melody hielt einen Moment inne. Neu anfangen, das hatte mit Sicherheit viel Gutes. Letztes Jahr war sie beinahe so weit gewesen, sich von Philip zu trennen. Damals hatte er eine Affäre gehabt. Melody wusste bis heute nicht, wer die andere gewesen war, aber sie hatte einige Nachrichten bei Facebook gelesen, die keinen Zweifel offen ließen. Philip hatte sie dabei überrascht und war sofort zum Gegenangriff übergegangen. Was sie sich dabei gedacht habe, ihm hinterherzuspionieren?

Wegen der Mädchen hatten sie sich wieder zusammengerauft – und wegen der vergangenen sechzehn gemeinsamen Jahre.

»Und?«, fragte Dan.

»Sorry.« Melody schüttelte die unangenehmen Erinnerungen ab.

Wenig später trat Dan hinter Melody in eine weitere Bibliothek, in deren Mitte sich eine metallene Wendeltreppe befand.

Melody warf ihm einen überraschten Blick zu. »Noch eine Treppe, die in einen der Türme führt. Hoffentlich finden wir da oben nicht wieder so etwas Unheimliches.«

Dan legte den Kopf in den Nacken und versuchte, etwas am Ende der Treppe zu erkennen, gab es dann aber auf. Er deutete auf die Stufen. »Nach Ihnen.«

Vorsichtig setzte Melody den Fuß auf die erste Treppenstufe. Sie spähte in das Loch in der Decke, in dem die Wendeltreppe verschwand. Im Gegensatz zu dem anderen Treppenhaus war dieses hier absolut finster. Während die beiden langsam hinaufstiegen, wurde es um sie herum immer dunkler.

Als sie das Ende der Treppe erreicht hatten, blieb Melody stehen. Sie tastete nach der Tür, deren Umrisse sie schwach vor sich erkennen konnte, und drehte den Knauf. Kurz darauf flutete ihnen grelles Sonnenlicht entgegen. Melody blinzelte und trat dann in den Raum hinter der Tür.

Hier gab es an jeder Wand Fenster und jede Menge Bücherregale. In der Mitte standen zwei Sessel an einem kleinen Tisch.

Langsam durchquerte Melody den Raum und blieb an einem der Fenster stehen. Das hier musste das am höchsten gelegene Zimmer des Hauses sein. Sie konnte auf das Dach von Abigail's Place blicken und bemerkte erst jetzt, wie verwinkelt das Haus war.

»Sehen Sie, dort drüben waren wir vorhin.« Dan deutete auf das runde Türmchen, das ungefähr fünfzehn Meter entfernt in den Himmel ragte. Von den Fenstern auf der anderen Seite des Zimmers konnte man auf das ehemalige Fabrikgelände blicken. In der Ferne war die Stadt zu erkennen.

»Was für ein Ausblick! Hier gefällt es mir eindeutig besser als in dem anderen Turm«, gab Melody zu.

»Das kann ich gut verstehen.« Dan trat an eines der Bücherregale heran. Er blies den Staub von den Buchrücken und stellte fest: »Ein Lexikon aus dem Jahr 1832.«

Melodys Blick glitt über die langen Buchreihen und blieb an einigen weinroten Büchern hängen, die genau gleich aussahen. Sie zog eines davon aus dem Regal. *Tagebuch*, stand auf dem Ledereinband. Sie schlug es auf. *Lady Abigail Mahony. September–Dezember 1838.*

Melody stieß einen leisen Schrei aus, was sie selbst erst bemerkte, als Dan sie erschrocken ansah. Ihr Herz raste. Sie konnte nicht sagen, woher sie es wusste, aber ihr war klar, dass sie genau das gefunden hatte, wonach sie gesucht hatte – eine Spur in die Vergangenheit ihrer Familie.

»Dan, ich habe Abigails Tagebücher gefunden.« Melody setzte sich mit dem Buch in einen der staubigen Sessel. »Dabei haben Sie doch gesagt, wir würden vermutlich nie erfahren, was damals wirklich geschehen ist, nicht wahr?«

Dan nickte.

Melody grinste und deutete auf den zweiten Sessel. »Es sollte mich wundern, wenn ich Ihre Annahme nicht widerlegen könnte. Ich führe meine erste Zeugin an: Abigail Hampton, Lady Mahony.«

»Ich bin bereit, sie anzuhören, Oberstaatsanwältin.« Dan nahm Platz und lehnte sich zurück, als Melody auch schon vorzulesen begann.

Kapitel 3

Oktober 1838

Abigail betrachtete die hübschen karierten Vorhänge, die jetzt die Fenster des ehemaligen Gärtnerhauses schmückten. Sie fuhr mit der Hand über die Fensterbank, auf die sie einen Strauß Blumen gestellt hatte. In den vergangenen Wochen war Abigail zur Untätigkeit verdammt gewesen. Solange Nelly nicht wieder vollkommen hergestellt war, wollte sie sie nicht in die Arbeitersiedlung mitnehmen, doch allein konnte sie dort nichts ausrichten, denn sie würde sich in den verwinkelten Gassen hoffnungslos verlaufen. Stattdessen hatte Abigail stundenlang bei der Arbeiterin und ihren Kindern gesessen und ihren Erzählungen gelauscht. Sie wollte alles ganz genau wissen. Was sie aßen, wo sie einkauften, wann sie aufstanden und wann sie nach Hause kamen. Wie verbrachten sie ihre Abende, die Sonntage, mit wem waren sie befreundet, was hatten sie in der Schule gelernt? Am Ende war Abigail noch entsetzter als zuvor. Diese Menschen hatten kaum eine Ausbildung genossen, die Lehrer in den Schulen und Sonntagsschulen waren ehemalige Bergleute, Weber oder Bauern. Sie konnten selbst kaum schreiben und wussten nicht einmal über die einfachsten politischen Verhältnisse Bescheid.

Abigail sah sich in der Küche um, die einen gemütlichen Eindruck erweckte. Während sie an den Herd trat und sich vergewisserte, dass neue Kohlen eingefüllt waren, erinnerte sie sich mit Schrecken daran, dass die kleine Frances, als Abigail sie nach dem Namen der Königin gefragt hatte, ihn nicht nennen konnte. Margaret wusste nicht, wer Napoleon Bonaparte war, und als Abigail die Kinder vorsichtig nach Jesus Christus gefragt hatte, erhielt sie die Antwort, er sei ein König von London gewesen, vor sehr langer Zeit.

Abigail hatte ihrem Verwalter aufgetragen, dieses alte Gärtnerhaus herrichten zu lassen, und war mit dem Ergebnis sehr zufrieden. Die Möbel waren frisch gestrichen, in den drei Schlafzimmern im oberen Stockwerk standen je zwei Betten, die Decken und Kissen waren frisch bezogen, in der Küche war das Feuer geschürt, das Rost geputzt, und Abigail hatte darauf bestanden, dass der schmale Tisch gegen einen großen ausgetauscht wurde, an dem sechs Personen bequem Platz fanden. Die Schränke hatte sie mit Wäsche, Kleidern, Tassen, Tellern und Besteck füllen lassen, und auch die Vorratskammer war gut bestückt. Hier konnten Nelly und ihre Kinder sich von ihrem anstrengenden Leben erholen, es sollte ihnen an nichts fehlen.

Während Abigail die Herbstblumen auf der Fensterbank arrangierte, die sie für die Familie zum Einzug gepflückt hatte, seufzte sie. Es war ja kein Wunder, dass die Kinder nicht einmal die grundlegenden Kenntnisse über das Weltgeschehen hatten. Schließlich schufteten sie von morgens bis abends in der Fabrik, und wenn sie am Sonntag einmal frei hatten, waren sie so müde, dass sie in der Sonntagsschule einschliefen. Und wenn sie dann einen

Lehrer vor sich stehen hatten, der selbst nicht viel mehr als sie selbst wusste, konnte natürlich nichts bei diesem Unterricht herauskommen.

Abigail sah aus dem Fenster. Es war ein schöner Herbsttag, und das Orange und Gold der Bäume leuchtete in den blauen Himmel. Noch immer hatte sie keine Zeile von Anthony erhalten. Allmählich begann sie sich ernsthafte Sorgen um ihren Mann zu machen. George hatte sich in Hampton Hall eingerichtet und schien Anthonys Platz liebend gern für längere Zeit zu übernehmen. Das Haus, das er selbst in Bath besaß, war nicht mit Hampton Halls Größe und Glanz vergleichbar.

Abigail lächelte, als sie hinter der Bergkuppe Köpfe auftauchen sah, die rasch zu ganzen Menschen anwuchsen. Ihr Herz schlug vor Aufregung schneller. Nelly und die Kinder waren da! Angeführt von Mrs Alison, die Abigail gebeten hatte, die Familie zum Cottage zu führen.

Durch das Sprossenfenster der Wohnküche beobachtete Abigail, wie die Gruppe auf der Wiese vor dem Haus stehen blieb. Mit offenen Mündern und großen Augen betrachteten sie ihr neues Zuhause, und ein warmes Gefühl breitete sich in Abigail aus. Die Freude auf ihren Gesichtern, die Aufregung der Kinder und Nellys ungläubiger Blick waren Abigail Lohn genug für die letzten Tage, in denen sie immer wieder zum Cottage hinaufgelaufen und sich über den Fortschritt der Renovierung vergewissert hatte.

»Oh Eure Ladyschaft«, rief Nelly wenige Augenblicke später, als sie und die Kinder das gemütliche Heim betreten hatten, »das kann ich unmöglich annehmen!«

»Natürlich können Sie das.« Abigail umfasste Nellys

Hände und lächelte. »Schließlich haben Sie und Ihre Kinder all die Jahre hart gearbeitet und nur einen geringen Lohn dafür erhalten. Ich freue mich, es dadurch wiedergutmachen zu können.« Abigail schob Nelly in die Wohnstube und deutete auf die Tür, die neben der Feuerstelle nach draußen führte. »Hinten im Hof ist die Vorratskammer. Ich habe sie gut füllen lassen. Es soll Ihnen an nichts mangeln.«

»Ma'am ...« Nelly standen Tränen in den Augen. »Warum sind Sie so gütig zu uns?«

Während Tausende verhungern, nur wenige Meilen von hier entfernt, ergänzte Abigail im Stillen. Laut sagte sie: »Ich bin nicht gütig, sondern ich schäme mich dafür, dass ich jahrelang blind war. Ich will noch viel mehr tun. Ich bin fest entschlossen, das Leid der Arbeiter zu verringern. Die Bedingungen müssen sich verbessern, wir müssen uns um die Gesundheit der Kinder kümmern, um das Wohl jedes Einzelnen. Die Häuser in der Arbeitersiedlung müssen renoviert werden, wir brauchen mehr Platz, damit jede Familie ihre eigene Unterkunft hat.«

Nelly sah sie fragend an. Abigail hörte Margarets, Frances' und Bens Schritte über sich. Sie waren wohl gerade dabei, die Schlafzimmer zu inspizieren. Ihren begeisterten Ausrufen zufolge, die bis zu Abigail und Nelly herunterdrangen, gefielen sie ihnen.

»Was soll ich tun, Ma'am?« Nelly drückte den kleinen Stan fest an sich. »Ich werde Ihnen helfen, so sehr ich kann.«

»Ich weiß es noch nicht genau«, gab Abigail zu. »Ich möchte mich erst mit weiteren Arbeitern unterhalten. Sie haben mir von der Arbeiterunion berichtet. Ich muss mit den Vertretern dieser Vereinigung sprechen. Niemand weiß besser als sie, wo Hilfe am nötigsten ist. Und Sie, Nelly, werden mich dorthin begleiten. Ich muss herausfinden, was am dringendsten gebraucht wird. Was die Arbeiter benötigen, um die Tage in den Fabriken bei guter Gesundheit durchzustehen.«

Nelly nickte.

Abigail sah sie forschend an. »Was meinen Sie? Fühlen Sie sich bereit, heute Nachmittag mit mir in die Stadt zu gehen?«

»Der Präsident der Union heißt Jimmy Hammingway«, erklärte Nelly Abigail einige Stunden später, während sie durch die schmutzigen Straßen der Arbeitersiedlung gingen.

Abigail war gerade einem betrunkenen Mann ausgewichen, der sich mitten auf die Straße erbrach. Sie presste sich ein Taschentuch vor Nase und Mund, um den gärigen Geruch des Erbrochenen zu vertreiben. Dabei betrachtete sie den schmutzigen Hinterhof, den sie durchquerten. Ein Kind saß neben einem mageren Schwein im stinkenden Stroh. Am liebsten wäre Abigail zu ihm hingegangen, hätte ihre Arme ausgestreckt und das kleine Mädchen aus dem Morast gezogen. Auf dem kurzen Weg, den sie bereits durch die Stadt zurückgelegt hatten, hatte sie so viele Kinder in ähnlichen Situationen gesehen, dass ihr klar war, dass sich grundlegend etwas ändern musste. Nicht nur für dieses eine Kind, sondern für alle Menschen in diesem schmutzigen Stadtviertel.

Nelly blieb vor einem windschiefen Haus stehen und klopfte an die Tür.

»Wir möchten zu Jimmy Hammingway«, erklärte sie dem Mädchen, das die Tür geöffnet hatte.

Das Cottage unterschied sich kaum von den anderen schäbigen Behausungen in der Straße. Immerhin waren keine Schweine zu sehen, und die Fensterscheiben schienen intakt zu sein. Doch auch hier blätterte die Farbe von den Außenwänden, und einzelne Ziegelsteine hatten sich aus dem Mauerwerk gelöst.

»Dad!« Das Mädchen hatte sich umgedreht und in das Innere des Hauses gerufen, das wie ein dunkles Loch vor Abigail und Nelly klaffte.

Schritte waren zu hören, und im nächsten Moment tauchte ein Mann in der Tür auf. Seine dunkelblonden Haare hingen ihm wirr ins Gesicht. Sein Hemd war zwar sauber, aber mehrmals geflickt und nur grob in die zerschlissene Hose gesteckt worden. An den Füßen trug er weder Schuhe noch Strümpfe. Seine blauen Augen blickten die beiden Frauen lauernd an.

»Was wollt ihr?« Seine Augenbrauen zogen sich zusammen. Sein Blick glitt über Nelly und blieb dann an Abigail hängen.

»Ich bin Nelly Brixton, und das ist Lady Mahony«, sagte Nelly mit unsicherer Stimme. »Die Lady möchte sich mit Ihnen unterhalten.«

Abigail sah sie an. Nelly schien Angst vor diesem Mann zu haben. Auf dem Weg in die Stadt hatte sie Abigail davon erzählt, wie die Mitglieder dieser Allianzen mit Verrätern und Fabrikanten umgingen, denen sie in einsamen Gegenden zufällig oder auch absichtlich begegneten.

Nellys Furcht war ansteckend. Auch Abigails Herz schlug

schneller. Um das Zittern ihrer Hände zu verbergen, steckte sie sie in ihre Rocktaschen.

»Warum?« Jimmy Hammingway musterte sie schamlos von oben bis unten, was Abigail erröten ließ. Dann ruhten seine stahlblauen Augen auf ihrem Gesicht. Er machte keine Anstalten, sie in sein Haus zu bitten. Abigail wurde heiß.

»Ich möchte dafür sorgen, dass die Zustände in der Fabrik besser werden«, sagte Abigail und erwiderte seinen direkten Blick.

Hammingway schüttelte den Kopf. »Sie sind eine Frau.«

Abigail runzelte die Stirn. »Na und?«

»Sie sind vielleicht adelig und haben mehr Geld als wir. Aber Ihr Geschlecht macht Sie machtlos.« Er trat zurück, im Begriff, die Tür zu schließen.

Blitzschnell streckte Abigail ihren Arm aus und stieß die Tür wieder auf. »Ich habe einen Verstand genau wie ein Mann.«

Hammingway hielt verwundert inne. Den Kopf leicht in den Nacken gelegt, sah er sie nachdenklich an. »Aber Sie haben nichts in der Hand, um irgendetwas zu ändern.«

Abigail zögerte nur einen Moment. »Vielleicht nicht direkt. Aber, wie Sie schon sagten, ich bin eine Frau, und als Frau haben ich eine gewisse Macht über meinen Mann.«

»So?« Jimmy Hammingway grinste. Er trat zur Seite und ließ die Frauen nun doch ins Haus. »Die Frau will ich kennenlernen, die über einen wie Lord Mahony oder Victor Uman Macht hat. Menschen wie die hält nur eine einzige Frau im Zaum, und zwar Moneta, die Göttin des Geldes.«

Abigail hob erstaunt die Augenbrauen und trat in den

Flur. »Ich hatte nicht erwartet, dass Sie sich mit römischen Gottheiten auskennen.«

Sobald die Tür hinter ihnen ins Schloss gefallen war, wurde es dunkel. Durch die kleinen schmutzigen Fenster drang kaum Licht, und es war auch keine Kerze entzündet.

»Ich bin nicht dumm, nur arm.« Hammingway stand mitten im Raum und machte keine Anstalten, den beiden Frauen einen Platz anzubieten.

»Verzeihung«, Abigail biss sich auf die Lippen, »das war dumm von mir. Ich wollte Sie nicht kränken, es ist nur so, dass …«

»Was?« Er starrte sie angriffslustig an. »Ja, Bildung ist Luxus, und den können sich die meisten hier nicht leisten. Das bedeutet aber noch lange nicht, dass wir weniger wissen als Sie oder Ihre Kinder.«

»Nein, natürlich nicht …«, stammelte Abigail.

»Unsere Kinder gehen schon mit fünf oder sechs Jahren in die Fabrik. Sie lernen zwar nicht Klavier spielen und malen und auch keine antiken Sprachen, dafür kennen sie jedes Schräubchen an diesen Maschinen. Sie hören am Schnurren und Rattern, ob etwas kaputt ist, sie sehen jeden gebrochenen Faden und wissen, wie man in einem Loch wie Stockmill überlebt. Würde man Ihre Kinder aussetzen, würden sie auf der Stelle verhungern.«

Abigail fuhr erschrocken zurück. So viel Feindseligkeit schlug ihr entgegen, dass es ihr beinahe die Sprache verschlug.

»Was soll's.« Mr Hammingway ließ die Arme hängen. Dann setzte er sich auf einen wackligen Stuhl, der neben dem schmutzigen Tisch stand. »Warum sind Sie zu mir gekommen?«

Abigail atmete tief durch. Dann gab sie sich einen Ruck und sah ihn an. »Ich brauche Informationen, und ich gehe davon aus, dass Sie sich als führendes Mitglied der Arbeiter-Allianz mit den drängenden Fragen auseinandergesetzt haben. Wofür kämpfen Sie? Welche Missstände sehen Sie? Was fordern Sie von den Fabrikanten?«

Er lachte bitter. »Die Missstände sieht jeder, der hier durch die Straßen geht. Ich denke, ich brauche sie Ihnen nicht noch einmal aufzählen.«

Abigail war fest entschlossen, sich nicht mit Allgemeinplätzen abspeisen zu lassen. »Sie meinen die Lebensumstände?«, hakte sie nach. »Zu viele Menschen auf wenig Wohnraum? Der schlechte Zustand der Unterkünfte? Die erbärmlichen hygienischen Bedingungen?«

Seine Miene war ausdruckslos, als er antwortete. »Unter anderem.«

»Was noch?« Abigail sah ihn an.

»Mr Hammingway, Lady Mahony will uns helfen ...« Nellys Stimme war fast ein Flehen, als wollte sie Schlimmes verhindern.

Abigail dachte an den vergangenen Abend, als sie versucht hatte, mit Walter Lutlow über die Arbeitervereinigungen zu sprechen. Der Richter, der ihr und George beim Dinner Gesellschaft geleistet hatte, hatte nur die Augen verdreht und sie eine »gemeingefährliche Bande« genannt.

Mr Hammingway schüttelte den Kopf und stand wieder auf. Langsam ging er in den hinteren Teil des Raumes, wo eine Treppe nach oben führte. Abigails Augen hatten sich inzwischen an das Zwielicht gewöhnt, das hier herrschte. Einige Holzkisten schienen als Vorratschränke zu dienen. Es roch nach kaltem Rauch.

»Was wollen Sie wirklich?« Jimmy Hammingway wirbelte herum und stand plötzlich dicht vor Abigail. Zu dicht, wie sie mit klopfendem Herzen feststellte. Er wahrte weder die Regeln des Anstandes noch fühlte Abigail sich sicher.

»Ich … ich habe es Ihnen doch schon erklärt.« Sie hörte selbst, wie unsicher ihre Stimme klang. Plötzlich erinnerte sie sich mit Schrecken an die Gräueltaten, von denen sie gehört hatte. Die Mitglieder der Arbeiter-Allianzen gingen hart mit ihren Gegnern ins Gericht. Und ihre Gegner waren die Fabrikanten und deren Familien. Dabei konnte Abigail es ihnen nicht einmal verübeln. Sie lebte im Luxus, während die Menschen, die für ihren Wohlstand schufteten, im Elend hausten.

»Ich bin nicht weniger wert als Sie«, knurrte Hammingway. Sein Gesicht war kaum mehr als drei Zentimeter von ihrem entfernt. Sie konnte seinen Atem riechen, den Schweiß. Es war der Geruch harter Arbeit. »Und es wird Zeit, dass Sie und all die anderen Aristokraten das verstehen, Lady Mahony.«

Abigail schluckte. Ihr wurde kalt. »Das habe ich verstanden, Mr Hammingway.«

»Bitte, tun Sie ihr nichts«, flehte Nelly mit schriller Stimme.

Jimmy sah sie belustigt an. »Haben Sie etwa Angst um Ihre reiche Freundin?«

Nelly starrte ihn an, ohne ein Wort hervorzubringen.

»Selbstverständlich haben wir keine Angst vor Ihnen, Mr Hammingway«, erwiderte Abigail mit schroffem Ton. »Wir versuchen, mit Ihnen ein Gespräch auf Augenhöhe zu führen.«

»So?« Er griff nach ihrer Hand, und Abigail zuckte unwillkürlich zurück. »Sehen Sie«, er betrachtete ihre Finger, »rein und zart. Ich habe noch nie so weiche Hände gesehen, so saubere Fingernägel, und sie duften nach Rosenwasser.« Einen Moment lang starrte er auf Abigails Finger, als wären sie exotische Artefakte. Dann ließ er sie fallen, als hätte er sich an glühenden Kohlen verbrannt. »Selbst Neugeborene haben hier schmutzigere Hände, als Ihre jemals waren. Sie mussten noch keinen einzigen Tag Hunger leiden. Und Sie kommen hierher und fragen mich, was sich ändern muss?«

Abigail steckte ihre Hände schnell wieder in die Rocktaschen. »Es tut mir leid. Ich bin so unwissend. Aus diesem Grund bin ich hier. Ich will nicht selbst darüber urteilen, was für Sie und die anderen Artbeiter wichtig ist, ich möchte mit Ihnen reden, Ihre Bedürfnisse kennenlernen, Ihre Wünsche. Verstehen Sie doch: Ich will helfen, ich will alles dafür tun, dass es gerechter zugeht in den Fabriken, im Leben allgemein.«

Nelly räusperte sich. »Mr Hammingway, ich stamme selbst aus der Stadt. Ich habe bei Uman's gearbeitet, bis man mich dort rauswarf, weil es nicht mehr genug Arbeit gab. Es ging mir schlecht, ich war mehr tot als lebendig, und in diesem Moment kam Lady Mahony und hat mich bei sich aufgenommen.«

»Eine Samariterin?« Hammingway zog eine Augenbraue hoch und sah Abigail spöttisch an.

»Ganz im Gegenteil«, erwiderte Abigail. »Mir ist durchaus bewusst, dass die Fabrikanten einen großen Teil der Schuld an der erbärmlichen Situation der Arbeiter tragen. Ich denke, das habe ich inzwischen ausreichend deutlich gemacht.«

Jimmy schüttelte traurig den Kopf. »Ich würde Ihnen so gern glauben. Aber Sie werden morgen schon anders darüber denken. Es ist eine Laune, Sie haben – warum auch immer – ein schlechtes Gewissen. Aber jede Faser Ihres Körpers erzählt von Ihrem Wohlstand. Sie tragen sogar den Duft des Geldes an sich. Sie riechen gewaschen, nach Seife und Rosenwasser. Ein Duft, den man hier unten sonst nie wahrnimmt.«

»Sie hat mich und meine Kinder wochenlang pflegen lassen und uns jetzt ein ganzes Haus zur Verfügung gestellt. Das zeugt nicht gerade von Wankelmut, Mr Hammingway.« Nelly stand neben dem Kamin des Hauses und hatte die Hände in die Hüften gestemmt.

Jimmy Hammingway runzelte die Stirn und schien nachzudenken.

Abigail ergriff das Wort. »Jetzt sind Sie genauso voreingenommen, wie ich es Ihnen gegenüber war. Werfen Sie mir nicht vor, in die gehobene Gesellschaft hineingeboren worden zu sein, und ich werfe Ihnen nicht vor, es nicht zu sein. Außerdem halte ich Sie genauso wenig für dumm, wie Sie mich für launisch halten sollten.«

Nelly schien ihre Angst überwunden zu haben. Ihre Wangen leuchteten rot, als sie nun wieder das Wort ergriff: »Wenn das nur eine Laune wäre, hätte Ihre Ladyschaft ihre Haushälterin mit einem Korb voller Essen zum Armenhaus geschickt. Aber sie will mehr tun. Sie interessiert sich für das Leid der Arbeiter, für die schlechten Bedingungen, in denen wir unsere Kinder aufziehen müssen. Und nur wenn sie alles darüber weiß, kann sie Lösungen finden.«

Jimmy Hammingway sah sie einen Moment lang nachdenklich an. »Können Sie ihr dann nicht alles sagen? Wozu brauchen Sie mich denn?«

»Ich habe immer gearbeitet. Ich hatte keine Zeit, mich mit der Lage der Arbeiter auseinanderzusetzen«, erklärte Nelly und sah Abigail an.

»Genau«, bestätigte diese. »Sie hingegen sind der Präsident der Arbeiterunion. Sie kennen die dringendsten Probleme am besten.«

Hammingway schüttelte den Kopf. »Ma'am, verzeihen Sie mir, aber ich traue Ihnen nicht. Wahrscheinlich hat Ihr Mann Sie geschickt, um uns auszuspionieren.«

Er ging zur Tür. Doch bevor er sie öffnen konnte, trat Abigail neben ihn und drückte von innen gegen das Holz.

»Wenn Sie das glauben, sind Sie wirklich dumm.«

»Was?« Er drehte sich überrascht zu ihr um.

Nelly sog erschrocken die Luft ein.

»Wenn mein Mann einen Spion aussenden wollte, würde er vermutlich einen seiner Diener wählen, einen Freund aus London oder einen Stalljungen. Sie können doch nicht ernsthaft glauben, dass er mich schicken würde?«

Abigail sah Hammingway forschend an. Er sagte nichts, hielt ihrem Blick aber stand.

»Nun seien Sie doch nicht so stur«, entfuhr es Nelly, die sich sofort erschrocken auf die Unterlippe biss.

»Mr Hammingway«, sagte Abigail, »wir haben vielleicht nicht viel Zeit. Mein Gatte ist zurzeit verreist. Und wenn er wüsste, dass ich hier bin, würde er vor Wut toben. Mir ist durchaus bewusst, dass nicht viele Menschen aus meiner gesellschaftlichen Schicht so denken, wie ich es tue. Und das bekümmert mich sehr. Zu gern würde ich mit meinem Freund Lord Lutlow sprechen und ihn bitten, gesetzliche Änderungen in London zu erwirken, aber ich weiß, dass das vergebene Liebesmüh wäre.«

Jimmy Hammingway stieß einen verächtlichen Seufzer aus. »Ihr werter Freund Lutlow misst mit zweierlei Maß. Glauben Sie mir, wenn einer von uns Arbeitern sich etwas zuschulden kommen lässt, sind die Gesetze härter, als wenn Sie es tun würden.«

Abigail nickte. »Das weiß ich. Deshalb werde ich ihm gegenüber auch nichts davon erwähnen. Ich muss anders vorgehen. Auch mein Mann darf nicht erfahren, dass ich hier war. Er würde mir verbieten, je wieder herzukommen. Denn dahingehend haben Sie recht: Ich bin nur eine Frau.«

Abigail wandte sich um und trat an den Tisch in der Mitte des Raumes. Demonstrativ zog sie einen Stuhl zurück und setzte sich. »Und trotzdem werde ich eingreifen, und genau aus diesem Grund bin ich hergekommen. Mein Mann hätte mich von hier ferngehalten. Ich habe vor einigen Wochen zufällig das Leid der Arbeiter gesehen, als ich Nelly am Straßenrand gefunden habe.« Abigail deutete auf die blasse Frau, die noch immer stocksteif dastand, als erwartete sie jeden Moment eine Katastrophe. »Sie und ihr Sohn waren dem Tod näher als dem Leben. Ich war entsetzt, als ich kurz darauf unsere Fabrik besuchte und feststellen musste, dass kleine Kinder dort den ganzen Tag lang arbeiten und sich in größte Gefahr bringen, indem sie unter die laufenden Maschinen klettern.«

Jimmy stieß ein verächtliches Lachen aus. »Sie müssen schon sehr blind gewesen sein, wenn Sie all das nicht mitbekommen haben.«

»Seien Sie doch nicht so respektlos.« Nelly wirkte bei

Weitem nicht so selbstsicher, wie es ihre mutigen Worte vermuten ließen. »Lady Mahony ist die gütigste Frau, die ich kenne, und sie verschließt sich in keinster Weise dem Leid der Arbeiter.«

Abigail lächelte ihr dankbar zu und ergriff dann selbst wieder das Wort. »Ja, ich habe die Armut und das Elend vor meinem Fenster lange nicht gesehen, und ich schäme mich dafür. Aber glauben Sie mir bitte, wenn ich Ihnen aus tiefstem Herzen versichere, dass ich diese Zustände verbessern möchte. Ich will mich für die Arbeiter einsetzen, besonders für die Frauen und Kinder.«

Auf Hammingways Gesicht breitete sich wieder ein spöttisches Grinsen aus. »Erst vor zwei Jahren hat Ihr Mann zweihundert Männer entlassen und durch Frauen und Kinder ersetzt. Und wissen Sie, warum?«

Abigail nickte. Ihr Blick war zu Boden gerichtet. Sie sagte leise: »Sie sind billiger als Männer, Mr Rashleigh hat es mir erzählt.«

»Und sie arbeiten genauso schnell. Denn wenn sie es nicht tun, verlieren sie ihre Stelle. Sie sind gezwungen zu schuften, bis ihre Finger blutig sind, müssen bei Krankheit und Schwangerschaft zur Arbeit gehen und jeden Lohn nehmen, den man ihnen anbietet, und wenn er noch so niedrig ist. Denn sie werden nirgendwo mehr bekommen, die Fabrikanten sind sich in nichts so einig wie in den niedrigen Löhnen.« Hammingways Augen glühten. Er hatte sich in Rage geredet. »Und die Männer sitzen zu Hause und stopfen die Strümpfe ihrer Frauen. Sie versorgen die Kinder und schämen sich. Denn sie sind Männer, und sie wollen für den Unterhalt ihrer Familie aufkommen, aber sie müssen ihre Frauen in die Fabrik schicken.

Und trotzdem reicht es nicht. Jedes Familienmitglied muss arbeiten, sonst kommt hier niemand über die Runden.«

Abigail presste die Lippen zusammen. Sie wusste nicht, was sie sagen sollte.

»Wenn sie am Samstagabend ihren Lohn bekommen, gehen sie zum Markt. Aber das beste Fleisch, das beste Gemüse ist bereits seit Stunden verkauft.«

»Es wäre viel besser, wenn wir den Lohn am Freitag bekämen, um eines der Kinder schon am Samstag in der Frühe zum Markt schicken zu können. Dann sind noch bessere Waren da«, warf Nelly ein.

Hammingway nickte. »Aber so bekommen wir das, was den feinen Herrschaften nicht gut genug war. Das, was die Krämer und Bauern nicht verkaufen konnten. Das Fleisch ist mager, alt und zäh, oft vergammelt oder von kranken Tieren. Der Käse ist von schlechter Qualität, und die Butter wird gesalzen, um zu verbergen, dass sie eigentlich ranzig ist.«

»Und unter den Zucker wird zerstoßener Reis gemischt«, erklärte Nelly. »Ich habe mal für die Kinder Kakao gekauft. Wir waren alle so enttäuscht, als wir feststellen mussten, dass er mit Erde versetzt war und entsetzlich schmeckte. Dabei habe ich beinahe einen ganzen Tageslohn dafür ausgegeben. Natürlich hat der Händler nichts davon angenommen, als ich mich am nächsten Samstag beschwert habe.«

»Auch Tee wird mit Schlehenblättern und anderem Unkraut gestreckt. Und unter Mehl wird Kreide oder Gips gemischt«, fuhr Hammingway mit der Aufzählung fort. »Ich frage Sie, Ma'am: Würde sich das ein Händler, ein

Bauer oder ein Krämer mit Ihnen erlauben? Würde er sich trauen, Ihrer Köchin minderwertige Waren zu verkaufen?«

Abigail schüttelte den Kopf, obwohl sie wusste, dass er eigentlich keine Antwort erwartete. Sie zog einen Bogen Papier und einen Bleistift aus der Tasche. Schnell notierte sie sich ein paar Stichpunkte. Sie würde dafür sorgen, dass die Arbeiter künftig am Freitag schon ihr Geld bekamen, wie Nelly es vorgeschlagen hatte, damit sie am Samstag etwas früher auf den Markt gehen konnten.

Während Hammingway die schnellen Bewegungen des Bleistiftes in ihrer Hand verfolgte, fragte er: »Wissen Sie, wie die Mahlzeiten der Arbeiter aussehen?«

Wieder schüttelte Abigail den Kopf.

»Kartoffeln und Brot, ein- bis zweimal Fleisch in der Woche und das ist so übel, dass Sie es nicht einmal Ihrem Hund vorsetzen würden. Warme Mahlzeiten sind selten, weil oft niemand zu Hause ist, um zu kochen.«

»Oder es gibt keine Feuerstelle, über der man kochen könnte«, ergänzte Nelly.

Hammingway drehte sich zu ihr um und sah sie plötzlich prüfend an. »Wir kennen uns, nicht wahr? Sagten Sie nicht, Sie haben bei Uman's gearbeitet? Mit meiner Frau zusammen? Anna Hammingway?«

Ein Lächeln glitt über Nellys Gesicht. Sie nickte. »Wie geht es ihr?«

Eine steile Falte bildete sich zwischen Jimmys Augen. Plötzlich kochte er wieder vor Zorn. »Sie ist gestorben und Uman hat sie auf dem Gewissen. Sie haben es ihm immer wieder gesagt, dass er die verdammten Webstühle absichern soll. Sie hat sich beim Reinigen die Hand gequetscht, bekam eine Blutvergiftung und ist letzten Monat unter qualvollen Schmerzen gestorben.«

»Das tut mir sehr leid«, sagte Nelly mit Tränen in den Augen. »Mein Mann ist vor zwei Monaten gestorben. Es war der Hunger, der ihn umgebracht hat.«

Abigail sah beschämt zu Boden. Wie viel Leid hatten diese beiden Menschen bereits erleben müssen. Mit einem Mal verstand sie die Verachtung, die Mr Hammingway ihr entgegenbrachte. Was bildete sie sich ein, sich mit ihrem leeren Gerede über diese Menschen zu stellen? Die Arbeiter brauchten keine Worte und Versprechungen, sie brauchten Taten. Es war ein Fehler gewesen, hierherzukommen, sie hätte zunächst Verbesserungen einführen müssen. Erst wenn sie etwas vorzuweisen hatte, würde Hammingway ihr vertrauen.

»Das Problem ist«, unterbrach Nelly Abigails Gedanken, »dass die Webstühle oft während des Betriebs gereinigt werden. Das ist natürlich sehr gefährlich. Aber ich habe es auch immer so gemacht.«

»Aber wieso? Warum nicht im Anschluss an die Arbeit, wenn alles stillsteht?«, fragte Abigail.

»Weil kein Arbeiter für diese zusätzlichen Minuten bezahlt wird«, schrie Hammingway, und Abigail zuckte zusammen. »Aber es wird verlangt, dass die Maschinen sauber sind. Wenn Sie vierzehn Stunden gearbeitet haben, müde und hungrig sind, haben auch Sie keine Lust mehr, die zwanzig Minuten länger zu bleiben, um die Webstühle zu fegen und abzuwaschen. Sie erledigen es schnell zwischendurch, während die Maschinen noch laufen.«

Abigail atmete tief durch und nickte. Sie machte sich eine weitere Notiz.

Und als Hammingway weitersprach, erschauderte Abigail ob der Kälte in seiner Stimme. »Es sind immer die Fabrikanten, die die Arbeiter töten. Egal, ob es durch Unfälle oder zu geringen Lohn geschieht.«

Abigail legte den Stift zur Seite. Sie stand auf. »Aus diesem Grund bin ich gekommen. Aber ich verstehe, dass ich Sie mit Taten überzeugen muss, Mr Hammingway. Seien Sie versichert, dass ich erkannt habe, dass es so nicht weitergehen kann. Ich stehe auf Ihrer Seite. Ich möchte Ihnen helfen, diese Zustände zu verbessern.«

»Wie wollen Sie das machen?« Hammingway sah sie verächtlich an. »Solange Sie auf der anderen Seite der Mauer wohnen? Sie wachen morgens in einem Palast auf, haben Wasser zum Waschen neben Ihrem Bett, so viel Sie wollen, während die Menschen hier froh wären, wenn sie nur einen kleinen Krug sauberes Wasser hätten, um damit zu kochen oder ihren Durst zu stillen.«

»Lady Mahony kann genauso wenig dafür, dass sie reich ist, wie wir für unsere Armut.« Nelly trat einen Schritt auf Hammingway zu. »Aber wenn wir zusammenarbeiten, können wir vielleicht etwas bewirken.«

Abigail lächelte sie dankbar an.

Hammingway seufzte und fuhr sich mit den schmutzigen Händen durch das fettige Haar. »Na gut. Ich beschwere mich immer über die Fabrikanten, die nicht zum Gespräch bereit sind. Nun stehen Sie hier, und ich wehre mich gegen eine Unterredung mit Ihnen. Vielleicht sollten wir die Chance ergreifen, die sich durch einen gemeinsamen Kampf für die Gerechtigkeit ergibt.«

»Sehr gut.« Nelly nickte. »Wenn Sie uns helfen, kommen wir schneller mit unseren Ideen voran.«

»Also, Mr Hammingway, was fordern Sie?« Abigail nahm wieder Platz und sah ihn an, die Augenbrauen leicht nach oben gezogen, die rechte Hand griff zum Bleistift.

»Gerechte Löhne, eine Reduzierung der Arbeitszeit auf zwölf Stunden, Frauen und Kinder nicht mehr als zehn Stunden werktags, am Samstag nicht mehr als acht. Und die Sicherheit, dass ein Arbeiter bei Krankheit nicht seinen Job verliert.« Hammingway schien diese Forderungen nicht zum ersten Mal zu formulieren. »Außerdem fordere ich die Abschaffung des Trucksystems und des Cottagesystems, die uns vollkommen den Händen der Fabrikanten ausliefern.«

Abigail runzelte die Stirn. »Was meinen Sie damit? Ich habe noch nie von einem Cottagesystem oder einem Trucksystem gehört.«

»Natürlich nicht.« Er lächelte müde. »Wenn ein Fabrikant seinen Arbeiter mit Waren bezahlt oder mit einer cigenen Währung, die nur im firmeneigenen Laden einzulösen ist, wo es natürlich nur minderwertige und vollkommen überteuerte Ware gibt, dann sprechen wir vom Trucksystem. Es ist leider immer noch durchaus üblich, dass der Fabrikant seine Arbeiter mit Erzeugnissen aus der eigenen Produktion bezahlt, die der Arbeiter dann gegen Nahrung eintauschen muss. Es gab zwar vor ein paar Jahren ein Gesetz, das das Trucksystem einschränkte, aber kaum ein Fabrikbesitzer hält sich daran.«

Abigail nickte bedächtigt. »Ich verstehe. Mr Hammingway, werden die Arbeiter in der Fabrik meines Mannes auch so entlohnt?«

»Bis letztes Jahr wurden sie das.« Er nickte. »Dann hat Lord Mahony es abgeschafft.«

»Aber Uman und alle anderen halten nach wie vor daran fest«, warf Nelly ein, die hinter Abigail getreten war und fasziniert die schnellen Bewegungen des Bleistiftes auf dem Papier verfolgte.

Hammingway nickte. »Und von der Abschaffung des Cottagesystems wollen sie alle nichts wissen, auch nicht Ihr Mann.«

Abigail sah auf. »Was hat es damit auf sich?«

Mr Hammingway schnaubte. »Dem Arbeiter wird ein Haus zur Verfügung gestellt, was ihn vom Fabrik- und Hauseigentümer abhängig macht. Denn sollte er seine Arbeit verlieren, verliert er gleichzeitig auch sein Heim. Das bedeutet, der Arbeiter überlegt sich doppelt so gut, ob er gegen die niedrigen Löhne oder die schlechten Arbeitsbedingungen aufbegehrt und somit den Rauswurf riskiert.«

»Mr Hammingway …« Abigail deutete auf den Stuhl, der ihr gegenüber am Tisch stand. Als er zögernd Platz genommen hatte, fuhr sie fort: »Momentan ist mein Mann verreist, und ich weiß nicht, wann er zurück sein wird. Solange liegt die Leitung der Fabrik in der Hand meines Schwagers, mit dem ich nicht reden kann. Doch ich verspreche, dass ich, sobald mein Mann wieder hier ist, alles in meiner Macht Stehende tun werde, um die Zustände zu verbessern.«

»Aber die Frage ist und bleibt, Ma'am«, er stützte sich mit den Ellenbogen auf der Tischplatte ab und beugte sich zu Abigail vor, »wie viel Macht haben Sie? Als Frau? Als Dame der Gesellschaft, wenn es um die Angelegenheiten von mächtigen Männern geht?«

»Aus diesem Grund bin ich hier.« Abigail wusste selbst, dass sie als Frau nur bedingt etwas ändern konnte. »Wenn wir in kleinen Schritten vorgehen wollen – was schlagen Sie vor? Es sollten zunächst nur geringe Änderungen sein, die aber nach und nach zu großen werden können. Das Beispiel von Hampton's Mill kann von anderen Fabrikanten aufgegriffen werden.«

»Die Arbeitszeiten der Frauen und Kinder.« Er sah sie an. »Aber wie wollen Sie das bewerkstelligen? Momentan arbeiten sie von morgens halb sechs bis abends um acht. Ich fordere eine maximale Arbeitszeit von zehn Stunden für Frauen und Kinder bei gleichem Lohn. Denn wie soll eine Mutter ihre Kinder versorgen, wenn sie den ganzen Tag in der Fabrik ist? Wann soll sie ihnen gesundes Essen zubereiten, wann soll sie ihren Säugling stillen? Und wie soll ein Kind zur Schule gehen, wenn sein Arbeitslohn dringend gebraucht wird, damit die Familie über die Runden kommt?«

»Ich verstehe.« Abigail schloss einen Moment die Augen. »Es ist eine gute Idee, mit den Kindern und Frauen zu beginnen. Solange mein Mann nicht da ist, werde ich die Zeit nutzen, um darüber nachzudenken.«

Wieder spielte ein spöttisches Grinsen um seine Lippen. Abigail war klar, dass er sie nicht ernst nahm. Aber das war ihr egal. Es war verständlich, dass er nicht glaubte, dass sie etwas bewegen konnte. Und auch wenn Abigail wusste, dass es schwer werden würde, wollte sie alles dafür tun, um die Bedingungen für die Arbeiter zu verbessern. Sie tat so, als bemerkte sie seinen Spott nicht, und räusperte sich.

»Es muss für die Mütter doch eine große Belastung sein, ihre Kinder nicht bei sich zu haben, die Säuglinge zu vermieten, während der eigene Körper darauf drängt, das Kind versorgen zu dürfen.« Sie ignorierte die Scham, die in ihr aufstieg, als sie an die Brustentzündungen dachte, die sie aber nicht vor ihm erwähnen wollte. Und doch wusste sie, wie schmerzhaft die prall gefüllten Brüste für die Mütter sein mussten, wenn sie ihre Kinder nicht stillen konnten, weil sie in der Fabrik unabkömmlich waren.

»Vielleicht könnten wir ja erreichen, dass die Kinder nicht in der Stadt bei den Mietmüttern verwahrt werden, sondern direkt in der Fabrik bleiben dürfen?«, überlegte Abigail laut. Sie hatte zuvor noch gar nicht daran gedacht und war selbst erstaunt über die Logik ihres Gedankens.

Hammingway und Nelly sahen sie überrascht an.

Abigail sprach weiter: »Ich denke an einen Raum, in dem die Säuglinge und Kleinkinder schlafen und spielen können, während ihre Mütter an den Maschinen stehen. Wenn die Zeit gekommen ist, können sie hinübereilen, ihre Kinder stillen und wieder an ihren Arbeitsplatz zurückkehren, sobald das Kind satt ist. Das würde der Gesundheit von Mutter und Kind guttun und außerdem zur Zufriedenheit der Familien beitragen.« Sie hielt einen Moment inne und erinnerte sich an das schmutzige Haus mit den betrunkenen Männern, aus dem sie Stan geholt hatten. »Es müssten natürlich Kinderfrauen vor Ort sein, die sich in der Zeit, in der ihre Mütter nicht bei ihnen sind, um die Kinder kümmern.«

»Und wer soll dafür aufkommen, Ma'am?« Hammingway hatte die Stirn in Falten gelegt.

»Mein Mann selbstverständlich.« Abigail dachte an die beiden Nannys, die sie für Hugo und Ebenezer eingestellt hatten, und dazu eine Amme. Anthony hatte nie auch nur ein Wort gesagt, als sie auf die zweite Kinderfrau bestanden hatte, nachdem Hugo geboren worden war. Sie hatte damals gedacht, dass sich Louise, die erste Nanny, nicht um den Säugling und das Kleinkind gleichzeitig kümmern konnte. Heute war Abigail klar, dass das kein Problem dargestellt hätte. Aber hätte Abigail damals auch noch auf einer dritten oder vierten Nanny bestanden, Anthony hätte nicht einmal die Stirn gerunzelt. Warum sollte er jetzt etwas dagegen einwenden, wenn vier Kinderfrauen dreißig oder vierzig Kinder betreuen sollten?

»Ich befürchte, Sie stellen sich das zu einfach vor, Ma'am.« Jimmy Hammingway sah sie trotz seiner zweifelnden Worte mit neuem Interesse an.

»Also ich finde das eine großartige Idee«, sagte Nelly.

»Nur so kann es gehen, Mr Hammingway«, sagte Abigail und lächelte. »Ich werde also als Erstes bei Anthony durchsetzen, dass er uns zwei große, nebeneinanderliegende Räume zur Verfügung stellt. In dem einen können die Kinder schlafen, in dem anderen spielen. Dann stelle ich vier Kinderfrauen ein und spreche mit den Arbeiterinnen. Sie können ihre Kinder kostenlos bei den Nannys unterbringen und dürfen zwischendurch zum Stillen hinübergehen, ohne dass sie Angst vor einer Rüge oder Gehaltskürzung haben müssen.«

»Oh, Eure Ladyschaft! Das wäre großartig«, rief Nelly.

»Wenn Sie das hinbekommen, haben Sie meinen größten Respekt.« Hammingway grinste wieder. Aber dieses Mal erkannte Abigail keinen Spott bei ihm.

»Der nächste Schritt ist eine große Küche, in der ein Koch mit ein paar Aushilfen täglich eine warme Mahlzeit zubereitet. Es braucht ja nichts Aufwendiges zu sein, aber gesund und sättigend. Ein Eintopf, eine Suppe oder ein Auflauf. Wir richten einen Speisesaal ein, in dem die Frauen,

Männer und Kinder in Schichten essen können. Das Essen wird mit dem Lohn verrechnet, sollte aber preisgünstig sein. Auf diese Weise bekommt jeder Arbeiter wenigstens einmal am Tag eine gesunde und warme Mahlzeit.« Abigail war überrascht, wie viel Freude ihr diese Planungen bereiteten. Endlich konnte sie wirklich etwas Gutes tun und nicht nur auf Wohltätigkeitsveranstaltungen schwadronieren.

»Das wäre tatsächlich eine enorme Verbesserung der Verhältnisse«, gab Hammingway zu und lehnte sich auf seinem Stuhl zurück. »Und dann könnte man vielleicht sogar das Rad einführen, das die Arbeiter bislang immer abgelehnt haben.«

Abigail sah ihn fragend an. »Das Rad?«

»Die umherfliegenden Baumwollfasern sind schädlich für die Lungen. Neuerdings gibt es ein Rad, das unter die Decke gehängt werden kann und die lose Baumwolle aufsaugt. Das bringt einen enormen gesundheitlichen Vorteil für die Arbeiter, ist aber teuer in der Anschaffung.«

»Vermutlich würden sich die Kosten relativieren, wenn man anschließend gesündere und leistungsstärkere Arbeiter hätte, oder nicht?« Abigail schrieb einen Vermerk auf ihr Papier.

Hammingway nickte. »Auf jeden Fall. Aber bisher haben die Arbeiter immer rebelliert, wenn Fabrikanten tatsächlich ein solches Rad anschaffen wollten. Sie glauben, dass sie dann hungriger sein werden, weil sie den Magen nicht mehr voller Baumwolle haben. Daher waren die Arbeiter bisher ein größeres Hindernis auf dem Weg zum Rad als die Fabrikanten, die dafür aufkommen müssen.«

»Aber wenn wir ihnen Essen geben, werden sie mit dem Rad doch einverstanden sein.«

»Bestimmt, Eure Ladyschaft!«, rief Nelly.

»Gut, über das Rad kann ich noch nicht viel sagen«, fuhr Abigail fort. »Aber die gemeinsame Verwahrung der Kinder und die Fabrikküche, das sind Punkte, die mein Mann mir sicher zugestehen wird. Danach werde ich vorsichtig die Arbeitszeitverkürzung ansprechen, und selbstverständlich muss auch etwas mit den Häusern hier in der Arbeitersiedlung geschehen. Die hygienischen Zustände sind unhaltbar. Wasserleitungen müssen verlegt und die Häuser renoviert werden. Abwasserkanäle müssen angelegt werden. Außerdem müssen die Schweine separat untergebracht werden. Sie schlafen ja teilweise mit den Familien unter einem Dach.«

»Sie haben meine volle Unterstützung.« Hammingway nickte ihr zu. »Wenn Sie das ernst meinen, sind Sie eine mutige und gutherzige Frau.«

Abigail verzichtete darauf, ihm noch einmal ihre besten Absichten zu versichern. Sie konnte ihn verstehen. Bislang waren die Fabrikanten und ihre Familien nur an dem Profit interessiert gewesen, den sie aus der Fabrik schlagen konnten, und hatten nicht an die Arbeiter gedacht. Sie würde sich Jimmy Hammingways Vertrauen erst verdienen müssen.

Einige Tage später saß Abigail mit ihrem Freund Lord Lutlow am Tisch und sah in den herbstlichen Garten seines weitläufigen Landhauses hinaus. Die Bäume hatten schon einen Großteil ihrer Blätter verloren, der Regen tropfte von den Ästen, und mehrere Amseln pickten Würmer aus der feuchten Erde.

»Anthony ist zwar noch immer verreist, aber die Einladungen für den Weihnachtsball mussten dringend abgeschickt werden.« Sie deutete auf die Karte, die sie auf den Tisch im Salon gelegt hatte.

»Ganz recht, meine Liebe«, bestätigte Walter. »Anthony ist der Ball immer sehr wichtig.«

Abigail nickte zögerlich. »Ich mache mir allmählich wirklich Sorgen.«

»Noch immer kein Wort von ihm?« Walter sah sie fragend an.

Abigail schüttelte den Kopf. »Anthony war noch nie so lange fort, ohne mir zwischendurch nicht wenigstens ein paar Zeilen zu senden.«

Walter streckte die Hand aus und tätschelte ihr beruhigend den Arm. »Mach dir keine Gedanken deswegen. Gönne ihm die wenigen Tage Zerstreuung, und du wirst sehen, hinterher kommt er ausgeglichener und erholter zurück, als du ihn jemals erlebt hast.«

»Vermutlich hast du recht.« Abigail trank einen Schluck Tee, den das Hausmädchen eben serviert hatte.

»Victor Uman ist wieder an mich herangetreten«, wechselte Walter das Thema. »Es scheint, als ob er und George sich einig sind. Wenn dein Schwager könnte, wie er wollte, würde er Hampton's Mill sofort an Uman verkaufen.«

»Warum macht Uman sich nur diese Mühe?«, überlegte Abigail laut. »Seit Jahren liegt er uns damit in den Ohren. Dabei hat Anthony ihm sehr deutlich erklärt, dass er nicht zum Verkauf bereit ist. Für keinen Preis.«

»Natürlich nicht«, erwiderte Lord Lutlow, »aber aus diesem Grund will er wohl Anthonys Abwesenheit nutzen. Vermutlich rechnet er sich mehr Chancen aus, wenn er deinen Schwager umstimmt, der dann seinen Bruder überzeugen soll.«

Abigail zog die Augenbrauen zusammen. »Am liebsten würde ich Isobel und Victor Uman in diesem Jahr nicht zum Ball einladen. Ich habe sowieso keine rechte Freude an der Ausrichtung dieses Weihnachtsballs.«

»So?« Lord Lutlow sah sie eindringlich an. »Das hat dir doch sonst immer so viel Spaß gemacht.«

»Ja, aber ich habe in letzter Zeit viel nachgedacht und festgestellt, dass ich viel zu verschwenderisch mit meinen Mitteln umgehe.« Abigail strich über ihr Teekleid aus hellblauem Leinen.

Walter legte die Stirn in Falten. »Habt ihr etwa Geldsorgen? Steckt ihr in Schwierigkeiten? Könnte das vielleicht der Grund für Anthonys Reise sein?«

Abigail musste lachen. »Nein, es geht uns gut.«

»Na also.« Lord Lutlow atmete beruhigt auf. »Dann mach dir keine Gedanken. Denk nicht an die Kosten, sondern nur daran, wie du Hampton Hall am vorteilhaftesten präsentieren und den Gästen Freude bereiten kannst.«

Abigail schwieg für einen Moment. Dann erklärte sie: »Ich finde es nicht richtig, so viel Geld auszugeben, während die Menschen in der Stadt kaum satt werden.«

»Aber meine Liebe«, rief Walter und lachte. »Was gehen dich denn die Menschen in der Stadt an? Denk an dich, an Anthony, an uns alle! Deine Bälle sind legendär! Die ganze Grafschaft freut sich darauf.«

»Die Menschen in der Stadt arbeiten für meinen Reichtum. Für uns alle. Ihr Wohl sollte uns am Herzen liegen.« Abigail spürte plötzlich Wut in sich aufsteigen. Warum waren ihr diese verächtlichen Aussagen früher nicht aufgefallen? Hauptsache, die Gesellschaft amüsierte sich! Wie es den Arbeitern ging, interessierte niemanden. Nur der Profit zählte, den sie den Fabrikanten brachten. Abigail atmete tief ein, um sich zu beruhigen. »Wie kann ich einen luxuriösen Ball geben, bei dem verschwenderisch gegessen wird, bei dem die Damen ihre besten Kleider tragen, die sie anschließend nie wieder anziehen werden, während ein paar Meilen entfernt Kinder den Hungertod sterben?«

»Mein Gott«, Walter beugte sich vor, »es scheint dir tatsächlich ernst damit zu sein.«

Abigail nickte. »Ich wusste bislang nichts von dem Elend, das in den Städten herrscht. Doch jetzt, da mir die Augen geöffnet wurden, kann ich meinen Wohlstand nicht mehr unvoreingenommen genießen. Ich muss immer an die armen Geschöpfe denken, die frieren und hungern und in erbärmlichen Zuständen hausen.«

Walter stand auf und trat ans Fenster. Er sah einen Moment lang schweigend hinaus. Dann drehte er sich um. »Abigail, Gott hat diese Welt erschaffen – und auch die Menschen. Und er hat sie genau dorthin gepflanzt, wo er sie in seinem irdischen Garten sehen wollte. Wir können und dürfen diese Anordnung nicht infrage stellen.«

Abigail schüttelte den Kopf. »Willst du mir damit sagen, dass es Gottes Wille ist, dass die Kinder in der Stadt verhungern, während wir so viel haben, dass wir es gar nicht alles essen können? Es ist Gottes Wille, dass die Frauen und Männer in den Fabriken – teilweise unter Einsatz ihres Lebens – schuften und kaum Zeit zum Schlafen haben, dass sechsjährige Kinder zehn Stunden und mehr am Tag arbeiten müssen und deshalb nicht in die Schule gehen können? Und es ist Gottes Wille, dass wir uns in unseren riesigen Häusern beinahe verlaufen und unsere zahlreichen Anwesen teilweise das ganze Jahr über leer stehen, während die Familien in der Stadt zu acht oder zehnt in einem einzigen Zimmer hausen müssen?«

Lord Lutlow nickte. »Wir können mit unserem menschlichen Verstand nicht begreifen, was Gottes Absicht dahinter ist, aber wir müssen seinen Willen akzeptieren.«

»Ich bin nicht dazu bereit.« Abigail stand auf. Sie zitterte am ganzen Körper vor Wut.

»Abigail, du bist meine alte Freundin, und ich kenne dich schon dein ganzes Leben lang.« Walters Stimme war sanft. »Daher werde ich deine Äußerungen gleich wieder vergessen, aber pass bitte auf, vor wem du dich sonst noch in dieser Weise äußerst. Denn deine Worte können dir schnell ketzerisch ausgelegt werden, und dann müsste ich am Gerichtstag über dich urteilen. Du weißt, wie sehr ich es verabscheue, Freunde von mir verurteilen zu müssen.«

»Ja«, zischte Abigail, sie wusste, dass sie lieber schweigen sollte. »Ich weiß auch, dass du über die Armen ungleich härter urteilst als über Mitglieder der Gesellschaft. Dabei sind wir alle gleich. Das ist keine Gerechtigkeit, Walter! Solange ich lebe, werde ich dafür kämpfen, dass alle gleich behandelt werden.«

Sie wandte sich zur Tür.

»Abigail«, rief er ihr nach. »Warte doch! Danke für deine Einladung zum Weihnachtsball.«

Ohne sich noch einmal umzudrehen, lief Abigail hinaus.

»Eure Ladyschaft«, Nelly nahm den Kessel vom Feuer und goss das Wasser in die Teekanne, »es sind acht Spinner entlassen worden, seit die neuen Selfaktoren da sind. Jetzt kann ein einziger Spinner zweitausend Spindeln beaufsichtigen statt der sechshundert zuvor.«

Abigail seufzte. Sie bewegte die Zehen in den vom Regen durchweichten Schuhen. Die Wärme in Nellys Küche tat gut. »Wann sind die Maschinen denn gekommen? Hatte mein Mann sie bestellt?«

Nelly zuckte mit den Schultern. »Ich nehme es an, denn die Produktion dieser Maschinen dauert bestimmt lange. Vermutlich hat er sie in Auftrag gegeben, bevor er verreist ist.«

Abigail nickte. Wenn Anthony nur endlich zurückkehren würde. Der Winter stand bevor, und gerade jetzt brauchten die Leute dringend ihre Arbeitsplätze.

»Und die Löhne der restlichen Arbeiter sind gesenkt worden.« Nelly stellte die Teekanne auf den Tisch. »Nicht nur bei Hampton's, sondern auch bei Uman's und in den anderen Fabriken.«

Natürlich, es gab mehr Arbeiter, als benötigt wurden. Abigail nahm einen Schluck Tee und dachte nach. Was konnte sie schon tun? George würde nicht auf sie hören. Bei Anthony rechnete sie sich bessere Chancen aus, wenn sie ihn darum bitten würde, die Löhne zu erhöhen und den Arbeitslosen zu helfen. Obwohl sie auch ihm gegenüber sorgfältig würde argumentieren müssen. Mit Unbehagen dachte sie an ihre Auseinandersetzung mit Walter Lutlow. Sie hatte sich bei ihm entschuldigt, und er schien ihr die

Unbeherrschtheit nicht weiter übel zu nehmen. Aber sie hatte sich nur für ihr Temperament entschuldigt, nicht für den Inhalt ihrer Worte. Schließlich war sie überzeugt davon, dass es an der Zeit war, dass die Gesellschaft umdachte und endlich anfing, die Arbeiter gerecht zu entlohnen, um ihr Leben dadurch menschlicher zu gestalten.

Abigail war vor zwei Wochen noch einmal bei Jimmy Hammingway gewesen, aber er hatte sie nur böse angestarrt, von der Entlassung einer Schwangeren durch George berichtet, die um zwei freie Tage gebeten hatte, und auf den jüngsten Unfall in der Fabrik hingewiesen, der sich vor wenigen Tagen ereignet hatte. Dabei hatte ein neunjähriger Junge seinen linken Arm verloren. Es war noch ungewiss, ob der Junge überleben würde. Mr Hammingway hatte Abigail nicht in sein Haus gebeten und war auch nicht auf ihre Beteuerungen eingegangen, dass es ihr leidtue und sie versuchen wolle, etwas zu ändern. Natürlich konnte er ihr nicht glauben, denn bislang hatte Abigail noch keine Verbesserungen vorzuweisen. Aber solange Anthony nicht zurückkam, waren ihr die Hände gebunden.

Sie sah sich in Nellys Wohnstube um, und plötzlich kam ihr eine Idee.

»Nelly«, Abigail stand auf und trat an die Feuerstelle, »was halten Sie davon, wenn Sie und die Kinder Brot backen und wir die Laibe an die Bedürftigen in der Stadt verteilen? Vielleicht können wir auch Suppe ausschenken.«

Nelly war ebenfalls aufgestanden. Sie sah Abigail nachdenklich an. »Das würde auf jeden Fall vielen Menschen helfen – aber wie sollen wir die Suppe warm halten?«

»Wir bräuchten Feuerstellen und könnten die Suppe hier in großen Töpfen vorbereiten, um sie dann auf dem

Wagen in die Stadt zu transportieren.« Abigail wusste, dass George ihr das niemals gestatten würde. Daher war Nellys Cottage für die Zubereitung der Suppe ein besserer Ort als die große und komfortablere Küche in Hampton Hall.

»Aber Ihr Schwager …? Werden Sie keinen Ärger mit ihm bekommen?« Nelly schien sich die gleichen Gedanken zu machen.

»Solange er nichts davon weiß, kann er sich ja nicht beschweren.« Abigail lächelte. »Wir suchen uns einen Händler, der die Lebensmittel liefert und bereit ist, mir eine Rechnung auszustellen, auf der statt der Lebensmittel Stoffe, Perlen und Bänder aufgeführt sind. George wird mir niemals verbieten, Geld für meine Garderobe auszugeben.«

Nelly nickte. »Das könnte funktionieren.«

»Und wir brauchen ein oder zwei Männer, die uns mit den schweren Töpfen helfen und den Wagen fahren.« Abigail nahm ihre Tasse und trank einen Schluck Tee. Wieso war sie nicht schon längst auf diese Idee gekommen?

»Haben wir denn einen Wagen?«

Nelly schenkte ihr Tee nach, und Abigail beobachtete, wie der heiße Dampf sich in der Luft kräuselte.

»Unten auf der Farm sind etliche Wagen, die wir nutzen können. Ich kümmere mich darum. Lassen Sie uns noch heute Nachmittag zu Mr Hammingway gehen. Er soll uns die entsprechenden Männer und den Händler vermitteln.«

Eine Woche später stand Abigail im Treppenhaus von Hampton Hall und starrte durch das Fenster in das Schneetreiben hinaus. Die letzten Tage waren anstrengend, erschütternd, aber auch voller Zuversicht gewesen. Mit Jimmys Hilfe hatten sie zwei Männer gefunden, die ihnen halfen, die Kessel auf den Wagen zu heben und damit in die Stadt zu fahren. Auch beim Ausschenken der Suppe waren sie behilflich. Margaret und Frances gingen nicht mehr in die Fabrik, sondern blieben zu Hause und halfen Nelly bei der Zubereitung der Suppe und beim Brotbacken. Abigail hatte in der Stadt, unweit der Fabrik Hampton's Mill, zwei große Feuerstellen in einem Hinterhof errichten lassen, auf denen sie die Suppe warm hielten. Es sprach sich schnell herum, dass sie hier Suppe ausschenkten und frisch gebackenes Brot verteilten. Zunächst waren die Menschen skeptisch, aber der allgegenwärtige Hunger und die Kälte ließen sie nicht lange zögern. Schon am zweiten Tag bildeten sich zur Mittagsstunde lange Schlangen von Bedürftigen, die mit ihren Blechkannen kamen, um Suppe zu holen. Für diejenigen, die so arm waren, dass sie nicht einmal ein Behältnis besaßen, in dem sie die Suppe transportieren konnten, hatte Abigail kleine Töpfe und Kannen besorgt, die sie mitnehmen durften. Abigail war erschrocken über die vielen Kinder, die oft ohne Jacke in der Kälte um Suppe und Brot anstanden. Sie suchte so viel Kleidung heraus, wie ihre Söhne entbehren konnten, und verteilte sie an die frierenden Kinder. Aber sie musste erkennen, dass sie nur wenigen von ihnen helfen konnte, die meisten Menschen froren weiter. Denn obwohl Abigails Familie über so viel Geld verfügte, dass sie mühelos die ganze Stadt mit Mänteln hätte versorgen können, würde Abigail niemals die Erlaubnis dazu bekommen – nicht von Anthony und erst recht nicht von George.

Abigail hatte die langen Reihen betrachtet. Kaum jemand schien einen wärmenden Mantel zu besitzen. Wer ein Baumwolltuch und wollene Strümpfe trug, hatte mehr als die meisten. Ihre Wangen waren eingefallen, der Glanz aus ihren Augen verschwunden. Auf ihre Gesichter hatte sich eine Hoffnungslosigkeit gelegt, die Abigail beinahe die Luft zum Atmen nahm. Die Verzweiflung, das Leid und das Elend waren mit Händen zu greifen. Alte Menschen sah sie kaum. Nelly erklärte ihr, dass es für die Arbeiter hier kaum möglich sei, das vierzigste Lebensjahr gesund zu erreichen, älter wurden nur sehr wenige.

Jimmy Hammingway hatte Abigail einen Händler vermittelt, der bereit war, die Rechnung so auszustellen, dass George keinen Verdacht schöpfte. Abigail seufzte und lehnte ihre Stirn gegen die kalte Scheibe des Treppenhauses von Hampton Hall. Sie betrachtete die dicken Schneeflocken, die wütend durch die Luft wirbelten. Wenigstens hatten sie es geschafft, den Suppenausschank zu beginnen, bevor der Schnee gestern eingesetzt hatte. Auf diese Weise konnte sie den Menschen immerhin eine warme Mahlzeit garantieren, die ihnen etwas Energie für die kalten Nächte gab. Hoffentlich lag der Schnee morgen nicht zu hoch, sodass sie noch mit dem Wagen in die Stadt fahren konnten. Aber Abigail war fest entschlossen, die Menschen auch bei eisiger Kälte und dichtem Schneefall zu versorgen. Und wenn sie die Suppenkessel eigenhändig in die Stadt tragen musste! Der Schnee und der kalte Wind würde den Menschen, die sowieso kein Geld hatten, noch mehr zusetzen. Am liebsten hätte Abigail ihnen allen warme Decken und Brennholz bringen lassen, aber sie wusste nicht, wie sie das George erklären konnte. Wenn sie allein an der großen Tafel im Esszimmer saß, durch die riesigen Hallen und

Zimmer von Hampton Hall wandelte oder die exquisiten Speisen aß, die ihr serviert wurden, wäre sie am liebsten davongelaufen. Irgendwohin, wo es Gerechtigkeit gab. Sie lebte in einem Haus mit mehr als sechzig Zimmern, von denen die meisten nicht genutzt wurden, während die Menschen in der Stadt wie Vieh zusammengedrängt in Schmutz und Armut vegetierten.

Sie wischte gedankenverloren über die Fensterscheibe, auf der ihre Stirn einen Abdruck hinterlassen hatte, und verfolgte gerade eine dicke Flocke, die durch die Luft wirbelte, als sie plötzlich stutzte. Da kam eine Kutsche die Auffahrt hinauf. Abigail konnte ihre Lichter durch das Schneetreiben und die einsetzende Dämmerung in der Ferne schimmern sehen. Dann waren die Leuchten wieder hinter den Bäumen verschwunden. Erst als die Equipage um die letzte Kurve bog und vor dem Eingang des Anwesens hielt, erkannte Abigail, dass es sich um einen edlen Vierspänner handelte, wie er für längere Fahrten benutzt wurde. Es war nicht ihre eigene Kutsche, mit der George für einige Tage nach London gereist war, um neue Preise für Rohbaumwolle auszuhandeln. Abigail erwartete ihn erst morgen zurück.

Aber auch mit Besuch hatte sie bei diesem Wetter nicht gerechnet. Es war schon vier Uhr vorbei. Wer machte sich mitten in einem Schneegestöber die Mühe, hierherzufahren? Noch dazu ohne vorherige Einladung oder Anmeldung? Sie eilte den Gang entlang in ihren Salon. Sicher würde gleich ein Diener kommen und ihr den Besuch melden.

Aber niemand erschien. Nachdem Abigail eine halbe Stunde lang vor dem Kamin auf und ab gegangen war, ans Fenster getreten war, in das immer dichter werdende Schneetreiben hinausgesehen hatte und dann wieder ungeduldig auf die Tür gestarrt hatte, läutete sie.

Kurz darauf erschien ihr Butler Tucker. Noch bevor Abigail ihn nach der Kutsche fragen konnte, sagte er: »Lord Mahony ist zurückgekehrt, Eure Ladyschaft.«

Abigail starrte ihn an. »Ohne dass er uns im Vorfeld darüber in Kenntnis gesetzt hat?«

Tucker nickte. »Wir waren alle vollkommen überrascht.«

»Sie hätten mich unverzüglich informieren sollen.« Ärger stieg in ihr auf. Wenn sie nicht geläutet hätte, wüsste sie noch immer nicht, dass ihr Mann endlich wieder zu Hause war.

»Verzeihung, Eure Ladyschaft.« Tucker senkte den Kopf. »Das ist nicht zu entschuldigen.«

»Nein, nein. Schon gut.« Abigail machte eine wegwerfende Handbewegung. »Sie sind von meinem Mann überrascht worden und mussten sehen, wie Sie in kürzester Zeit alles hergerichtet bekamen.«

Tucker lächelte leicht, setzte dann aber sofort wieder seine undurchdringbare Miene auf. Im Kamin knackte ein Holzscheit.

»Wo ist Lord Mahony jetzt?«, fragte Abigail. Warum war Anthony nicht zuerst zu ihr gekommen? Er war schließlich schon seit einer halben Stunde zurück, und sie hatten sich seit Monaten nicht mehr gesehen.

»Er ist auf seinem Zimmer«, erklärte der Butler. »Stanton hat ihm ein Bad eingelassen.«

Abigail nickte, und Tucker verließ ihren Salon. Sie runzelte die Stirn. Was für ein seltsames Verhalten. Natürlich konnte Abigail verstehen, dass Anthony von der Fahrt durch den Schnee durchfroren war und ein heißes Bad brauchte, um sich wieder aufzuwärmen, aber er hätte zuvor doch seine Frau begrüßen können. Sein merkwürdiges Verhalten setzte sich fort.

Kurz darauf erschien Renard, um ihr beim Umkleiden für das Dinner behilflich zu sein. Tief in Gedanken versunken, ließ Abigail sich von ihr in ihr Abendkleid helfen.

»Ist mein Mann schon unten?«, fragte Abigail die Zofe, obwohl sie wusste, dass es noch zu früh war. Dennoch erhoffte sie sich, von Renard mehr zu erfahren. Vielleicht hatten die Dienstboten Erklärungen für das Verhalten ihres Ehemannes, die ihr selbst verborgen geblieben waren.

»*Non*, Madame«, erwiderte Renard, wie Abigail es schon vermutet hatte. »Wir nicht viel gesehen ihn. Er ist gekommen und ist gegangen in seine Raum.«

Abigail nickte. Inzwischen hatte sie beinahe Angst vor dem Wiedersehen. Warum war Anthony so seltsam? Warum zog er sich plötzlich so extrem zurück?

Als sie kurze Zeit später die breite Treppe hinunterstieg, zog sie den Schal enger, den sie um die Schultern trug. Sie fröstelte, auch wenn das große Anwesen gut beheizt war. Doch die eisige Kälte, die draußen herrschte, schien durch jede Fensterritze und jeden Türspalt zu kriechen. Abigail dachte wieder an die Menschen in der Stadt, die in ihren armseligen Behausungen frieren mussten. Hoffentlich konnte sie ihnen nun, da Anthony zurück war, endlich besser Hilfe leisten.

Als Abigail den Salon betrat, brannte ein Feuer im Kamin, und Tucker reichte ihr ein Glas Sherry. Anthony war nicht zu sehen. Normalerweise trafen sie sich immer eine halbe Stunde vor dem Abendessen zu einem gemeinsamen Sherry, ob sie nun Gäste hatten oder nicht. Doch heute Abend erschien Anthony nicht im Salon. Um acht Uhr ging Abigail ins Speisezimmer. Sie zitterte am ganzen Körper, konnte aber nicht sagen, ob sie aufgrund der Kälte fror oder weil sie aufgeregt war wegen des Wiedersehens mit Anthony.

Als sie eintrat, saß ihr Ehemann am Tisch. Er stand auf, als er sie sah. Abigail blieb irritiert stehen. Warum hatte er sie nicht im Salon getroffen, um mit ihr gemeinsam zum Dinner zu gehen? Sein Lächeln wirkte unsicher, während er auf sie zutrat.

»Abigail …« Er streckte seine Arme aus.

Sie ergriff seine Hände, aber Anthony zog sie an sich. Erschrocken sah Abigail sich nach den Dienstboten um, die sich diskret abgewandt hatten. Es schien Abigail, als hielte er sie minutenlang fest, aber vermutlich waren es nur einige Sekunden. Ohne ein Wort zu sagen, ließ er sie schließlich wieder los. Als sie in sein Gesicht sah, erschrak sie. In seinen Augen schimmerten Tränen, er schluckte und rang um Fassung. Hatte sie ihren Mann jemals weinen sehen? Sie konnte sich nicht daran erinnern. Anthony war immer gefasst und verbarg seine Gefühle vor anderen, wie es sich für einen Gentleman gehörte.

Sie betrachtete ihn einen Moment lang schweigend. Dann ging sie langsam um den Tisch herum zu ihrem Platz. Tucker schob ihr den Stuhl zurecht, und sie setzte sich. Auf der langen Tafel brannten zahlreiche Kerzen, deren Licht die Kristallgläser zum Funkeln brachte. Das Feuer im Kamin knisterte und sorgte für eine behagliche Wärme. Der Butler schenkte Wein ein. Der erste

Gang wurde aufgetragen. Dann zogen sich die Diener zurück.

Abigail schob die Forelle auf ihrem Teller hin und her. Sie betrachtete Anthony. Er sah genauso aus wie immer, und doch hatte er sich verändert. Abigail brauchte einen Moment, bis ihr klar wurde, woher diese Veränderung rührte. Es war nicht sein Aussehen, er hatte weder ab- noch zugenommen, sein Kinn war immer noch glatt rasiert, und die Haare trug er nach hinten gekämmt. Sie legte den Kopf etwas zur Seite und dachte nach.

Es war der Ausdruck seiner Augen, der anders war. Abigail war sich nicht sicher, was genau in seinem Blick lag, das ihn so fremd wirken ließ.

»Hast du dich gut erholt?«, fragte sie vorsichtig.

Anthony legte das Besteck zur Seite. Er nickte. »Ich war einige Tage im Süden. An der See.«

Abigail sah ihn abwartend an. Als er nicht weitersprach, fragte sie: »Warum hast du mir nicht geschrieben, dass du heute zurückkommen würdest?«

»Ich habe dir doch einen Brief geschickt … oder nicht?« Er sah sie nachdenklich an.

Abigail wurde eiskalt. Sie hielt die Luft an. Wie konnte er das vergessen haben? War sie ihm so gleichgültig geworden? Sie atmete tief aus. »Warum bist du verreist? Geht es dir nicht gut? Bist du krank?«

Er schüttelte den Kopf und trank einen Schluck Wasser. »Es ist nichts Körperliches.«

Abigail legte nun auch ihr Messer und die Gabel auf den Teller. Sie hatte keinen Appetit mehr. »Aber was ist es dann?«

Einen Moment lang betrachtete er sie ernst. Dann glitt

ein Lächeln über sein Gesicht. »Es ist nichts Schlimmes. Eine Überarbeitung. Ich fühlte mich ausgelaugt und müde. Ich konnte mich nicht mehr … kon… ich konnte mich nicht mehr …«

»Konzentrieren?«, half Abigail ihm weiter.

Er nickte. »Aber das ist alles vorbei. Ich blicke wieder nach vorn.«

Um seine Zuversicht zu demonstrieren, begann er energisch, den Fisch zu essen. Er griff nach einem Stück Brot. »Was gibt es hier Neues? Wie war dein Aufenthalt in Paris?«

»Ich war dieses Jahr nicht in Paris, sondern in London«, erinnerte sie ihn.

»Richtig.« Er lächelte.

Abigail hatte das Gefühl, dass er ihr etwas verschwieg. Aber sie wusste, dass sie ihn nicht zum Reden zwingen konnte. Anthony konnte verschlossen sein, wenn er wollte.

Sie berichtete ihm von ihren Tagen in London und den letzten Wochen in Stockmill. Dabei ließ sie vorerst alles aus, was mit Nelly und den Arbeitern zu tun hatte. Sie musste mit Bedacht vorgehen, wenn sie erfolgreich sein wollte. Sie erwähnte lediglich ihren Besuch in der Fabrik und erzählte ihm von ihrem Interesse an der Produktion.

Anthony registrierte es ohne erkennbare Gefühlsregung. Dann fragte er: »Und wie habt ihr Weihnachten verbracht?«

Abigail runzelte die Stirn. »Weihnachten ist doch erst in vier Tagen. Oder meinst du das Weihnachtsfest vom letzten Jahr? Du warst dabei, das müsstest du also wissen.«

Einen Moment lang zeichnete sich Verwirrung auf seinem Gesicht ab. Dann lachte er. »Aber ja, es war nur eine

Fangfrage. Ich wollte sehen, ob du dich noch daran erinnerst.«

Abigail betrachtete ihn nachdenklich. »Am Heiligen Abend findet unser Weihnachtsball statt. Ich hoffe, du hast nichts dagegen, aber ich konnte dich nicht fragen, weil du mir ja keine Adresse hinterlassen hast … und da alle schon auf die Einladung gewartet haben, musste ich die Entscheidung selbst treffen.«

»Aber ja, das ist mir recht.« Anthony stach mit der Gabel in eine Kartoffel.

»Ich hatte schon Sorge, dass du nicht zurück sein würdest. Dann hätte ich die Gäste allein empfangen müssen.« Abigail hatte die Vorbereitung des großen Festes keine Freude gemacht. Zum ersten Mal war ihr aufgefallen, wie verschwenderisch ein solcher Ball tatsächlich war und wie vielen armen Familien sie stattdessen mit dem Geld hätte helfen können, das sie für diese Veranstaltung ausgab.

»Ich bin mir sicher, das hättest du großartig hinbekommen.« Anthony legte sein Besteck zur Seite, als Zeichen dafür, dass er den Gang beendet hatte.

Abigail lächelte. »Ich habe übrigens das alte Cottage von James Down herrichten lassen und einer Freundin zur Verfügung gestellt.«

Sie trank einen Schluck Wein.

Anthonys Augenbrauen zogen sich zusammen. »Das Cottage von James Down?«

»Auf dem Hügel«, ergänzte Abigail.

»Ach so, ja.« Anthony wartete, bis die Diener den Gang abgetragen hatten. Dann fragte er: »Was ist das für eine Freundin? Kenne ich sie?«

Abigail schüttelte den Kopf. »Ich habe sie erst auf meiner Rückreise von London kennengelernt.« Streng genommen war das nicht einmal gelogen. »Sie hat ihren Mann verloren und brauchte ein Dach über dem Kopf. Das Haus stand sowieso leer. Du hast doch nichts einzuwenden, oder?«

»Natürlich nicht, meine Liebe.« Anthony lehnte sich zurück und nahm einen Schluck Wasser.

Abigail atmete erleichtert auf.

»Werden wir in diesem Jahr eigentlich wieder einen Weihnachtsball ausrichten?« Anthonys Blick wanderte zur Tür, in der gerade die Diener mit dem Roastbeef auftauchten.

Abigail stutzte. »Darüber haben wir doch gerade gesprochen.«

»So?« Anthony schien nachzudenken. »Das habe ich nicht mitbekommen.«

Abigail wiederholte besorgt ihren Bericht von den Vorbereitungen des Balls. Anthony schien nicht besonders gut erholt von seiner Reise zurückgekehrt zu sein, im Gegenteil, er wirkte, als brauchte er dringend Erholung.

Am nächsten Morgen hatte es aufgehört zu schneien, und eine dicke, glitzernde Schneeschicht bedeckte die Landschaft. Da Anthony schon früh in die Fabrik gegangen war und George erst heute aus London zurückerwartet wurde, fand Abigail das Frühstückszimmer verwaist vor. Also machte sie sich auf den Weg zu Nelly, um zu sehen, wie die Männer bei diesem Wetter mit dem Suppentransport zurechtkamen. Schon der Weg den Hügel hinauf war bei dieser Kälte anstrengend. Abigail war froh, als sie das Cottage erreicht hatte und endlich bei einer Tasse Tee in der warmen Küche saß. Nelly, Frances und Margaret hatten heute besonders zeitig mit dem Kochen angefangen, da die Männer eine Stunde früher kommen wollten, um die Suppe durch den dicken Schnee in die Stadt zu bringen.

Während sie Nelly dabei zusah, wie sie die Brotlaibe in den Körben verstaute, berichtete Abigail ihr von Anthonys Rückkehr. Sie erzählte ihr von dem veränderten Ausdruck, der auf seinem Gesicht lag, von seiner merkwürdigen Frage nach dem Weihnachtsfest und den überraschenden Gefühlsregungen, die sich auf seinem Gesicht gezeigt hatten.

Nelly hört ihr zu und schüttelte dann den Kopf.

»Da brauchen Sie sich keine Sorgen zu machen, Eure Ladyschaft. Vermutlich hat er während seiner Abwesenheit gemerkt, wie sehr Sie ihm gefehlt haben.« Nelly stellte den letzten Brotkorb neben die Tür und hielt durch das Fenster Ausschau nach dem Wagen.

»Ich hoffe, Sie haben recht.« Abigail starrte ins Feuer, über dem noch die großen Kessel hingen. Sie konnte die Suppe köcheln hören. Es duftete herrlich nach gekochtem Huhn und Gemüse. »Sie müssen wissen, Anthony ist kein gefühlsbetonter Mensch. Ganz im Gegenteil. Sein Verhalten war seltsam.«

Abigail dachte an den unnahbaren Anthony, der zwar immer großzügig ihr gegenüber gewesen war, aber stets reserviert und zurückhaltend. Mehr als einmal hatte Abigail sich gefragt, ob er echte Gefühle für sie hegte oder ob sie nur als Zierde an seiner Seite und Mutter seiner Erben diente.

»Da sind die Männer mit dem Wagen. Gott sei Dank!«, riss Nelly sie aus ihren Gedanken.

Abigail erhob sich und trat neben die junge Frau. Der

Wagen stand direkt vor dem Haus. Die beiden Pferde dampften in der Kälte und schnaubten ungeduldig. Schnee hatte sich in den Speichen der Räder verfangen. Einer der Männer trat mit dem Fuß dagegen, während der andere auf Nellys Haus zusteuerte.

Kurz darauf ging die Tür auf, und eine Wolke kalter Luft drang in die Küche.

»Ein Wunder, dass wir durchgekommen sind.« Jimmy Hammingway nahm seine Wollmütze ab und warf sie zusammen mit den dicken Handschuhen auf den Tisch.

»Mr Hammingway«, rief Abigail erstaunt, »ich wusste gar nicht, dass Sie selbst den Wagen fahren.«

»Paul ist krank«, sagte Mr Hammingway. »Er hat einen schlimmen Husten, und ich fürchte, er hat auch Fieber. Ich konnte so schnell keinen Ersatz finden, also bin ich selbst hergekommen.«

»Soll ich unseren Arzt bitten, nach Paul zu sehen?« Abigail trat näher ans Feuer.

Jimmy schüttelte den Kopf. »Paul hat dafür kein Geld. Ich bringe ihm gleich etwas Suppe und Brot vorbei. Eine ordentliche Mahlzeit, und es geht ihm schnell wieder besser.«

Abigail runzelte die Stirn. »Na gut, aber wenn es ihm schlechter geht, schicken Sie bitte nach Doktor Smith. Ich werde selbstverständlich für die Kosten aufkommen.«

Jimmy nickte ernst. Dann drehte er sich zu den Brotkörben und begann, sie nach draußen zu tragen. Inzwischen war auch der zweite Mann gekommen und ging ihm zur Hand. Als die Körbe und Kessel alle im Wagen verstaut waren, nahm Jimmy seine Mütze und die Handschuhe.

»Eure Ladyschaft …« Er zögerte.

Abigail sah ihn an.

»Danke.« Jimmy lächelte, und Abigail fiel auf, dass er ohne seine ernste Miene viel jünger wirkte. »Sie haben viel für uns getan. Die regelmäßigen Mahlzeiten retten viele Menschen vor dem Hungertod.«

»Mein Mann ist gestern nach Hause zurückgekehrt«, sagte Abigail. »Ich hoffe, dass ich nun auch mit meinen anderen Ideen weiterkomme.«

»Das wäre schön«, sagte Jimmy und öffnete die Tür. »Wenn Sie Hilfe bei der Ausführung brauchen, wissen Sie ja, wo Sie mich finden.«

Als Abigail am Abend in den Salon trat, stand George am Kamin und starrte in sein leeres Whiskey-Glas. Er musste kurz zuvor von seiner Reise zurückgekehrt sein.

»Guten Abend, Abigail«, sagte er zu ihr. »Wie ist dein Eindruck von Anthony?«

Abigail sah ihn argwöhnisch an. »Was meinst du?«

George lächelte. »Entschuldige meinen Überfall, aber ich mache mir Sorgen um ihn. Er scheint mir verändert zu sein. Als ob etwas vorgefallen wäre in der Zeit, in der er fort war.«

»So?« Abigail griff nach dem Glas Sherry, das Tucker ihr reichte.

»Ich kann es nicht besser beschreiben.« George ließ sich Whiskey nachschenken. »Er redet nicht viel. Als ich heute Nachmittag zu ihm kam, saß er an seinem Schreibtisch und starrte auf die Unterlagen vor sich, als sähe er diese Dokumente zum ersten Mal. Dabei waren es alte Briefe, die schon länger auf seinem Schreibtisch liegen und die ich ihm geordnet habe.«

Abigail erinnerte sich an ihren Besuch in der Fabrik, als

sie bei George im Büro gewesen war, der über die Unordnung in Anthonys Unterlagen geklagt hatte.

»Und dann«, fuhr George fort, »wollte ich ihm über die vergangenen Wochen Bericht erstatten, aber er wollte nichts davon hören.«

Abigail trank einen Schluck Sherry und versuchte, die Panik, die in ihr aufstieg, zu unterdrücken. Wenn Anthony keinen Bericht von George haben wollte, konnte das nur bedeuten, dass er plante, seinen Bruder noch länger hier zu beherbergen und die Firma mit ihm zusammen zu führen, bis Anthony sich vollständig erholt hatte. Aber George hatte Abigail mehr als einmal deutlich gemacht, dass er nichts davon hielt, die Arbeits- und Wohnbedingungen der Arbeiter zu verbessern. Solange George hier war, würde Abigail es also schwer haben, ihre Ideen umzusetzen.

»Er hat mich gebeten, direkt nach Weihnachten wieder nach Bath zurückzukehren. Er sagt, er komme sehr gut allein zurecht.« George stand jetzt vor dem Kamin und starrte in die Flammen.

»Wie bitte?« Erleichterung stieg in Abigail auf, die sich mit Verwirrung mischte. »Aber warum diese Eile?«

»Etwas stimmt nicht mit Anthony«, sagte George und trat ans Fenster.

Schweigend nahm Abigail im Sessel Platz. Sie konnte ihrem Schwager nicht widersprechen. Anthonys Verhalten war tatsächlich eigenartig.

»Warum ist er wohl wirklich verreist? Ich glaube, dass mehr dahinterstecken muss als eine Unpässlichkeit«, sagte George. Er drehte sich um und sah sie fragend an.

Noch ehe Abigail ihm antworten konnte, wurde die Tür geöffnet, und Anthony stand vor ihnen.

»Ah, ihr seid schon da, wie ich sehe.« Er ging über die teuren Teppiche auf sie zu und setzte sich neben Abigail.

»Wie hast du heute deinen Tag verbracht?«, fragte er sie, während er das Glas Sherry entgegennahm, das Tucker ihm reichte.

Abigail sah ihn überrascht an. Sie konnte sich nicht daran erinnern, dass Anthony sich jemals nach ihrem Tagwerk erkundigt hatte. »Ich war heute Morgen bei meiner Freundin Nelly«, sagte sie.

»Wer ist diese Nelly?«, fragte Anthony.

Abigail stellte ihren Sherry ab. »Ich habe dir gestern von ihr erzählt. Sie wohnt im Cottage des Gärtners.«

Anthonys Blick wanderte zu George. »In James Downs altem Haus? Ich hatte nicht damit gerechnet, dass du während meiner Abwesenheit so große Entscheidungen treffen würdest.« Anthony lehnte sich zurück und schlug die Beine übereinander. »Ich hatte eigentlich vor, das Cottage abreißen zu lassen und auf dem Hügel ein Sommerhaus zu errichten.«

George hielt wie entwaffnet beide Hände in die Höhe. »Das war nicht meine Idee«, sagte er zu seinem Bruder. »Das hat sich Abigail ausgedacht.«

»So?« Anthony legte die Stirn in Falten. »Und doch musst du die Arbeiter beauftragt haben.«

George schüttelte den Kopf. »Ich habe erst davon erfahren, als die Bauarbeiten schon fast abgeschlossen waren.«

Anthony sah Abigail fragend an. Das Licht fing sich in dem Rubin, den er am Finger trug. »Abigail? Du hast ohne Georges Erlaubnis gehandelt?«

Abigail merkte, dass sie errötete. »Ich dachte, dass eine Erlaubnis nicht vonnöten sei. Schließlich stand das Haus seit längerer Zeit leer, und Nellys Familie brauchte ein Dach über dem Kopf. Ich wollte George nicht damit belästigen.«

»Muss ich dich daran erinnern, dass du eine Frau bist?« Anthony nippte an dem Sherry. Seine Stimme war ruhig und sachlich. »Du hast weder die Kompetenz noch die Befugnis, eine solche Entscheidung zu treffen.«

Abigail schluckte. Noch bevor sie etwas erwidern konnte, mischte sich George wieder in die Unterhaltung ein.

»Daran hättest du sie schon vor deiner Abreise erinnern sollen. Ich war von Anfang an dagegen, dass sie die Frau, die sie in der Gosse aufgelesen hat, mit nach Hampton Hall bringt. Und die ganze Bande verlauster Kinder noch dazu.«

Anthony sah ihn fragend an. »Meinst du diese Nelly? Die Bewohnerin meines Cottages?«

George nickte. »Sie war mehr tot als lebendig, als sie hier eintraf. Abigail hat sie von Doktor Smith behandeln und von unseren Küchenmädchen gesund pflegen lassen.«

Abigail sog scharf die Luft ein.

»Ich habe ihr gesagt, dass ich das nicht tolerieren würde, aber schließlich ist sie deine Frau, und ich sehe nicht ein, warum ich mich mit ihren Hirngespinsten herumschlagen soll, wenn ich dich ein paar Wochen hier vertrete. Ich hielt es für die beste Lösung, Abigail erst einmal gewähren zu lassen und dir die Entscheidung zu überlassen, wie du damit umgehen willst.« George warf Abigail einen triumphierenden Blick zu. Er schien sich darüber zu freuen, dass sein Bruder ganz seiner Meinung war.

Anthony nickte mit zusammengepressten Lippen. Dann erklärte er: »Verständlich. Nun gut, die Entscheidung ist gefallen. Diese Frau wird nicht in unserem Cottage wohnen können.«

»Was?« Abigail sprang auf. »Aber sie hat kein Heim und vier Kinder. Ihr Mann ist gestorben, du kannst sie nicht hinauswerfen.«

»Ich habe andere Pläne mit dem Hügel, und wenn du mich gefragt hättest, bevor du das Haus großzügig versprochen hast, dann hättest du es gewusst, und wir könnten uns diese Diskussion nun ersparen.« Anthony trank seinen Sherry aus.

»Es ist kalt draußen, und bald ist Weihnachten. Du kannst der Familie doch in diesen Tagen nicht ihr Heim nehmen.« Abigail ging vor dem Kamin auf und ab. Sie ertrug Anthonys Hartherzigkeit kaum. »Außerdem konnte ich dich ja nicht fragen, du hattest schließlich keinerlei Adresse hinterlassen, wo wir dich hätten erreichen können.«

Anthony starrte sie einen Moment lang an, als wüsste er nicht, wovon sie sprach. Dann sagte er: »Meinetwegen sollen sie bis nach Weihnachten dort wohnen bleiben«, er warf einen Blick auf Tucker, der die Tür zum Speisezimmer öffnete und ihm zunickte. »Aber danach müssen sie gehen.«

Abigail sah ihn an. Ein schwerer Klumpen hatte sich in ihre Magengrube gelegt. Sie hatte keinen Appetit mehr. Es war nicht nur Nelly, die ihr Heim verlor, sondern auch die Suppenküche hatte dann keine Räumlichkeiten mehr. Davon durfte Anthony auf keinen Fall etwas erfahren. Wie sehr sie sich in ihm getäuscht hatte! Die ganze Zeit hatte sie geglaubt, endlich weiterzukommen, wenn ihr Mann zurück war. Stattdessen wurde ihr bewusst, dass sie unter

George viel mehr Freiheiten besessen hatte. Sie musste sich eine Lösung überlegen, und zwar bis nächste Woche.

Der Weihnachtsball kostete Abigail dieses Jahr viel mehr Kraft als sonst. Wochenlang bereitete sie diesen Tanzabend vor, den sie früher immer sehr genossen hatte. Auch in diesem Jahr hatte sie sich bereits in London ihr Ballkleid schneidern lassen. Es war aus hellgrüner Seide und mit Perlen und edlen Spitzen bedeckt. Auch in ihr Haar hatte Renard Perlen und Blumen geflochten. Doch während sich Abigail am Abend des Festes ein letztes Mal im Spiegel betrachtete, musste sie an Nelly denken, die bald ihr Cottage verlassen musste. Abigail hatte ihr noch nichts davon gesagt, sie wollte nicht das Weihnachtsfest trüben, das Nellys Familie noch in Zuversicht verbringen sollte. Während Abigail die Gäste begrüßte, die Kleider der Damen bewunderte, die teuren Parfüms roch und die Juwelen schimmern sah, musste sie sich zu einem Lächeln zwingen. Am liebsten hätte sie all den Schmuck und die teuren Stoffe genommen und zu den armen Menschen gebracht, die in diesem Moment frierend in ihren armseligen Häusern saßen. Sie betrachtete die Stechpalmenzweige, mit denen das Treppengeländer geschmückt war, die Misteln und den großen Tannenbaum, an dem Zuckerstangen und Äpfel hingen.

»Abigail«, Mrs Uman trat auf sie zu, und Abigail erwiderte höflich die taktlose Begrüßung der ungehobelten Frau.

»Es ist ja wieder so schön bei euch. Und Anthony ist auch endlich zurückgekehrt, wie ich sehe.« Sie streckte Anthony die Hand entgegen, der sie einen Augenblick anstarrte, ohne etwas zu sagen.

Abigail konnte ihn gut verstehen, schließlich war Isobell Umans Benehmen vollkommen respektlos. Allerdings hätte Anthony trotz allem doch ein wenig höflicher sein können. Er blieb steif vor Isobell stehen, ohne ihre Hand zu ergreifen. Irritiert machte die Fabrikantengattin sich auf den Weg in den Ballsaal. Auch ihr Mann schien von Anthonys Reserviertheit überrascht zu sein.

Abigail wandte sich den nächsten Gästen zu und nahm sich vor, am nächsten Tag mit Anthony darüber zu sprechen. Schließlich waren sie auf ein einigermaßen gutes Verhältnis zu den Umans angewiesen, wenn sie weiterhin in der Gesellschaft verkehren wollten, in der die Umans ebenfalls anzutreffen waren. Sonst könnten gemeinsame Abende sehr unangenehm werden.

»Eure Ladyschaft.« Sir Laurence stand so plötzlich vor Abigail, dass sie zusammenzuckte. »Ich danke Ihnen für die Einladung.«

Sie versuchte, dem Blick seiner dunklen Augen auszuweichen, der sich an ihr festzusaugen schien. Abigail errötete und sah schnell zu Anthony hinüber, der jedoch mit leerem Gesichtsausdruck hinter den Umans her starrte.

»Sir Laurence«, antwortete Abigail höflich und reichte dem großen, schlanken Mann ihre Hand. »Ich freue mich, dass Sie heute Abend kommen konnten.«

Unbehaglich erinnerte sie sich an das Liebesgedicht, das er ihr bei ihrer letzten Begegnung zugesteckt hatte. Sie hatte lange gezögert, den jungen Adeligen, der seinen Besuch in Stockmill ausgedehnt hatte, zum Weihnachtsball einzuladen, hatte sich dann jedoch von Walter Lutlow dazu überreden lassen. Lord Lutlow hatte natürlich recht, es wäre unhöflich gewesen, den jungen Mann von hoher gesellschaftlicher Stellung nicht einzuladen.

»Sie sind der Brillant unter den anwesenden Frauen, Eure Ladyschaft.« Sir Laurence nahm Abigails Hand und führte sie zu seinem Mund.

Abigail schluckte, als sie erneut etwas zwischen ihren Fingern spürte.

»Ich liebe Sie, Abigail«, flüsterte er so leise, dass nur sie ihn hören konnte.

Abigail erstarrte. Sie kannten sich ja kaum, wie konnte er von Liebe sprechen? Und was für ein unschickliches Benehmen! Was sollte sie mit dem Zettelchen machen, das jetzt in ihrer Hand lag? Der Mann hatte sie erneut in Schwierigkeiten gebracht. Es durfte niemand diesen Zettel finden, auf dem höchstwahrscheinlich wieder ein Gedicht zu lesen war. Jeder Leser würde sofort falsche Schlüsse ziehen. Sie dachte fieberhaft nach, wie sie den Brief wieder loswerden konnte. Ihr Ballkleid hatte keine Taschen.

In diesem Moment trat Anthony neben sie, und sein fragender Blick begegnete ihrem. Abigail fiel ein, dass er den jungen Mann ja noch gar nicht kannte.

»Anthony, das ist Sir Laurence Lancaster aus dem Norden. Er ist hier bei uns zu Besuch, um sich die Baumwollfabriken in Stockmill anzuschauen. Ich habe ihn kürzlich bei Mr und Mrs Uman kennengelernt.«

Anthony lächelte höflich. »Sehr erfreut, Sir Laurence.«

»Und das ist mein Mann, Lord Mahony«, erklärte sie Sir Laurence mit kalter Stimme.

Sir Laurence lachte, als hätte sie soeben einen Scherz gemacht. »Danke, Eure Ladyschaft, aber wir kennen uns bereits.«

»So?«, fragte Abigail überrascht.

Auch Anthony hob die Augenbrauen und betrachtete

den jungen Mann forschend. »Ach ja, das war im letzten Jahr in London, nicht wahr?«

Sir Laurence lachte wieder. »Eure Lordschaft, das kann nicht Ihr Ernst sein. Wir haben doch erst gestern zusammengesessen und über eine mögliche Übernahme der Fabrik gesprochen.«

Anthony sah ihn an. Er schien nicht zu wissen, wovon Sir Laurence sprach.

Abigail räusperte sich. Sie biss sich vor Schreck auf die Lippen. »Du denkst über einen Verkauf der Firma nach?«, fragte sie ihren Mann schließlich vorsichtig.

Aber Anthony schüttelte den Kopf.

»Oh, verzeihen Sie, Eure Lordschaft, wenn ich Sie in Schwierigkeiten gebracht habe, indem ich unser gestriges Treffen ausgeplaudert habe.« Sir Laurence zwinkerte Abigail zu. »Sie wissen natürlich von nichts.«

Er deutete eine leichte Verbeugung an, drehte sich um und verschwand in der Menge der Gäste.

Abigail runzelte die Stirn und sah Sir Laurence nach. Verwirrt schob sie sein Zettelchen in den Ausschnitt ihres Kleides. Als sie zu Anthony blickte, der ihr nicht von der Seite gewichen war, stutzte sie. Er war gerade dabei, seinen Frack auszuziehen.

»Anthony«, sagte sie zu ihm. »Es sind noch längst nicht alle Gäste da, warum ziehst du deinen Frack aus?«

Ohne auf Abigails Frage einzugehen, winkte Anthony einen der Diener zu sich und befahl, ihm seinen Mantel zu holen. Der Junge nickte und eilte davon.

»Du willst fort?«, fragte Abigail entsetzt. »Jetzt?«

»Nein«, antwortete Anthony. »Es ist kalt. Ich brauche meinen Mantel.«

»Natürlich ist es ein bisschen frisch hier in der Eingangshalle«, gab Abigail zu. »Aber das ist doch jedes Jahr dasselbe. Gleich wird uns warm werden, wenn wir uns in den Saal begeben. Halte noch eine halbe Stunde durch, dann sind alle Gäste eingetroffen.«

Anthony nickte, machte jedoch keine Anstalten, seinen Frack wieder anzuziehen.

»Bitte«, Abigail deutete auf das Jackett, »jeden Moment können die nächsten Gäste kommen, und wenn sie dich so sehen, fühlen sie sich zu Recht vor den Kopf gestoßen.«

»Ich …«, Anthony starrte auf das Kleidungsstück, als sähe er es zum ersten Mal. »Ich … entschuldige, ich habe Kopfschmerzen.« Er wandte sich zur Treppe und stieg die Stufen hinauf.

»Anthony!«, rief Abigail ihm erschrocken hinterher. »Du kannst doch nicht mitten in der …« Sie brach ab, als die Tür geöffnet wurde und Lord und Lady Cister die Halle betraten.

Hilflos sah sie ihrem Mann hinterher.

Zwei Stunden später hatte sie alle Gäste begrüßt, sich vergewissert, dass sie auch gut versorgt waren, und Anthonys Abwesenheit immer wieder mit einer plötzlichen Unpässlichkeit erklärt.

»Der Ball ist wieder ein großer Erfolg«, sagte Walter Lutlow, während sie die Tänzer auf dem Parkett bei der Quadrille beobachteten.

»Ja«, antwortete Abgail, in ihre Überlegungen versunken. Ihre Gedanken drehten sich immer noch um Anthony.

»Was ist los mit dir?« Walter sah sie fragend an.

»Anthony«, sagte sie leise. »Ich mache mir Sorgen um ihn. Er ist noch nie dem Weihnachtsball ferngeblieben.«

Statt sie mit leeren Phrasen zu beruhigen, wie Abigail es erwartet hatte, nickte ihr Freund. »Anthony wirkt in sich gekehrt, das ist mir auch aufgefallen. Ich frage mich …« Walter brach ab, als ein paar junge Mädchen dicht an ihnen vorbeigingen.

Als sie fort waren, fragte Abigail: »Was wolltest du gerade sagen? Du fragst dich, ob …«

»Nichts, meine Liebe.« Walter winkte ab.

»Bitte«, Abigail warf ihm einen forschenden Blick zu, »ich möchte wissen, was in ihm vorgeht. Wenn du also eine Vermutung hast, teile sie mir bitte mit.«

»Ich habe überlegt, ob Anthony vielleicht Geldsorgen hat. Irgendetwas muss ihn ungeheuer beschäftigen, da er so oft mit seinen Gedanken abschweift«, sagte Walter.

In diesem Moment endete die Musik, und die Tänzer strömten auseinander. Isobell Uman nahm Abigail in Beschlag und berichtete erneut von der Tanzgruppe, die sie bei ihrer Schwester gesehen hatte.

Der restliche Abend flog nur so dahin, und als Abigail am frühen Morgen, nachdem der letzte Gast gegangen war, endlich in ihr Zimmer kam, hatte sie den Brief von Sir Laurence längst vergessen. Erst als Renard sich nach dem Papier bückte, das beim Auskleiden zu Boden gefallen war, errötete sie, als wäre sie bei etwas Anstößigem erwischt worden. Abigail streckte schnell die Hand danach aus und entriss der überraschten Zofe den Brief.

Sobald sie allein in ihrem Schlafzimmer war, entfaltete sie das dicke Papier.

Geliebte Abigail,
ich denke nur noch an Sie – Ihr Liebreiz, Ihre Stimme, der Blick Ihrer Augen haben mich um den Verstand gebracht. Ich weiß, dass Sie ähnlich fühlen wie ich, denn Sie haben es mich durch Ihre aufrührenden, erregten Blicke spüren lassen. Wir sind füreinander bestimmt. Wenn ich Sie auch nie meine Ehefrau nennen darf, da dieses Privileg bereits einem anderen gehört, so wäre ich doch mit ein paar Stunden gestohlener Zärtlichkeit der glücklichste Mann auf dieser Welt. Ich kam nach Stockmill, um mich zu informieren und später daheim eine eigene Fabrik zu bauen. Doch als ich Sie sah, wusste ich, dass es fortan nur noch ein einziges Ziel in meinem Leben geben kann: Sie in meinen Armen zu halten. Ich werde in Stockmill bleiben und mein Vorhaben hier verwirklichen.
Es gibt ein kleines Sommerhaus am Rande des Parks von Hampton Hall. Sie würden mich unbeschreiblich glücklich machen, wenn wir uns dort am Tag nach Weihnachten treffen könnten. Nach dem Mittag? Ich erwarte die Stunde mit Ungeduld.
Innigst L.

Abigail starrte auf die Zeilen. Ihr Herz raste. Hatte sie tatsächlich ungewollt Hoffnung in dem jungen Mann geschürt? Sie versuchte, sich den Abend bei den Umans in Erinnerung zu rufen. Sie war recht müde und aufgewühlt gewesen. An diesem Tag hatte sie Nelly gefunden und von Anthonys seltsamer Reise erfahren. Möglicherweise war sie am Abend ein wenig unvorsichtig gewesen, aber sie hatte sich bestimmt nicht in einer Weise verhalten, die derartige Hoffnungen zuließen.

Abigail knüllte das Blatt zusammen und warf es ins Feuer. Doch während sie den Flammen dabei zusah, wie sie sich des Papiers bemächtigten und die Worte für immer auslöschten, hatte sie das bedrückende Gefühl, dass Sir Laurence ihr noch Probleme bereiten würde.

Den Vormittag des Weihnachtstags verbrachte sie nach dem Kirchgang mit Hugo und Ebenezer draußen im Schnee. Immer wieder musste sie an Sir Laurence' Worte denken, dass er sie beim Sommerhaus am Rande des Parks treffen wollte. Wann hatte er das Sommerhaus gesehen? Schlich er etwa in ihrem Park umher? Beobachtete er sie vielleicht? Abigail war froh, als sie wieder im Haus war, wo sie sich geschützter fühlte. Am Nachmittag ging sie zu Nelly, um ihr einen Korb mit Obst und Nüssen zu bringen. Die Freude von Margaret, Frances und Ben war so groß, dass Abigail vor Rührung Tränen in die Augen traten. Der kleine Stan lutschte an einem Stück Apfel und sah dabei so zufrieden aus, dass Nelly vor Glück strahlte.

Als Abigail am Abend durch das festlich geschmückte Hampton Hall lief, in die lodernden Flammen der Kaminfeuer blickte, die Kerzen in die Nacht hinausleuchten sah und sich erneut der vielen leer stehenden Zimmer gewahr wurde, musste sie an die überfüllten Unterkünfte in der Stadt denken.

Am Tag nach Weihnachten stieg Abigail den Hügel zu Nellys Haus hinauf und überlegte erneut, wie sie der Frau und den Kindern helfen konnte. Sie musste noch einmal mit Anthony sprechen, irgendwie musste sie sein Herz erweichen. Der Schnee lag noch immer hoch, aber es hatte über Weihnachten kaum mehr geschneit.

»Eure Ladyschaft!«

Abigail fuhr erschrocken zusammen. Als sie aufsah, befürchtete sie schon, Sir Laurence hätte ihr aufgelauert. Erleichtert stellte sie jedoch fest, dass es Jimmy Hammingway war, der gerade von Nellys Cottage aus in die Stadt ging. Auf dem Wagen, der ein Stück hinter ihm folgte, erkannte Abigail die großen Suppentöpfe und Körbe mit Brot. Sie war so sehr in ihre Gedanken vertieft gewesen, dass sie den Wagen im Schnee gar nicht gehört hatte.

Jimmy sah sie besorgt an. »Ist alles in Ordnung?«

Abigail atmete tief ein und nickte. »Ich hatte Sie nur nicht kommen hören. Ist es denn schon so spät?« Sie betrachtete den vollbeladenen Wagen. Sie hatte heute Morgen zunächst einige liegen gebliebene Briefe beantwortet, bevor sie aufgebrochen war.

Jimmy legte den Kopf schief. »Sie wirken besorgt«, stellte er fest.

Abigail seufzte. »Das bin ich tatsächlich. Aber ich will Sie nicht aufhalten. Die Menschen warten auf die Suppe.«

Jimmy zwinkerte ihr zu. »Begleiten Sie uns ein Stück. Ich bin ein guter Zuhörer.«

Abigail zögerte. Es lohnte sich nicht mehr, Nelly zu besuchen. Sie war vermutlich ebenfalls schon auf dem Weg in die Stadt, um die Suppe auszuschenken. Und außerdem war Jimmy Hammingway vielleicht der einzige Mensch, der eine Lösung für Abigails Problem wusste.

»Also gut.« Sie lächelte ihn an und reihte sich neben ihm ein. Ein zweiter Mann führte die Pferde hinter ihnen.

Jimmy sah sie an. »Also, was macht Sie so nachdenklich?«

Abigail berichtete ihm von Anthonys Rückkehr und ihren enttäuschten Hoffnungen, dass jetzt alles besser werden würde.

»Ganz im Gegenteil«, sagte sie schließlich, »Anthony will Nelly aus dem Cottage werfen.«

Jimmy stieß ein spöttisches Lachen aus. »Ganz ehrlich, Eure Ladyschaft, das wundert mich nicht.«

»Wirklich?« Abigail sah ihn an. Seine Wangen waren von der Kälte gerötet. »Anthony hat mir vorher nie etwas verwehrt. Wenn ich etwas wollte, habe ich es immer bekommen.«

»Aber hier geht es um die Arbeiter. Sie werfen das Geld nicht für Schmuck oder Kleider aus dem Fenster. Sie wollen den Menschen helfen, und das gefällt Lord Mahony nicht.«

»Aber warum nicht? Er muss doch erkennen, dass etwas getan werden muss. Die Zustände sind beschämend. Und damit meine ich beschämend für ihn! Er kann doch für diese schmutzigen, zugigen, halb verfallenen Häuser nicht ernsthaft Pacht verlangen.« Abigail schüttelte verzweifelt den Kopf. »Ich weiß einfach nicht, was wir jetzt machen sollen. Wo soll Nelly wohnen? Wo sollen wir die Suppe kochen und das Brot backen?«

»Eure Ladyschaft, ich werde mich nach einem Haus umsehen. Es stehen einige Häuser in der Stadt leer …«

»Weil sie nicht bewohnbar sind«, fiel Abigail ihm ins Wort.

Jimmy nickte. »Aber die Menschen haben gesehen, wie viel Sie für uns getan haben. Wenn wir einen Aufruf starten und einige hilfsbereite Männer uns bei der Renovierung eines solchen Hauses helfen, dann könnte Nelly mit ihrer Familie dort einziehen.«

»Also gut.« Abigail lächelte ihn an. Sie fühlte sich schon etwas besser. »Dann werde ich heute noch einmal mit Anthony sprechen und ihn bitten, Nelly noch ein paar Wochen in unserem Cottage wohnen zu lassen. Bis Sie ein Haus gefunden und hergerichtet haben.«

An diesem Abend kam Anthony wieder spät in den Salon. Abigail hatte sich schon daran gewöhnt, dass er seit seiner Rückkehr wenig Zeit mit ihr verbrachte. An den Weihnachtstagen hatte sie ihn kaum gesehen. Zunächst hatte sie es auf die aufgelaufene Arbeit in der Fabrik geschoben, obwohl sie davon ausging, dass George alle angefallenen Aufgaben in Anthonys Abwesenheit gut erledigt hatte. Bald kam es ihr jedoch so vor, als ginge Anthony ihr aus dem Weg.

Auch heute kam er erst wenige Minuten vor dem Dinner in den Salon. Er lächelte Abigail an und schüttelte den Kopf, als Tucker ihm den Sherry reichen wollte.

»Nicht für mich.« Er nahm neben Abigail Platz, die ihr Erstaunen über den abgelehnten Sherry verbarg.

Abigail setzte an: »Anthony, es geht noch einmal um das Cottage auf dem Hügel.«

Er sah sie an und schien zu überlegen, was sie meinte.

»Das alte Haus des Gärtners«, erklärte sie.

»Ja?« Anthony faltete die Hände im Schoß und lehnte sich nach vorn.

»Ich frage mich, ob Nelly nicht noch einige Wochen dort bleiben kann.« Abigail hielt für einen Augenblick erwartungsvoll die Luft an.

»Sicher«, Anthony lächelte, »ganz wie du willst.«

Abigail sah ihn erstaunt an. »Wirklich? Du hast nichts dagegen?«

»Nein, wieso denn?« Anthony stand auf und legte die Stirn in Falten. Dann trat er ans Fenster und blickte in die Dunkelheit hinaus.

Abigail schüttelte unmerklich den Kopf. Hatte er etwa vergessen, was er vor Weihnachten gesagt hatte?

»Wann soll denn der Bau des Sommerhauses beginnen?«, fragte sie vorsichtig und stand ebenfalls auf.

Er drehte sich, beinahe erschrocken, zu ihr um. »Was denn für ein Sommerhaus?«

Abigail sah ihn einen Augenblick lang forschend an. Dann erklärte sie: »Ich dachte, du wolltest auf dem Hügel ein Sommerhaus errichten lassen und dafür das Cottage ...«

»Auf dem Hügel? Ein Sommerhaus?«, unterbrach Anthony sie. »Aber warum denn?«

Abigail zuckte mit den Schultern. »Hast du das nicht vor Weihnachten gesagt?«

»Natürlich nicht.« Anthonys Stimme wurde laut. »Erzähl nicht so einen Unsinn.«

Abigail biss sich auf die Lippe und sah sich nach den Dienern um. Erleichtert stellte sie fest, dass sie noch allein im Zimmer waren.

»Entschuldige, dann habe ich dich wohl falsch verstanden«, erwiderte sie und versuchte, sich ihre Verwirrung nicht anmerken zu lassen.

In den nächsten Tagen fielen ihr immer wieder kleine Merkwürdigkeiten an Anthony auf. Es waren nur Nebensächlichkeiten, leicht zu übersehen, wenn man nicht darauf achtete, aber Abigail war wachsam geworden. Über das Cottage auf dem Hügel sprach er nicht mehr. Es war, als hätte er es vollkommen vergessen.

Eines Morgens kam Abigail die Treppe hinunter und sah Anthony in Gedanken versunken mitten in der Halle stehen. Als sie ihn ansprach, war es, als kehrte er aus einer weit entfernten Welt zurück. Er murmelte eine Entschuldigung und verließ hastig das Haus. Abigail musste ihn darauf hinweisen, dass er weder Hut noch Gehrock trug. Mit leerem Gesichtsausdruck nahm er beides von einem der Diener entgegen.

Eines Sonntags wartete sie mit Hugo und Ebenezer in der Kutsche auf ihn, damit sie gemeinsam zur Kirche fahren konnten, als Stanton auftauchte und erklärte, Lord Mahony habe um ein Bad gebeten. Abigail runzelte die Stirn und wies den Diener darauf hin, dass es neun Uhr am Sonntagmorgen war und alle Lords und Ladys of Mahony, ja sämtliche Mitglieder der Familie Hampton, seit Generationen immer zu dieser Zeit in die Kirche fuhren. Der Kammerdiener nickte und meinte, das habe er Lord Mahony auch zu erklären versucht, er habe jedoch auf sein Bad bestanden. Ebenezer und Hugo wechselten einen irritierten Blick, und Abigail bemühte sich, ihnen gegenüber ihre eigene Besorgnis zu verbergen, während sie ohne Anthony zur Kirche fuhren.

Am Tag darauf ließ Abigail nach Stanton schicken. Sie stand in ihrem Salon am Fenster und betrachtete die Schneeflocken, die sanft durch die Luft schwebten.

»Eure Ladyschaft?« Der Kammerdiener war leise ins Zimmer getreten und sah sie neugierig an.

Abigail lächelte. »Danke, dass Sie gekommen sind.« Sie wusste, dass er keine andere Wahl gehabt hatte, schließlich war sie die Herrin und er der Kammerdiener seiner Lordschaft.

Stanton nickte und deutete ein Lächeln an.

»Nun«, begann Abigail und wünschte, sie wäre souveräner. »Ist Ihnen an meinem Mann irgendeine Veränderung aufgefallen?«

Der Diener zog die Augenbrauen hoch und sah sie an.

Abigail schluckte. »Er scheint mir seit seiner Rückkehr ein wenig ... zerstreut. Ich habe den Eindruck, er vergisst manche Dinge, ist nicht immer bei vollster Konzentration ... Ist Ihnen Ähnliches aufgefallen?«

»Nein, Eure Ladyschaft.« Stanton sah sie mit unbewegter Miene an.

Abigail spürte, dass sie errötete. »Nicht? Nun ... dann habe ich mich vermutlich getäuscht. Wenn Sie nichts bemerkt haben, ist es bestimmt harmlos ...«

»Wie Sie meinen, Eure Ladyschaft.« Stanton nickte ihr zu und verließ das Zimmer.

Abigail starrte einen Moment lang auf die geschlossene Tür. Stanton war seinem Herrn gegenüber loyal, vielleicht zu loyal.

Nach dem Frühstück machte sie sich auf den Weg von Hampton Hall nach Hampton's Mill. Leichter Schneefall hatte eingesetzt, und sie dachte wieder besorgt an die vielen Menschen, die keine Arbeit hatten und in ihren dürftigen Unterkünften frieren mussten. Sie beschleunigte ihre Schritte und ließ den Blick über die verschneiten Wiesen links und rechts der schmalen Straße gleiten. Vor ihr lag die dunkle Qualmwolke, die Stockmill einhüllte. Die Luft roch nach Rauch. Die Schonsteine von Hampton's Mill ragten im grauen Nebel auf. Abigail steckte die Hände tiefer in ihren Muff und dachte über Anthony nach. Seit er von seiner Reise zurückgekehrt war, schien er unberechenbar zu sein. An einem Tag war er sanft und lieb, dann wieder hart und unnachgiebig. Manchmal wurde er so aggressiv, dass Abigail beinahe Angst vor ihm hatte. Und es verwirrte sie, dass er sich überhaupt nicht mehr daran erinnern konnte, dass sie vor Weihnachten über das Cottage auf dem Hügel gesprochen hatten. Sein Plan, dort ein Sommerhaus zu erbauen, war Abigail von Anfang an unsinnig erschienen.

Sie öffnete ein Gatter und trat auf die Straße, die sie direkt zur Fabrik führte. Schnell steckte sie die Hände wieder in ihren Fellmuff. Auf dem Gelände von Hampton Hall gab es bereits mehrere Sommerhäuser, alle wunderschön gelegen und in bestem Zustand – warum sollte ein intaktes Cottage abgerissen werden, nur damit er dort ein weiteres Sommerhaus errichtete? Abigail fand das verwunderlich, und dass Anthony sich an seine Idee nicht mehr erinnern konnte, bereitete ihr Sorgen.

Inzwischen hatte sie Hampton's Mill erreicht. Sie wich einem frischen Pferdeapfel aus, der im Schneematsch vor ihr auf der Zufahrt dampfte. Dann durchquerte sie den ersten Innenhof und betrat den zweiten, der von den hohen Backsteinhäusern gesäumt wurde. Wieder fiel ihr die Geschäftigkeit auf, die hier herrschte. Ein Wagen wurde gerade beladen, Männer eilten über den Hof, ein Junge schippte den Schnee zur Seite. Abigail warf einen Blick auf das Kontorhaus, dessen Fenster hell erleuchtet waren.

Sie machte sich auf den Weg zu dem kleinen Park rund um Abigail's Place. Erst letztes Jahr hatte Anthony diese Villa erbauen lassen und sich sein Büro dort eingerichtet. Abigail fragte sich, warum er nicht das Kontor der Fabrik dafür nutzte. Andererseits war das Haus hübsch anzusehen.

Wenig später hatte Abigail den Park durchquert und stieg die Stufen zum Eingang hoch. Nun freute sie sich darauf, ins Warme zu kommen. Als sie die Villa betrat, eilte der Schreiber Freddy schon auf sie zu.

»Eure Ladyschaft?« Er sah sie erstaunt an.

»Ich weiß, ich habe mich nicht angemeldet.« Abigail lächelte den jungen Mann an. »Ich möchte meinen Mann besuchen.«

Freddy nickte zögernd. »Natürlich.«

Da er sich nicht von der Stelle rührte, deutete Abigail zur Treppe. »Ist er in seinem Büro?«

»Ja, Ma'am …« Freddy wich ihrem Blick aus.

Abigail zog die Augenbrauen zusammen. »Freddy, was ist los?«

»Seine Lordschaft möchte nicht gestört werden, Ma'am«, sagte der Schreiber und errötete.

»So?« Abigail seufzte. »Ich werde trotzdem zu ihm hinaufgehen.«

»Wie Sie meinen, Ma'am.« Freddy wirkte nicht glücklich bei dem Gedanken.

Abigail wandte sich zur Treppe.

»Eure Ladyschaft?« Freddy lief hinter ihr her.

Sie blieb stehen.

»Lord Mahony ist gerade ziemlich wütend geworden, als Mr Rashleigh ihn gestört hat. Obwohl er zuvor selbst nach ihm geschickt hatte.« Freddy starrte auf seine Schuhspitzen.

»Verstehe.« Abigail betrachtete den jungen Mann einen Moment lang. Tatsächlich verstand sie überhaupt nichts mehr. Etwas stimmte nicht mit Anthony. Anscheinend setzte sich sein sonderbares Verhalten auch in der Fabrik fort. Der arme Mr Rashleigh. Abigail würde gleich bei ihm im Kontor vorbeischauen. Aber zunächst würde sie sich in Anthonys Büro wagen.

Entschlossen stieg sie die Treppe hinauf und spürte Freddys Blicke im Nacken, als sie vor Anthonys Arbeitszimmer stehen blieb.

Sie klopfte und öffnete die Tür. Dann trat sie ein. Anthony saß hinter seinem Schreibtisch. Geräuschlos schloss Abigail die Tür hinter sich und ging zu ihm. Ihr Mann sah ihr entgegen. Einen Moment lang erinnerte er sie an Hugo. Er wirkte fast genauso hilflos wie ihr jüngster Sohn, wenn er sich in einem der langen Gänge des Anwesens verirrt hatte. Anthony kam ihr kleiner vor, als er eigentlich war. Abigails Herz schlug plötzlich schneller, als sie bemerkte, dass Anthony geweint hatte. Seine Augen waren rot, die feuchten Tränenspuren waren noch auf seinen Wangen zu erkennen.

»Anthony!« Abigail eilte um den Schreibtisch herum und schlang ihre Arme um ihn. Noch nie hatte sie ihn weinen sehen. Ihr Mann, der immer so stark gewesen war, wirkte mit einem Mal gebrochen und besiegt.

Anthony rührte sich nicht. Er stieß sie nicht weg, ließ ihre Umarmung zu.

Nach einer Weile löste sie sich wieder von ihm und ging um den Schreibtisch herum. Sie setzte sich in den Sessel, der dort für Besucher bereitstand. Langsam öffnete sie ihren warmen Mantel.

»Anthony, was ist los?« Ihre Stimme klang sanft.

Anthony schwieg. Er starrte auf die Papiere, die vor ihm auf dem Tisch lagen. Dann zog er die Schultern hoch. »Ich weiß es nicht«, flüsterte er.

»Ich merke doch, dass etwas nicht in Ordnung ist.« Sie griff über den Schreibtisch und legte ihre Hand auf seinen Arm. »Erzähle mir davon. Ich möchte dir helfen.«

Anthony starrte mit leerem Blick auf Abigails Finger. Sie konnte nicht sagen, ob ihre Worte ihn erreicht hatten.

Als er schwieg, fragte sie: »Weiß Doktor Smith davon?«

Anthony nickte.

»Du weißt, dass du mir vertrauen kannst. Ich stehe zu dir, Anthony, was auch immer geschieht. Aber ich muss wissen, was mit dir ist.« Abigail drückte seinen Arm. Ihr fiel plötzlich auf, wie alt ihr Mann wirkte. In den letzten Wochen waren die ursprünglich blonden Haare grau geworden, die Falten hatten sich vertieft, und er schien schmaler geworden zu sein.

Als sie wieder keine Antwort erhielt, stand sie auf und zog an der Klingel. Kurze Zeit später erschien der Diener.

»Meyer, wären Sie so freundlich, uns Tee zu servieren, und Lord Mahony bittet darum, sofort nach Doktor Smith zu schicken.«

Eilig machte sich der Mann auf den Weg, die Anordnungen auszuführen. Abigail ging ans Fenster. Sie hoffte, dass der Arzt in der Nähe war und dass sie gleich mit ihm sprechen konnte. Denn momentan schien Anthony in sanfter Stimmung zu sein. Wenn er erst wieder in Wut geriet, würde er ihr niemals gestatten, mit Doktor Smith über seine Gesundheit zu sprechen.

Während sie auf den Tee warteten, trat Abigail neben Anthony und betrachtete die Dokumente auf dem Tisch vor ihm. Tabellen und Briefe, Rechnungen und Kostenaufstellungen. Davon verstand sie nichts. Sie konnte beinahe fließend Französisch und Deutsch, spielte ausgezeichnet Klavier, und ihre Ölgemälde wurden von vielen gelobt, aber sie hatte noch nie eine Rechnung schreiben oder schwierige mathematische Aufgaben lösen müssen.

Es klopfte leise, und Meyer brachte ein Tablett mit Tee und Kuchen. »Ich habe nach dem Doktor schicken lassen.«

Abigail nickte und schenkte den Tee ein. »Bringen Sie ihn bitte herauf, sobald er angekommen ist.«

Meyer warf einen unsicheren Blick auf Anthony, bevor er aus dem Zimmer schlüpfte. Was dachten die Angestellten wohl über Anthonys merkwürdiges Verhalten?

Abigail schüttelte den Gedanken ab. Sie musste erst einmal selbst verstehen, was gerade geschah, bevor sie sich darum kümmern konnte, was die anderen darüber dachten. Sie reichte Anthony die Teetasse und ging wieder zum Fenster. Es schneite immer noch. Auf den alten Schnee hatte sich neuer gelegt und die Rosen- und Rhododendronsträucher, die Blumenbeete und Bäume bedeckt.

Sie stand noch dort, als es erneut an der Tür klopfte.

»Herein!« Abigail trat neben Anthony.

Die Tür öffnete sich, und Meyer führte Doktor Smith in das Zimmer. Dann entfernte sich der junge Mann eilig. Der Arzt begrüßte erst Abigail, dann Anthony. Ihr fiel der besorgte Blick auf, mit dem der Mediziner ihren Mann bedachte.

Nachdem Abigail ihrem Gast Tee eingeschenkt hatte, kam sie sofort zu ihrem Anliegen. »Doktor Smith, meinem Mann geht es nicht gut. Seit seiner Rückkehr habe ich bemerkt, dass etwas nicht stimmt.« Sie lächelte Anthony beruhigend zu, der ihrem Blick jedoch auswich. »Lord Mahony ist oft unkonzentriert und vergisst Dinge, über die wir vor wenigen Tagen gesprochen haben, manchmal fallen ihm Worte nicht ein. Außerdem hat er unerklärliche Stimmungsschwankungen.«

Doktor Smith sah sie abwartend an.

Abigail stand auf. »Mein Mann möchte, dass Sie mir alles über seinen gesundheitlichen Zustand sagen. Er weiß, dass es am besten für ihn ist, wenn ich die Wahrheit kenne.«

Der Blick des Arztes wanderte zu Anthony, der keinerlei Regung zeigte.

»Bitte, Doktor Smith. Was hat mein Mann? Was ist die Ursache seiner Beschwerden?« Abigail biss sich auf die Unterlippe. Sie musste erfahren, was Anthony fehlte.

Doktor Smith stellte die Teetasse auf den Schreibtischrand und schlug die Beine übereinander. Dann wandte er sich an Anthony: »Eure Lordschaft, darf ich Ihre Gemahlin in Kenntnis setzen?«

Abigail hielt die Luft an. Im Kamin knisterte das Feuer. Sie sah ihren Mann an, der auf die Tischplatte starrte. Schon wieder liefen Tränen über seine Wangen. Abigail schluckte.

Anthony nickte.

»Also gut«, Dr Smith deutete auf den Stuhl neben sich, »bitte, Ma'am, nehmen Sie Platz.«

Obwohl Abigail lieber stehen geblieben wäre, kam sie

seiner Aufforderung nach. Sie war nervös und wollte jetzt nicht ruhig sitzen. Aber sie musste auch schnellstmöglich die Wahrheit erfahren, und wenn Doktor Smith es lieber hatte, dass sie dabei saß, sollte er seinen Willen bekommen.

»Während Sie in London waren, fielen Ihrem Gatten zum ersten Mal Veränderungen auf«, begann Doktor Smith, als Abigail im Sessel neben ihm saß. »Konzentrationsprobleme und Gedächtnislücken. Er konsultierte mich diesbezüglich, und ich habe verschiedene Untersuchungen bei ihm durchgeführt.«

»Und?« Abigails Finger spielten nervös mit dem Seidenstoff ihres Kleides.

»Ich habe nichts Besorgniserregendes bei Ihrem Gemahl feststellen können.« Doktor Smith machte eine kleine Pause, während sein Blick forschend auf Anthony ruhte. »Und doch bestand Lord Mahony darauf, dass er krank sein müsse. Er beschrieb mir verschiedene Situationen, die ich nur von sehr alten Patienten kannte. Es scheint sich um eine starke Vergesslichkeit zu handeln, die bislang nur sehr selten bei jüngeren Menschen beobachtet worden ist.«

»Aber es gibt andere Fälle? Mein Mann ist nicht der einzige Patient, der diese Probleme hat?« Abigail musste sich zwingen, nicht wieder aufzustehen. Am liebsten wäre sie im Zimmer auf und ab gegegangen, um ihre Nervösität zu mindern.

Doktor Smith schüttelte den Kopf. »Wir wissen zu wenig darüber. Es scheint sich tatsächlich um eine Krankheit zu handeln, aber es gibt noch keine Forschungen dazu. Wie gesagt, bislang sind mir diese Veränderungen nur bei alten

Menschen bekannt, und Vergesslichkeit im Alter kommt ja häufig vor.«

»Aber mein Mann ist erst vierzig Jahre alt«, wandte Abigail ein.

»Das ist das Eigenartige an dem Verlauf seiner Krankheit. Sie scheint auch viel zu schnell voranzuschreiten.« Doktor Smith griff nach seiner Tasse und trank einen Schluck Tee.

Abigail sah zu Anthony hinüber. Sie spürte einen Kloß im Hals, als sie sah, dass ihrem Mann unaufhörlich Tränen über die Wangen liefen. Noch nie hatte sie ihn so hilflos gesehen, nie war er ihr so zerbrechlich erschienen.

Der Arzt war ihrem Blick gefolgt und erklärte: »Es scheint auch eine gewisse Wesensveränderung bei ihm vorzugehen. Auch das haben wir bei alten Menschen schon beobachtet.«

»Ich verstehe.« Abigail räusperte sich. »Welche Behandlungsmethoden gibt es?«

Doktor Smith hob die Augenbrauen. »Das ist alles sehr vage. Ich habe Ihrem Mann zu ein paar Wochen Erholung geraten, und er ist dem ja auch nachgekommen.« Smith zögerte, bevor er weitersprach. »Doch der Kollege, in dessen Obhut ich Ihren Mann während seines Aufenthalts in Hastings gegeben habe, hat mir berichtet, dass sich sein Zustand nur verschlimmerte. Die ungewohnte Umgebung und die fremden Menschen schienen ihn zusätzlich zu verunsichern.«

»Kann man keine Medikamente verabreichen?« Abigail hörte die Verzweiflung in ihrer Stimme.

Der Arzt schüttelte den Kopf. »Ich habe ihm natürlich Tinkturen verschrieben, die der allgemeinen Kräftigung dienen, und Ginkgo. Jeden Tag einen Teelöffel des Ginkgo-Extrakts. Das fördert die Gedächtnisleistung. Aber im Falle Ihres Gatten fürchte ich, dass wir mit Ginkgo nicht viel erreichen.«

»Aber was können Sie ihm sonst verschreiben?« Abigail wollte nicht hören, welche Mittel nicht halfen, sondern was eine Verbesserung herbeiführen konnte.

Doktor Smith hob bedauernd die Arme. »Wie gesagt, wir wissen kaum etwas über diese Erkrankung.«

Abigail sprang auf. Sie konnte nicht mehr ruhig sitzen bleiben. »Aber irgendetwas muss man doch tun können.«

»Ich werde mich mit zwei Kollegen treffen, sobald das Wetter es zulässt, und beraten, was am besten zu tun ist.« Der Arzt wirkte nicht so, als glaubte er an einen Erfolg dieses Treffens. »Man könnte natürlich einen Aderlass versuchen, aber das ist in diesem Fall riskant. Wir müssten das Blut aus den Hirngefäßen nehmen, um auf eine Wirkung hoffen zu können.«

Abigail nickte unbehaglich. »Wir sollten diese Möglichkeit in Betracht ziehen.«

»Allerdings bin ich der Meinung, dass Ruhe und ein geregelter Tagesablauf das Wichtigste sind. Ich schlage vor, dass Lord Mahony ein wenig kürzertritt. Vielleicht kann sein Bruder ihn bei der Leitung der Fabrik unterstützen, sodass seine Lordschaft entlastet wird.«

Abigail zuckte zusammen. Wenn George von Anthonys Lage wüsste, würde er die Situation sicher zu seinem Vorteil nutzen wollen und versuchen, seinen Bruder aus der Leitung der Fabrik zu verdrängen. Dann würden die Bedingungen für die Arbeiter bestimmt nicht verbessert werden. Wäre es wohl möglich, Anthonys Zustand zu verbergen? Würde vielleicht Abigail selbst es schaffen, Anthony bei der Leitung von Hampton's Mill behilflich zu sein?

»Eure Ladyschaft, soll ich Lord Mahony nach Hause begleiten?« Doktor Smith war ebenfalls aufgestanden und betrachtete den in sich gekehrten Anthony.

Abigail trat zu ihrem Mann und beugte sich zu ihm hinunter. »Anthony, ich werde dir helfen. Wir werden eine Möglichkeit finden, dich wieder gesund zu bekommen«, sagte sie leise zu ihm. Dann wanderte ihr Blick zu Doktor Smith. Hoffentlich hatte sie nicht zu viel versprochen. »Ich verstehe, dass dich das alles traurig macht. Niemand muss von deiner Unpässlichkeit erfahren, nicht wahr, Doktor Smith?«

Der Arzt nickte. »Selbstverständlich nicht.«

»Für heute solltest du nach Hause fahren. Ruh dich aus, ich komme auch bald.« Abigail zog an der Klingelschnur und bat Meyer, Lord Mahonys Kutsche zu rufen.

Nachdem der Arzt und Anthony das Arbeitszimmer verlassen hatten, ließ sie sich in den Schreibtischstuhl fallen. Sie verbarg ihr Gesicht in den Händen. Was für eine grauenhafte Erkrankung musste Anthony da ertragen! Wie entsetzlich musste es sein, den Verstand zu verlieren. Wenn sie nur wüsste, wie sie ihm helfen konnte. Aber auch wenn sie medizinisch keinen Rat wusste, wollte sie ihm wenigstens bei der Leitung der Firma helfen und dabei, ihn vor dem Gespött der Menschen zu bewahren. Aber allein würde sie das nicht schaffen. Sie brauchte Verbündete, denen sie vertrauen konnte. Zuerst wollte sie mit Mr Rashleigh sprechen. Aber sie musste vorsichtig vorgehen und zunächst herausfinden, ob sie ihm vertrauen konnte.

Abigail hatte gewartet, bis Anthony und Doktor Smith in der Kutsche saßen, die Richtung Hampton Hall aufbrach. Danach war sie durch den verschneiten Garten von Abigail's Place gegangen und hatte überlegt, wie viel sie Mr Rashleigh anvertrauen sollte. Sie wusste nicht, wie er reagieren würde. Abigail hielt einen Moment inne. Weder Doktor Smith noch Anthony selbst hatten eine Erklärung für seine Vergesslichkeit. Es schien sich um eine krankhafte Veränderung seines Geistes zu handeln, die bislang nur bei alten Menschen beobachtet worden war.

Am Ende der kurzen Auffahrt blieb Abigail stehen und sah auf die Fabrikgebäude. Sie wünschte, sie könnte ihrem Mann helfen. Ihn so verzweifelt, traurig und unsicher zu erleben, war für Abigail eine vollkommen neue Erfahrung und bedrückte sie sehr. Sie seufzte und betrachtete das Kontorgebäude vor sich. Aus den Fenstern schien goldenes Licht in das graue Schneetreiben hinaus. Über dem Gebäude machte sich eine schwarze Wolke breit, die aus den Schornsteinen der Fabriken quoll. Langsam ging Abigail weiter und stieg die fünf Stufen zu dem Gebäude empor. Sie öffnete die Tür und trat in die Wärme des Hauses. In der Eingangshalle brannte ein Feuer im Kamin. Zwei Männer durchquerten den weitläufigen Raum, ins Gespräch vertieft. Als sie Abigail sahen, hielten sie inne. Abigail nutzte die Gelegenheit und bat sie, Mr Rashleigh über ihre Anwesenheit zu informieren. Sie trat vor die Flammen und genoss die Wärme.

»Eure Ladyschaft?«

Abigail fuhr herum. Sie hatte den Verwalter nicht kommen hören.

»Verzeihung, habe ich Sie erschreckt?« Er musterte sie.

Abigail schüttelte den Kopf. »Ich war nur mit den Gedanken woanders.«

Rashleigh lächelte. »Kommen Sie mit in mein Büro. Ich werde uns einen Tee machen.«

Abigail folgte ihm die Treppe hinauf. »Für mich keinen Tee, Mr Rashleigh, ich komme gerade von meinem Mann und habe dort bereits eine Tasse getrunken.«

Mr Rashleigh schloss die Tür hinter ihnen, und Abigail sah sich in dem kleinen Zimmer um. Hier hatte sie Frances und Margaret kennengelernt. Seitdem war so viel geschehen. Mr Rashleigh deutete auf den Stuhl vor seinem Schreibtisch und nahm selbst dahinter Platz. »Also, Eure Ladyschaft, wie kann ich Ihnen helfen?«

Abigail sah ihn einen Moment lang an. Sein Blick war offen und interessiert. Ein Lächeln lag auf seinem Gesicht, als freute er sich, Abigail wiederzusehen. Sie begann vorsichtig: »Ich habe gehört, heute Morgen gab es einen kleinen … Disput mit meinem Mann?«

Mr Rashleigh errötete leicht. »Nicht der Rede wert. Seine Lordschaft schien nicht bei der Sache zu sein und hatte vergessen, mich zu sich bestellt zu haben.«

Abigail nickte. »Ist ihm so etwas in der letzten Zeit schon einmal passiert?«

Der Verwalter dachte einen Moment nach. Dann schüttelte er langsam den Kopf. »Aber wenn Sie mich danach fragen, Ma'am, muss ich doch sagen, dass Ihr Gemahl in letzter Zeit müde zu sein scheint. Die Papiere, die ich von ihm bekomme, sind oft unvollständig, die Aufzeichnungen fehlerhaft, und manche Dokumente fehlen ganz.«

Abigail zog die Augenbrauen hoch und fragte: »Haben Sie ihn darauf angesprochen?«

Mr Rashleigh schüttelte wieder den Kopf. »Ich habe es versucht, aber er wird dann schnell wütend.«

»Ich verstehe.« Abigail strich gedankenverloren mit dem Finger über die Tischkante. »Mein Mann ist im Augenblick gesundheitlich angeschlagen. Ich möchte ihn entlasten und ihm einen Teil seiner Arbeit abnehmen.«

»Sie?« Mr Rashleigh sah Abigail erstaunt an.

Sie hob die Hand und hinderte ihn so daran, weiterzusprechen. »Ich weiß, ich bin eine Frau, und es ist nicht üblich, dass Frauen sich in die Geschäfte von Männern einmischen.«

Mr Rashleigh presste die Lippen aufeinander.

»Und doch sind wir denkende Wesen und durchaus in der Lage, gewisse Entscheidungen zu treffen.« Abigail lächelte.

»Bestimmt«, erwiderte Mr Rashleigh, und Abigail hätte nicht sagen können, ob er es ernst meinte oder nicht.

»Trotzdem bin ich weder dazu ausgebildet worden, eine Fabrik wie Hampton's Mill zu leiten, noch ein Anwesen wie Hampton Hall zu verwalten. Daher bin ich auf die Hilfe anderer angewiesen.« Abigail senkte den Kopf und sah Mr Rashleigh von unten an.

Er nickte.

Abigail atmete tief ein, bevor sie weitersprach. »Wir müssen abwarten, wie sich die Gesundheit meines Mannes entwickelt. Leider hat mir der Arzt nichts Genaues darüber sagen können. Anthonys Symptome sind recht ungewöhnlich.«

»Eure Ladyschaft«, begann Mr Rashleigh, und Abigail genoss den sanften, beruhigenden Klang seiner Stimme. »Selbstverständlich können Sie sich auf mich verlassen. Ich werde Ihnen helfen, soweit es in meiner Macht steht.«

»Ich danke Ihnen«, sagte Abigail und lächelte ihn erleichtert an. »Natürlich muss die Angelegenheit diskret behandelt werden.«

Der Verwalter nickte. »Ich nehme nicht an, dass Sie Ihren Schwager einbeziehen möchten?«

Abigail erstarrte einen Moment. Fand Mr Rashleigh es etwa am besten, die Leitung der Fabrik nun in Georges Hände zu legen? Forschend sah sie ihm ins Gesicht. »Was meinen Sie?«

Er zögerte. »Ich weiß, dass Sie das Schicksal der Arbeiter berührt. In diesem Zusammenhang möchte ich Ihnen meine Hochachtung dafür aussprechen, dass Sie sich um diese Menschen kümmern und sie mit nahrhafter Suppe versorgen. Vermutlich haben Sie auf diesem Wege schon einigen von ihnen das Leben gerettet.«

Abigail errötete. Sie hatte nicht geahnt, dass er wusste, wer hinter der Essensausgabe steckte. Hoffentlich hatte er nichts davon Anthony gegenüber erwähnt.

»Wenn Sie Ihren Schwager um Hilfe bitten würden, dann würden die Bedingungen für die Arbeiter mit Sicherheit nicht verbessert werden.« Mr Rashleigh faltete die Hände auf der Tischplatte.

Abigail nickte und sagte leise: »Aus diesem Grunde würde ich gern darauf verzichten.«

Rashleigh zog die Augenbrauen hoch. »Aber das Unterfangen wäre riskant. Lord Mahony scheint mir ziemlich … unberechenbar zu sein.«

»Ja.« Abigail strich sich über die Augen. Sie war plötzlich müde geworden. Der Marsch über die Felder, die Kälte und die Sorge um Anthony, die Fabrik und die Arbeiter zollten ihren Tribut. »Wir werden erst einmal abwarten müssen, wie sich sein Gesundheitszustand entwickelt. Trotzdem möchte ich ihn beruhigen, indem ich ihm versichere, dass alles auch ohne sein Zutun weitergeht.«

Mr Rashleigh nickte.

»Gut.« Abigail stand auf. »Ich plane eine Tagesverwahrstätte für die Kinder der Arbeiterinnen, die noch zu klein sind, um allein zu Hause bleiben zu können. Ich möchte, dass die Mütter während des Tages schnell zu ihren Kindern können, um sie zu stillen oder nach ihnen zu sehen. Bitte machen Sie sich schon einmal Gedanken darüber, in welchen Räumlichkeiten wir die Kinder unterbringen könnten. Ich werde mich nach geeigneten Kinderfrauen umsehen.«

Mr Rashleigh starrte sie an. »Eure Ladyschaft, halten Sie das für eine gute Idee?«

»Unbedingt.« Abigail schenkte ihm ein strahlendes Lächeln. Es war wichtig, dass sie ihn davon überzeugte. »Wenn die Mütter die Kinder regelmäßig stillen können und sie gut verwahrt wissen, werden sie konzentrierter arbeiten. Sie werden seltener krank werden, und Sie müssen sie nicht entlassen, wenn sie krank zur Arbeit kommen und deshalb nicht gut arbeiten. Außerdem werden sie glücklicher sein und somit auch produktiver.«

Mr Rashleigh nickte. »Eure Ladyschaft, ich werde mich darum kümmern.«

Abigail dankte ihm und wandte sich zur Tür, als er noch einmal neben sie trat.

»Ich muss Ihnen sagen, dass Ihr Mann viele Konkurrenten hat, die jede Schwäche Ihres Gatten zu ihrem eigenen Vorteil nutzen würden.«

Abigail hielt inne. »Ich verstehe.«

»Seien Sie vorsichtig, Eure Ladyschaft.« Er öffnete die Tür. »Sosehr ich Ihren Einsatz für die Arbeiter zu schätzen weiß – ich habe große Angst um Sie. Es wird einige Fabrikanten geben, denen die Veränderungen nicht gefallen werden. Und die schrecken vor nichts zurück.«

Abigail sah einen Moment lang in seine blauen Augen, die sie besorgt anblickten. Dann nickte sie. »Ich werde auf mich achten, Mr Rashleigh.«

Er blickte ihr nachdenklich hinterher.

Kapitel 4

Herbst 2017

Es war dunkel geworden, und Melody konnte die Schrift im Kerzenschein kaum noch entziffern. Sie hatten gerade das letzte der in weinrotes Leder gebundenen Bücher beendet. Nachdem Melody es zugeschlagen hatte, saßen sie noch lange schweigend im Halbdunkel des Turmzimmers.

»Damals muss mein Urururgroßvater sich schon in deine Urururgroßmutter verliebt haben«, brach Dan schließlich das Schweigen. »Wobei ich mir mit den Urs nicht ganz sicher bin.«

»Aber mit der Liebe schon?« Melody hielt noch immer das Buch in der Hand. In ihren Gedanken war sie ganz bei Abigail.

»Es ist eine Familienlegende.« Dan beugte sich vor. »Ich muss dir etwas gestehen.«

»So?« Melody konnte seine Gesichtszüge in dem Zwielicht nur noch undeutlich erkennen.

Er räusperte sich. »Als ich am Montag in dein Büro kam, um mit dir über den Burford-Fall zu sprechen, da traf mich dein Anblick auf seltsame Weise. Du hast mich aus der Fassung gebracht. Ich kenne so etwas nicht von mir und war beunruhigt. Vielleicht ist dir das aufgefallen?«

»Nein.« Melody versuchte sich zu erinnern. Sie war ziemlich aufgeregt gewesen, denn es war ihr erster Tag als Oberstaatsanwältin gewesen. »Du warst zurückhaltend, aber das fand ich nicht ungewöhnlich. Schließlich kannten wir uns ja noch nicht.«

Dan stand auf und trat ans Fenster. Eine Weile sah er ins Dämmerlicht, das sich über das Dach des Hauses legte. Die Schornsteine und Türmchen waren nur noch als Schatten zu erkennen. Er fuhr fort: »Jedenfalls fiel mir erst auf, woran das lag, als du mir von Abigail's Place erzählt hast. Du siehst Abigail nämlich sehr ähnlich.«

»Wirklich?« Melody strich beinahe zärtlich über den Ledereinband des Tagebuchs. Ihre Vorfahrin schien eine mutige, gerechte und starke Frau gewesen zu sein, und es erfüllte sie mit Stolz, dass sie ihr ähnelte. Sie stand auf. »Ich habe leider nie ein Bild von Abigail gesehen.«

»Bei meinen Eltern hängt ein Gemälde, auf dem sie abgebildet ist.« Dans Stimme klang leise. »Es ist ein Familienerbstück, das ich irgendwann einmal bekommen werde.«

Melody sog vor Überraschung scharf die Luft ein. »Aber wieso? Warum habt ihr ein Bild meiner Ahnin?«

»Unsere Familien sind enger miteinander verbunden, als du vermutlich denkst.« Dan hatte seine Ellbogen auf die breite Fensterbank gestützt, während er in den frühen Abend hinaussah. »Und eine unserer Familienlegenden erzählt die Geschichte zu diesem Bild.«

Melody legte das Tagebuch beiseite und richtete sich interessiert auf.

»Mein Vorfahre Oliver Rashleigh hat sich unsterblich in Abigail verliebt, angeblich in dem Moment, als er sie zum ersten Mal sah.«

»Als er ihr die Fabrik gezeigt hat?« Melody dachte an Abigails Schilderung ihres ersten Besuchs in Hampton's Mill. »Hat sie seine Liebe erwidert?«

»Das weiß ich leider nicht. Aber angeblich hat Oliver für Abigail einen Mord begangen. Daraufhin wurde er gehängt, und Abigail schenkte seinen Kindern das Gemälde als Entschädigung und finanzielle Absicherung. Kurz darauf sprang sie aus dem Fenster.« Dan blickte ihr direkt in die Augen.

Melody hatte eine Gänsehaut bekommen. »Glaubst du, dass an dieser Sache etwas dran ist?«

Er zuckte die Schultern. »Auf jeden Fall muss es eine engere Verbindung zwischen unseren beiden Familien gegeben haben, sonst wäre das Bild jetzt nicht bei meinen Eltern im Haus, und irgendwie muss es ja in den Besitz unserer Familie gelangt sein.«

»Ja, nur welche Verbindung könnte das gewesen sein? Abigails Tagebücher enden an der Stelle, an der Mr Rashleigh verspricht, ihr bei der Leitung der Fabrik behilflich zu sein und Anthonys Schwäche geheim zu halten.« Melody betrachtete noch einmal die vier Tagebücher, die sie in den vergangenen Stunden gelesen hatten und die jetzt auf dem kleinen Tisch zwischen den Sesseln lagen.

Dan nickte. »Ob es vielleicht noch weitere Tagebücher von Abigail gibt?«

»Bestimmt.« Melody sah sich um, aber es war zu dunkel geworden, um noch viel erkennen zu können. »Sie hat alles so akribisch aufgeschrieben – warum sollte sie plötzlich damit aufgehört haben? Das Jahr 1838 war zu Ende und das Buch fast voll. Sie hat bestimmt zum neuen Jahr ein frisches Tagebuch begonnen. Wir sollten morgen danach suchen.« Melody hielt inne. »Das heißt, falls du mir überhaupt helfen willst. Ich kann natürlich nicht über deine Zeit verfügen. Aber die Geschichte scheint nicht mir allein zu gehören. Unsere Familiengeschichten berühren sich.«

Dan nickte. »Ich helfe dir sehr gern bei der Suche. Ich bin genauso neugierig wie du, wie es mit Abigail, Nelly, Anthony und meinem Vorfahren weitergegangen ist.« Dan trat in die Mitte des Zimmers. »Aber jetzt sollten wir erst einmal zusehen, dass wir aus dem Turm nach unten gelangen, schließlich gibt es hier kein Licht.«

»So viel zu deiner Frage, wie lange ich vorhabe, hier oben zu bleiben …« Sie musste lachen.

»Okay, du hattest recht.« Dan grinste. Er streckte sich und ging zur Tür. Vorsichtig tastete er sich in der Dunkelheit die enge Treppe hinunter. »Sei bitte vorsichtig, es ist stockfinster hier.«

Melody folgte ihm. »Aber du musst noch zum Essen bleiben. Das hatte ich dir schließlich versprochen. Und wir haben den Wein, der im Salon auf uns wartet.«

Sie gingen durch das dunkle und leicht unheimliche Haus nach unten, drehten das Gaslicht an und kochten auf dem alten Herd Roastbeef und Kartoffeln. Anschließend setzten sie sich im Salon vor den großen Kamin. Sie aßen schweigend, jeder in seine Gedanken versunken. Melodys Augen waren schwer. Der Wein stieg ihr zu Kopf. Dan schien zu merken, wie müde sie war, und verabschiedete sich bald nach dem Abendessen. Melody schaffte es gerade noch ins Bett und war wenig später schon tief eingeschlafen.

Am nächsten Morgen erwachte sie mit Kopfschmerzen. Frierend zog sie sich an und kochte dann einen starken

Kaffee. Aber auch das half nicht viel. Erst als sie eine Tablette genommen hatte, wurden die Schmerzen langsam besser. Sie hatten gestern Abend besprochen, dass Dan heute wiederkommen sollte, damit sie nach weiteren Aufzeichnungen von Melodys Ahnin suchen konnten. Jetzt stand Melody am Fenster und sah in den feuchten, trüben Herbsttag hinaus. Die Fensterscheiben waren von innen beschlagen. Hinter ihr knisterte das Feuer im Kamin. Sie hatte nach dem Aufstehen dreimal versucht, ihre Töchter zu erreichen, aber die Telefone waren ausgeschaltet. Melody biss sich auf die Lippen. Wie sehr sie Mia und Miranda vermisste! Sie hätte zu gern ihre Stimmen gehört. Melody hielt das Handy hoch, um den Empfang zu überprüfen, als sie draußen Dan auf das Haus zukommen sah. Sie musste lächeln. Die Hände tief in der Jacke vergraben, lief er mit eiligen Schritten die Auffahrt hinauf. Schnell steckte sie das Handy in die Tasche und machte sich auf den Weg zur Eingangshalle.

»Hallo!« Sie zog die Haustür schwungvoll auf.

Dan hatte frisches Brot dabei, wie er es am Abend zuvor versprochen hatte.

»Ausgeschlafen?« Er sprang die Stufen zum Eingang herauf.

Melody grinste und ließ ihn herein. »Das Bett ist hundertachtzig Jahre alt, und auch wenn nicht viele Menschen darin geschlafen haben, gibt es inzwischen bessere Modelle.«

»Wahrscheinlich würde eine neue Matratze schon helfen.« Er lachte.

Melody nickte und sagte: »Ich habe auch in der Küche Feuer gemacht. Das Frühstück steht bereit.«

»Alles in Ordnung?« Er sah sie prüfend an. »Du wirkst irgendwie … traurig.«

Melody hielt inne. Er war ein guter Beobachter. Sie nickte zögernd. »Ich vermisse meine Töchter. Ihre Handys sind ausgeschaltet, aber ich würde gern mit ihnen sprechen.«

»Du hast doch gesagt, dass sie auf einer Jagdgesellschaft sind«, erwiderte Dan, während er Melody in die Küche folgte. »Vielleicht haben sie deshalb die Telefone nicht eingeschaltet.«

Melody nickte und öffnete die Küchentür. Sofort schlug ihnen die angenehme Wärme des Feuers entgegen. Es duftete nach Kaffee, gebratenen Eiern, und Speck. »Ich habe seit Mittwoch nicht mehr länger mit ihnen gesprochen. Sie waren immer unterwegs, wenn ich angerufen habe.«

Sie deutete auf die Bank am Küchentisch, auf dem schon Marmelade, Butter und Käse standen.

»Das sieht gut aus«, sagte Dan, während er den gedeckten Tisch betrachtete. »Kann ich noch etwas helfen?«

Melody schüttelte den Kopf. »Setz dich, es ist alles fertig.«

Sie schnitt das Brot auf und holte die Teller mit den Eiern und dem Speck aus dem Ofen. »Zu Hause habe ich sonntags auch immer das Frühstück gemacht. Unter der Woche kommt jeden Tag Emily, unsere Haushaltshilfe und Kinderfrau. Sie schmeißt den Laden, sie kauft ein, holt die Kinder ab und bringt sie zum Sport, zu Freunden und wohin auch immer.«

Dan lächelte.

Melody stellte den Teller vor ihm auf den Tisch und nahm ihm gegenüber Platz. Sie sah ihn an. »Ich bin eine schlechte Mutter, das denkst du doch, oder nicht?«

Er zog eine Augenbraue hoch. »Warum glaubst du, dass ich das denke?«

Melody zuckte mit den Schultern. »Emily hat die Aufgaben einer Mutter bei meinen Kindern übernommen.«

»Oder eines Vaters. Wir leben im Zeitalter der Emanzipation«, warf Dan ein. »Die Versorgung eurer Kinder ist nicht allein deine Angelegenheit.«

»Das ist bei Philip noch nicht angekommen.« Melody lachte spöttisch.

»Denkst du wirklich, dass du eine schlechte Mutter bist?« Dan betrachtete sie aufmerksam.

Melody seufzte. »Manchmal denke ich das, ja.«

Er nickte. »Weil du die Stelle hier angenommen hast?«

»Auch.« Melody streute einen Löffel Zucker in ihren Kaffee und rührte um. »Es war von Anfang an klar, dass ich meinen Job nie aufgeben würde. Ich liebe meine Arbeit. Aber meine Töchter liebe ich auch. Ich habe es mir nur einfacher vorgestellt.«

Dan griff nach einer Scheibe Brot. »Haben deine Töchter denn Probleme in der Schule? Oder andere Probleme? Sind sie kriminell?«

Melody sah ihn entsetzt an. »Nein, wie kommst du darauf?«

Er zuckte mit den Schultern. »Weil du an dir als Mutter zweifelst.«

»Aber doch nicht wegen der Mädchen. Die sind prima. Jede auf ihre Art.« Melody lächelte.

»Warum machst du dir dann Gedanken?« Dan strich Butter auf sein Brot und belud es mit Rührei.

Ja, warum? Melody dachte nach, während sie an ihrem Kaffee nippte. »Gute Frage, die Mädchen haben sich nie beschwert, ganz im Gegenteil.« Sie dachte an das Filzherz auf ihrem Bett, das sie ihr geschenkt hatten.

»Es ist doch ganz normal, dass man an sich zweifelt«, sagte Dan. »Und Karriere und Familie zu vereinbaren, ist schwer und gelingt nicht immer. Meine Ehe ist damals an meinem Job zerbrochen.«

Er biss von seinem Brot ab, und Melody sah auf.

»Wirklich? Was ist passiert?«

»Ich habe als Sergeant viel gearbeitet. Es hat mir Spaß gemacht, und ich wollte natürlich befördert werden.« Er trank einen Schluck Orangensaft.

»Was ja auch funktioniert hat«, warf Melody ein.

»Ja«, sagte Dan und lächelte. »Wir kannten uns schon seit dem College.«

»Wann habt ihr geheiratet?«

»Hester war Krankenschwester und stand wie ich damals noch ganz am Anfang. Wir haben beide nicht viel verdient. Wir mussten einige Jahre auf die Hochzeit sparen, und als wir schließlich geheiratet haben, waren wir schon zwölf Jahre zusammen und beide neunundzwanzig.« Dan drehte das Saftglas auf dem Tisch hin und her. »Wir hatten uns verändert während dieser Zeit.«

»Und wie lange hielt eure Ehe?« Melody aß eine Gabel voll Rührei.

»Fünf Jahre. Hester hatte Schichtdienst, und ich musste oft am Wochenende arbeiten … Dafür war unsere Liebe nicht stark genug.« Er trank den Saft aus.

Melody dachte einen Augenblick nach. »War es schwer, zu gehen?«

Dan lehnte sich zurück. »Es war schwer, das Gewohnte loszulassen, aber gleichzeitig fühlte es sich richtig an. Natürlich hatte ich Angst, dass die Entscheidung übereilt war – ich denke, das hatten wir beide –, aber die Erleichterung, die ich danach empfand, zeigte mir, dass sie doch richtig gewesen war.«

Melody nickte nachdenklich. »Ich hätte mich letztes Jahr fast von Philip getrennt, aber ich hatte nicht den Mut dazu. Er hat mich betrogen. Damals kam es mir einfacher vor, zu bleiben, als zu gehen.«

»Veränderungen machen immer Angst.« Dan sah durch das alte Küchenfenster in den Garten hinaus. Dann fügte er hinzu: »Obwohl du eine sehr mutige Frau bist, Melody. Du bist nach Stockmill gekommen und hast dich einer neuen Aufgabe gestellt. Nicht nur beruflich, sondern auch mit diesem Leben hier.« Er streckte beide Arme in die Luft und sah sich um. »Im neunzehnten Jahrhundert zu leben, ist ein Abenteuer.«

»Du hast recht.« Melody musste lachen, wurde dann aber wieder ernst. »Wenn die Kinder nicht gewesen wären, hätte ich es vermutlich eher übers Herz gebracht, Philip zu verlassen.«

»Hat sich die Situation denn geändert?« Dan sah sie mitfühlend an. »Ich meine, hat er die Affäre beendet und Reue gezeigt?«

»Ich gehe davon aus, dass er sie beendet hat. Ich habe es natürlich verlangt, aber ich habe ihn nie kontrolliert. Ich meine, warum führt man eine Ehe, wenn man dem Partner nicht vertraut? Schließlich heiratet man doch genau aus dem Grund, weil man sich bei einem anderen sicher fühlen möchte.« Melody lehnte sich auf dem wackeligen Küchenstuhl zurück.

Dan nickte. »Aber wenn das Vertrauen einmal enttäuscht

wurde, ist es schwer, wieder ein neues aufzubauen, nicht wahr?« Er schob sich den Rest seines Brotes in den Mund.

»Vielleicht.« Melody legte die Gabel zur Seite und sah ihn an. »Aber mir ging es um das Beste für Miranda und Mia. Und ich glaube, sie brauchen beide Eltern in ihrem Leben.«

»Und du zweifelst ernsthaft daran, dass du eine gute Mutter bist?« Dan grinste. »Dabei stellst du das Glück deiner Kinder sogar über dein eigenes!«

Melody zuckte mit den Schultern. »Ich weiß auch nicht, warum ich innerlich so zerrissen bin.«

»Und selbst wenn du dich getrennt hättest – das hätte doch noch lange nicht bedeutet, dass ein Elternteil aus dem Leben der beiden gerissen würde.«

»Nein, das nicht, aber ich wollte ihnen ihr Leben lassen, wie sie es kennen.« Melody trank ihren Kaffee aus. »Aber womöglich ist das auch nur eine Ausrede, weil ich einfach nicht den Mut hatte, mich zu trennen und ein neues Leben aufzubauen. Die Mädchen sind inzwischen vierzehn und gehen sowieso immer mehr ihre eigenen Wege.«

»Vielleicht war die Entscheidung ja richtig, bei deinem Mann zu bleiben. Liebst du ihn noch?« Dan stand auf und räumte seinen Teller in die Spüle.

»Ob ich Philip noch liebe?« Melodys Blick wanderte zum hinteren Fenster, das von den Bäumen und Sträuchern des verwilderten Parks ziemlich zugewachsen war.

»Entschuldige, das ist eine sehr persönliche Frage, die ich dir nicht hätte stellen dürfen.« Dan wurde rot, was allerdings nur schwer unter seiner dunklen Haut zu erkennen war.

»Nein, nein«, Melody winkte ab, »die Frage ist zugelassen. Ich habe nur noch nicht darüber nachgedacht.«

»Wäre das denn nicht das Erste gewesen, worüber du hättest nachdenken sollen?« Er runzelte die Stirn.

»Ja.« Sie nickte. »Ich war so damit beschäftigt, verletzt zu sein und mir darüber klar zu werden, wie ich mich verhalten soll, dass ich das Wichtigste ganz vergessen habe, fürchte ich. Hast du damals darüber nachgedacht?«

Dan ließ Wasser in den Spülstein laufen. Die alten Rohre gluckerten laut. »Es lief alles darauf hinaus. Wenn ich Hester noch geliebt hätte, hätte ich für uns gekämpft.«

Melody nahm ihren Teller und trat neben ihn. Schweigend griff sie nach dem Geschirrtuch.

»Ich sehe dich nicht kämpfen.« Dan reichte ihr den abgespülten Teller. »Aber natürlich habe ich nicht genug Einblick in dein Leben.«

Melody war plötzlich flau im Magen. Hatte sie an etwas festgehalten, was eigentlich vorbei war? Oder hatte sie es verpasst, um ihre Ehe zu kämpfen, während sie zu sehr mit ihrer Karriere beschäftigt gewesen war?

Als Dan die letzte Tasse gespült und den Tisch abgewischt hatte, lehnte er sich an den Herd und sah Melody an. »Es tut mir leid, ich habe dich mit meinen Fragen verletzt.«

Sie schüttelte den Kopf. »Nein, aber du hast den Finger in eine Wunde gelegt, die nicht verheilt ist. Ich hatte ein dickes Pflaster darauf gemacht und nicht mehr darunter gesehen. Inzwischen hat sich Eiter gebildet, fürchte ich.«

»Ich möchte nicht, dass du dich wegen meiner Fragen schlecht fühlst.« Dan legte die Stirn in Falten.

»Ich habe doch selbst damit angefangen. Und du hast mir etwas zum Nachdenken gegeben. Komm mit in den Salon, ich will es noch mal bei Mia und Miranda versuchen.« Sie nickte in Richtung Tür, und er folgte ihr.

»Hier gibt es nur an bestimmten Stellen ein Handynetz, eine ist im Salon am Fenster.« Melody trat in den kühlen Flur hinaus. Ihre Schritte hallten durch die Stille des Hauses.

Im Vorbeigehen betrachtete Dan die Landschaftsgemälde an den Wänden. »Das sind interessante Ölgemälde von unserer Stadt aus dem Jahr 1838«, sagte er. »Siehst du, wie sehr sich hier alles verändert hat?« Er war vor einem der Bilder stehen geblieben, das eine hübsche Ansicht von Hampton's Mill zeigte.

Melody stellte sich neben ihn. »Danach ist die Fabrik noch weiter gewachsen. Heute stehen da einige zusätzliche Gebäude, die es damals noch nicht gegeben hat.«

»Aber Abigail's Place sah genauso aus wie jetzt«, erwiderte Dan.

Im Salon zog Melody ihr Telefon aus der Tasche und ging zum Fenster.

»Jedenfalls habe ich keinen verpassten Anruf«, stellte sie fest, während sie Mirandas Nummer wählte. Der Ruf ging durch. Endlich.

»Ja?«, meldete sich Philips Stimme.

»Philip?« Melody fragte sich, warum er an das Handy ihrer Tochter ging. Überflüssigerweise sagte sie: »Ich wollte mit Miranda oder Mia sprechen.«

»Ich habe ihre Handys eingesteckt. Sie sind momentan Treiber und hatten Sorge, dass sie ihnen aus der Tasche fallen.« Im Hintergrund hörte Melody Schüsse. Philip schrie beinahe ins Telefon.

Melody atmete tief durch. Sie hatte immer Angst um ihre Töchter, wenn ihre Schwiegermutter und Philip sie mit zur Jagd nahmen. »Richte ihnen bitte aus, dass sie mich anrufen sollen, sobald sie Zeit haben, ja?«

»Mache ich.« Es klickte und das Gespräch war beendet. Melody starrte auf das Telefon.

Sie stand immer noch am Fenster, als Dan wenig später hinter sie trat. »Fertig? Sollen wir anfangen?«

Melody nickte. »Ich habe zwar immer noch nicht mit den Mädchen gesprochen, aber ich hoffe, dass sie mich bald zurückrufen.« Sie steckte das Handy wieder ein, in der Hoffnung auf ein wenig Empfang in den anderen Zimmern. »Gut, ich schlage vor, wir gehen nach oben in das Turmzimmer, wo wir die ersten Tagebücher gefunden haben. Vielleicht sind dort ja noch andere.«

Zwei Stunden später ließ Melody sich erschöpft in einen der Sessel im Turmzimmer fallen. »Ich kann das nicht verstehen. Wir haben jedes Buch in die Hand genommen, aber hier sind keine weiteren Tagebücher mehr.«

Dan setzte sich in den anderen Sessel und sah sie an. »Warum wurden die Tagebücher bis Dezember 1838 hier im Turm aufbewahrt und sonst keine mehr? Hat sie aufgehört, Tagebuch zu führen, oder sind sie verloren gegangen?«

»Oder hat sie sie woanders verstaut?«, fügte Melody hinzu.

»In Hampton Hall? Immerhin hat sie damals noch dort gewohnt.« Dan legte den Kopf in den Nacken und starrte auf die Decke. »Aber hätten dann nicht die Tagebücher von 1838 in Hampton Hall sein müssen und die späteren hier? Immerhin ist sie erst 1841 in dieses Haus gezogen, wenn das stimmt, was man sich erzählt.«

»Oder sie hat die späteren Bücher versteckt«, überlegte Melody laut. »Schließlich muss irgendetwas geschehen sein, das zu ihrem Selbstmord geführt hat.«

»Das vorläufig letzte Tagebuch endete damit, dass Oliver und Abigail die Firma gemeinsam führen wollten, weil Anthony krank war.« Dan sah sie an und rieb sich den Nacken. »Das war offiziell natürlich nicht erlaubt. Abigail war eine Frau und Oliver nur ein Angestellter. Eigentlich hätten sie George rufen und die Leitung der Fabrik ihm überlassen müssen.«

»Und aus diesem Grund hat sie die Tagebücher verborgen?« Melody sah ihn zweifelnd an. »Das glaube ich nicht. Ich vermute, da steckt mehr dahinter.«

»Warum ist dir diese ganze Sache so wichtig?« Dan sah sie an.

Melody zuckte mit den Schultern. »Ist sie eigentlich gar nicht. Ich will nur nichts übersehen.«

Dan lächelte. »Was wäre so schlimm daran?«

Melody lehnte sich an die schmale Fensterbank und sah in den Park hinaus. »Ich habe das Gefühl, dass ich es meiner Familie schuldig bin. Weißt du, bislang habe ich mich nie besonders für meine Vorfahren interessiert. Meine Mutter war nicht gut auf ihre Familie zu sprechen, und als sie dann dieses Haus geerbt hat, statt einen Teil des großen Anwesens Hampton Hall – wie ihre Schwestern und Cousins –, da fuhr sie kaum noch hier hoch. Ich habe mir lange Zeit keine Gedanken darüber gemacht, aber jetzt fange ich an, mich dafür zu interessieren.«

»Verstehe.« Dan trat neben sie. »Und Abigails Geschichte ist ja auch spannend.«

»Es ist verrückt, aber irgendwie fühle ich mich ihr stark verbunden. Sie war eine Frau, die für ihre Grundsätze eingetreten ist, obwohl es fast aussichtslos erschien. Und mir ist meine Karriere wichtig, obwohl mein Mann von mir erwartet, mehr die Hausfrau zu spielen und ihn das Geld verdienen zu lassen.«

Dan betrachtete sie von der Seite. »Du hast recht. Obwohl euch einhundertachtzig Jahre trennen, gibt es starke Parallelen.«

»Und deshalb bin ich mir auch sicher, dass wir irgendwo hier in Abigail's Place auf weitere Tagebücher von ihr stoßen werden. Ich will einfach nicht glauben, dass wir nicht erfahren sollen, wie es weiterging.« Abigail ließ ihren Blick noch einmal durch den Raum schweifen.

»Ich frage mich«, wechselte Dan das Thema, »was es mit dem anderen Turm und diesen … Folterinstrumenten auf sich hatte.« Er deutete mit dem Kinn in die entsprechende Richtung.

»Vielleicht hat das alles mit Anthonys Krankheit zu tun?«, überlegte Melody. »So viele offene Fragen. Es muss einfach noch weitere Tagebücher geben.«

»Ist das hier die einzige Bibliothek im Haus?« Dan war ans gegenüberliegende Fenster getreten und sah auf das Gelände des Anwesens. »Was ist mit dem dritten Turm, den man von unten aus sehen kann? Warst du schon mal da drin?«

Melody schüttelte den Kopf. »Wir sind vorgestern nicht sehr weit mit unserer Hausbesichtigung gekommen, nicht wahr?«

Er grinste. »Der Fund hier hat uns aufgehalten.«

»Und der Wein, fürchte ich.« Melody zwinkerte ihm zu.

»Aber wir hatten ja keine andere Wahl. In der Dunkelheit hätte es wenig Sinn gemacht, durch das düstere Haus zu irren«, erwiderte Dan mit einem Lachen.

»Okay«, sagte Melody, während sie sich zum Ausgang wandte. »Dann lass uns weitermachen.«

Sie stiegen die Treppe hinunter und durchsuchten noch einmal alle Räume der zweiten Etage, konnten jedoch keinen Aufgang zu dem geheimnisvollen dritten Turm finden. Besondere Aufmerksamkeit schenkten sie der Kinderbibliothek, aber außer Kinder- und Schulbüchern befanden sich dort nur einige alte Atlanten, Reiseberichte und Romane aus der ersten Hälfte des neunzehnten Jahrhunderts.

»Vielleicht liegt der Zugang zum dritten Turm im Stockwerk darunter.« Dan stützte sich auf das Treppengeländer und ließ seinen Blick über die Wände gleiten. »Das Haus hat so viele versetzte Etagen und Winkel, dass das durchaus möglich ist.«

Melody stieg die Treppe hinab, während sie auf ihr Handy starrte. »Ich verstehe das nicht. Mein Telefonat mit Philip ist doch schon fast drei Stunden her, und die Mädchen haben sich immer noch nicht gemeldet.«

»Vielleicht hat er vergessen, es ihnen auszurichten?«, vermutete Dan und sprang die Treppenstufen in die erste Etage hinunter.

Melody zog die Augenbrauen hoch. »Das kann ich mir nicht vorstellen. Philip ist immer sehr gewissenhaft.«

Dan nickte und schwieg.

»Es tut mir leid, wenn ich dich mit meinen Sorgen nerve, aber als Treiber bei einer Jagd mitzumachen, ist nicht unbedingt ungefährlich.«

Dan fasste nach ihrer Hand und drehte Melody zu sich. »Natürlich gibt es ein gewisses Risiko, wie bei allem, was man tut. Aber du weißt genauso gut wie ich, dass selten

Treiber erschossen werden. Ich habe noch von keinem einzigen Fall gehört.«

Melody seufzte. »Ich mache mir einfach zu viele Gedanken.«

Er nickte. »Du vermisst deine Kinder, das ist normal.«

Melody lächelte ihn dankbar an. »Ich möchte nur mal wieder ihre Stimmen hören. Sie sind doch erst vierzehn. Ich weiß, dass sie sich bald seltener melden und flügge werden. Aber noch nicht jetzt.«

Dan sah sie fragend an. »Wo ist dein Schlafzimmer?«

Melody deutete auf die erste Tür rechts.

»Welche Zimmer kennst du sonst noch in diesem Stockwerk?« Er betrachtete den langen Flur, der vor ihnen lag.

Melody schaltete die Gaslampe an. »Eigentlich keins. Ich weiß nur, dass das hier«, sie deutete auf eine weitere Tür rechts von ihnen, »das zweite große Schlafzimmer ist. In die anderen habe ich nur kurz hineingeschaut.«

»Und einen versteckten Zugang zum dritten Turm hast du vermutlich in keinem der beiden Schlafzimmer entdeckt?« Dan stemmte die Hände in die Hüften.

Melody schüttelte den Kopf.

»Gut, dann sollten wir uns die anderen Zimmer vornehmen.« Dan trat entschlossen an die erste Tür links.

Mit einem lauten Knarren öffnete sie sich. In dem Zimmer standen zwei Tische, auf denen Briefe, Stapel von Dokumenten, Federhalter mit Federn, Tintenfässer, Bücher und Baupläne lagen. Alles war mit Staub bedeckt. An den Tischen standen Holzstühle, an den Wänden zierliche Sessel und daneben kleine Beistelltische.

»Ein Arbeitszimmer«, stellte Melody fest. »Ob Abigail und Mr Rashleigh hier gearbeitet haben?«

»Möglich.« Dan ging zu einem der Tische und blies vorsichtig den Staub von einem Stapel Papier. »Das wäre vielleicht eine Erklärung für Abigails Umzug von Hampton Hall hierher. Das Haus war vorher ein reines Bürogebäude. Vielleicht war das hier einmal Anthonys Büro. Als er erkrankte, konnten Abigail und Oliver schlecht die ganze Zeit in seinem Büro sein. Denn dann wäre bestimmt schnell aufgefallen, dass sie die Fäden in der Hand hielten und nicht Anthony.«

»Wohingegen es deutlich einfacher gewesen sein dürfte, wenn die Familie das Haus bewohnt hätte, in dem Anthonys Büro war. Wer könnte dann schon beobachten, wann und wie oft Abigail und Mr Rashleigh sich in Anthonys Arbeitszimmer aufhielten?«, überlegte Melody weiter.

»Die anderen Büroangestellten arbeiteten vermutlich drüben im Kontor, dort hatte Oliver sie im Blick, und sie bekamen nicht so viel vom Treiben in Abigail's Place mit.« Dan wirkte plötzlich ganz aufgeregt.

»Falls ihr Plan überhaupt funktioniert hat«, wandte Melody ein. »Immerhin war Anthony wohl ziemlich unberechenbar und wankelmütig.«

Dan nickte. »Er war ein Risiko. Und er musste alle wichtigen Dokumente unterschreiben.«

»Das ging nur, solange er mitgespielt hat«, bestätigte Melody.

»Es sei denn, er hätte, an ein Bett gefesselt, im Turm von Abigail's Place gelegen, und seine Unterschrift wäre gefälscht worden.« Dan sah sie fragend an.

Melody schüttelte den Kopf. »Ich kann nicht glauben, dass Abigail und Mr Rashleigh so grausam waren und ihn im Turm gefangen hielten wie eine Mrs Rochester.«

Dan zuckte mit den Schultern. »Mir gefällt der Gedanke auch nicht. Aber vielleicht hatten sie keine andere Wahl, als Anthony einzusperren. Wenn Anthonys Geisteskrankheit aufgefallen wäre ...«

»... dann wäre George gekommen und hätte den Arbeitern das Leben noch schwerer gemacht, als es ohnehin schon war«, beendete Melody den Satz.

Dan nickte. Einen Moment lang betrachteten sie schweigend die Dokumente auf den Tischen.

»Solange wir keine Aufzeichnungen darüber finden, sind das alles nur Vermutungen«, sprach Dan schließlich Melodys Gedanken aus.

»Was, glaubst du, hatte Anthony wohl für eine Krankheit?« Melody sah auf den verwilderten Park. Es regnete immer noch.

»Vielleicht war er dement. Es gibt Formen von früh einsetzender Alzheimerdemenz. Soweit ich weiß, ist diese Krankheit aber genetisch bedingt, und dann müsste es weitere Fälle in der Familie gegeben haben.« Dan strich den Staub von der Tischkante.

»Vielleicht gab es die ja.« Melody lehnte sich gegen die Fensterbank. »Man wusste damals noch nicht viel darüber. Wahrscheinlich wurden demente Menschen als schwachsinnig angesehen. Und das galt als Strafe Gottes, als Makel. Diese Menschen wurden oft von ihren Familien versteckt.«

»Wie diese Mrs Rochester aus Jane Eyre?« Dan grinste. »Du meinst, deine Familie könnte Angst gehabt haben, wenn der Schwachsinn des Lords bekannt geworden wäre, hätte man das als Strafe Gottes ansehen können? Dass Gott sich einmischt und zeigt, dass das skrupellose Vorgehen der Lords of Mahony nicht in Ordnung ist, und dass er sie deshalb mit der Krankheit bestraft?«

Melody zuckte die Schultern. »Das hört sich komisch an, ich weiß. Aber früher haben die Leute noch ganz anders gedacht als heute.«

»Nein, nein, du hast ja recht. Das würde passen. In Stockmill ist bekannt, dass die Familie Hampton die Arbeiter skrupellos ausgebeutet hat. Sie waren natürlich nicht die einzigen grausamen Fabrikanten, aber sie betrieben die erfolgreichste Fabrik in Stockmill. Und das auf Kosten der Arbeiter.«

Melody nickte. »Wenn die Familie tatsächlich von dieser speziellen Alzheimerkrankheit betroffen war, und zwar vielleicht mehr als einmal, dann hätten sie die Kranken sicher versteckt, weil sonst das Urteil Gottes für alle sichtbar gewesen wäre.«

»Das ist auf jeden Fall denkbar«, sagte Dan. »Aber es gibt noch andere Formen dieser Krankheit, zum Beispiel die frontotemporale Demenz. Die hat nicht immer einen genetischen Ursprung, soweit ich weiß. Und sie trifft auch junge Menschen.«

»Ich bin beeindruckt.« Melody sah ihn an. »Wieso kennst du dich auf diesem Gebiet so gut aus?«

»Ich hatte mal einen Fall, bei dem wurde ein Alzheimer-Patient erwürgt, und wir hatten damals die Tochter im Verdacht, die das Gen leider auch in sich trug, weshalb die Krankheit mit Sicherheit auch bei ihr ausgebrochen wäre. Die Chancen, dieses Gen zu haben, liegen bei fünfzig zu fünfzig.«

»Dann hatte sie Pech und gehörte zu den betroffenen fünfzig Prozent? Und ihr habt damals geglaubt, sie habe ihren Vater aus Rache getötet?« Melody runzelte die Stirn.

»Sie war es nicht, stellte sich hinterher heraus, aber ich habe mich eingehend mit dem Thema beschäftigt, und das, was Abigail bisher über Anthony berichtet hat, passt ziemlich gut zu einer dieser Demenzformen. Bei jungen Menschen kommt es oft vor, dass die Krankheit besonders schnell voranschreitet.«

Melody nickte. »Möglich. Also gut, hier ist auch kein Zugang zum dritten Turm. Lass uns in den hinteren drei Zimmern nachsehen, bevor es dunkel wird.«

Sie fanden noch drei weitere Schlafzimmer, aber in keinem der Räume war ein Zugang zu diesem Turm.

»Komm mit«, sagte Dan, während er Melodys Hand fasste und sie zur Treppe zog. »Wir sehen uns das Haus und den Turm mal von außen an.«

Melody spürte die Wärme seiner Hand auf ihrer Haut, seine Finger waren weich und hielten ihre fest umschlungen. Erst als sie in der Eingangshalle angekommen waren, ließ er sie wieder los.

»So«, sagte er, als sie schließlich vor dem Haus standen, und zeigte nach oben. »Das ist der dritte Turm, in dem wir noch nicht waren. Er ist an die Seite des Hauses gebaut, während die anderen beiden aus dem Dach ragen.«

Melody nickte und schlang die Arme um den Oberkörper. Der Nieselregen drang durch ihren dicken Pullover. Wieder bereute sie es, dass sie noch keinen Gärtner damit beauftragt hatte, den Park in Ordnung zu bringen. Das Haus war auf drei Seiten ziemlich zugewuchert. Ein Rhododendron stach ihr unangenehm in den Rücken.

»Was ist das dort für ein Zimmer?« Dan kniff die Augen zusammen. »Direkt neben dem Turm?«

Melody überlegte. »Das müsste mein Schlafzimmer sein.«

»Gut, dann lass uns dort genauer nachsehen. Der Zugang kann eigentlich nur in deinem Zimmer liegen.« Er strich sich fröstelnd über die Arme. Auch Dan trug nur einen Pullover über seinem blau karierten Hemd. In seinem schwarzen Haar hingen kleine Regentropfen wie zahllose Perlen.

Melody spürte die Kälte inzwischen immer deutlicher. Sie hätten Jacken anziehen sollen.

»Geh ruhig schon hinein, ich will es nur noch mal bei den Mädchen versuchen.« Melody zog ihr Handy aus der Tasche und drückte auf die Wahlwiederholung.

Dan sprang die Stufen zum Eingang hoch.

»Hallo, Mummy«, hörte sie kurz darauf Mias Stimme, und sie hätte am liebsten vor Erleichterung geweint.

»Mia? Wie geht es euch? Wie war euer Jagdausflug?« Melody stellte sich unter das kleine Vordach am Eingang der Villa.

»Ganz nett«, erwiderte Mia, sie klang zurückhaltend. »Wir sind gerade auf der Rückfahrt.«

»Verstehe.« Melody lächelte. »Du kannst nicht sagen, dass es dir nicht gefallen hat, weil Granny neben dir sitzt?«

»Korrekt«, gestand Mia, und Melody stellte sich vor, wie sie gerade grinste.

»Ich habe auf euren Rückruf gewartet, mein Schatz«, sagte Melody und warf einen Blick auf die Uhr. Es war inzwischen halb vier und fast vier Stunden her, dass sie mit Philip gesprochen hatte.

»So?« Mia machte eine kurze Pause. »Ich wusste gar nicht, dass du angerufen hast.«

Melody seufzte und versuchte ihren Ärger auf Philip zu verbergen. »Ich hatte euren Vater gebeten, es euch auszurichten.«

»Dad?«, hörte sie Mia fragen. »Hast du vergessen, uns zu sagen, dass Mum angerufen hat?«

Sie hörte Stimmengemurmel im Hintergrund, dann meldete sich Mirandas fröhliche Stimme. »Er hat es vergessen. Wir haben nach der Treibjagd noch was gegessen und sind dann gleich gefahren. Da ist es ihm durchgegangen, sagt er.«

»Ich vermisse euch und wollte eure Stimmen hören.« Melody hätte ihre Töchter so gern in die Arme geschlossen.

»Wir vermissen dich auch, Mummy«, sagte Miranda. »Aber ich muss jetzt Schluss machen. Granny will eine Pause einlegen, um Tee zu trinken, und du weißt ja, was sie von Handys beim Essen hält.«

Melody entfuhr ein weiterer Seufzer. »Schon gut. Ich habe mich gefreut, euch zu hören.«

»Wir haben dich lieb, Mummy«, rief Mia jetzt in den Hörer. »Und ich freu mich schon auf nächstes Wochenende. Machs gut!« Mia hatte aufgelegt.

»Ich freue mich auch darauf«, flüsterte Melody, strich die Feuchtigkeit vom Display und steckte das Telefon wieder ein.

Dann öffnete sie die Haustür. Dan stand in der Mitte der Halle und hatte den Kopf in den Nacken gelegt, um das imposante Glasdach zu betrachten. Als er sie hörte, wandte er sich zu ihr.

»Alles okay?«, fragte er.

»Ja«, sagte Melody und lächelte. »Mia und Miranda geht es gut. Ich ärgere mich nur über Philip.«

Sie stiegen nebeneinander die Treppe hinauf.

Dan sah sie fragend von der Seite an.

»Er hat angeblich vergessen, den Mädchen von meinem Anruf zu erzählen.« Melody zog die Augenbrauen zusammen. »Er vergisst so etwas nicht aus Versehen.«

»Du meinst, er hat ihnen absichtlich nicht davon erzählt?«

Sie hatten inzwischen die erste Etage erreicht.

»Hundertprozentig.« Melody öffnete die Tür zu ihrem Schlafzimmer.

»Was für ein schöner Raum.« Dan sah sich in dem großen Zimmer mit der blau-weißen Tapete um. Direkt gegenüber befand sich ein Fenster, das Melody notdürftig von allem Grünzeug freigeschnitten hatte. Es ließ trotzdem nur wenig Licht ins Zimmer. »Es riecht nach dir.«

Melody lachte. »So?«

»Nach Rosen«, erklärte Dan, und Melody stellte amüsiert fest, dass er schon wieder errötete.

»Dann gefällt dir mein Parfüm?« Melody grinste und schaltete die Gaslampe an. Flirtete er etwa mit ihr? Sie trat an das große Himmelbett, das an der Wand stand, und strich die Decke glatt.

Dan nickte, und sie sahen sich einen Moment zu lange an, bis sich Melody von seinem Blick losriss.

»Siehst du?«, sagte sie. »Dieses Herz aus Filz haben Mia und Miranda mir zum Abschied geschenkt.«

»*Wir sind stolz auf dich*«, las er lächelnd. »Und du zweifelst daran, eine gute Mutter zu sein?«

Melody erwiderte sein Lächeln.

»Kann es sein, dass dein Mann dir das Gefühl gibt, du würdest schlecht für deine Kinder sorgen?«

Melody sah Dan überrascht an. »Wie kommst du darauf?«

»Alles, was du mir erzählt hast, beruht auf Aussagen deines Mannes. Du hast nie gesagt, dass deine Töchter sich über dich beschwert haben.«

»Stimmt.« Melody setzte sich auf das Bett. Die weiche Matratze schaukelte wie ein Schiff auf hoher See. »Er und meine Schwiegermutter haben dafür gesorgt, dass ich nicht mit den Mädchen sprechen kann und auch dass wir uns dieses Wochenende nicht sehen. Und er hat ihnen nicht von meinem Anruf erzählt.«

»Warum tut er das wohl?«, fragte Dan.

Melody zog die Schultern hoch. »Philip ist noch nie gut damit klargekommen, dass ich mit meiner Karriere an ihm vorbeigezogen bin. Wir haben beide Jura studiert, er ist aber nie aus der Anwaltskanzlei herausgekommen, obwohl er eigentlich Richter werden wollte.«

»Während du es inzwischen zur Oberstaatsanwältin gebracht hast«, stellte Dan fest.

Melody nickte. »Er hat schon länger Probleme damit. Ehrlich gesagt, habe ich seine Affäre letztes Jahr auch darauf geschoben. Ich dachte, dass er es aus Frust getan hat. Weil es bei ihm nicht weiterging, während ich Staatsanwältin am Crown Court war.«

»Aber sind die Beweggründe nicht egal? Was zählt, ist einzig und allein das Ergebnis.«

Melody legte den Kopf in den Nacken und betrachtete nachdenklich die verzierte Zimmerdecke. »Natürlich. Aber ich habe mich damit getröstet. Und als ich im Mai die Zusage bekam, Oberstaatsanwältin in Stockmill zu werden, hat das Philip ziemlich zugesetzt. Ich dachte zunächst, es sei wegen der Veränderung, dass ich nach Stockmill ziehen muss, aber vielleicht hatte es damit gar nichts zu tun. Vielleicht ging es eher darum, dass ich mit meiner Karriere noch weiter nach vorn kam, während sich bei ihm nichts tut.«

»Möglich«, erwiderte Dan.

Melody atmete tief ein. Sie musste in Ruhe darüber nachdenken. Aber jetzt gab es etwas anderes zu tun. Sie stand auf. »Wo könnte sich der Zugang zu diesem Turm befinden?«

Dan ließ den Blick durch den Raum schweifen. Gegenüber dem Bett befand sich ein großer Kamin aus Alabaster, an der hinteren Wand, neben dem Fenster, stand ein Kleiderschrank und neben der Zimmertür eine Kommode. Es gab keine zweite Tür, die zu dem Turm hinaufführen könnte.

»Und nebenan?« Dan deutete mit dem Kopf in Richtung des zweiten großen Schlafzimmers.

»Ich habe nichts gesehen, aber wir können ja noch einmal zusammen nachschauen.«

Sie traten auf den Flur hinaus, und einen Moment lang berührten sich ihre Hände. Melody zog ihre Hand schnell zurück. Dans Nähe war aufregend und verstörend. Sie flirteten nicht miteinander, nicht richtig jedenfalls, und trotzdem lag eine gewisse Spannung zwischen ihnen. Ob es an der alten Verbindung zwischen ihren Vorfahren lag? Fühlte sie sich zu Dan hingezogen, weil auch Abigail und Oliver Rashleigh ineinander verliebt gewesen waren? Oder war es ihre momentane Verletzlichkeit, die sie schwach machte? Sie war von ihrer Familie getrennt, hatte einen neuen, verantwortungsvollen Job und musste sich um dieses alte Haus kümmern.

Melody öffnete die Tür zum Nebenraum. Abgestandene, staubige Luft schlug ihnen entgegen. Dan trat ins Zimmer und sah sich um. Auch hier befanden sich ein Bett, ein Kamin, ein Schrank und eine Kommode. Der Raum war in gelben Farben gehalten, ansonsten glich er Melodys Schlafzimmer.

Dan strich über die Wände und öffnete den Kleiderschrank. »Nichts Auffälliges«, stellte er fest. »Aber der Zugang zum Turm muss definitiv in einem dieser beiden Zimmer sein.«

Er ging zum Fenster und versuchte, es zu öffnen. Doch der Fenstergriff klemmte, sodass es unmöglich war. Dan rüttelte daran, aber er bewegte sich nicht.

»Komm mit nach nebenan.« Melody war auf dem Weg zurück in ihr Schlafzimmer. »Dort lässt sich das Fenster öffnen.«

»Sehr gut.« Dan folgte ihr. »Von hier aus sollten wir das Türmchen erkennen können, schließlich befindet es sich direkt am Haus.«

Er stieß das Fenster auf und lehnte sich weit hinaus.

»Komm mal her«, rief er plötzlich und winkte sie mit hastigen Bewegungen zu sich heran.

Melody trat neben ihn. Ihre Oberarme berührten sich. Sie konnte den Duft seines Rasierwassers riechen.

»Siehst du das?« Er deutete schräg nach oben. »Das Türmchen liegt genau über deinem Schlafzimmer. Der Zugang muss entweder hier sein oder in dem Zimmer darüber.«

»Dan«, Melody zeigte aufgeregt auf die Hauswand neben ihnen, »was ist das für ein Fenster?«

Es war schmal, eher wie eine Schießscharte, aber mit einer Scheibe versehen.

Dan zog den Kopf zurück und suchte mit den Augen den Raum ab. »Das versteckte Fenster scheint hinter diesem Schrank hier zu liegen«, sagte er schließlich. »Es gehört offenbar zu einem Treppenhaus, das direkt in den Turm führt.«

Er ging zu Melodys Kleiderschrank. »Darf ich?«

Sie nickte.

Dan öffnete den Schrank, schob dann vorsichtig ihre Kleider zur Seite und klopfte gegen die Rückwand. »Hier ist es, hörst du? Es klingt hohl.«

»Glaubst du wirklich, dass man durch den Schrank in den Turm gelangt? Ist das nicht ein abgenutztes Klischee?« Melody dachte an etliche Filme und Bücher, die sie gelesen und gesehen hatte, in denen es solche Geheimtüren gab.

»Scheint immer wieder gut zu funktionieren«, sagte Dan, während er die Rückwand Stück für Stück abtastete. Plötzlich erklang ein schabendes Geräusch, und das Holz sprang einen Zentimeter nach hinten. »Na bitte, eine Kerbe, in die ein Griff eingelassen ist. Schau mal.« Er zog sein Handy aus der Tasche und leuchtete in den Schrank.

Melody sah die Einkerbung am unteren Rand der Rückwand sofort.

Dan drückte vorsichtig gegen das Holz, und die Wand wich leise knarrend zurück. Er zwängte sich durch den Spalt.

Melody folgte ihm und sah sich auf der anderen Seite

des Kleiderschranks um. Sie standen in einem engen Treppenhaus mit einer steinernen Wendeltreppe.

»Die anderen Türme waren offen zugänglich, warum hat man den Eingang hier wohl verborgen?« Melody stieg die Treppe hinauf.

Sie hörte Dans Schritte hinter sich.

Das Treppenhaus war düster. Licht fiel nur durch das Fenster herein, das Melody von ihrem Schlafzimmer aus gesehen hatte. Es roch nach abgestandener Luft, Feuchtigkeit und Moder. Am Ende der kurzen Wendeltreppe befand sich eine einfache Holztür. Melody öffnete die Tür und blieb dann wie angewurzelt stehen.

»Oh!«, rief Dan überrascht, der neben ihr innehielt.

Vor ihnen stand mitten in einem kreisrunden Raum eine goldene Statue, die von einer dicken Staubschicht bedeckt war. Melodys Herz pochte vor Aufregung. Langsam ging sie näher an die Statue heran und blies den Staub fort. Die Figur stellte eine wunderschöne Frau dar. Das lange Haar war mit winzigen Diamanten besetzt, Smaragde bildeten die leuchtenden Augen, und das lange Gewand war voll funkelnder Edelsteine. Melody schätzte, dass die Statue ungefähr siebzig Zentimeter groß sein musste. Sie war mit Sicherheit von unvorstellbarem Wert. Keiner der beiden sagte ein Wort. Ihnen schien bewusst zu sein, dass sie gerade einen kostbaren Schatz gefunden hatten.

»Oh, mein Gott!«, flüsterte Melody ergriffen.

»Das ist sicher massives Gold«, sagte Dan und ging ehrfurchtsvoll um die Figur herum, die auf einem Podest stand. »Und ihr Gewand ist mit Saphiren, Rubinen und Diamanten besetzt.«

»Glaubst du, das ist alles echt? Das Gold und die Edelsteine?« Melody betrachtete das Schmuckstück.

»Sieht so aus.« Dan schluckte. »Und wenn sie echt ist, muss sie Hunderttausende Pfund wert sein.«

»Sie ist wunderschön«, sagte Melody leise.

»Und sie scheint seit langer Zeit hier zu stehen.«

»Ja, hier liegt genauso viel Staub wie in den anderen Turmzimmern«, sagte Melody. »Vermutlich hat auch diesen Raum seit Abigails Tod niemand mehr betreten.«

»Was hat es wohl mit dieser Figur auf sich?«, überlegte Dan.

Melody griff nach seinem Arm und deutete auf die niedrigen Bücherregale. Sie standen unter den Fenstern, die den Raum von allen Seiten mit Licht versorgten. Nur unter einem der Fenster befand sich ein kleiner Schreibtisch statt eines Regals. In einem Halter steckten verschiedene Federn, daneben waren Tintenfässer aufgereiht.

»Dan, die weinroten Bücher!« Melody zeigte auf das Regal neben dem Schreibtisch und wusste sofort, dass sie Abigails Tagebücher gefunden hatte.

Dan fasste nach ihrer Hand, die noch auf seinem Arm lag, und drückte sie kurz. »Du hattest also recht, in diesen Büchern muss etwas Wichtiges stehen. Deshalb mussten sie besser versteckt werden als die Bücher von 1838, die sich in dem anderen Turm befinden. Abigail hat sie hier untergebracht, zusammen mit der wertvollen Figur.«

Melody räusperte sich. »Und all die Jahre hat sie niemand angefasst. Sollen wir sie wirklich lesen?«

Dan schwieg einen Moment. Dann hob er die Schultern. »Sie hat sie wohl versteckt, weil sie nicht wollte, dass sie gelesen werden.«

»Niemand weiß, warum sie sich umgebracht hat. Vermutlich steht der Grund dafür in diesen Tagebüchern«, sagte Melody und spürte plötzlich Dans Hand auf ihrer. »Wenn jemand das Recht hat zu erfahren, was damals geschehen ist, sind wir es. Wir sind die Nachkommen von Lady Abigail Mahony und Oliver Rashleigh, deren Tode mit Sicherheit irgendwie zusammenhängen.«

Dan nickte. Melody drehte sich zu ihm und fasste mit ihrer anderen Hand nach seiner. Sie standen nun eng beisammen, die Hände ineinander verschlungen.

»Wir werden in ihre Privatsphäre eindringen, wenn wir diese Aufzeichnungen lesen, die sie so sorgsam vor der Welt verstecken wollte. Und wenn wir glauben, dass wir darüber sprechen dürfen, sollten wir es tun, aber«, sie sah ihm fest in die Augen, »wenn es für immer ihr Geheimnis bleiben sollte, werden wir schweigen, einverstanden?«

»Ja.« Dan erwiderte ihren Blick, und ein warmes Gefühl breitete sich in Melody aus, denn sie wusste, dass sie diesen Weg in die Vergangenheit nun gemeinsam gehen würden.

Kapitel 5

September 1839

Mr Rashleigh, ich habe Sie heute nach Hampton Hall gebeten, weil ich eine wichtige Änderung unserer Lebensumstände vornehmen möchte.« Abigail saß am Schreibtisch im Morgenzimmer, Ebenezer und Mr Rashleigh hatten auf dem Sofa Platz genommen. »Sie wundern sich vielleicht, dass mein Sohn ebenfalls anwesend ist.«

Mr Rashleigh lächelte.

Ebenezer starrte auf den Rosenstrauß, der auf dem niedrigen Tisch vor dem Sofa stand.

Abigail atmete tief ein, bevor sie weitersprach. »Ebenezer ist in diesem Jahr fünfzehn geworden. Ich bin der Meinung, dass er langsam in die Geschäfte eingeführt werden sollte, denn eines Tages wird er die Fabrik leiten.« Abigail stand auf und betrachtete ihren Sohn für eine Weile. Sie wollte alles tun, was in ihrer Macht stand, um Ebenezer zu einem gerechten Vorgesetzten auszubilden und für das Leid der Arbeiter zu sensibilisieren. »Ich möchte, dass er ab sofort dabei ist, wenn wir Entscheidungen treffen.«

Mr Rashleigh zog eine Augenbraue hoch. »Eure Ladyschaft, meinen Sie, dass das richtig ist? Gibt es nicht zu viele … Dinge, über die er noch nicht Bescheid weiß?«

»Sie sprechen von Anthony?« Abigail nahm in dem zierlichen Sessel Platz, der neben dem Sofa stand, und sog den süßen Duft der Rosen ein.

Mr Rashleigh nickte.

»Ich habe gestern mit Ebenezer darüber gesprochen, und er ist nun über alles informiert«, sagte Abigail und warf ihrem Sohn einen ernsten Blick zu. »Es war nötig, da es immer schwieriger wird, Anthonys Zustand zu verbergen.«

»Ich bin ja nicht dumm«, sagte Ebenezer und sah endlich auf. Seine Stimme klang kratzig, er war gerade im Stimmbruch. Abigail wusste, dass ihr kleiner Junge bald erwachsen sein würde. Noch hatte sie Einfluss auf ihn, und den wollte sie bestmöglich nutzen.

Ebenezer fuhr fort: »Mir war schon länger aufgefallen, dass es meinem Vater nicht gut geht.«

»Selbstverständlich, Lord Ebenezer.« Mr Rashleigh hüstelte.

Abigail faltete die Hände im Schoß. »Und ihm ist auch bewusst, wie wichtig es ist, dass Anthonys Krankheit unser Geheimnis bleibt.« Abigail ließ die letzten Monate in Gedanken an sich vorbeiziehen. Im Frühjahr war es Anthony noch recht gut gegangen, er war sogar noch hin und wieder allein mit der Kutsche fortgefahren. Abigail wusste nicht, wohin ihn seine Fahrten geführt hatten, aber sie war jedes Mal glücklich gewesen, wenn er abends wohlbehalten zurückgekehrt war. Aber während des Sommers war Anthony deutlich verwirrter geworden und hatte das Haus allein nicht mehr verlassen können. Immer öfter verlief er sich sogar in Hampton Hall. Abigail hatte sich manches Mal vollkommen hilflos gefühlt.

»Ich weiß, dass sonst Onkel George kommt, um die Fabrik zu leiten, bis ich einundzwanzig bin«, sagte Ebenezer. Seine Beine waren momentan ein ganzes Stück zu lang im Verhältnis zu seinem restlichen Körper, was ihm ein schlaksiges Aussehen verlieh. Aber er hatte ebenmäßige Gesichtszüge, schöne dunkle Augen und haselnussbraunes Haar und würde einmal ein gut aussehender Mann werden, wie sein Vater. »Und ich weiß, dass meine Mutter den armen Menschen helfen möchte, und das will ich auch.«

Abigail warf ihrem Sohn einen stolzen Blick zu.

»Das ehrt Sie sehr, Lord Ebenezer«, sagte Mr Rashleigh.

Abigail strich über ihr Tageskleid aus braun gemustertem Leinen. »Gestern waren Ebenezer und ich mit Mr Hammingway in der Stadt und haben uns einen Überblick über den Zustand unserer Häuser verschafft.«

»Wir waren entsetzt«, fiel Ebenezer ihr ins Wort.

Abigail sah ihn auffordernd an. Sollte Ebenezer ruhig von ihren Plänen berichten. Abigail hatte bei ihrem Besuch in der Stadt durch geschickte Feststellungen und hingeworfene Fragen und Überlegungen erreicht, dass ihr Sohn genau die Ideen übernommen hatte, die sie sich wünschte. Auf diese Weise gab sie ihm das Gefühl, die Entscheidung selbst getroffen zu haben, obwohl eigentlich sie dahintersteckte.

»Wir leben hier in einem Palast«, erklärte Ebenezer Mr Rashleigh gerade. »Mit so vielen Zimmern, dass wir uns fast darin verlaufen. Aber die Armen haben kleine, verfallene Häuser, für die sie uns auch noch Miete zahlen müssen. Ich war entsetzt, als ich die Lebensbedingungen der Menschen in der Stadt sah. Meine Mutter wies mich darauf hin, dass auch ich heute dort leben könnte, wenn ich als Sohn eines Arbeiters geboren worden wäre.«

Abigail nickte ihm aufmunternd zu. »Du hast Glück gehabt, und gleichzeitig hast du eine schwere Bürde geerbt. Die Last der Verantwortung. Denke immer daran, dass du für die Zustände dort verantwortlich bist und das Schicksal der Menschen in der Stadt lenken kannst.«

Ebenezer sah sie mit festem Blick an. »Das werde ich. Ich hoffe, den Arbeitern immer ein gerechter Herr zu sein.«

Mr Rashleigh lächelte Abigail zu. Ein warmes Gefühl breitete sich in ihr aus.

Ebenezer fuhr fort: »Ich hatte gestern die Idee, die Arbeiter hier bei uns einzuquartieren, während wir ihre Häuser nach und nach renovieren lassen.«

»Verzeihung?« Mr Rashleigh warf Ebenezer einen fragenden Blick zu. »Sie meinen, hier? In Hampton Hall?«

»Wir richten ihnen im Süd- und im Ostflügel einige Quartiere ein und können auf diese Weise bis zu zehn Familien Unterschlupf gewähren«, ergänzte Abigail. »Einige ihrer Häuser werden nicht mehr zu retten sein, und wir werden sie abreißen und neu aufbauen müssen.«

Ein Klopfen an der Tür unterbrach sie. Abigail sah auf. Die Frühlingssonne warf helle Sprenkler ins Morgenzimmer. Stanton betrat den Raum und sah besorgt zu seiner Herrin. Sofort schlug ihr das Herz bis zum Hals. Stanton kümmerte sich stets aufopferungsvoll um Anthony und ließ sich seine Gefühle niemals anmerken. Jetzt jedoch schien er offensichtlich aufgewühlt zu sein. Auf seinem sonst immer tadellosen Hemd prangte ein großer brauner Fleck, den sein Frack nicht ganz verdecken konnte.

»Ihre Lordschaft ist aufgewacht und verlangt nach der Kutsche, um auf den Jahrmarkt zu fahren.«

Ebenezer runzelte die Stirn. »Momentan ist kein Jahrmarkt in der Stadt.«

Stantons Miene war ausdruckslos. »Als ich Ihre Lordschaft darauf hinwies, hat er mit der Kaffeetasse nach mir geworfen.«

Das erklärte den Fleck auf dem Hemd des Kammerdieners.

Abigail atmete tief durch. »Bitte bringen Sie Ihre Lordschaft zu uns. Ich werde das mit ihm klären.«

»Wie Sie wünschen, Eure Ladyschaft.« Stanton nickte und verließ das Morgenzimmer.

Mr Rashleigh hatte die Augenbrauen hochgezogen und sah Abigail mit besorgtem Blick an.

Abigail seufzte. »Stanton ist seinem Herrn gegenüber sehr loyal. Er wird nicht hinter seinem Rücken über ihn reden. Aber ich fürchte, ich werde noch einmal mit Stanton sprechen müssen. Jetzt kann auch er die Augen nicht mehr vor der Wahrheit verschließen. Wir sind auf seine Hilfe angewiesen. Bestimmt redet schon die gesamte Dienerschaft über Anthony.«

»Verzeihung, Eure Ladyschaft, aber wir sind auf die Hilfe vieler angewiesen.« Mr Rashleigh rutschte nach vorn auf die Sofakante. »Ich wollte Sie nicht beunruhigen, aber ich fürchte, es wird auch im Kontor geredet. Die Angestellten machen sich Gedanken darüber, dass Lord Mahony nur so selten anwesend ist und dass sie alle Anweisungen von mir erhalten.«

Abigail legte die Ellenbogen auf die Sessellehnen und faltete die Hände im Schoß. »Und das ist ein weiterer Grund, warum wir Ebenezers Idee dringend umsetzen müssen. Wir werden nämlich, während die Arbeiterfamilien hier in Hampton Hall wohnen, nach Abigail's Place umziehen.«

Mr Rashleigh sah sie überrascht an. Er dachte einen Moment lang nach, bevor er sagte: »Das wäre ohne Weiteres möglich. Schließlich ist Abigail's Place eigentlich ein Wohnhaus. Ich habe mich immer darüber gewundert, dass Ihr Gatte dieses Haus so hat bauen lassen. Aber vielleicht war sein Geist ja schon vor zwei Jahren getrübt, als er die Pläne für dieses Haus entwerfen ließ«, überlegte Mr Rashleigh.

»Das ist durchaus möglich«, sagte Abigail und versuchte, sich zu erinnern, ob ihr in den letzten Jahren noch weitere Merkwürdigkeiten an Anthony aufgefallen waren.

»Auf jeden Fall kommt es uns jetzt zugute«, mischte sich Ebenezer wieder ein. »Denn es gibt dort nicht nur eine eingerichtete Küche, sondern auch genügend Schlafräume, einen Salon und alles, was wir für ein respektables, aber bescheidenes Leben brauchen.«

Abigail musste wieder lächeln. Ebenezer verschwendete keinen Gedanken daran, dass der Umzug nach Abigail's Place eine erhebliche Einschränkung für sie bedeutete. Die Villa war um ein Vielfaches kleiner als das weitläufige Hampton Hall.

Sie sagte: »Wir werden auf Dauer unsere ständige Anwesenheit in Anthonys Büro nicht anders rechtfertigen können. Wenn wir in das Haus ziehen, in dem er arbeitet, und unser Heim und sein Büro zusammenlegen, fiele es den Dienstboten sicher nicht auf, wenn wir die meiste Zeit in Anthonys Büro verbringen, und nicht er selbst.«

Mr Rashleigh nickte nachdenklich. »Am besten, wir richten Lord Mahony in einem der Türme von Abigail's

Place ein Domizil ein. Dort lassen wir nur ausgewählte Dienstboten hinauf.«

»Eine sehr gute Idee«, erwiderte Ebenezer.

»Aber wie wollen wir diesen Umzug erklären?« Mr Rashleigh lehnte sich auf dem Sofa zurück und ließ seinen Blick zwischen Abigail und Ebenezer hin und her wandern.

»Wie Ebenezer eben schon gesagt hat: Wir begründen es damit, dass die Arbeiterfamilien dringend eine Ersatzunterkunft benötigen. Wir werden das Anwesen von Hampton Hall zehn Familien zur Verfügung stellen, weil wir keine anderen Räumlichkeiten für sie haben, während ihre Häuser renoviert werden.« Abigail wurde unterbrochen, als Stanton und Anthony das Morgenzimmer betraten.

Alle wandten ihren Blick zur Tür. Mr Rashleigh und Ebenezer standen auf. Abigail betrachtete Anthony, der einen sehr gepflegten Eindruck erweckte. Stanton hatte ganze Arbeit geleistet und seinen Herrn in ein angemessenes Hemd, eine Hose und einen Rock aus schwarzem Flanell gekleidet.

»Warum bringen Sie mich hierher, Stanton? Lassen Sie die … die … ich …« Anthony brach ab.

Abigail stand auf und ging ihrem Mann entgegen. »Wir fahren gleich in die Fabrik. Stanton, lassen Sie bitte die Kutsche vorfahren, wir werden bald aufbrechen.«

Der Kammerdiener nickte und verschwand eilig. Anthony stand reglos vor Abigail. Es nahm ihr den Atem, wie hilflos er wirkte. Seine Augen blickten suchend umher, als erhofften sie sich, etwas Vertrautes zu erkennen, aber alles um Anthony herum schien ihn zu verwirren. Der Verfall war gravierend, beinahe täglich erkannte Abigail eine Verschlechterung. Sie griff nach seiner Hand und führte ihn zum Sofa.

Mr Rashleigh stand noch immer mitten im Raum. »Eure Lordschaft, wie geht es Ihnen?«

Anthony sah ihn an und nickte. Er ließ sich neben Ebenezer in die Kissen des Sofas sinken. Unmerklich rückte sein Sohn ein Stück von ihm ab, was Abigail fast das Herz zerriss.

»Hast du gefrühstückt? Möchtest du noch eine Tasse Tee, bevor wir fahren?« Abigail biss sich auf die Unterlippe.

Anthony schüttelte stumm den Kopf.

Ebenezer wandte den Blick ab.

Am liebsten hätte Abigail ihren Sohn in den Arm genommen und getröstet. Es musste schwer für ihn sein, seinen so starken, bewunderten Vater dermaßen verändert und hilflos zu sehen.

»Also, Mr Rashleigh«, Abigail schluckte ihre Tränen hinunter und bemühte sich, ihrer Stimme einen zuversichtlichen Klang zu geben, »was halten Sie von Ebenezers Vorschlag, dass wir nach Abigail's Place umsiedeln?«

Mr Rashleigh warf einen unsicheren Blick auf Anthony. »Nun …«

»Nur keine Scheu, ich habe keine Geheimnisse vor Seiner Lordschaft.« Abigail lächelte ihrem Mann zu und hoffte, dass er sich nicht in einem Anflug von Klarheit gegen sie stellen würde. Aber bei seiner Verfassung in den letzten Monaten war Derartiges nicht zu befürchten. Abigail hatte ein schlechtes Gewissen dabei, Anthonys hilflose Lage für ihre eigenen Zwecke auszunutzen, und sie hätte es niemals getan, wenn es nicht um das Schicksal so vieler

Menschen gegangen wäre. Sie versuchte, sich einzureden, dass Anthony, wenn er noch bei klarem Verstand wäre und auf das Leid der Arbeiter hingewiesen worden wäre, nicht anders gehandelt hätte. Tief in ihrem Inneren wusste Abigail aber, dass das nur ihr Wunschdenken war.

Sie betrachtete ihren Mann. Auch wenn sie aus seiner Lage Vorteil zog, würde sie gleichzeitig alles tun, um ihm zu helfen, und versuchen, ihn vor dem Gespött der Angestellten, Dienstboten und besonders dem der Gesellschaft zu schützen. Dieses Bestreben jedoch wurde immer schwerer. Ohne Abigails oder Stantons Hilfe verlief Anthony sich immer öfter in Hampton Hall, seinem eigenen Haus, in dem er schon geboren worden und aufgewachsen war. Im Büro war er auf Mr Rashleigh angewiesen.

Der Verwalter nickte. »Ich finde den Gedanken sehr gut, dass Sie Ihr Heim in die Nähe von Lord Mahonys Arbeitszimmer verlegen, damit die Diskretion gewahrt werden kann. Natürlich werde ich im Kontor einige Änderungen vornehmen müssen, wenn wir die Männer, die bisher in Abigail's Place gearbeitet haben, nun dort unterbringen wollen. Aber das schaffen wir schon.«

»Sehr gut«, erwiderte Abigail und warf einen Blick auf Anthony, der in sich gekehrt schien. Er nahm an ihrem Gespräch keinen Anteil.

Mr Rashleigh hüstelte und sagte dann zögernd: »Aber ich fühle mich verpflichtet, Sie darauf hinzuweisen, dass die Arbeiterfamilien, denen Sie hier Unterschlupf gewähren wollen, nicht alle so ehrlich und vertrauensvoll sind, wie es zu wünschen wäre.«

Abigail zog die Augenbrauen hoch. »Sie wollen damit andeuten, dass es zu Diebstählen kommen könnte?«

Der Verwalter nickte. Ebenezer sah seine Mutter erschrocken an.

Abigail seufzte. »Daran habe ich natürlich auch schon gedacht. Ich bin der Meinung, dass wir es trotzdem riskieren sollten. Zum einen glaube ich, dass unser Vertrauen gewürdigt und von den meisten nicht enttäuscht werden wird, und zum anderen habe ich sowieso keinen Gefallen mehr an den schönen, teuren Gegenständen, die absolut überflüssig sind.«

Ihr Blick wanderte zu ihrem Sohn, der bestätigend nickte. Abigail lächelte ihm erleichtert zu.

»Es gibt einen weiteren Punkt, der angesprochen werden muss«, fuhr Abigail fort und hielt dann einen Moment inne. Sie sah zu ihrem Mann, der immer noch stumm auf dem Sofa saß. Sein Blick war ins Leere gerichtet. »Unser Arrangement ist heikel«, sagte Abigail, »und sehr anfällig für Verrat und Entdeckung. Wir müssen damit rechnen, dass es über kurz oder lang offengelegt wird.«

»Es ist riskant, da stimme ich Ihnen zu«, bestätigte Mr Rashleigh.

»Und wenn wir entlarvt werden, wird George die Firma übernehmen, und den Arbeitern wird es vermutlich noch schlechter gehen als früher«, sagte Abigail, während sie sich im Zimmer umsah. »Um die Arbeiter finanziell abzusichern, plane ich deshalb, sämtliche Schmuckstücke, die ich besitze, einschmelzen und eine goldene Statue daraus gießen zu lassen.«

Ebenezer warf ihr einen überraschten Blick zu.

Abigail rutschte auf dem Sessel nach vorn und ergriff die Hände ihres Sohnes. Sie sah ihn eindringlich an. »Diese wertvolle Figur wird niemals auf den Bestandslisten des

Anwesens auftauchen. George oder eventuelle Gläubiger werden nach meinem Schmuck suchen und nach den venezianischen Figuren aus Gold, die immer im Esszimmer auf der Anrichte standen, aber niemand wird wissen, dass es diese Figur gibt. Wir werden sie in Abigail's Place aufbewahren, und wenn sich die Lage ändert, wenn wir die Geschicke der Arbeiter nicht mehr beeinflussen können und Not erkennen, haben wir diesen Schatz, um den Bedürftigen damit zu helfen.«

Mr Rashleighs Augen weiteten sich. »Eure Ladyschaft, das ist sehr großzügig von Ihnen. Das wären sozusagen Ihre eigenen Armengesetze.«

Abigail nickte. »Ich sehe mich dazu gezwungen. Ich möchte meine Kinder zu Menschen erziehen, die das, was sie geschenkt bekommen haben, nicht als selbstverständlich betrachten und die bereit sind, ihr Hab und Gut mit denen zu teilen, die weniger Glück hatten als sie. Nie wieder darf es in dieser Familie vorkommen, dass Leid vor unseren Füßen liegt und nicht gesehen wird. Diese Scham möchte ich meinen Nachkommen ersparen.« Abigail wandte sich an Ebenezer. »Eine der größten Sünden des Menschen ist die Verschwendung. Wir führen ein Leben im Überfluss, und damit muss Schluss sein, solange Menschen in unserer nächsten Umgebung verhungern.«

»Bravo, Eure Ladyschaft!« Mr Rashleigh standen Tränen in den Augen. »Sie können sich meiner Loyalität Ihr Leben lang gewiss sein.«

»Ich danke Ihnen«, sagte Abigail und stand auf. »Wir sollten aufbrechen. Ebenezer und ich wollen uns darüber informieren, wie weit die Renovierung der alten Lagerhallen fortgeschritten ist, in denen die Kinderverwahranstalt und unsere Fabrikküche untergebracht werden sollen.«

»Sehr wohl, Eure Ladyschaft.« Mr Rashleigh erhob sich ebenfalls. »Und ich werde mich inzwischen darum kümmern, dass Abigail's Place etwas wohnlicher hergerichtet wird.«

»Danke, Mr Rashleigh«, sagte Abigail, und als sie bemerkte, dass Anthony keine Anstalten machte aufzustehen, beugte sie sich zu ihm. Sie berührte ihn sacht am Arm. »Anthony, mein Lieber, wir brechen zur Fabrik auf. Stanton hat bereits die Kutsche gerufen.«

Sie half ihm auf. Anthony fasste ihren Arm und ging wortlos neben ihr her. Sein Gang schien unsicher, nichts erinnerte mehr an den selbstbewussten, starken Mann, den Abigail vor sechzehn Jahren geheiratet hatte.

An diesem Tag war sie Abigail zum ersten Mal aufgefallen. Als sie zur Fabrik fuhren, stand die Frau am Tor vor den Backsteingebäuden und hob fragend die Hand, während sich die Kutsche näherte. Neugierig sah Abigail ihr entgegen. Sie war keine Arbeiterin, ihre Kleidung war edel und teuer und zeugte von gutem Geschmack. Ihr Haar war unter dem Hut ordentlich aufgesteckt, und ihre Haut schien sauber. Sie war hübsch und noch ziemlich jung. Auf ihrem Gesicht lagen Verzweiflung, Angst und dazu etwas, das Abigail nicht benennen konnte. Sobald sich ihre Blicke trafen, ließ die Frau ihre Hand sinken und wandte sich ab.

Abigail runzelte die Stirn. Einen Moment lang erwog sie, die Kutsche anhalten zu lassen und auszusteigen. Sie wollte fragen, ob sie ihr helfen konnte. Aber die Haltung der jungen Frau hatte plötzlich etwas Abweisendes und

Verschlossenes, was vorher nicht da gewesen war. Sie schien Abigail offensichtlich erkannt zu haben und wollte nicht mit ihr sprechen.

Abigail schüttelte nachdenklich den Kopf. Die Dame passte nicht in diese Gegend, in der außer den Arbeitern nur hin und wieder Geschäftsleute zu sehen waren. Und natürlich waren das ausschließlich Männer.

Abigail dachte noch immer über diese Frau nach, als die Kutsche schon längst vor Abigail's Place gehalten hatte. Daher fiel ihr erst beim Aussteigen der große Wagen auf, der neben dem Haus geparkt war.

Den Fuß noch auf dem Trittbrett, verharrte sie. Eine Kutsche dieser Größe konnte nur einem Besucher gehören, der zu Anthony wollte. Sie wandte sich zu ihrem Mann um, der mit teilnahmslosem Blick in dem weichen Polster saß.

Mr Rashleigh, der die vornehme Equipage noch nicht bemerkt zu haben schien, nickte Anthony zu. »Eure Lordschaft?«

Langsam schien Anthony zu begreifen, dass er aussteigen sollte. Sein Blick huschte fragend umher. Dann stemmte er sich mühsam wie ein alter Mann aus dem blauen Samtsitz und kletterte umständlich aus der Kutsche. In diesem Zustand würde er niemanden täuschen können. Jeder musste entdecken, dass etwas nicht stimmte mit Lord Anthony Mahony.

Nachdem auch Ebenezer aus der Kutsche gestiegen war, sprang Mr Rashleigh hinaus und hielt einen Augenblick inne, als er auf die Equipage aufmerksam wurde.

Abigail und Mr Rashleigh wechselten einen Blick. Er nickte ihr kurz zu, und Abigail entspannte sich etwas.

Mr Rashleigh hatte die Gefahr erkannt, er wusste, was zu tun war.

Als sie Abigail's Place betraten, eilte Meyer durch die Eingangshalle auf sie zu. »Eure Lordschaft, ein Besucher wartet auf Sie – Sir Laurence Lancaster.« Er reichte Anthony die Karte.

Abigail stöhnte leise auf. Seit dem Weihnachtsball hatte sie den jungen Mann nicht mehr gesehen und war davon ausgegangen, dass er wieder nach Northumberland zurückgekehrt war. Unwillkürlich musste sie an die Zettelchen und das Liebesgedicht von Shelley denken, das er ihr zugesteckt hatte. Seitdem war so viel passiert!

Da Anthony keine Anstalten machte, Sir Laurence' Karte zu ergreifen, nahm Mr Rashleigh Meyer die Karte ab. »Wo ist er?«

»Im kleinen Salon, Sir.« Der Butler verneigte sich.

»Gut«, sagte Mr Rashleigh und nickte Abigail erneut zu. »Mylady, vielleicht gehen Sie mit Seiner Lordschaft schon nach oben.« Er warf einen Blick auf Meyer und fügte hinzu: »Es gibt viel zu besprechen. Ich werde sehen, was Sir Laurence wünscht.«

Abigail hakte sich bei Anthony ein und schob ihn zur Treppe.

In diesem Moment hielt sie eine Stimme auf.

»Eure Ladyschaft«, Sir Laurence hatte seinen Kopf aus dem kleinen Salon gesteckt und kam jetzt auf sie zu, »verzeihen Sie meinen Überfall, aber ich habe Ihre Stimme gehört. Die lieblichste Stimme Englands.«

»Sir Laurence«, sagte Abigail. Sie errötete, bemühte sich aber um ein sicheres Auftreten. In Wahrheit wusste sie allerdings nicht, wie sie die Situation retten konnte. Sir

Laurence würde darauf warten, dass auch Anthony ihn begrüßte.

Sie schluckte. »Sir Laurence, mein Mann hat leider viel Arbeit und muss sofort in sein Büro hinaufgehen.«

»Eure Lordschaft, ich beanspruche Sie nicht lang. Ich muss Ihnen gestehen, dass Ihre Frau mich im ersten Augenblick, in dem ich sie sah, verzaubert hat. Sie haben großes Glück, sie zu besitzen.« Sir Laurence lächelte Anthony an und streckte ihm die Hand entgegen. Anthony starrte einen Augenblick darauf, ohne sich zu rühren.

Abigail blickte verlegen zu Boden ob dieser unverblümten Äußerung des jungen Aristokraten.

»Sir Laurence«, rief Mr Rashleigh und drängte sich zwischen die beiden Männer. Er reichte nun seinerseits dem Gast die Hand. »Ich freue mich, Sie endlich persönlich kennenzulernen. Lord George hat mir von Ihrem Besuch in der Fabrik erzählt. Mein Name ist Rashleigh, und ich bin der leitende Angestellte in Hampton's Mill.«

Sir Laurence' Augenbrauen zogen sich zusammen. »Ja, ja.«

Er beachtete Rashleigh kaum, sondern wandte sich wieder Anthony zu, der immer noch auf die Stelle starrte, wo sich Sir Laurence' Hand befunden hatte.

»Verzeihen Sie bitte, aber Lord Mahony hat dringende Maßnahmen zu erörtern. Er arbeitet gerade an einem großen Renovierungsprojekt und hat den Kopf voller Pläne.« Mr Rashleigh sah Sir Laurence bedauernd an.

»Ebenezer«, wandte sich Abigail nun an ihren Sohn. »Du gehst am besten schon mit deinem Vater hinauf, um alles mit ihm zu besprechen.«

Einen Augenblick lang konnte Abigail die Verzweiflung

im Blick ihres Sohnes erkennen. Er konnte mit der unerklärlichen Krankheit seines Vaters nicht umgehen, und der Gedanke, allein mit ihm zu sein, machte ihm offenbar Angst. Aber Abigail musste zunächst dafür sorgen, Sir Laurence loszuwerden, bevor sie Ebenezer unterstützen konnte.

Der Junge nickte zögernd und schob seinen Arm unter Anthonys Ellbogen. Langsam führte er ihn die Treppe hinauf. Das trübe Licht, das durch die bunte Glaskuppel fiel, zeichnete seltsame Schatten auf ihre Hinterköpfe.

Sir Laurence sah ihnen nachdenklich hinterher.

Schnell fragte Mr Rashleigh: »Hat man Ihnen bereits eine Erfrischung angeboten?«

Der junge Mann nickte, er war mit den Augen immer noch bei Vater und Sohn, die behäbig die Stufen erklommen. »Mir wurde Tee serviert.«

»Vielleicht können wir Ihnen weiterhelfen?« Abigail deutete auf die Tür zu, dem kleinen Salon. »Lassen Sie uns den Tee doch gemeinsam trinken.«

Sir Laurence grinste anzüglich. »Lady Mahony, Sie könnten viel für mich tun. Aber dazu wäre ich lieber mit Ihnen allein.« Er zwinkerte ihr zu, und Abigail war sprachlos. Warum nahm er sich diese Dreistigkeit heraus? Hatte er Anthonys Zustand erkannt und ihn als genauso ungefährlich eingestuft, wie er tatsächlich war? War Abigail zu Freiwild geworden, nur weil ihr Mann geistig erkrankt war?

»Bei allem Respekt«, mischte sich Mr Rashleigh nun mit lauter Stimme in die Unterhaltung, »Sir Laurence, bitte besinnen Sie sich, mit wem Sie sprechen!«

»Aber das tue ich. Die ganze Zeit.« Er fuhr sich mit der

Zunge über die Lippen, und Abigail wandte sich erschrocken ab.

Sir Laurence machte eine Handbewegung in Richtung des Verwalters, während er Abigail taxierte. »Lassen Sie uns allein, Lakai.«

Abigail meinte, ihr Kopf müsse gleich explodieren. Sie musste tomatenrot angelaufen sein.

»Es reicht jetzt, Sir Laurence«, erwiderte sie. »Ich habe durchaus verstanden, dass Sie mich … attraktiv finden. Das allein gibt Ihnen jedoch nicht das Recht, sich mir in dieser Weise zu nähern. Entweder Sie kommen jetzt auf den Grund Ihres Besuchs zu sprechen – und damit meine ich keine weiteren Bekundungen meiner Vorzüge –, oder Sie verlassen unser Haus.«

Sir Laurence zog belustigt die Augenbrauen hoch, und Abigail musste sich zusammenreißen, um sich nicht auf der Stelle abzuwenden und ihn in der Halle stehen zu lassen.

»Das Kätzchen zeigt Krallen.« Er legte den Kopf in den Nacken. »Sie wehren sich. Das ist schön. Das habe ich gern. Aber eines Tages werden Sie meinem Charme verfallen, da bin ich mir sicher.«

»Sir Laurence«, Mr Rashleighs Stimme klang, als duldete er keine Diskussion mehr, »können wir sonst noch etwas für Sie tun?«

Sir Laurence schüttelte den Kopf und ließ seinen Blick an Abigails Kleid hinunterwandern. »Vielen Dank, im Moment nicht, aber ich werde ein anderes Mal wiederkommen, wenn Seine Lordschaft Zeit für mich hat.«

»Können wir ihm etwas ausrichten?«, fragte Mr Rashleigh kühl.

Sir Laurence hob bedauernd die Schultern. »Das, was ich mit ihm zu besprechen habe, kann ich nicht mit einer Dame oder einem Angestellten teilen. Nein, Eure Ladyschaft, ich bedaure, aber ich muss mit Ihrem Gatten persönlich reden.« Er wandte sich an Mr Rashleigh. »Wann kann Lord Mahony mir einen Termin gewähren?«

Mr Rashleighs Stirn legte sich in Falten. »Ich fürchte, in den nächsten Tagen wird er sehr beschäftigt sein. Vielleicht in der übernächsten Woche?«

Sir Laurence seufzte. »Ich hatte eigentlich beabsichtigt, nächste Woche wieder nach Northumberland zurückzukehren.«

»Das tut mir sehr leid«, sagte Mr Rashleigh und hob bedauernd die Hände. »Wie gesagt, wenn wir Ihnen irgendwie weiterhelfen können …«

»Ich werde meine Abreise verschieben, mein Anliegen ist dringend. Gut, dann werde ich mich bis übernächste Woche gedulden.« Er nickte ihnen zu und nahm seinen Hut von Meyer entgegen, der an der Tür auf ihn wartete. »Eure Ladyschaft, vielleicht können wir in der Zwischenzeit einmal gemeinsam dinieren? Zu zweit?«

Abigail starrte ihn an. Noch nie hatte sie erlebt, dass sich ein Mitglied der Gesellschaft derart anzüglich verhielt.

»Dazu wird Ihre Ladyschaft leider keine Zeit haben«, antwortete Mr Rashleigh an Abigails Stelle.

»Vielleicht überlegen Sie es sich ja noch.« Sir Laurence zwinkerte Abigail wie einem Barmädchen zu und verließ das Haus.

Sie starrte ihm wütend nach und stieg dann schweigend neben Mr Rashleigh die Treppe hinauf. Erst als Meyer sie nicht mehr hören konnte, sagte sie leise: »Das ist ein Albtraum. Wir können nicht zulassen, dass er mit Anthony spricht.«

Mr Rashleigh nickte nachdenklich. »Wir müssen uns etwas überlegen. Es wird immer wieder vorkommen, dass irgendwelche Gentlemen auf ein persönliches Treffen mit Lord Mahony bestehen.«

Er blieb stehen, bevor sie in das Arbeitszimmer traten. »Das war sehr ungehörig von ihm, so mit Ihnen zu sprechen, Eure Ladyschaft. Sie haben sich tadellos verhalten und sich nicht von ihm provozieren lassen.«

Abigail lächelte ihn dankbar an.

Mr Rashleigh streckte die Hand aus, um die Tür für Abigail zu öffnen. Sie umschloss sein Handgelenk, um ihn daran zu hindern. Abigail erschrak selbst über die Berührung. Trotzdem zog sie die Hand nicht zurück, sondern sagte eindringlich: »Wir sollten noch einmal nach Doktor Smith schicken. Irgendetwas muss er doch unternehmen können, um Anthonys Zustand zu verbessern. Herrgott, wir leben im neunzehnten Jahrhundert und nicht mehr im Mittelalter! Die Medizin muss doch Lösungen haben.«

Mr Rashleigh war ihr so nah, dass sie zum ersten Mal den dezenten Duft nach Pfefferminz wahrnehmen konnte, der von ihm ausging. Er sagte: »Ich werde Meyer bitten, ihn sofort zu uns zu rufen. Und er soll uns eine Tasse Tee bringen. Ich denke, den können wir alle gut gebrauchen.«

»Also«, sagte Abigail eine halbe Stunde später, als sie mit der Tasse Tee an Anthonys Schreibtisch saßen. »Doktor Smith, welche Therapien schlagen Sie vor?«

Doktor Smiths Blick wanderte von Anthony über Ebenezer und Mr Rashleigh, um schließlich an Abigail hängen zu bleiben. Er atmete tief ein. »Ich habe mich in den letzten Monaten mit vielen Kollegen ausgetauscht. Sie alle haben ähnliche Beobachtungen bei verschiedenen Patienten gemacht.« Er hielt einen Moment inne und betrachtete die Gesichter der Anwesenden, die alle aufmerksam zuhörten. Ebenezer saß Abigail gegenüber und balancierte die Tasse Tee auf seinen Knien. Mr Rashleigh stand am Kamin, und Anthony saß zwischen Abigail und Doktor Smith. Er schien mit den Gedanken weit entfernt zu sein. Abigail fragte sich, ob er wohl mitbekam, dass sie gerade über seine Gesundheit sprachen.

»Aber kein einziger dieser Patienten war auch nur annähernd so jung wie Lord Mahony«, fuhr der Arzt fort.

»Welche Behandlungen haben Ihre Kollegen bei diesen Patienten angewendet?«, fragte Mr Rashleigh und stellte seine Tasse auf dem Kaminsims ab.

»Gar keine«, erwiderte Dr Smith und rutschte unbehaglich auf der Stuhlkante hin und her. »Es wurde als Altersvergesslichkeit bewertet.«

»Doktor Smith«, Abigail spürte eine ungewohnte Wut in sich aufsteigen, »wir haben vor bald einem Jahr, an genau dieser Stelle, dieselbe Diskussion geführt. Sie hatten Zeit, sich Gedanken zu machen und Fachleute hinzuzuziehen. Wir zahlen jeden erforderlichen Preis, aber ich bestehe darauf, dass Sie eine kompetente Behandlung vorschlagen.« Ihr Ton war schärfer, als sie beabsichtigt hatte. Etwas milder fügte sie hinzu: »Oder sollen wir uns an einen Experten wenden?«

»Ich fürchte, Sie werden keinen Experten finden, weil

es kaum vergleichbare Fälle gibt.« Doktor Smith wirkte niedergeschlagen.

Sofort tat Abigail ihr Wutausbruch leid. Doktor Smith war ein fähiger Arzt, der ihnen in den letzten Jahren schon oft geholfen hatte.

»Ich kann im Augenblick nur einen weiteren Aderlass vorschlagen, auch wenn ich keine allzu großen Hoffnungen hege, dass das viel bewirken wird.« Doktor Smith hatte seinen Tee noch nicht angerührt. »Glauben Sie mir, Eure Ladyschaft, wenn ich wüsste, wie ich Ihrem Mann helfen kann, ich würde es sofort tun. Aber ich bin ratlos, und bislang war es auch jeder andere Mediziner, dem ich von dem Fall erzählt habe.«

Mr Rashleigh seufzte. »Nun gut, Doktor Smith, wenn ich Sie richtig verstanden habe, raten Sie dazu, einen Aderlass vorzunehmen, auch wenn es nur eine geringe Hoffnung auf Heilung gibt.«

Doktor Smith schüttelte den Kopf. »Bei einem sich derart rapide verschlechternden Krankheitsverlauf kann ich nicht auf eine *Heilung* hoffen, aber ich verspreche mir zumindest eine Verlangsamung des Fortschreitens der Symptome, vielleicht sogar eine Verbesserung.«

Abigail fragte sich, wie schlimm es noch werden konnte. Momentan vermochte sie sich kein weiteres Fortschreiten der Symptome vorzustellen. Waren sie nicht schon am äußersten Rande dessen, was sie alle ertragen konnten? Sie betrachtete besorgt ihren Sohn, der Anthony stumm gegenübersaß.

»Dann bereiten Sie alles vor«, sagte Abigail und überlegte kurz. »Wie lange wird mein Mann danach das Bett hüten müssen?«

»Einige Tage Ruhe sollte er sich schon gönnen. Besser wären natürlich einige Wochen, in denen wir den Aderlass noch einmal wiederholen könnten.« Der Arzt sah sie offen an. »Es ist eine heikle Stelle, wir müssen das Blut wieder aus den Kopfgefäßen gewinnen.«

Abigails Blick wanderte zu Mr Rashleigh. »Wir sollten erst den Umzug bewältigen, danach können wir uns hier ungestörter bewegen. Anthony kann im Turm unauffällig den Aderlass erhalten, während wir den Geschäften nachgehen. Kein Außenstehender wird merken, dass der Firmenleiter unpässlich ist. Wir sollten unter allen Umständen verhindern, dass George als Stellvertreter eingesetzt wird.«

»Zumal ich keinen Erfolg garantieren kann«, fügte Doktor Smith hinzu. »Falls keine Besserung eintreten sollte, würde aus der Übergangslösung vermutlich eine dauerhafte werden.«

»Warum bringen wir Vater nicht für eine längere Zeit dort unter?«, schlug Ebenezer vor. »Im Turm könnten wir ihn ohne Aufsehen und sicher betreuen.«

Doktor Smith nickte. »Das hört sich nach einer vernünftigen Lösung an, Lord Ebenezer. Aber Sie sollten einen Pfleger engagieren, der Tag und Nacht für Lord Mahony da ist.«

Abigail betrachtete besorgt ihren Mann. »Ich werde mit Stanton sprechen.«

»Der Kammerdiener Seiner Lordschaft?« Doktor Smith zog die Augenbrauen hoch. »Ich weiß nicht, ob das die richtige Wahl wäre.«

»Er ist kein Pfleger, das weiß ich. Aber er ist meinem Mann gegenüber loyal. Ich denke, dass es für Anthony am einfachsten wäre, wenn Stanton ihn begleiten würde. Wir können ja zusätzlich einen Pfleger anstellen, der Stanton in medizinischen Belangen unterstützt.«

Mr Rashleigh nickte. »Vielleicht kann uns Mrs Brixton bei der Auswahl helfen. Sie kennt bestimmt viele Menschen, die infrage kämen.«

»Nelly?« Abigail dachte kurz nach. »Eine gute Idee. Ihr können wir genauso vertrauen wie Stanton. Sie wird für uns jemanden auswählen, der verschwiegen ist.«

»Wie lange werden Sie für die Vorbereitungen brauchen, Eure Ladyschaft?«, fragte Doktor Smith und stand auf.

Abigail sah zu Mr Rashleigh, der nachdenklich den Kopf wiegte. »Wenige Tage, dann sollte alles geregelt sein.«

Abigail erhob sich ebenfalls. »Sie haben es gehört. Wir werden uns bemühen, alles so schnell wie möglich zu arrangieren.«

Mr Rashleigh nickte. »Es ist ja kein richtiger Umzug. Wir müssen das Haus hier nur etwas wohnlicher gestalten und die Schreibkräfte ins Kontor übersiedeln, damit sollte schon das meiste getan sein.«

Doktor Smith ging zur Tür. »Ich bereite unterdessen alles Nötige für einen erneuten Aderlass vor. Schicken Sie dann nach mir, wenn Sie so weit sind.«

Mr Rashleigh begleitete den Arzt hinaus. Abigail trat ans Fenster und betrachtete die dunklen Rauchwolken, die sich fast bis auf den Rasen senkten. Sie stutzte. Zwischen den Büschen neben der Auffahrt blitzte etwas auf. Sie betrachtete den Strauch etwas genauer und erschrak. Da war sie wieder und starrte genauso erschrocken zu Abigail wie sie zurück. Abigail hatte gedacht, dass die Frau, die sie auf der Herfahrt gesehen hatte, in Richtung Stadt verschwunden wäre, aber sie stand hier, vor ihrem Fenster, und schaute zu ihr herauf.

Zehn Tage später trat Abigail aus den großen Lagerhallen, die hinter dem Kontor lagen. Mr Rashleigh und Nelly hatten gute Arbeit geleistet. Während Abigail sich in den letzten Tagen um ihren Umzug von Hampton Hall nach Abigail's Place gekümmert hatte, organisierten Nelly und Mr Rashleigh die Umgestaltung der Lagerhallen. Drei große Feuerstellen waren eingebaut worden, und nun befanden sich dort eine große Küche, ein Speisesaal und die zwei Räume der Kinderverwahranstalt. Morgen würden sowohl die Tagesstätte als auch die Fabrikküche endlich ihre Arbeit aufnehmen.

Abigail lockerte ihren Blusenkragen. Sie sah zum Himmel, aber die allgegenwärtige Dunstwolke verhinderte jegliche Sicht. Plötzlich hatte Abigail das Gefühl zu ersticken. Als sie heute Morgen in Hampton Hall aufgebrochen waren, hatten die Vögel gesungen, die Septembersonne hatte auf die bunten Gärten des Anwesens geschienen und Abigails Haut gewärmt. Doch hier unten nahe der Stadt war weder ein Vogel zu hören noch war die Sonne zu sehen. Der Qualm schien umso mehr nach unten gedrückt zu werden, je wärmer die Luft war. Abigail hatte die Sommertage in Hampton Hall immer geliebt. Sie war lange durch die Gärten geschlendert, über die Felder und durch den großen Park gewandert. Hier unten kam der Spätsommer nicht an. Und zum ersten Mal würde Abigail am Abend nicht nach Hampton Hall zurückkehren.

Sie seufzte und setzte ihren Weg über das Fabrikgelände in Richtung Abigail's Place fort. Schlagartig bekam sie

Angst. Zum ersten Mal stiegen Zweifel in ihr auf. Was hatte sie getan? Würde sie damit klarkommen, nur noch hier zu leben, direkt neben der Fabrik? Glaubte sie ernsthaft, auf die Natur verzichten zu können, die sie in Hampton Hall umgeben hatte? Sie hatte nur an den Luxus gedacht. Darauf zu verzichten, wäre nicht schlimm, aber ihre täglichen Spaziergänge, die Möglichkeit, das Fenster zu öffnen und frische Luft hereinzulassen, gemeinsam mit dem Gesang der Vögel – das alles entbehren zu müssen, war plötzlich unvorstellbar. Sie blieb stehen und schüttelte, verärgert über sich selbst, den Kopf. Was war nur mit ihr los? Die vielen Menschen, die für sie arbeiteten und in der Stadt zusammengepfercht waren, bekamen die Sonne genauso wenig zu sehen. Höchstens am Sonntag, wenn sie frei hatten, bestand für die Arbeiter die Möglichkeit, aufs Land zu wandern. Aber da sie von der harten Arbeit unter der Woche müde waren, war es eher unwahrscheinlich, dass sie sich am Sonntag auf den mühsamen Weg aus der Stadt hinaus machten. Wenn diese Menschen auf die Natur verzichten konnten, dann konnte sie es wohl auch.

Abigail wischte sich den Fabrikstaub von der Stirn und bog in die Auffahrt zur Villa ein. Schon von Weitem sah sie Doktor Smiths Kutsche vor dem Haus stehen. Er war also wie besprochen gekommen, um den Aderlass bei Anthony durchzuführen. Abigail hoffte von ganzem Herzen, dass die Therapie Anthonys Leiden wenigstens zum Stillstand bringen würde, denn momentan wurde es täglich schlimmer.

Als sie die Stufen zum Eingang hinaufgestiegen war, öffnete ihr die Haushälterin die Tür.

»Gut, dass Sie da sind, Eure Ladyschaft«, sagte Mrs Alison und deutete mit dem Kopf nach oben. »Doktor Smith ist im Turm bei Seiner Lordschaft.«

Abigail nickte. »Ich habe die Kutsche gesehen.«

Sie hatten einen der Türme als Krankenzimmer hergerichtet. Anthony neigte in letzter Zeit dazu, sich immer häufiger zu verirren, und von dem Turm gab es nur einen Weg hinunter, der direkt durch eine kleine Kammer führte, in der Staton nun wohnen sollte. Abigail hatte mit dem Kammerdiener gesprochen, der sich zwar immer noch weigerte, irgendetwas zu Anthonys Zustand zu sagen, der sich aber liebevoll um ihn kümmerte und auch anderen gegenüber Stillschweigen bewahrte. Abigail wusste seine Diskretion zu schätzen.

»Wir haben einen Eindringling«, sagte Mrs Alison und deutete nun in Richtung des hinteren Flurs. »Die Stubenmädchen haben sie entdeckt, als sie sich durchs Haus geschlichen hat.«

Abigail sah die Haushälterin überrascht an.

Mrs Alison atmete tief ein und fuhr fort: »Sie scheint aus gutem Hause zu stammen, ist teuer gekleidet und sauber. Aber sie will uns nicht sagen, wieso sie hier eingedrungen ist.«

»Eine Frau?«, fragte Abigail und zog die Augenbrauen zusammen. »Wie ist sie hier hereingekommen?«

Mrs Alison errötete. »Vermutlich durch die Hintertür. Hier herrscht heute ein großes Durcheinander … Die Möbelpacker waren in aller Frühe hier und haben einige Schränke gebracht. Die Tische der Schreiber wurden ins Kontor geschafft. Ich fürchte, da habe ich ein wenig den Überblick verloren.«

»Schon gut«, beeilte Abigail sich, die Frau zu beruhigen. »Es war nicht Ihr Fehler. Wo ist sie jetzt?«

»Ich habe sie in die Kammer neben der Spülküche gesperrt, weil ich nicht wusste, wie Sie mit ihr verfahren wollen«, sagte Mrs Alison und hob entschuldigend die Schultern. »Ich wollte sie nicht einfach so gehen lassen. Immerhin könnte sie heimlich etwas eingesteckt haben – obwohl sie nicht so aussieht, als hätte sie es nötig.«

Abigail sah sie erschrocken an. »War das nicht etwas drastisch von Ihnen, Mrs Alison? Immerhin könnte es sich um eine Dame der Gesellschaft handeln.«

Die Haushälterin errötete. »Durchaus nicht. Denn wenn es sich um eine respektable Dame handeln würde, hätte sie uns doch ihren Namen verraten und den Grund ihres Besuches.«

Abigail nickte. »Also gut, ich werde gleich zu ihr gehen.« Sie wandte sich zur Treppe. »Aber zuerst will ich bei meinem Mann und Doktor Smith vorbeischauen, ob sie auch alles haben, was sie brauchen.«

Abigails Schritte hallten laut auf den bunten Fliesen der Eingangshalle. Sie seufzte. Es war doch schon Aufregung genug im Haus, warum jetzt auch noch ein Eindringling? Ihr fiel wieder die Frau ein, die sie von der Kutsche aus gesehen hatte. Abigail blieb auf der Treppe stehen. Plötzlich war sie sicher, dass es sich bei der Dame, die sie gesehen hatte, und der Frau, die unerlaubterweise in Abigail's Place aufgetaucht war, um ein und dieselbe Person handeln musste. Aber warum war sie hier eingebrochen? Was suchte sie in der Villa? Ob sie hier etwas eingesteckt hatte? Aber warum?

Nachdenklich stieg Abigail die Treppe hinauf, bis sie die

zweite Etage erreicht hatte. Sie zögerte, ehe sie die Tür zu dem Raum öffnete, in dem sich der Zugang zum Turm befand. Hier hatte Stanton sein Lager aufgeschlagen, und wenn Abigail nach Anthony sehen wollte, musste sie durch Stantons Schlafzimmer. Das war zwar unangenehm für alle Beteiligten, doch gleichzeitig die sicherste Methode, um Anthony zu überwachen und vor sich selbst zu schützen.

Abigail klopfte, und als niemand ihr antwortete, drehte sie den Türknauf und trat ein. Das Zimmer war leer. Sie sah sich um. Es war spärlich möbliert, unter dem Fenster stand ein schmales Bett, ein Kleiderschrank befand sich an der linken Wand und ein Kamin direkt gegenüber.

Abigail steuerte auf die Tür auf der anderen Seite des Zimmers zu. Als sie das schmucklose Treppenhaus dahinter betrat, lauschte sie. Kein Laut drang zu ihr herunter. Es roch nach Kerzenwachs und Öl. Die Räume hier oben waren nicht mit Gasleitungen ausgestattet, sodass sie nach alter Tradition beleuchtet wurden. Ihr war plötzlich nicht wohl in ihrer Haut. Sie versteckte ihren Mann im Turm, um ihn vor dem Klatsch und Tratsch der Dienstboten zu schützen. Gleichzeitig sperrte sie Anthony aber auch ein, um ihre eigenen Zwecke verfolgen zu können. Doch sofort verdrängte sie ihr schlechtes Gewissen. Abigail würde alles dafür tun, dass Anthony wieder gesund werden würde, aber solange er nicht einsatzfähig war, würde sie sich um die Lage der Arbeiter kümmern. Wenn da nur nicht die Stimme in ihrem Kopf gewesen wäre, die ihr zuflüsterte, dass sie nicht in Anthonys Sinne entschied, sondern in ihrem eigenen. Aber war das wirklich so schlimm, wenn sie dafür das Leid so vieler Menschen verringerte?

Sie fröstelte. Während sie Stufe um Stufe den Turm erklomm, zog sie ihr Baumwolltuch enger, das sie um die Schultern trug. Noch vor wenigen Wochen hätte sie niemals etwas aus Baumwolle getragen, auch wenn Anthony den Stoff selbst produzierte. Aber Baumwolle war kein feines Gewebe. Als Dame der Gesellschaft trug man Leinen oder Seide. Doch Abigail wollte kein unnötiges Geld mehr für ihre Garderobe ausgeben. Wenn ihre Baumwolle gut genug für die Arbeiter war, dann sollte sie das auch für sie sein.

Kurz darauf nahm sie die letzte Stufe der Wendeltreppe, die mitten im Raum endete. Sie erkannte Doktor Smith, der sich gerade über Anthony beugte. Ihr Mann lag auf seinem Bett, das sie direkt ans Fenster gestellt hatten. Stanton hatte sein Jackett ausgezogen und die Hemdsärmel hochgekrempelt. Er stand neben dem Arzt und reichte ihm einen Glaskolben.

»Störe ich?« Abigail war bei der Treppe stehen geblieben, um nicht zu viele Einzelheiten sehen zu müssen. Bei ihr selbst musste noch nie ein Aderlass vorgenommen werden, und sie war froh darüber.

Doktor Smith sah auf und schüttelte den Kopf. »Wir haben schon mehr als die Hälfte des Blutes gewonnen. Noch zwei Amphoren, dann muss Seine Lordschaft wieder zu Kräften kommen.«

Abigail trat einen Schritt näher. Sie erkannte erschrocken, dass Anthony mit Gurten auf seiner Lagerstätte festgebunden worden war.

Doktor Smith folgte ihrem Blick. Er runzelte die Stirn. »Das war notwendig, Eure Ladyschaft, denn Ihr Gatte ist unruhig und versucht immer wieder, den Kopf wegzudrehen.« Er schwieg einen Moment, während er den Glasbehälter wechselte.

Abigail wandte sich schnell ab, als der Arzt ein Gefäß mit dunkelroter Flüssigkeit an den Kammerdiener weiterreichte.

»Ich habe mich mit meinen Kollegen beraten, und wir haben uns für die Schläfenvenen entschieden. Da die Krankheit Seiner Lordschaft im Kopf zu sitzen scheint, sollte der Aderlass an dieser Stelle durchgeführt werden«, fuhr Doktor Smith schließlich fort.

Abigail war an das gegenüberliegende Fenster getreten und atmete gegen die Übelkeit an, die sie plötzlich befallen hatte.

»Die Schläfe hat jedoch den Nachteil«, erklärte der Arzt, »dass die Blutgefäße dort sehr klein sind und der Aderlass lange dauert. Daher haben wir Seiner Lordschaft eine hohe Dosis Laudanum verabreicht, was ihn ruhig gestellt hat. Trotzdem hat er sich selbst im Schlaf gegen die Nadeln gewehrt, und es wurde nötig, ihn mit den Gurten zu fixieren.«

Abigail nickte. »Wie lange werden Sie noch brauchen, Doktor Smith?«

»Höchstens eine Stunde, wenn der Fluss weiterhin so konstant bleibt«, antwortete der Arzt.

»Gut«, sagte Abigail und ging mit weichen Knien zurück zur Treppe. »Kommen Sie bitte anschließend in den Salon, um mit Mr Rashleigh und mir Tee zu trinken.«

Als sie wieder in der Eingangshalle stand, fühlte sie sich immer noch benommen. Das alles war ein Albtraum, doch sie hatte keine Zeit, sich selbst zu bemitleiden. Sie bat Tucker, Mr Rashleigh in einer Stunde zum Tee in den Salon zu bitten. Es war ihr erster Tee in dem neuen Salon, in dem sich bis vor Kurzem noch das Schreibzimmer der fünf jungen Männer befand, die für Anthony gearbeitet hatten.

Doch zuerst wollte sie die Frau zur Rede stellen, die hier in die Villa eingedrungen war.

Abigail bog in den dunklen Flur ein, der von der Eingangshalle zur Küche führte. Mehrere Türen gingen von dem Gang ab, hinter denen verschiedene Hauswirtschaftsräume lagen. Als sie die Spülküche betrat, sah ein Küchenmädchen auf, das gerade mitten im Abwasch am Spülstein stand. Sie errötete und drehte sich eilig zur Wand, wie es von den niederen Angestellten erwartet wurde, wenn sie einem Mitglied der Familie begegneten. Es tat Abigail leid, das Mädchen so in Verlegenheit zu bringen. Eigentlich hatte sie nichts in diesen Räumen zu suchen.

Abigail ging ohne ein Wort an ihr vorbei, um sie nicht noch weiter zu beschämen, und steuerte auf die Kammer zu, die sich an die Spülküche anschloss. Sie drehte den schweren Schlüssel, der von außen im Schloss steckte, und stieß die Tür auf.

Die Kammer war klein und diente als Aufbewahrungsort für allerlei Geräte, die in der Küche keinen Platz mehr gefunden hatten. Denn auch wenn die Küche der Villa verhältnismäßig groß war, so war sie doch um einiges kleiner als die Küche in Hampton Hall.

Abigails Blick glitt über die Töpfe und Pfannen und blieb an der Frau hängen, die auf einem Stuhl in der Ecke gesessen hatte und bei Abigails Eintreten hastig aufgesprungen war. Abigail erkannte sie sofort wieder. Wie sie vermutet hatte, war es die Frau, die sich in der vergangenen Woche im Garten herumgedrückt hatte. Sie trug ein

Kleid, das höchstens ein Jahr alt sein konnte. Abigail hatte sich selbst im letzten Sommer Kleider nach diesem Schnitt anfertigen lassen. Der grün und pink karierte Stoff war aus teurer Seide, die schwarze Spitze, die am Rocksaum und an den Ärmeln angebracht war, aufwendig und filigran, und die Handschuhe waren mit kleinen Südseeperlen besetzt. Der Hut wirkte unauffällig und passte gerade deshalb wunderbar zu dem Kleid und dem hübschen Gesicht dieser Frau.

Einen Moment lang sagte keine von ihnen ein Wort. Abigail schloss die Tür hinter sich, und sofort wurde es dunkel, denn durch das Fenster fiel kaum Licht. Außerdem war die Kammer winzig und mit den Küchengeräten ziemlich überfüllt. Abigail ärgerte sich, dass sie Mrs Alison nicht gebeten hatte, die Frau in den kleinen Salon zu bringen. Die Reaktion der Haushälterin war ihr von Anfang an übertrieben erschienen. Abigail seufzte und öffnete die Tür wieder.

»Kommen Sie mit.« Sie winkte der Frau, ihr zu folgen, und trat aus der Spülküche in den Flur hinaus. Schweigend liefen sie nebeneinander her. Als sie in die Eingangshalle kamen, studierte Abigail das Gesicht der Fremden genauer. Ihr Haar war ordentlich frisiert und zu zwei Zöpfen geflochten, die am Hinterkopf zu einem kunstvollen Knoten hochgesteckt waren. Diese Frisur hatte sie sich nicht selbst machen können. Auch das Kleid, das am Rücken geschlossen war, deutete auf die Anwesenheit einer Zofe hin. Und doch konnte sie nicht der hiesigen Gesellschaft entstammen, denn Abigail hatte die Frau noch nie zuvor gesehen. Sie betrachtete das glänzende blonde Haar, die strahlend blauen Augen, die feinen Gesichtszüge. Sie war eine schöne

Frau, in deren Augen eine Weisheit lag, die ganz im Gegensatz zu ihrem jungen Alter stand. Was hatte diese Dame, die offensichtlich aus einer höheren Gesellschaftsschicht stammte, hier im Haus zu suchen?

Tucker, der vor dem Salon gewartet hatte, öffnete ihnen die Tür. Doch Abigail schüttelte den Kopf. Solange sie nicht wusste, mit wem sie es zu tun hatte, würde sie diese Fremde bestimmt nicht im schönsten Zimmer des Hauses empfangen.

»Also«, sagte Abigail, sie hatte sie stattdessen in den kleinen Salon geführt, »warum haben Sie sich in unser Haus geschlichen?«

Die beiden Frauen standen sich gegenüber, Abigail hielt es nicht für angebracht, der Fremden einen Platz oder gar eine Tasse Tee anzubieten.

Ihre Besucherin starrte auf ihre Stiefelspitzen, die unter ihrem Rocksaum hervorschauten.

Abigail verlor allmählich die Geduld. »Ich kann auch die Polizei rufen, schließlich sind Sie hier eingebrochen. Dann wird die Sache für Sie jedoch weitaus unangenehmer.«

Die Frau schüttelte den Kopf und Abigail hatte einen Augenblick lang den Eindruck, dass sie ihr antworten würde. Aber dann schloss sie den Mund wieder.

Abigail atmete tief ein und setzte sich auf das zierliche Sofa, das sie von Hampton Hall hatte herbringen lassen. Sie strich über ihr Tageskleid. »Hören Sie, ich habe Sie seit einigen Tagen bemerkt. Sie sind auf dem Gelände der Fabrik herumgeschlichen und haben in unsere Fenster gespäht.«

»Es tut mir leid«, sagte die Frau, und Abigail sah sie verwundert an. Sie sprach mit einem breiten Dialekt, wie

Abigail ihn aus London kannte. Die Blumenfrauen vor der Oper sprachen ihn oder die Schuhputzer im Hyde Park. Doch noch nie hatte sie ihn bei einer so gut gekleideten Dame vernommen.

Abigail sah die Frau abwartend an.

Tatsächlich sprach sie nach einer längeren Pause zögernd weiter. »Ich wollte nichts Böses.«

Abigail runzelte die Stirn.

»Bitte, lassen Sie mich gehen.« Die Frau presste die Lippen zusammen und erst jetzt fiel Abigail auf, wie müde sie wirkte. Unter ihren Augen lagen dunkle Schatten.

»Sagen Sie mir, warum Sie hier eingedrungen sind, dann lasse ich Sie vielleicht gehen«, sagte Abigail und lehnte sich auf dem Sofa zurück.

»Eure Ladyschaft, das kann ich nicht.« Die Frau schüttelte den Kopf. »Bitte. Meine Tochter wartet zu Hause auf mich. Sie ist erst vier Jahre alt und wird sich fragen, warum ich noch nicht zurück bin. Ich flehe Sie an, lassen Sie mich gehen.«

»Wie heißen Sie?«, fragte Abigail. Sie schien der Frau offenbar bekannt zu sein, schließlich hatte sie sie mit ihrem Titel angesprochen.

»Deborah Sickerville.« Die Frau stand immer noch mitten im Raum.

»Und wo wohnen Sie, Mrs Sickerville?«, fragte Abigail.

»Miss, Eure Ladyschaft.« Sie errötete. »Ich wohne auf der anderen Seite der Stadt.«

Diese Frau irritierte sie immer mehr. Sie hatte offenbar eine Tochter, war aber unverheiratet. Selbstverständlich war sie somit aus der Gesellschaft verstoßen. Und doch wirkte sie nicht so, als lebte sie in Armut. Abigail seufzte und deutete auf das gegenüberliegende Sofa. »Nehmen Sie Platz.«

Sie wartete, bis Miss Sickerville sich gesetzt hatte. Dann beugte Abigail sich vor. »Sie haben einen ungewöhnlichen Dialekt für diese Gegend. Stammen Sie ursprünglich aus London?«

Die Frau nickte. »Aus St. Giles, Eure Ladyschaft.«

Abigail sah sie nachdenklich an. »Und wie sind Sie hierhergekommen?«

Miss Sickervilles Gesichtsfarbe wurde einen Hauch dunkler. Sie starrte auf den teuren Teppich zu ihren Füßen.

»Miss Sickerville …«

»Deborah«, flüsterte sie.

»Deborah«, sagte Abigail, »ich weiß nicht, warum Sie nicht mit mir sprechen wollen, aber ich versichere Ihnen, dass ich Ehrlichkeit zu schätzen weiß und dass es besser für Sie sein wird, mir alles zu beichten, als von der Polizei abgeführt zu werden, die ich sonst benachrichtigen muss. Und Sie wissen, dass die Uniformierten nicht zimperlich mit einer Dame umgehen.« Abigail dachte an die vor drei Jahren gegründete Stockmill Police, die aus einem chaotischen Haufen Wachmänner gebildet worden war. Sie waren oft schon morgens heillos betrunken und traten vollkommen respektlos und häufig brutal auf.

Deborah Sickerville presste die Lippen zusammen und starrte weiterhin zu Boden.

»Denken Sie an Ihre Tochter«, fügte Abigail hinzu. »Unter Umständen werden die Polizisten Sie über Nacht in der Wache festhalten.«

»Bitte nicht!« Deborah hatte Tränen in den Augen. »Ich kann Ihnen nicht die Wahrheit sagen, ohne Sie zu verletzen.«

Abigail sah sie überrascht an und unterdrückte ein Lachen. Die Vorstellung war absurd. Was konnte diese merkwürdige Frau, deren äußere Erscheinung so wenig mit ihrer Herkunft übereinzustimmen schien, ihr zu sagen haben, das Abigail verletzen könnte? Sie richtete sich auf und straffte die Schultern. »Nehmen Sie bitte keine Rücksicht auf mich. Ich fordere Sie noch einmal auf, mir den Grund dafür zu nennnen, dass Sie sich Zugang zu meinem Haus verschafft haben.«

Einige Sekunden lang spiegelten sich widerstrebende Gefühle auf Deborah Sickervilles Gesicht. Dann schien sie einen Entschluss zu fassen und sah Abigail beinahe angriffslustig an.

»Nun denn, wenn Sie es wirklich wissen wollen: Das hier ist eigentlich nicht Ihr Haus, sondern meines«, sagte sie schließlich energisch.

Jetzt musste Abigail wirklich lachen.

Das schien Deborah zu verärgern. Ihre Wangen wurden rot, ihre blauen Augen verdunkelten sich. »Es soll später mein Heim werden.«

»Wie bitte?« Abigail atmete tief durch.

»Er hat es für mich bauen lassen.« Deborah wich Abigails Blick nicht mehr aus, sondern hielt ihm stand.

»Wer?«, fragte Abigail verwirrt.

»Tony«, antwortete Deborah.

»Tony? Wer …?« Es dauerte einen Augenblick, bis Abigail klar wurde, dass Miss Sickerville wohl von Anthony sprach. »Sie meinen Anthony Hampton, Lord Mahony – meinen Mann?«

Deborah nickte, und Abigail stieß wieder ein ungläubiges Lachen aus.

»Sie sind doch nicht ernsthaft der Meinung, dass ich Ihnen so einen Unsinn glaube? Wie kommen Sie nur auf die Idee, so etwas zu behaupten?«

Deborah schloss einen Moment lang die Augen. Dann sagte sie müde: »Natürlich glauben Sie mir nicht. Das verstehe ich. Aber ich wollte ja nicht zu Ihnen kommen, ich wollte nur nach ihm sehen. Ich mache mir große Sorgen um ihn. Er hat sich seit Monaten nicht mehr bei mir gemeldet.«

Sie griff in ihre Rocktasche und zog einen dicken Brief hervor. Mit zitternden Fingern entfaltete sie das Papier. Während langsam eine Kälte in Abigail hochstieg, die sie nie zuvor gespürt hatte, griff sie nach dem Dokument. Miss Sickerville zögerte einen Moment, ihr das Schriftstück zu überreichen, schien es sich dann jedoch zu überlegen und gab ihr das Papier.

Abigail runzelte die Stirn und drehte das Dokument, um es lesen zu können. »Warum sollte er dieses Haus für Sie gebaut haben?«

»Für mich und seine Tochter«, ergänzte Deborah.

»Seine …?« Abigail starrte auf das Schreiben in ihren Händen. Es handelte sich um ein amtliches Dokument, eine Geburtsurkunde, wie sie jetzt erkannte. Als Mutter war Deborah Sickerville eingetragen, und an der Stelle, wo der Name des Vaters stand, las sie Anthonys Namen. »Das … das glaube ich nicht!«

Abigail betrachtete den Schriftzug. Es war Anthonys Unterschrift, daran bestand kein Zweifel. Abigail hatte sie oft genug gesehen. Sie warf die Urkunde auf den Tisch und stand auf. Dann lief sie ein paar Schritte in dem kleinen Zimmer umher und versuchte, ihre Gedanken zu ordnen.

»Was wollen Sie? Ist das ein Spiel? Eine Verschwörung? Haben Sie es auf sein Geld abgesehen?«

Miss Sickervilles Stimme war leise, als sie sagte: »Ich will ihn nur sehen. Das Geld ist mir egal.«

»Diese Geburtsurkunde muss eine Fälschung sein.« Abigail überlegte, wie Anthonys Unterschrift auf das Dokument gelangt sein konnte. Vielleicht hatte er ein anderes Schriftstück unterzeichnen wollen, und jemand hatte diese Urkunde geschickt darunter geschoben? Selbst wenn Anthony so dumm gewesen wäre, ein uneheliches Kind zu zeugen, hätte er das doch niemals mit seiner Unterschrift bestätigt. Viele Männer setzten Bastarde in die Welt, aber keiner stand dazu. Untreue war heutzutage geduldet, ja manch einer brüstete sich sogar damit, aber keiner würde freiwillig die Folgen auf sich nehmen.

»Ich habe hier einen Brief von Tony«, riss Miss Sickervilles Stimme Abigail aus ihren Überlegungen. »Ich habe ihn und auch Marys Geburtsurkunde mitgenommen, weil ich verzweifelt bin und schon befürchtet hatte, dass man mir nicht glauben würde. Deshalb habe ich Beweise mitgebracht.«

Abigail drehte sich langsam zu ihr. Deborah stand mit gesenktem Kopf vor ihr und wirkte plötzlich schüchtern. War sie eine gute Schauspielerin, oder machte sie die Situation wirklich verlegen?

Abigail griff nach dem Brief, den die junge Frau ihr entgegenstreckte. Sie erkannte Anthonys Schrift sofort. Ohne ihn in die Hand zu nehmen, überflog Abigail die ersten Sätze. Ihr Magen krampfte sich zusammen. Übelkeit stieg in ihr auf. Es bestand kein Zweifel: Bei diesem Schriftstück handelte es sich um einen Liebesbrief ihres Mannes. Abigail schluckte und starrte für einen Augenblick auf die intimen Geständnisse, die nicht ihr galten. Dann wandte sie sich abrupt ab und trat ans Fenster.

»Sehen Sie, jetzt geht es Ihnen schlecht«, sagte Miss Sickerville in ihrem breiten Dialekt.

Abigails Mund war trocken. Sie stützte sich auf der Fensterbank ab und blickte unbewegt in den grauen Dunst hinaus, der den kleinen Park der Villa einhüllte. Sie räusperte sich. Als sie sprach, klang ihre Stimme ungewöhnlich rau. »Sie wollen behaupten, dass Sie und Anthony …«

Miss Sickerville nickte. »Es tut mir leid, dass Sie es überhaupt erfahren müssen. Ich habe Tonys Ehe immer respektiert und mich mit dem zufrieden gegeben, was er mir bieten konnte.«

Der graue Nebel schien heute besonders dicht zu sein. Kein einziger Sonnenstrahl schaffte es, ihn zu durchdringen. Langsam stieß Abigail sich von der Fensterbank ab, während Deborahs Worte allmählich in ihr Bewusstsein sickerten. Es war wie ein Traum. Alles erschien seltsam unwirklich: ihre eigene Anwesenheit in Abigail's Place, Anthony und Doktor Smith im Turm beim Aderlass und Miss Sickervilles Geständnis. Schwerfällig ging sie in die Mitte des kleinen Zimmers zurück und ließ sich auf das Sofa fallen. »Wie lange schon …?«

Miss Sickerville zögerte. »Wir lieben uns seit sechs Jahren. Zu Anfang hat er mich regelmäßig in London … besucht. Vor fünf Jahren hat er gesagt, dass er die Trennung nicht mehr ertragen könne, und er hat mich nach Stockmill geholt. Ich bin in eines seiner Häuser auf der anderen Seite der Stadt gezogen. Unsere Tochter Mary kam vor vier Jahren zur Welt. In Liverpool, weil ihn dort die Ärzte nicht kannten.«

Abigail schwirrte der Kopf. Sie konnte sich daran erinnern, dass Anthony vor einigen Jahren nach Liverpool gereist war. War das vor vier Jahren gewesen? Es war gut möglich, Abigail wusste es nicht mehr genau. Er war einige Wochen fortgeblieben. Ihr Herz schlug schneller, während ihr Körper sich versteifte. Dann hatte er damals also gar keine Geschäfte gemacht, wie er behauptet hatte, sondern war bei seiner Geliebten gewesen, während sie sein Kind zur Welt brachte? Abigails Übelkeit verstärkte sich. Sie fühlte sich wie betäubt. Der kleine Salon verschwamm vor ihren Augen. Wie hatte Anthony sie so hintergehen können? Wie hatte er seine Söhne auf diese Weise betrügen können? Es war eine Sache, wenn ein Mann sich von Zeit zu Zeit eine kleine Unschicklichkeit erlaubte, wenn er sinnliche Abwechslung im Bett einer Fremden suchte – dagegen konnte keine Ehefrau etwas tun, ob es ihr nun gefiel oder nicht. Sie waren Frauen. Sie waren Eigentum des Mannes und zur Loyalität verpflichtet. Aber erfahren zu müssen, dass der eigene Ehemann ein zweites Leben mit einer anderen Familie führte, das war mehr, als Abigail ertragen konnte.

Auch wenn sie jedes Wort von Deborah verstanden hatte, war sie nicht in der Lage, das zu begreifen. Und doch zweifelte sie nicht an den Behauptungen der jungen Frau. Wie hätte sie das auch tun können? Die Beweise lagen vor ihr auf dem Tisch. Noch nie war Abigail so gedemütigt und so verletzt worden. Sie hatte sich nie vorgemacht, dass etwas anderes als ein finanzieller Vorteil auf seiner und gesellschaftlicher Aufstieg auf ihrer Seite die Gründe für Anthonys und ihre Ehe gewesen waren, auch wenn sie geglaubt hatte, dass sich ihre Gefühle zueinander mit den

Jahren intensiviert hätten. Sie wusste, dass Anthony sie mit anderen Frauen betrogen hatte, aber eine zweite Familie, das lag außerhalb ihrer Vorstellungskraft. Noch dazu schien Anthony für Miss Sickerville Gefühle zu hegen, die er ihr nie entgegengebracht hatte. Anthonys und Deborahs Beziehung war offenbar von einer besonderen und tiefen Liebe erfüllt, wenn die Worte des Briefes der Wahrheit entsprachen.

Abigail stand mühsam auf und ging wieder zum Fenster. War es wirklich möglich, dass Anthony sie derart betrogen hatte? Dass er in unmittelbarer Nähe zu Hampton Hall und Hampton's Mill seine Geliebte und ihr gemeinsames Kind untergebracht hatte? War er wirklich so kaltblütig gewesen? Jederzeit hätte die Gefahr bestanden, dass ein Dienstbote oder – schlimmer noch – ein Bekannter ihn mit Deborah zusammen gesehen hätte. War das vielleicht sogar schon geschehen? Lachten ihre Freunde hinter ihrem Rücken über sie? Zerrissen sich die Dienstboten bereits die Mäuler?

»Es tut mir leid«, hörte Abigail Deborahs Stimme. »Ich wollte es Ihnen wirklich nicht sagen.«

»Warum sind Sie hier?«, fragte Abigail, obwohl ihr das inzwischen beinahe egal geworden war.

»Ich mache mir Sorgen um Tony.« Deborah klang aufrichtig. »Er ist seit Monaten nicht mehr bei uns gewesen.«

Abigail sah die junge Frau forschend an. Auf Deborahs Gesicht lagen Verzweiflung und Angst. Plötzlich durchfuhr Abigail eine Welle des Mitgefühls. Sie schluckte und presste die Lippen zusammen. Dann sagte sie: »Anthony ist sehr krank.«

Deborah starrte sie einen Moment lang an. Dann schien

sie in sich zusammenzufallen. Tränen traten in ihre Augen, und sie wurde blass.

»Ich habe es gespürt. Ich wusste, dass etwas nicht stimmt«, flüsterte sie. »Er war noch nie so lange von uns ferngeblieben. Was ist es? Darf ich zu ihm?«

Abigail schüttelte langsam den Kopf. »Erst müssen wir uns unterhalten. Ich möchte alles wissen, um entscheiden zu können, wie ich mit der Situation umgehen soll.«

Miss Sickerville nickte. »Ich will Ihnen alles sagen. Die ganze Wahrheit. Aber sie wird Ihnen nicht gefallen, und ich bin nicht stolz darauf. Ich kann verstehen, wenn Sie mich hinterher verachten. Und wenn es nicht um Anthony ginge, würde ich schweigen.«

Abigail sah die junge Frau abwartend an.

Deborah schloss die Augen und sagte mit leiser Stimme: »Sie haben an meiner Art zu sprechen erkannt, dass ich aus einer ärmlichen Gegend in London stamme. Aber ich hatte einen zweifelhaften Vorteil.«

Abigail nickte. »Ihre Schönheit?«

»Ja«, bestätigte Deborah. »Die fiel Madame Marchand auf, als ich zwölf war. Sie nahm mich bei sich auf und … bildete mich aus, wie sie es nannte.«

»Sie …« Abigail starrte sie an. »Wollen Sie etwa sagen, dass Sie sich verkauft haben?«

Deborah stieß ein trauriges Lachen aus. »Ich wurde verkauft. Zuerst von meinen Eltern an Madame Marchand und dann von ihr.«

»Sie haben bereits mit zwölf Jahren in einem … Etablissement gearbeitet?«

Deborah nickte. »Die ersten Jahre waren hart. Bis Tony kam.«

»Oh mein Gott!« Abigail schlug die Hände vors Gesicht. »Bitte, sagen Sie mir nicht, dass Anthony Kunde von Madame Marchand war.«

»Verurteilen Sie ihn nicht. Er war anders als die anderen Männer.«

Abigail sprang auf und stützte sich auf die Fensterbank. Mühsam atmete sie durch.

»Tony war zärtlich und einfühlsam. Er kam immer öfter, und irgendwann haben wir uns verliebt«, fuhr Deborah fort, als Abigail wieder ruhiger atmete.

»Es gehört nicht viel dazu, sich in einen reichen Aristokraten zu verlieben, wenn man in einem Bordell festsitzt«, erwiderte Abigail, und sie erschrak über den gehässigen Ton in ihrer Stimme.

»Es war nicht das Geld«, sagte Deborah und stand nun ebenfalls auf. »Tony war der erste Mensch in meinem Leben, der mich wirklich gesehen hat. Nicht nur meine Schönheit, nicht nur das, was ich an Geld einbringen konnte – er hat mich als Menschen gesehen.«

Abigail stieß einen verächtlichen Laut aus und legte den Kopf in den Nacken. Sie starrte die hohe Decke an, die mit aufwendigen Stuckarbeiten verziert war. »Er hat Sie als Mensch gesehen und mich als Frau verachtet. Er hat mich hintergangen und benutzt.«

»Er hat immer gesagt, dass er Sie so glücklich wie möglich machen will. Er hat Ihnen alles gegeben, was Sie haben wollten«, warf die junge Frau ein.

»Oh ja«, rief Abigail, »er hat mich mit schönen Dingen überhäuft. Hat mir die teuersten Geschenke gemacht.«

Nur seine Liebe, die bekam Abigail nie.

Sie setzte sich hin und wartete, bis auch Deborah wieder Platz genommen hatte. »Wie jung waren Sie, als Sie ihn kennenlernten?«

»Vierzehn, Eure Ladyschaft.« Deborah errötete wieder. »Als wir uns verliebten, war ich aber schon fünfzehn.«

Abigail biss sich auf die Lippen. Also war das Mädchen jetzt einundzwanzig Jahre alt. Anthony war in ein Bordell gegangen und hatte sich zu einem Kind gelegt!

»Eure Ladyschaft, ich flehe Sie an! Bitte, lassen Sie mich zu ihm«, flüsterte Deborah nun eindringlich. »Er ist alles, was ich habe. Ich liebe ihn von ganzem Herzen und muss wissen, wie es ihm geht. Ich vermisse ihn.«

Abigail schüttelte den Kopf. »Miss Sickerville, ich muss das alles erst bedenken. In den nächsten Tagen werde ich bei Ihnen vorbeikommen und Ihnen meine Entscheidung mitteilen. Wenn es stimmt, dass Anthony eine Tochter hat ... Er ist zurzeit nicht in der Lage, selbst Entscheidungen zu treffen. Und ich weiß beim besten Willen nicht, wie ich mit Ihnen, Ihrer Tochter und der ganzen Situation umgehen soll.«

Sie sah die Enttäuschung im Blick des Mädchens.

»Nennen Sie mir bitte Ihre Adresse«, forderte sie Deborah auf.

»Jasmine Cottage, auf der anderen Seite der Stadt«, flüsterte Deborah.

Abigail rief nach Tucker, damit er die junge Frau hinausbrachte. Dann machte sie sich auf den Weg in den großen Salon, um Doktor Smith und Mr Rashleigh zum Tee zu treffen.

Wie betäubt hatte Abigail den Tee getrunken. Mit ihren Gedanken war sie noch immer bei den schockierenden Bekenntnissen der jungen Frau. Am liebsten hätte Abigail sich in ihr Schlafzimmer zurückgezogen und geweint. Aber sie musste stark sein, es blieb sicher nur wenig Zeit, bis George von Anthonys Zustand erfahren würde, und bis dahin wollte Abigail die Bedingungen der Fabrikarbeiter so weit wie möglich verbessern. Es gab so viel zu tun, dass sie nicht wusste, wo sie beginnen sollte. Für ihre eigenen Sorgen und Probleme blieb keine Zeit. Wenn sie sich nur nicht so verraten gefühlt hätte.

Nachdem sich der Arzt verabschiedet hatte, schloss Mr Rashleigh die Tür zum Salon und sah Abigail besorgt an. »Eure Ladyschaft, was ist geschehen? Sie wirken mitgenommen.«

Abigail erwiderte seinen Blick. Der Verwalter kannte sie inzwischen sehr gut. Er hatte sofort erkannt, dass Abigail etwas zutiefst Verstörendes widerfahren war.

Aber er war ein Angestellter, Abigail konnte ihm nicht von Deborah Sickerville erzählen. Also schüttelte sie nur stumm den Kopf.

Mr Rashleigh schwieg ebenfalls, doch Abigail spürte, wie seine Gegenwart, sein Mitgefühl, das aufrichtige Interesse an ihrem Wohlergehen etwas in ihr in Bewegung setzten. Tränen stiegen ihr in die Augen, und sie versuchte, sie zu unterdrücken. Abigail sah zur Tür. Sie musste nun rasch den Raum verlassen, um nicht vollkommen die Fassung zu verlieren. Aber Mr Rashleigh stand zwischen ihr und der Tür, und sie würde unmöglich in angemessenem Abstand an ihm vorbeigelangen. Sie konnte ihn aber auch nicht bitten, ihr Platz zu machen, da sie beim geringsten

Laut, der ihrer Kehle entkam, sicher in Tränen ausbrechen würde.

Also stand sie nur da und schwieg. Sie zitterte. Mr Rashleigh bewegte sich nicht. Er beobachtete sie abwartend mit seinem warmen, weichen Blick. Das Zittern wurde immer stärker. Sie hörte, wie die Seide ihres Kleides raschelte. Und dann gaben ihre Beine nach. Abigail sackte in sich zusammen. Doch bevor sie zu Boden stürzte, war Mr Rashleigh zur Stelle und fing sie auf. Sie versank im Pfefferminzduft, spürte wie von fern, dass er sie ergriff, sie hochhob und in seinen Armen hielt, als wäre sie nicht schwerer als ein Kätzchen. Lange Zeit hielt er sie fest, ohne sich zu bewegen, und drückte sie an sich. Abigail klammerte sich an ihn, schmiegte ihren Kopf an seinen warmen Hals. Keiner der beiden sprach ein Wort. Sie spürte seinen Herzschlag an ihrer Brust. Er vermischte sich mit ihrem, und bald konnte sie nicht mehr sagen, welches Pochen ihres war und welches von ihm stammte.

Wenig später trug er sie aus dem Zimmer. Sie schmiegte ihren Kopf noch fester an seinen Hals. Sie stand an der Schwelle zur Ohnmacht und hatte sich doch nie so lebendig gefühlt. Er trug sie durch die Eingangshalle, die Treppe hinauf und über den Flur in ihr Schlafzimmer.

Sanft legte er sie auf dem großen Bett ab. Plötzlich erschien es ihr unmöglich, sich von ihm zu lösen. Sie klammerte sich an ihn wie eine Ertrinkende. Sie wusste, dass sie gerade eine große Dummheit beging, dass sie Schwäche zeigte und gegen jede gesellschaftliche Etikette verstieß. Doch seine Nähe war wie eine Quelle frischen Wassers inmitten einer trockenen Wüste. Mr Rashleigh machte keine Anstalten, sie mit Nachdruck von seinem Hals zu lösen, sondern verharrte in gebückter Haltung über ihr. Sie schlang die Arme noch fester um ihn und konnte die Tränen nicht mehr zurückhalten. Sie schluchzte. Er ließ sich neben sie gleiten und hielt sie einfach fest.

Da lag sie, auf ihrem Bett, in den Armen eines Fremden, und weinte um ihren Mann, um die Lebenslüge, mit der sie so lange gelebt hatte. Noch nie zuvor hatte sie sich so gehen lassen. Niemals hatte sie eine so große Intimität zu einem anderen Menschen gespürt wie in diesem Moment zu Mr Rashleigh. Nicht einmal Anthony war ihr jemals so nah gekommen. Abigail weinte, bis sein Hemd und sein Gehrock vollkommen durchnässt waren. Seine Hand streichelte zärtlich ihren Rücken. Sie schämte sich für ihre Schwäche und wusste nicht, wie sie ihm je wieder gegenübertreten sollte, gleichzeitig wollte sie nicht, dass er sie losließ. Sie sog den Duft seiner Haut tief in sich ein. Sie spürte die Wärme seines Körpers, die Stärke, die er ausstrahlte.

Schließlich, Abigail hätte nicht sagen können, ob Minuten oder Stunden vergangen waren, wanderten seine Hände vorsichtig zu ihren Fingern und lösten sie von seinem Hals. Er betrachtete sie mit liebevollem Blick. Seine Fingerkuppen streichelten sanft über ihre feuchten Wangen. Abigail schauderte es.

Er flüsterte: »Eure Ladyschaft, alles ist gut.«

Abigail wusste nicht, was sie erwidern sollte. Nichts war gut, und doch trösteten sie seine Worte. Sein mitfühlender Blick ließ eine neue Vertrautheit zwischen ihnen entstehen. Das Schamgefühl war verschwunden. Es war, als würde sie ihn schon lange kennen, nicht erst seit wenigen Monaten. Er strich ihr die Haarsträhnen zurück, die sich aus ihrer Frisur gelöst hatten. Abigail stockte der Atem bei dieser zärtlichen Geste. Dann ließ er Abigail sanft zurück in die Kissen gleiten.

Er reichte ihr ein Taschentuch, und nachdem er sich auf den Stuhl neben ihrem Bett gesetzt hatte, lächelte er sie sanft an. »Wollen Sie mir davon erzählen? Sie werden sehen, dass es Ihnen gleich besser gehen wird, wenn Sie einen Teil der Last auf meine Schultern laden.«

Abigail tupfte sich mit dem Taschentuch das Gesicht trocken. Sie musste schrecklich aussehen. Das Tuch duftete nach ihm.

»Die Frau«, begann sie, »die Mrs Alison im Haus erwischt hat, ist … Anthonys Geliebte.«

Rashleighs Augen weiteten sich, er hob überrascht die Augenbrauen.

»Aber das allein ist nicht der Grund, der mich so aus der Fassung gebracht hat«, fuhr Abigail fort, bevor er etwas dazu sagen konnte. Mr Rashleigh griff nach ihrer Hand und streichelte sie. Sofort durchströmte sie die Wärme seiner Haut. Seine Berührung war tröstend und gab ihr den Mut, weiterzusprechen. Sie erzählte ihm alles, ließ nichts aus. Auch nicht, dass Anthony das Mädchen in einem Freudenhaus kennengelernt hatte. Sie schloss die Augen, während sie es ihm sagte. Ihr war wieder übel.

»Wieso hat Anthony ein Bordell aufgesucht? Hätte er sich nicht wenigstens eine Frau suchen können, für deren Dienste er nicht bezahlen musste?«, fragte sie hilflos. »Ich fühle mich entsetzlich gedemütigt.«

Mr Rashleigh nickte. »Natürlich. Und auch wenn Lord Mahony mein Arbeitgeber ist, muss ich sagen, dass ich sein Handeln nicht verstehe. Wie konnte er eine … eine solche Frau Ihnen vorziehen?«

»Sie ist wunderschön«, sagte Abigail leise.

»*Sie* sind wunderschön ...« Er führte ihre Hand an seine Lippen und hauchte einen Kuss darauf. »Es kann nicht sein, dass er das nicht gesehen hat.«

»Ich danke Ihnen für Ihre Freundlichkeit, Mr Rashleigh.« Abigail lächelte ihn schwach an und wechselte dann rasch das Thema. »Dieses Haus – Abigail's Place – hat er angeblich für sie bauen lassen. Die ersten Jahre wollte er es als Bürohaus benutzen, um später zu erklären, dass es ihm zu klein geworden sei und dass er es vermieten wolle. Miss Sickerville wäre hier eingezogen, sodass er sie immer in seiner unmittelbaren Nähe gehabt hätte.«

Mr Rashleigh lehnte sich auf seinem Stuhl zurück und stieß wütend die Luft aus. »Das würde erklären, warum er dieses Haus bauen ließ. Ich habe mich von Anfang an gewundert, warum er kein Bürogebäude in Auftrag gegeben hat.«

Abigail nickte traurig. »Es ist alles plausibel, und sie hat mir Beweise gezeigt. Es kann kein Zweifel an ihren Worten bestehen.«

Mr Rashleigh ließ ihre Hand nicht los. Warm und weich lagen ihre Finger in seinen. Er streichelte sie zärtlich. Eine Gänsehaut breitete sich über Abigails Körper aus.

Nachdenklich sagte er: »Und jetzt hat sie sich vermutlich Sorgen gemacht, weil Seine Lordschaft sich seit langer Zeit nicht mehr bei ihr gemeldet hat. Vielleicht gehen ihr die Mittel aus.«

»Ja«, Abigail seufzte, »sie schien sehr besorgt zu sein. Ich hatte allerdings den Eindruck, dass es ihr dabei weniger um Geld ging als vielmehr um Anthony.« Sie schwieg einen Augenblick und erinnerte sich an den Brief, dessen

Anfangszeilen sie überflogen hatte. Leise fügte sie hinzu: »Zwischen den beiden besteht eine tiefe Liebe, die er mir nie geschenkt hat. Anthony scheint sie über alles zu lieben, und ich glaube, das beruht auf Gegenseitigkeit.«

Mr Rashleigh nickte. Einige Minuten lang verharrten sie schweigend, bis der Verwalter schließlich fragte: »Wie sind Sie mit ihr verfahren?«

Abigail hob hilflos die Schultern. »Ich habe sie nach Hause geschickt. Sie muss zu ihrer Tochter. Es gibt wohl eine Haushälterin, die sich um das Kind kümmert, aber die Kleine wartet natürlich auf ihre Mutter.« Abigail lehnte den Kopf gegen das Kissen und schloss die Augen. Sie ignorierte das unangenehme Piksen der Haarnadeln, die in ihre Kopfhaut stachen. »Ich werde sie in den nächsten Tagen besuchen müssen. Immerhin handelt es sich um Anthonys Tochter, wenn die Behauptung der Frau stimmt. Wie könnte ich mich dann nicht um die beiden kümmern?«

»Eure Ladyschaft, meinen Sie, dass das nötig ist?« Er umfasste ihre Hand ein wenig fester. »Das müssen Sie sich nicht antun.«

Abigail zuckte mit den Schultern und streichelte mit dem Daumen seinen Handrücken. »Ich möchte mir einen Eindruck verschaffen. Schließlich muss ich entscheiden, wie wir weiter mit ihr und dem Kind umgehen. Wenn sie die Wahrheit sagt, können wir ihr nicht sämtliche Mittel streichen.«

»Lady Mahony, Sie sind die großherzigste und gütigste Frau, die mir jemals begegnet ist«, sagte Mr Rashleigh. »Wenn Sie zu ihr fahren, begleite ich Sie. Sie werden Unterstützung brauchen.«

Abigail öffnete die Augen und lächelte ihn an. »Das

wäre sehr schön. Aber denken Sie an Ihren Ruf. Immerhin handelt es sich um eine Frau von zweifelhafter Reputation. Anthony schien es egal zu sein, dass er nicht nur sein, sondern auch mein gesellschaftliches Renommee gefährdet hat. Aber Sie sollten an Ihre Frau denken.«

Ein Schatten legte sich über sein Gesicht. »Meine Frau ist seit fünf Jahren tot. Sie starb an einer Baumwollstaublunge.«

Abigail sah ihn betroffen an. Sie war immer davon ausgegangen, dass seine Frau zu Hause auf ihn wartete. Tatsächlich hatte sie mehr als einmal mit einem Anflug von Neid an sie gedacht. Plötzlich fühlte sie sich verantwortlich für ihren Tod.

»Das tut mir leid«, sagte sie leise.

»Unser Jüngster war damals erst vier. Es hat ihn schwer getroffen«, sagte Mr Rashleigh.

»Arbeiten Ihre Kinder alle?«

Mr Rashleigh nickte. »Alle vier.«

»Hier? In Hampton's Mill?«, fragte sie vorsichtig.

Wieder nickte Mr Rashleigh. »Der Jüngste ist neun, meine Älteste, Vera, gerade siebzehn geworden.«

Abigail umfasste nun auch mit der anderen Hand seine Finger. »Darf ich Ihre Kinder kennenlernen? Sie wissen so viel über mich und mein Leben und ich erschreckend wenig über das Ihrige.«

Er lächelte. »Das ist normal, weil Sie die Herrin von uns allen sind. Jeder kennt Sie und nimmt so viel wie möglich an Ihrem Leben teil.«

Abigail seufzte. »Mr Rashleigh, es tut mir leid, dass ich heute so schwach war.«

Der Verwalter schüttelte den Kopf. »Sie sind eine starke Frau, Eure Ladyschaft. Das, was Ihnen in den letzten Monaten widerfahren ist, war mehr, als ein Mensch ertragen kann.« Er stand auf. »Und Sie haben weitere schwere Zeiten vor sich, befürchte ich. Sie können sich meiner Unterstützung immer gewiss sein. Und wenn ich Sie trösten kann, tue ich es jederzeit. Ich verspreche Ihnen, dass ich immer für Sie da sein werde.«

Abigail spürte, wie schon wieder Tränen in ihr aufstiegen. Dieses Mal jedoch vor Rührung. Sie schluckte und lächelte ihn dankbar an.

»Das Gleiche gilt auch umgekehrt«, sagte sie. »Ihr Leben scheint auch nicht leicht gewesen zu sein, und Sie können genauso gut Trost gebrauchen, nicht wahr?«

Er drückte ihre Hand. Dann ging er zur Tür. Nachdem er einen Blick in den Flur geworfen und sich vergewissert hatte, dass niemand ihn sah, schlüpfte er aus Abigails Zimmer.

Sie sah ihm noch lange nach.

Zwei Tage später saß Abigail mit Mr Rashleigh in der Kutsche, die sie zu Deborah Sickerville bringen sollte. Verstohlen huschte ihr Blick immer wieder zu ihm hinüber. Er saß ihr gegenüber und schien in Gedanken versunken zu sein. Seit jenem Nachmittag hatte sich etwas zwischen ihnen verändert. Abigail nahm ihn anders wahr, seine Nähe verstörte sie zunehmend, schon wenn sie ihn in der Ferne sah, begann ihr Herz zu klopfen. Nachts wanderten ihre Gedanken immer wieder zu ihm. Oft dachte sie darüber nach, wie seine Frau gewesen sein mochte, sie fragte sich, wer seine Kinder waren, und hätte zu gern mehr über sie erfahren. Und doch schien es ihr nicht angemessen, ihn zu viel über sein Privatleben zu befragen. Sie durfte ihre geschäftliche Beziehung nicht mit Freundschaft verwechseln. Er arbeitete für sie, war ein loyaler Verwalter, aber sie durfte sich nicht in sein Leben drängen. Und doch beherrschte er ihre Gedanken.

Sie versuchte sich auf das bevorstehende Treffen mit Deborah Sickerville zu konzentrieren. Ihr Blick begegnete dem des Verwalters. Abigails Herz machte einen kleinen Sprung. Sie spürte, wie sie errötete.

Er lächelte, und ihr Herz pochte wie wild gegen ihre Rippen. Dann griff er in die Innentasche seines Gehrocks und zog ein großes gefaltetes Dokument hervor. »Ich habe die Kaufurkunde für Jasmine Cottage herausgesucht, das Haus, in dem Miss Sickerville wohnt.« Er entfaltete das dicke Papier. »So wie es aussieht, hat Seine Lordschaft dieses Cottage tatsächlich für Miss Sickerville gekauft. Denn er besitzt es noch nicht lange, erst seit fünf Jahren.«

Abigail presste die Lippen fest zusammen. Deborah Sickerville schien tatsächlich die Wahrheit gesagt zu haben. Alles passte mit ihren Aussagen überein. Abigail stöhnte leise. Seit ihrer Begegnung mit der jungen Frau hatte sie es vermieden, mit Anthony zusammenzutreffen. Nach dem Aderlass hütete er das Bett, und Stanton kümmerte sich aufopfernd um seinen Herrn. Abigail wusste, dass sie einen Besuch im Turm nicht ewig aufschieben konnte.

Um sich auf andere Gedanken zu bringen, fragte sie: »Wie weit sind die Arbeiten an dem Rad in unserer Fabrik gediehen?«

Mr Rashleigh faltete die Besitzurkunde wieder zusammen. »Das Rad wird gerade installiert. Wenn alles gut geht, kann es schon in vier Tagen betrieben werden.«

Abigail nickte zufrieden. »Und Sie glauben, dass sich

das positiv auf die Gesundheit der Arbeiter auswirken wird?«

»Unbedingt«, sagte Mr Rashleigh. »Jedes Jahr sterben viele Arbeiter an der Baumwollstaublunge. Die meisten von ihnen beginnen im Alter von fünf, sechs oder spätestens sieben Jahren in der Fabrik. Sie wissen selbst, wie der Staub von Baumwolle in den Hallen umherfliegt. Unsere Leute atmen sie ein, sie schlucken sie hinunter. Mit den Jahren setzt sich dieser Baumwollstaub in der Lunge fest, und es kommt zu schlimmer Atemnot.« Er schwieg einen Augenblick und fügte leise hinzu: »Es ist ein grausamer Tod. Man kann nichts tun. Sie ersticken.«

Abigail beugte sich vor und griff unwillkürlich nach seiner Hand. »Es muss schlimm für Sie gewesen sein, Ihrer Frau nicht helfen zu können.«

Mr Rashleigh nickte.

»Ich werde dafür sorgen, dass in Hampton's Mill kein Arbeiter mehr daran erkranken muss«, versprach Abigail.

Er lächelte sie an. »Sie haben sich viel vorgenommen, Eure Ladyschaft.«

»Das Rad wird den Staub der Baumwolle aus der Luft saugen. Dann werden hoffentlich keine Arbeiter mehr an Baumwollstaublunge erkranken.«

Abigail drückte noch einmal seine Hand, bevor sie sie losließ. Sie sah aus dem Fenster und stellte fest, dass sie die Hauptstraße hinter sich gelassen hatten, die durch die Stadt führte, und auf eine Landstraße abgebogen waren. In dieser Gegend war Abigail bislang nur selten gewesen, und wenn, dann höchstens auf der Durchreise, um Freunde und Bekannte in entfernten Anwesen zu besuchen. Sie betrachtete die weiten Wiesen, den schmalen Bach, der neben der Straße entlangfloss. Wenig später bog der Kutscher in einen Weg ein, der von Hecken gesäumt und kaum breiter als die Kutsche selbst war. Da die Sträucher ihr die Sicht nahmen, lehnte Abigail sich zurück. Die Equipage rumpelte durch Schlaglöcher, ehe es wieder heller vor den Fenstern wurde und sie anhielten.

Abigail schob den Vorhang zurück und betrachtete das hübsche Haus, vor dem sie standen. Das musste Jasmine Cottage sein. Es war größer, als sie gedacht hatte, wenn auch bei Weitem nicht so geräumig wie Abigail's Place. Als der Kutscher ihr die Tür aufhielt, atmete Abigail tief durch. Ihr Blick wanderte zu Mr Rashleigh, der sie forschend musterte.

»Sie müssen das nicht tun, Eure Ladyschaft. Ich kann das Haus und das Kind auch an Ihrer Stelle in Augenschein nehmen und Sie dann über alles informieren. Danach können Sie genauso gut entscheiden, was Sie tun möchten«, sagte Mr Rashleigh mit sanfter Stimme.

Abigail schüttelte den Kopf. »Ich muss mir selbst einen Eindruck verschaffen. Auch wenn es mir schwerfällt. Außerdem hat sie ein Recht darauf, zu erfahren, wie es wirklich um Anthony steht.«

Mr Rashleigh sah sie eindringlich an. »Sie wissen, dass das gefährlich ist, nicht wahr? Sie kennen Miss Sickerville nicht. Wir wissen nicht, ob wir ihr vertrauen können. Wenn diese Frau in aller Öffentlichkeit über Lord Mahonys Krankheit spricht, werden wir nichts mehr dagegen tun können, dass Ihr Schwager die Leitung der Fabrik übernimmt – bis Lord Ebenezer einundzwanzig ist.«

Abigail nickte. »Das weiß ich. Aber ich mache mir nichts vor: Uns bleiben sowieso nur wenige Wochen, vielleicht sogar Tage, um die Arbeitsbedingungen in Hampton's Mill zu verbessern. Lange werden wir Anthonys Zustand nicht mehr verbergen können. Miss Sickerville stellt ein Risiko dar, aber sie scheint ihn aufrichtig zu lieben und hat daher das Recht, die Wahrheit zu erfahren.«

Mr Rashleigh drückte stumm Abigails Hand.

Dann stieg sie entschlossen aus der Kutsche und sah sich um. Vor dem Haus waren gepflegte Blumenbeete angelegt, die im Frühjahr und Sommer in bunten Farben leuchten mussten. Die Hauswand war von rankendem Jasmin bedeckt, dem Jasmine Cottage offenbar seinen Namen verdankte. In diesem Moment wurde die Eingangstür geöffnet, und ein kleines Mädchen stürmte aus dem Haus.

»Daddy! Daddy!«, rief das Kind mit hoher Stimme und hüpfte die drei flachen Stufen herunter. Es lief auf die Kutsche zu. Abigail stockte der Atem, als sie die Ähnlichkeit zu Hugo erkannte. Es bestand kein Zweifel, dass das Anthonys Tochter war. Dieselben Augen, die gerade, lange Nase, das helle Haar. Als die Kleine Abigail und Mr Rashleigh erkannte, blieb sie verwirrt stehen.

»Daddy?« Sie musterte die Neuankömmlinge.

Abigail schluckte. Die Enttäuschung des Kindes war mit den Händen zu greifen. Wie oft musste Anthony mit dieser Kutsche hier gewesen sein, um eine so enge Bindung zu seiner Tochter aufgebaut zu haben? Hatten Ebenezer und Hugo jemals so freudig und aufgeregt auf Anthonys Erscheinen reagiert? Schlagartig wurde Abigail bewusst, dass die Beziehung ihres Mannes zu dieser zweiten Familie vollkommen anders war als zu ihr und ihren Söhnen. Diese bittere Erkenntnis versetzte ihr einen Stich.

Abigail beugte sich zu dem Kind hinunter. »Guten Tag, Mary.«

Das Mädchen sah sie mit großen Augen an.

»Ist deine Mutter zu Hause?«, fragte Abigail und deutete zum Cottage. »Wir möchten sie besuchen.«

Das Mädchen nickte.

»Mary?« Eine ältere Frau tauchte in der Tür auf. Als sie Abigail erkannte, hielt sie einen Moment inne.

Mary lief zu ihr und griff nach ihrer ausgestreckten Hand.

»Guten Tag, Ma'am«, Mr Rashleigh nickte der Frau zu, »Lady Mahony möchte zu Miss Sickerville.«

Die Frau nickte stumm, ehe sie sich an das Kind wandte. »Mary, geh ins Haus und ruf deine Mutter.«

Dann bat sie die Gäste herein.

Während sie zum Eingang gingen, betrachtete Abigail die Frau genauer. Das war vermutlich die Haushälterin, von der Miss Sickerville gesprochen hatte. Als sie ins Haus traten, empfing sie der Geruch von altem Holz, und nachdem Abigails Augen sich an das dämmrige Licht hier gewöhnt hatten, erkannte sie eine kleine Eingangshalle, von der vier Türen abgingen. Auf der linken Seite führte eine Treppe in die oberen Stockwerke. In der Mitte stand ein runder Tisch mit einem Strauß bunter Herbstblumen.

»Bitte«, die Frau geleitete sie in einen kleinen Salon, »Miss Sickerville wird gleich bei Ihnen sein. Ich bringe Ihnen Tee.«

Sie ließ sie allein, und Abigail sah sich um. Das Zimmer war hübsch, wenn auch einfach eingerichtet. Es gab einen Tisch mit einer Spitzendecke, Sessel und drei Kommoden mit allerlei Zierrat an den Wänden. Abigails Atem stockte.

Auf dem Kaminsims stand eine goldene Uhr mit kleinen Saphiren, die sie sofort erkannte. Dieses Stück hatte ursprünglich im Morgenzimmer ihres Londoner Stadthauses gestanden, doch irgendwann war die teure Uhr verschwunden gewesen. Abigail hatte Anthony danach gefragt, und er hatte ihr erklärt, dass er die Uhr einem Freund verkauft habe, der sie seiner Verlobten zur Hochzeit schenken wollte.

Abigail biss sich auf die Lippen. Anscheinend war Anthony selbst dieser Freund gewesen, der die Uhr nicht für seine Verlobte, sondern für seine Geliebte haben wollte. Aber wie war es möglich, dass Abigail all diese kleinen Betrügereien nicht erkannt hatte? Hatte sie es nicht sehen wollen?

Miss Sickervilles Eintreten riss sie aus ihren Gedanken.

»Eure Ladyschaft.« Deborah neigte den Kopf und deutete dann auf einen der Sessel. »Bitte. Der Tee ist gleich fertig.«

»Miss Sickerville«, begann Abigail, während sie sich setzte.

»Deborah«, korrigierte sie die junge Frau.

Abigail nickte. »Deborah, wir haben Ihre Tochter kennengelernt.«

Die junge Frau sah sie abwartend an.

»Ich habe Ihnen versprochen, dass ich über alles nachdenken würde«, sagte Abigail und strich über die feine Tischdecke. »Wie ich Ihnen schon sagte, ist Anthony sehr krank.«

Deborah setzte sich Abigail gegenüber an den Tisch. Ihre Augen waren aufmerksam auf sie gerichtet. »Ich kann nur noch an ihn denken. Wie geht es ihm? Bitte, sagen Sie mir, was mit ihm los ist. Ich möchte ihn sehr gern sehen.«

Abigail atmete tief durch. »Sie verlangen viel von mir.«

»Ich weiß«, antwortete Deborah leise.

»Es ist sehr wichtig, dass Sie mit niemandem über Anthonys Zustand sprechen«, sagte Abigail und sah sie eindringlich an.

Die junge Frau nickte.

»Wenn Anthonys Zustand bekannt wird, bedeutet das, dass sein Bruder, Lord George, die Fabrik, die Ländereien und Häuser verwaltet, bis mein Sohn Ebenezer volljährig ist. Und ich glaube nicht, dass er Sie hier wohnen lassen wird«, erklärte ihr Abigail.

Deborah sah sie erschrocken an. »Lord George?«

Abigail stutzte. »Sie kennen ihn?«

Deborah nickte und sah zu Boden. »Er würde eine Gegenleistung verlangen.«

Abigail zog die Augenbrauen zusammen. »Er hat Ihnen … nachgestellt?«

Miss Sickerville stieß ein verzweifeltes Lachen aus. »Er kannte mich ebenfalls aus …« Ihr Blick wanderte zu Mr Rashleigh, der verlegen den Kopf abwandte.

»Nun, Sie wissen, was ich meine?« Sie machte eine Pause. »Sie kamen meistens zusammen mit der Kutsche, wenn sie uns … besuchten.«

Abigail sah sie entsetzt an. Anthony hatte sie nicht nur hintergangen, sondern sein Doppelleben sogar mit seinem Bruder geteilt. George wusste also von Anthonys Geliebter. Hatten sie hinter ihrem Rücken etwa über sie gelacht? Hatten sie sich darüber lustig gemacht, wie einfach es war, Abigail zu hintergehen, ohne dass sie Verdacht schöpfte? Plötzlich konnte sie sich auch das aufdringliche Verhalten von Sir Laurence Lancaster erklären. George musste ihm davon erzählt haben, und Sir Laurence hatte dadurch sämtliche Achtung vor Abigail verloren.

»Als Tony anfing, sich ernsthaft für mich zu interessieren, verlangte Lord George immer speziell nach mir, wenn er da war.« Miss Sickerville war rot geworden. »Darüber haben die beiden sich oft gestritten, bis Tony mich von dort weggeholt hat.«

»Verstehe«, sagte Abigail. »George wollte schon immer das haben, was Anthony hatte. Selbst vor mir macht er nicht halt, sondern belästigt mich immer gern, wenn er hier in Stockmill ist.«

»Das sieht ihm ähnlich«, sagte Deborah. »Dabei geht es ihm vermutlich nicht um Sie, Ma'am. Er will nur seinen Bruder ärgern. So war es immer.«

»Sie haben vermutlich recht«, antwortete Abigail, und ihr fiel auf, dass sie, seit George wieder in Bath war, kaum mehr von ihm gehört hatte. George schien tatsächlich kein ernsthaftes Interesse an ihr zu haben.

»Er hat mich ständig erniedrigt, wo er nur konnte«, fuhr Miss Sickerville fort.

Abigails Abneigung gegen ihren Schwager verstärkte sich. Sie nickte. »Dann verstehen Sie also, wie wichtig es ist, dass Lord George nichts von der Krankheit seines Bruders erfährt?«

Miss Sickerville sah sie mit geweiteten Augen an. »Bitte, sagen Sie mir endlich, was Tony hat.«

»Also gut.« Abigail atmete tief ein. »Sie möchten wissen, was Anthony fehlt. Die Wahrheit ist, dass ich es nicht weiß. Niemand weiß es. Anthonys Geist schwindet. Er zeigt eine beängstigende Vergesslichkeit, wie sie sonst nur bei sehr alten Menschen auftritt.« Abigails Blick wanderte zu

Mr Rashleigh, der am Fenster stand und die beiden Frauen beobachtete. »Unser Arzt ist ratlos. Er hat vor zwei Tagen einen Aderlass bei Anthony durchgeführt, und im Augenblick erholt Anthony sich von diesem Eingriff. Wir können nur hoffen, dass sich eine Besserung zeigt oder wenigstens keine Verschlechterung der Symptome.«

»Darf ich zu ihm? Bitte!« Deborah sah Abigail flehend an.

Wieder tauschte Abigail einen Blick mit Mr Rashleigh, bevor sie antwortete: »Kommen Sie morgen früh, dann bringe ich Sie zu ihm. Aber kommen Sie ohne Mary. Anthonys Zustand könnte das Kind beunruhigen.« Abigail stand auf.

»Ist es denn so schlimm?«, fragte Deborah und sah sie ängstlich an.

Abigail seufzte und ging zur Tür. »Machen Sie sich am besten selbst ein Bild.«

»Eure Ladyschaft?«, sagte Deborah und hielt sie auf. »Müssen wir Jasmine Cottage nun verlassen?« Sie biss sich auf die Unterlippe.

Abigail sah sie eine Zeit lang nachdenklich an. Dann schüttelte sie langsam den Kopf. »Sie scheinen Anthony sehr wichtig zu sein. Dass er mich hintergangen hat, ist nicht Ihre Schuld, sondern allein seine. Ich werde Sie nicht für Anthonys Vergehen bestrafen. Ich bin heute hergekommen, um Ihre Worte zu überprüfen, um zu sehen, ob Sie wirklich Anthonys Kind geboren haben. Daran besteht kein Zweifel, die Kleine ist ihm wie aus dem Gesicht geschnitten. Das Mädchen scheint es bei Ihnen gut zu haben, und ich sehe keine Notwendigkeit, einzugreifen.«

Mr Rashleigh, der im Begriff war, die Tür zu öffnen,

hüstelte. »Miss Sickerville, darf ich fragen, wie Sie Ihren Lebensunterhalt bestritten haben? Hat Lord Mahony Sie finanziell unterstützt?«

Deborah nickte. »Er gab mir fünfhundert Pfund im Jahr.«

Mr Rashleigh zog eine Augenbraue hoch und sah Abigail an.

»Ich werde darüber nachdenken, ob Sie weiterhin mit dieser Summe rechnen können«, sagte Abigail und trat in die Eingangshalle hinaus.

»Danke, Eure Ladyschaft.« Deborah folgte ihr. »Ich werde morgen früh bei Ihnen sein.«

Die Haushälterin trat gerade mit einem Tablett in die Halle, auf dem eine Teekanne und Tassen standen.

»Möchten Sie nicht noch eine Tasse Tee mit uns trinken?«, fragte Deborah.

Abigail schüttelte den Kopf und verabschiedete sich. Auch wenn sie nach außen gefasst wirkte, hatte sie der Besuch viel Kraft gekostet. Anthonys Tochter zu begegnen, in das Heim seiner Geliebten einzudringen und das zweite Leben ihres Mannes zu entlarven, war mehr, als sie ertragen konnte. Hinzu kam die Ungewissheit, wie Anthonys Krankheit verlaufen würde, wann sein Zustand aufgedeckt werden würde und wie George dann über die Arbeiter herrschen würde.

Abigail presste die Lippen zusammen, während sie zur Kutsche ging. Kurz darauf ließ sie sich im Inneren der Equipage in das weiche Polster sinken und schloss die Augen. Ein leichtes Schaukeln verriet ihr, dass Mr Rashleigh ihr gegenüber Platz genommen hatte. Dann setzte sich die Kutsche in Bewegung. Eine Weile lang lauschte sie dem gleichmäßigen, dumpfen Klang der Pferdehufe auf dem Weg.

»Mr Rashleigh?«, sagte sie so leise, dass sie selbst ihre Stimme kaum vernahm.

Er beugte sich vor. »Eure Ladyschaft?«

Sie sah ihn einen Augenblick stumm an. Dann fragte ihr Mund: »Würden Sie mich freundlicherweise noch einmal in Ihre Arme nehmen?« Abigail erschrak selbst über ihre dreisten Worte, die einer Lady vollkommen unwürdig waren. Wie weit war es mit ihr gekommen? Sie, Lady Mahony, die sich ihrer emotionalen Stärke und des untadeligen Rufes immer sicher gewesen war, suchte die Nähe eines Verwalters! Außerdem brachte sie ihn in eine unmögliche Situation. Denn wie konnte Mr Rashleigh ihr die Bitte verwehren? Sie zwang ihn förmlich, unanständig zu handeln.

Er lächelte, und Abigails Zweifel schwanden.

Sie beobachtete stumm, wie er seinen Zylinder auf die Bank neben sich legte. Dann zog er diskret die Vorhänge vor die Fenster und wechselte die Sitzbank, sodass er neben Abigail saß. Er hob seinen Arm, und Abigail schmiegte sich an ihn. Erst zögerlich, doch als sie die Wärme seines Körpers spürte, überließ sie sich ganz dem Augenblick. Sie streckte das Kinn nach oben, sodass ihre Nase an seinem Hals lag. Da war er wieder, der Duft nach Pfefferminz, den sie nur von Mr Rashleigh kannte. Seine Haut war warm und weich, an ihrer Stirn kitzelten seine Bartstoppeln. Sie ließ sich fallen, ignorierte den Druck des Korsetts, dessen Stangen in ihren Oberkörper stachen. Rashleighs Hand lag auf ihrer Schulter, mit der anderen fasste er nach ihrer Rechten und hielt sie fest. Abigail fühlte sich plötzlich unendlich wohl und geborgen. Sie genoss jede Sekunde in seinem Arm. Alle Sorgen und Probleme waren in diesem Moment weit fort.

»Sie müssen mich für sehr schwach halten«, murmelte sie an seinem Hals.

»Ganz im Gegenteil, Eure Ladyschaft.« Er streichelte zärtlich über ihren Oberarm. »Sie sind der stärkste Mensch, den ich kenne. Dass Sie Trost brauchen und Nähe, ist nur allzu verständlich.«

»Ich dürfte das nicht tun. Es ist falsch, Sie in diese Situation zu bringen«, flüsterte Abigail.

»Nein, Eure Ladyschaft.« Er drückte sie fest an sich. »Für mich ist Ihre Nähe das Schönste und Wunderbarste, was ich seit langer Zeit erleben durfte. Sie in meinen Armen zu halten, ist wie ein Sonnenstrahl auf meiner Haut an einem kalten Wintertag.«

Ein Kribbeln breitete sich in ihr aus. Ihr linker Arm schlang sich um seinen Oberkörper, und sie spürte, wie sein Körper unter ihrer Berührung bebte, genau wie ihrer unter seiner. Vorsichtig schob sie ihre Hand in seinen Gehrock. Ihr Herz schlug wild gegen ihre Rippen. Sie hielt den Atem an, immer darauf gefasst, dass er ihr gleich Einhalt gebieten würde. Nur noch der dünne Stoff seines Hemdes trennte ihre Hand von seiner Brust. Ihre Lippen liebkosten die weiche Haut seines Halses. Er stieß einen unterdrückten Seufzer aus und drehte sich zu ihr, seine Hände umfassten ihr Gesicht, sie sahen sich tief in die Augen. Einen Moment lang hielten sie inne. In seinem Blick lag dasselbe wilde Begehren und dieselbe Zärtlichkeit, die auch in ihr brannte. Seine Daumen streichelten über ihre Wangen, sein Mund näherte sich ihrem. Und dann verschmolzen ihre Lippen miteinander. Warm und verführerisch lag sein Mund auf ihrem, zunächst vorsichtig, dann drängender. Abigail hatte das Gefühl, schwerelos zu sein. Sie schwebte, flog so hoch hinaus wie noch nie zuvor. Von neuen Gefühlen überwältigt, in ein unbekanntes Land getragen, vergaß sie alles um sich herum. Der Duft seiner Haut, die Wärme seiner Lippen, die Stärke seines Körpers umfingen sie.

Als die Kutsche hielt, fuhren sie erschrocken auseinander. Die Rückfahrt war so schnell vorbei gewesen wie ein Wimpernschlag. Mr Rashleigh schaffte es gerade noch, auf die gegenüberliegende Bank zurückzuhechten, bevor der Kutscher die Tür öffnete. Abigail strich verstohlen über ihr Kleid und hoffte, dass der Anflug von Leidenschaft ihr Äußeres nicht zu sehr derangiert hatte. In ihrem Inneren war alles in Aufruhr.

Ihre Hand zitterte leicht, als der Kutscher Kay ihr beim Aussteigen half. Sie wartete, bis Mr Rashleigh ebenfalls ausgestiegen war, und ging dann neben ihm ins Haus. Tucker öffnete ihnen die Tür, und Abigail bestellte Tee in den Salon. Gemeinsam durchquerten sie die große Halle. Die bunten Fliesen zu ihren Füßen, das Glasdach über ihren Köpfen, die Eichenpaneele, der Kamin aus Alabaster, das alles war unverändert. Und doch schien Abigail's Place in neuem Glanz zu erstrahlen. Jetzt konnte Abigail den gebührenden Abstand zwischen ihnen kaum mehr ertragen. Als sie den Salon betreten hatten und die Tür hinter ihnen geschlossen war, sah sie sich um. Sie waren allein. Und doch wusste sie, dass jederzeit eine Tür geöffnet werden und ein Dienstbote eintreten konnte.

Daher griff sie schnell nach seiner Hand und hauchte einen Kuss darauf. Einen Moment lang verschmolzen ihre

Blicke ineinander. Nur mit Mühe konnte Abigail dem Drang widerstehen, sich in seine Arme zu werfen. Sie schüttelte leicht den Kopf, um sich selbst zur Ordnung zu rufen. Dann deutete sie auf das Sofa. Sie selbst nahm im Sessel Platz.

»Eure Ladyschaft«, begann Mr Rashleigh. »Ich bin mir durchaus bewusst, dass ich Sie nicht verdient habe und dass das, was wir soeben erlebt haben, sich nicht wiederholen darf.«

»Zunächst einmal«, unterbrach Abigail ihn, »bitte ich dich, mich – wenn wir allein sind – Abigail zu nennen.«

Er sah sie an. Dann nickte er. »Abigail.« Er sprach den Namen langsam und ehrfürchtig aus.

Ein Schauer überlief sie, als sie ihn aus seinem Mund hörte.

»Und wie lautet dein Name?« Erst jetzt fiel Abigail auf, dass sie noch nie seinen Vornamen gehört hatte.

»Oliver.«

Sie wiederholte ihn. Dann lauschten sie dem Nachklang ihrer Namen aus dem Mund des jeweils anderen. Beinahe schüchtern saßen sie sich gegenüber.

»Was du gerade gesagt hast, stimmt nicht.« Abigails Stimme klang energisch. »Wenn jemand den anderen nicht verdient hat, bin ich es. Denn ich bin verheiratet und habe bereits einem Mann meine Treue geschworen.«

Er nickte. »Er allerdings hat sein Versprechen gebrochen.«

»Ja«, sagte sie leise.

Rashleigh räusperte sich vorsichtig. »Ist es aus diesem Grund passiert? Weil er dich betrogen hat?«

Abigail starrte ihn an.

Er hob die Hand. »Ich kann das verstehen, und es macht mir nichts aus. Ich habe mich in dich verliebt, in dem Moment, als ich dich zum ersten Mal gesehen habe. Nein«, korrigierte er sich, »eigentlich schon in dem Moment, als ich dein Porträt in der Fabrik gesehen habe. Und ich werde dir immer treu sein. Aber ich weiß, dass ich kein annehmbarer Mann für dich sein kann. Ich stehe so weit unter dir, denn du bist nicht nur wunderschön und mutig, sondern auch von hohem gesellschaftlichem Stand.«

»Oliver!«, rief Abigail und sprang auf. »Das darfst du nicht einmal denken. Du bist nicht weniger wert als ich, nur weil mein Mann reich und von Adel ist.«

Sie setzte sich neben ihn auf das Sofa und griff nach seiner Hand. »Und was deine Frage angeht, ob ich dich geküsst habe, weil Anthony mich betrogen hat: Nein, ich habe dich geküsst, weil ich mich in dich verliebt habe. Ich habe nicht bemerkt, wie es passiert ist, aber plötzlich war dieses Gefühl da, und es ist so stark und intensiv, und es macht mich unsagbar glücklich. Das ist vollkommen neu für mich. Ich habe Anthony nicht aus Liebe geheiratet, wie du dir vielleicht denken kannst.«

Er sah sie überrascht an, und Abigail musste lachen.

»Kein Adeliger heiratet aus Liebe. Sie kann im günstigsten Fall während der Ehe entstehen, aber bei uns hat es nicht funktioniert, wie sich gezeigt hat. Anthony hat seine Liebe schon jahrelang einer anderen Frau geschenkt, und ich habe ohne wahre Liebe zu ihm gelebt.«

Sie ließ schnell seine Hand los, als sie den Butler vor der Tür hörte. Hastig stand sie auf und trat ans Fenster. Schweigend sahen sie zu, wie Tucker den Tee auftrug und dann wieder den Raum verließ.

Abigail schenkte den Tee ein. Sie beobachtete die Rauchschwaden, die aus der Kanne stiegen.

»Wie soll es jetzt weitergehen?«, brach Oliver schließlich die Stille.

Abigail seufzte. »Ich weiß es nicht. Es lässt sich nicht ändern, ich bin verheiratet. Ich werde also niemals offiziell deine Frau sein können.«

Er lächelte traurig. »Das hätte ich auch nie zu hoffen gewagt.«

»Sollte ich jemals frei sein, werde ich nicht zögern und dich heiraten, sobald du mir einen Antrag gemacht hast.« Sie lächelte.

»Das ist gut zu wissen«, sagte er und erwiderte ihr Lachen.

Eine Weile tranken sie ihren Tee, ohne ein Wort zu sagen. Abigail war sich seiner Nähe nur allzu bewusst und sehnte sich danach, wieder in seinen Armen zu liegen und seine Lippen auf ihren zu spüren. Es war das erste Mal, dass sie sich körperlich zu einem Mann so stark hingezogen fühlte. Sie sehnte sich so sehr danach, dass es beinahe schmerzte, nachts bei ihm zu liegen und mit ihm zu tun, was mit Anthony nie mehr als eine Pflicht gewesen war. Das Risiko war immens groß. Die Untreue eines Mannes war etwas, über das gelächelt wurde, dessen er sich bei seinen Freunden rühmte und das ihn bei den Frauen interessanter machte. Wurde hingegen eine Dame der Untreue überführt, gab es einen Skandal, der immer die Degradierung in der gesellschaftlichen Stellung bedeutete und zur Scheidung führte. In diesem Fall würde Abigail ihre Kinder nie wiedersehen, sie stünde ohne finanzielle Mittel da und verlöre all ihre Freunde. Das war ihr bewusst, doch gleichzeitig war die Versuchung stark. Sie wusste, dass sie ihr nicht widerstehen würde, und konnte nur hoffen, dass das nicht ihren Untergang bedeutete.

Kapitel 6

Herbst 2017

Melody strich über die letzte Seite des Tagebuches und klappte es zu. Inzwischen saßen sie und Dan vor dem Kamin im Salon. Als die Dämmerung einsetzte, war es zu dunkel geworden, um im Turm zu lesen. Die Geheimtür im Kleiderschrank von Melodys Zimmer hatten sie wieder sorgfältig verschlossen. Dann hatten sie im Salon Feuer gemacht und die Gaslampen entzündet. Jetzt war es fast neun Uhr abends. Das Gaslicht brannte nur schwach und das Flackern des Kaminfeuers erschwerte das Lesen.

»Wir sollten morgen weitermachen«, schlug Dan vor.

Melody nickte. »Noch drei weitere Tagebücher, die darauf warten, gelesen zu werden.« Sie betrachtete nachdenklich den roten Ledereinband. »Am liebsten würde ich die ganze Nacht weiterlesen.«

»Ja, ich kann es auch kaum erwarten, zu erfahren, wie es mit den beiden weiterging.« Dan hockte neben Melody auf dem Teppich. »Was hast du mit der goldenen Statue vor?«

Melody zog ratlos die Schultern hoch. »Wir sollten erst einmal abwarten, ob wir von Abigail noch mehr darüber erfahren. Ich möchte zu gern wissen, warum sie im Turm steht.«

»Meinst du, sie könnte etwas mit Abigails Selbstmord zu tun haben?« Dan streckte die Hände in Richtung Feuer.

»Ich weiß es nicht«, sagte Melody. »Die Figur scheint sehr wertvoll zu sein. Sie ist irrsinnig schwer. Wenn sie tatsächlich aus purem Gold ist ...«

»Und die vielen Juwelen, mit denen sie besetzt ist ...«, warf Dan ein.

»Ich kann mir gut vorstellen, dass es nicht ungefährlich für Abigail war, diesen wertvollen Gegenstand heimlich aufzubewahren.« Melody legte sich hin und stützte ihren Kopf auf dem linken Unterarm ab.

»Und das ist heute noch genauso wie damals.« Dan wandte sich ihr zu. Sein Blick war ernst. »Die Figur gehört jetzt dir. Du solltest sie unbedingt irgendwo in Sicherheit bringen und nicht oben im Turm stehen lassen.«

»Sobald wir mehr darüber wissen«, sagte Melody und setzte sich wieder auf. »Lass uns morgen nach Feierabend weiterlesen, okay?«

»Einverstanden, aber dann ist es wieder dunkel.« Dan zog die Augenbrauen hoch und sah sich um. »Man kann Abigail's Place nicht gut beleuchten. Deshalb schlage ich vor, dass du zur Abwechslung mal bei mir vorbeikommst und dich von mir bekochen lässt, was meinst du?«

Melody lachte. »Elektrisches Licht wäre definitiv von Vorteil.«

»Prima. Sagen wir um sieben bei mir?« Dan zog seinen Notizblock aus der Tasche und schrieb eine Adresse auf einen der Zettel.

Melody ließ ihren Blick über das Kaminfeuer schweifen. »Soll ich Wein mitbringen?«

»Unbedingt.« Er zwinkerte ihr zu und reichte ihr das Blatt, das sie in ihre Hosentasche steckte.

»Was für eine Geschichte!«, sagte sie.

»Ob es wirklich Liebe war?«, fragte Dan, während er seine Beine ausstreckte und sich ans Sofa lehnte.

»Zwischen Abigail und Oliver?« Melody dachte einen Moment nach. »Vielleicht. Er stand gesellschaftlich weit unter ihr und war abhängig von Abigails Mann. Er hat zu ihr aufgesehen, sie war unerreichbar für ihn. Es könnte auch nur Bewunderung gewesen sein, die er mit Liebe verwechselt hat.«

Dan beobachtete die Flammen, die um die Holzscheite züngelten. »Meinst du, er hat wirklich für sie einen Mord begangen, wie alle sagen?«

Melody zuckte mit den Schultern. »Keine Ahnung, ob die Geschichte stimmt.«

Dan streckte sich und stand auf. »Ich denke, ich sollte mich jetzt auf den Weg machen.«

Melody erhob sich ebenfalls. Sie gähnte. Es war anstrengend gewesen, die alte Schrift bei dem schwachen Licht zu entziffern. »Ich kann jedenfalls verstehen, wie schlecht sich Abigail gefühlt haben muss, als sie von Anthonys Verrat erfahren hat. Ich war letztes Jahr auch vollkommen fertig, dabei hatte Philip nur eine Affäre.«

Dan blieb in der Tür zur Eingangshalle stehen und drehte sich zu ihr um. Sein Blick streifte Melodys Gesicht und blieb an ihren Augen hängen. Ein warmes, kribbelndes Gefühl breitete sich in ihr aus.

Er trat einen Schritt auf sie zu und sagte mit sanfter Stimme: »Hab vielen Dank, es war ein wunderschönes Wochenende.«

Melody nickte. Plötzlich hatte sie das Bedürfnis, ihn an sich zu ziehen und den Duft seiner Haut einzuatmen. Einen Moment lang sahen sie sich schweigend an, bis er sich abrupt abwandte und in der Dunkelheit verschwand.

»Hey, Mummy«, erklang Mirandas Stimme am nächsten Abend aus der Freisprechanlage, während Melody durch Uppertown fuhr, einen Stadtteil von Stockmill, in dem sie noch nie zuvor gewesen war. »Ich wollte dich auch gerade anrufen.«

»Das freut mich zu hören«, antwortete Melody. Ihr Blick glitt über die ungepflegten Vorgärten der kleinen Häuser, während sie um eine umgekippte Mülltonne fuhr, die halb auf der Straße lag.

»Wie ist deine neue Stelle?«, fragte Miranda.

Melody berichtete ihr von den Akten und dem bevorstehenden Sitzungstag morgen. »Aber mein interessantester Fall ist eigentlich der meiner Vorfahrin Abigail«, schloss sie.

»Was?« Mirandas Stimme klang erstaunt. »Dazu gibt es einen Fall?«

»Nein«, Melody musste lachen, »kein offizieller. Wir ermitteln privat, sozusagen.«

»Wir?«

Melody schluckte. Sie hatte in der vergangenen Nacht kaum geschlafen. Immer wieder waren ihre Gedanken zu Dan gewandert. Mit möglichst nüchternem Ton erklärte sie: »Ein Kollege hilft mir dabei. Anscheinend hatten unsere Vorfahren engeren Kontakt, und wir folgen gerade einer Spur in die Vergangenheit über ein paar alte Tagebücher.«

»Wow«, sagte Miranda begeistert. »Ich wünschte, ich könnte bei euch sein.«

»Und ich wäre gern bei euch«, sagte Melody leise. »Ich vermisse euch.«

»Erzähl mir von deinem Kollegen«, hörte sie Mirandas Stimme durchs Telefon. »Ist er auch Staatsanwalt?«

Melody stutzte. Warum fragte Miranda danach? Melody fand den Inspector attraktiv, und wäre sie nicht verheiratet, könnte sie sich durchaus vorstellen ... Aber nein! Sie war zu alt, um sich in solchen Fantasien zu verlieren. Und sie sollte sich hüten, ihren Töchtern den Eindruck zu vermitteln, dass sie mit fremden Männern flirtete. Mit schlechtem Gewissen nahm sie sich vor, ihre Gefühle von nun an besser zu kontrollieren.

»Da gibt es nicht viel zu erzählen«, sagte sie hastig. »Und nein, er ist kein Staatsanwalt, sondern ein Detective Inspector.«

»Ein Polizist?« Aus dem Hintergrund war Mias Stimme zu hören.

Dann meldete sich Miranda wieder: »Ich soll dich fragen, ob wir nächsten Samstag zu dir kommen dürfen.«

Melody zog überrascht die Augenbrauen hoch. »Ich hatte eigentlich vor, nach London zu fahren.«

»Aber nächsten Dienstag ist Halloween.«

»Und?«, fragte Melody.

»Abigail's Place ist doch ziemlich groß«, erwiderte Miranda.

»Und unheimlich«, rief Mia aus dem Hintergrund.

Melody lachte. »Na ja, es lässt sich aushalten. Worauf wollt ihr hinaus?«

Plötzlich war Mia am Telefon: »Mummy, dürfen wir

bitte, bitte, bitte, am Samstag eine Halloween-Party bei dir im Haus feiern?«

»Was?« Melody zuckte unwillkürlich zurück. Sie dachte an die vielen Räume voller Staub, an die Geheimnisse, die noch nicht gelüftet und nicht für fremde Augen bestimmt waren. Sie wollte schon ablehnen, hielt dann jedoch inne. »Habe ich bis morgen Zeit, darüber nachzudenken?«

»Mummy, geht das nicht schneller? Wir müssen doch noch die Leute einladen, und die müssen dann ihre Eltern überreden, sie nach Stockmill zu fahren«, sagte Miranda.

Melody seufzte. »Wie viele Gäste wollt ihr denn einladen?«

»Fünf oder sechs. Mehr nicht«, versprach Mia. »Aber es wird natürlich eine Übernachtungsparty.«

»Klar«, antwortete Melody. »Ich schreib euch gleich morgen früh eine Nachricht, okay? Gebt mir ein bisschen Zeit. Ich bin schließlich gerade erst eingezogen, und es sieht echt noch schlimm bei mir aus.«

»Umso besser«, hörte sie Mias Stimme. »Je chaotischer, umso spannender.«

Melody lachte und verabschiedete sich von ihren Töchtern. Wieder musste sie an Dan denken. Melody schüttelte den Kopf. Sie fühlte sich schrecklich. Seit sie mit Philip verheiratet war, hatte sie sich auf keine Flirts mit anderen Männern mehr eingelassen. Und auch mit Dan hatte sie bisher nur ihre gemeinsame Suche nach der Vergangenheit verbunden. Es war also vollkommen in Ordnung gewesen, dass sie sich mit ihm traf, dass sie zusammen zu Abend aßen und im Schein des Feuers über ihre Entdeckungen sprachen. Doch gestern Abend, als er sie so intensiv angesehen hatte, war etwas in Melody ausgelöst worden, das sie nicht mehr abstellen konnte. Sie versuchte sich einzureden, dass sie Abigails Gefühle zu Oliver auf sich selbst und Dan übertrug. Den ganzen Tag lang hatte sie überlegt, das Treffen heute Abend abzusagen, aber sie brachte es nicht übers Herz. Zu stark war der Wunsch, ihn wiederzusehen, und außerdem hatte er das Recht zu erfahren, wie es mit seinem Vorfahren weitergegangen war, genau wie Melody selbst.

Melody konzentrierte sich wieder auf den Verkehr. Das Navi zeigte ihr gerade an, dass sie in dreißig Sekunden ankommen würde. Sie sah sich um. Die Häuser machten einen ordentlichen Eindruck, waren aber eher klein und unauffällig. Ein typischer englischer Vorort, ganz anders als das exklusive Londoner Mayfair, wo Melody bis vor wenigen Wochen gewohnt hatte.

Dans Haus stand auf einem Eckgrundstück, war zwei Etagen hoch und schmal gebaut. Melody parkte am Straßenrand und stieg aus. Der niedrige Zaun hätte dringend einen Anstrich nötig gehabt, und das Tor hing schief in den Angeln. Grün gestrichene Fensterläden und Sprossenfenster gaben dem Gebäude ein gemütliches Aussehen. Als sie den kurzen Gartenweg entlangging, strich plötzlich eine graue Katze um ihre Beine. Melody bückte sich und hielt ihr die Hand hin. Schnurrend schmiegte das Tier ihr Köpfchen in Melodys Handfläche.

»Ich sehe, ihr habt euch schon bekannt gemacht.«

Melody sah auf und blickte direkt in Dans lachendes Gesicht. Plötzlich schlug ihr Herz wild gegen die Rippen. Was war bloß mit ihr los?

»Das ist Aladin«, sagte Dan und ging neben Melody in die Hocke. Sein Aftershave stieg ihr in die Nase. Der Kater hatte sich auf den Rücken gedreht und streckte ihnen seinen Bauch entgegen. »Er gehört meiner Schwester.«

»Du hast eine Schwester?« Melody sah ihn überrascht an.

Dans Augen ruhten einen Moment zu lange auf ihr. Dann legte sich wieder ein Lachen auf sein Gesicht, während er fragte: »Sollte ich keine haben?«

Melody spürte, dass sie rot wurde, und ärgerte sich darüber. Sie versuchte, das Kribbeln in ihrer Magengrube zu ignorieren, und stotterte: »Nein … ich dachte nur … entschuldige. Wir … wir haben nur nie über deine Familie gesprochen. Ich weiß von dir eigentlich nur, dass du eine Ex-Frau hast.«

»Und dass meine Eltern ein Gemälde deiner Vorfahrin besitzen.« Er zwinkerte ihr zu.

Melodys Magen schlug einen Purzelbaum. Sie musste sich zusammenreißen. Ihre Stimme klang schrill, als sie antwortete: »Das ist nicht sehr viel, oder? Du weißt viel mehr über mich.« Sie stöhnte innerlich auf. Das klang furchtbar kindisch.

Dan schien ihre plötzliche Nervosität jedoch nicht zu bemerken. Jedenfalls ging er nicht darauf ein, als er erwiderte: »Na ja, über mich gibt es nicht viel zu erzählen. Meine Eltern wohnen da drüben.« Er deutete auf einen lang gestreckten Bungalow am anderen Ende des Grundstücks.

Melody nickte. Was war passiert, dass sie mit einem Mal so stark auf Dan reagierte? Gestern war doch noch alles normal und entspannt zwischen ihnen gewesen. Sie war eine verheiratete Frau und längst aus dem Alter einer stürmischen Liebe heraus.

Dan berührte ihren Arm. »Komm, wir gehen erst einmal rüber und schauen uns das Bild von Abigail an, einverstanden?«

Melody lächelte.

Dan öffnete zunächst die Tür seines Hauses und stellte die Tasche mit dem Wein und Abigails Tagebüchern, die Melody mitgebracht hatte, in den Flur. Dann winkte er Melody, ihm zu folgen.

Sie gingen um das Haus herum. Melody bemühte sich, nicht in Dans Richtung zu schauen, und betrachtete stattdessen die Blumenbeete, in denen dringend Unkraut gejätet werden musste.

Das Haus von Dans Eltern war ein relativ unattraktives Gebäude. Der beigefarbene Anstrich wirkte trostlos, die schweren Gardinen vor den Fenstern verhinderten, dass man auch nur das Geringste von seinem Inneren erkennen konnte, und die Farbe der braunen Fensterrahmen blätterte ab.

»Meine Eltern werden in letzter Zeit etwas vergesslich«, sagte Dan mit leiser Stimme. Er war vor dem Haus stehen geblieben. »Daher ist meine Schwester bei ihnen eingezogen.«

Er drückte auf den Klingelknopf und steckte gleichzeitig den Schlüssel ins Schloss. »Sie sind heute Abend gar nicht zu Hause, sondern im Gemeindezentrum beim Bingo-Abend.«

Er stieß die Tür auf und rief laut: »Delilah?«

Melody atmete den Geruch von altmodischem Parfüm und Heizungsluft ein, als sie hinter Dan ins Haus trat. Sie sah sich in dem schmalen Flur um. Neben der Eingangstür befand sich eine Garderobe mit einem Spiegel. Ein Radio lief irgendwo im Haus.

»Dan?« Eine rothaarige junge Frau steckte den Kopf durch eine der hinteren Türen im Gang und kam ihnen entgegen.

Sie war auf eine gewisse Weise wunderschön. Ihre grünen Augen leuchteten unter dem roten Pony hervor, und Melody konnte ihre Sommersprossen erkennen, die das blasse Gesicht bedeckten. Die Frau trug einen grünen Pullover, der das Rot ihrer Haare und auch ihre schlanke Taille betonte.

»Hi, ich bin Delilah«, sagte sie und streckte Melody die Hand entgegen. Melody erschrak einen Moment über den Ausdruck, der in ihren Augen lag. Sie wirkte abweisend und verschlossen.

»Und ich heiße Melody«, sagte sie und lächelte Delilah an. »Dan will mir das Bild meiner Vorfahrin zeigen.«

Delilah nickte, ohne eine Miene zu verziehen. Sie hatte die Hände in die Hosentaschen gesteckt. Dan hatte seine Schwester offenbar schon auf Melodys Besuch vorbereitet.

»Es hängt im Wohnzimmer.« Dan räusperte sich und wandte sich dann an Delilah. »Wann holst du die beiden wieder ab?«

»Ich fahre gleich los.« Wieder regte sich nichts im Gesicht der jungen Frau.

Melody öffnete ihre Jacke und folgte Dan, der sie zum Wohnzimmer führte. Er ließ ihr den Vortritt, und Melody betrat zögernd den Raum. Der helle Teppich war dick und weich, und die Sofas und Sessel waren mit einem bunten Rosenstoff überzogen, daneben standen antike Beistelltische. Melodys Blick fiel auf das Bild, das an der Wand gegenüber hing und viel zu groß für den überschaubaren

Raum war. Sie hielt einen Moment die Luft an und trat so weit zurück, bis sie gegen die Fensterbank stieß. Das also war Abigail. Das kastanienbraune Haar und die grünen Augen, die Melody von diesem Bild entgegenleuchteten, glichen tatsächlich ihren eigenen. Und auch wenn Melodys Augen etwas näher zusammen standen und ihre Nase gerader und länger war, bestand eine gewisse Ähnlichkeit zwischen Melody und ihrer Ahnin.

»Sie war wunderschön«, sagte sie und legte den Kopf schief.

Dan nickte und lehnte sich neben Melody an die Fensterbank. Sie konnte seine leisen Atemzüge hören.

»Das also war sie.« Melody dachte an die Tagebücher und alles, was Abigail ihnen anvertraut hatte. Endlich würde sie ein Gesicht vor sich sehen, wenn sie die privaten Aufzeichnungen ihrer Vorfahrin las.

»Das war Oliver Rashleighs große Liebe.« Dan verschränkte die Arme vor der Brust. »Eine bewundernswerte Frau.«

»Mia und Miranda sehen ihr ähnlich«, stellte Melody fest.

Dan betrachtete sie von der Seite. »Deine Töchter sehen also aus wie du?«

Melody zog die Augenbrauen hoch. »Mia und Miranda sehen ihr noch viel ähnlicher als ich.«

»Wie geht es den beiden?«, wechselte Dan das Thema. »Hast du mit ihnen gesprochen?«

Melody lächelte und berichtete ihm von dem Telefonat und dem Wunsch der Mädchen, am nächsten Samstag eine Halloween-Party in Abigail's Place zu veranstalten.

»Warum nicht?«, sagte Dan. »Ich kann verstehen, dass sie das cool finden. Das Haus ist wie geschaffen dafür.«

»Das schon«, Melody zögerte, »aber ich bin selbst noch gar nicht richtig dort angekommen und habe keine große Lust, das Haus mit fünf oder sechs fremden Mädchen zu teilen, die womöglich auf Abigails Geheimnisse stoßen … Außerdem habe ich beruflich gerade viel zu tun, sodass ich gar nicht weiß, wann ich die Feier vorbereiten soll.«

»Und wenn ich dir helfe?«, fragte Dan.

Das Kribbeln in ihrem Magen nahm wieder zu. »Das würdest du tun?«

Er zog die Schultern hoch. »Am Freitag fahren wir zusammen einkaufen und fangen abends schon mal an zu dekorieren, und während der Party helfe ich dir, auf Abigails Geheimnisse aufzupassen«, er zwinkerte ihr zu, »und auf die Mädchen.«

Sie stieß ein Lachen aus, das eine Spur zu laut war. »Na ja, bei einem so verlockenden Angebot kann ich kaum Nein sagen.«

»Also abgemacht?« Er sah sie an.

Melody nickte.

»Fein. Und jetzt sollten wir uns um mein indisches Curry kümmern, sonst haben wir nur verbranntes Hühnchen mit schwarzem Reis als Abendessen.«

Melody warf einen letzten Blick auf das Porträt ihrer Ahnin und folgte Dan in den Flur hinaus. Sie betrachtete seine schlanke und doch muskulöse Gestalt und fragte sich, warum Dan so hilfsbereit war. Am Wochenende hatte Melody immer wieder den Eindruck gehabt, er flirte mit ihr. Konnte es tatsächlich sein, dass er sich für sie interessierte? Reagierte sie vielleicht deshalb so stark auf seine Nähe, weil sie es nicht mehr gewohnt war, dass Männer sie bewunderten? Seit sie mit Philip verheiratet war, hatte sie nicht mehr viele Angebote bekommen. Melody war beinahe erleichtert, als sie sich eingestand, dass vermutlich nichts anderes hinter ihrer kindischen Schwärmerei steckte als ein ungewohntes Sich-geschmeichelt-Fühlen.

Als sie zur Eingangstür kamen, stand Delilah immer noch dort und sah ihnen mit unbewegtem Gesichtsausdruck entgegen.

»War schön, Sie kennengelernt zu haben«, sagte Melody freundlich, während sie an ihr vorbeigingen.

Delilah nickte ihr zu. »Ebenfalls.«

Dan wechselte zwei Sätze mit seiner Schwester, die Melody nicht verstehen konnte, weil sie schon in den Garten gegangen war. Sie zog ihr Handy aus der Tasche und schrieb schnell an Mia und Miranda, dass sie die Party veranstalten durften. Als Dan neben sie trat, summte schon die Antwort auf ihr Display. Die Mädchen waren begeistert.

»Du darfst es Delilah nicht übel nehmen, dass sie so verschlossen ist«, sagte Dan, während er auf dem schmalen Gartenweg neben ihr herging. »Sie hat einige Dinge erlebt, die sie so haben werden lassen.«

Melody nickte und sah ihn an. Einen Moment lang trafen sich ihre Blicke. Melody musste sich zwingen, wieder nach vorn zu schauen. Schweigend gingen sie durch den Garten zur Hintertür von Dans Haus.

»Ich hoffe, es stört dich nicht, wenn wir in der Küche essen, aber ich finde es hier gemütlicher als im Esszimmer.«

Melody schluckte, als sie die Kerzen und Weingläser sah. »Das sieht sehr schön aus.«

»Ich freue mich, dass du hier bist«, sagte er und bückte sich nach der Flasche Rotwein, die noch in Melodys Stofftasche auf dem Boden stand. Sie beobachtete, wie er den Korken entfernte und ihnen zwei Gläser einschenkte.

Das Licht der Kerzen schimmerte in den Weingläsern. Dan hatte leise Musik angestellt und das Curry duftete verlockend.

»Auf einen schönen Abend!« Er reichte ihr ein Glas und sah sie an.

Melody lächelte. Dan war ihr plötzlich sehr nah. Sie hätte ihre Hand nach seinem Gesicht ausstrecken können. Sein Gesicht kam immer näher. Sie atmete erregt ein. Gleich würden sich ihre Lippen berühren, endlich. Sie wusste, dass sie ihn stoppen musste, sie war verheiratet. Und doch brachte sie die Kraft nicht auf. Sie hielt die Luft an. Aber kurz bevor ihre Lippen aufeinandertrafen, wandte sich Dan ab.

»Entschuldige«, murmelte er. »Das Essen …« Er ging ein paar Schritte zum Herd, und Melody blieb perplex in der Mitte der Küche zurück. Was war da gerade passiert? War sie bereit gewesen, Dan zu küssen? Was musste er von ihr denken?

»Setz dich ruhig schon.« Dans Stimme klang ein wenig zu fröhlich.

Melody nickte. Sie sah sich um. Dan hatte alles liebevoll hergerichtet. Ihr Blick wanderte über die Rosen und Kerzen auf dem Tisch zu den Postkarten, die am Kühlschrank hingen. Unwillkürlich verglich sie Dans Küche mit ihrer eigenen in Mayfair. Dazwischen lagen vermutlich Zehntausende Pfund. Natürlich war das Gehalt eines Detective Inspectors nicht mit dem einer Staatsanwältin und eines erfolgreichen Anwalts zu vergleichen. Und Philip war es immer wichtig, allen zu zeigen, dass sie sich die schönste und teuerste Einrichtung leisten konnten. Melody hatte den Luxus ebenfalls geliebt, aber jetzt fragte sie sich, ob sie nicht mit weniger genauso glücklich wäre. Sie dachte wieder an Philip. Wann hatten sie zum letzten Mal einen Abend zu zweit verbracht? Philip hatte noch nie für sie gekocht. Melody bezweifelte, dass er überhaupt wusste, wie man den Herd anstellte. Er gab viel Geld aus, um Melody zum Essen in teure Restaurants auszuführen, wo sie jedoch selten ganz allein waren, sondern meistens Freunde oder Kollegen trafen. Jetzt fiel Melody auf, wie schön es war, wenn sich jemand Mühe gab, um ihr einen angenehmen Abend zu bereiten.

»Melody, ich hab dich gerade in Verlegenheit gebracht.« Dan stellte sein Weinglas auf den Tisch und sah sie an.

Melody schüttelte den Kopf. »Überhaupt nicht. Ich war nur von den Kerzen und Blumen beeindruckt.«

Er grinste. »Schön, dass das bei dir so schnell geht.«

Melody errötete. »Nein … das wollte ich damit nicht … ach, egal. Was macht das Essen?«

Dan lachte. »In fünf Minuten ist es fertig.«

Er sah sie einen Moment lang unschlüssig an, und plötzlich fiel ihr auf, was sie schon längst hätte erkennen müssen: In seinem Blick lagen mehr als nur freundschaftliche Gefühle. Es war Begehren und Verlangen. Wie hatte sie so blind sein können? Oder hatte sie es längst gewusst? Sie stand auf und ging ganz langsam auf Dan zu. Ohne weiter darüber nachzudenken, streckte sie ihre Hand nach ihm aus und zog ihn an sich. In diesem Moment wusste sie, dass sie ihn berühren und seine Lippen spüren wollte. Doch in letzter Sekunde hielt sie inne.

»Wir sollten das nicht tun«, murmelte sie.

Er nickte.

Melody betrachtete ihn nachdenklich. »Meine Ehe ist sowieso schon schwierig genug. Ich kann mich nicht auf ein Verhältnis einlassen, solange ich nicht für mich geklärt habe, wie es mit Philip weitergeht.«

Ihr fiel auf, dass sie zum ersten Mal ihre Ehe infrage stellte. Bislang hatte sie eine Trennung nie ernsthaft in Erwägung gezogen, nicht einmal damals, als Philip sie betrogen hatte. Für sie stand immer fest, dass sie zusammenblieben, in guten wie in schlechten Zeiten. Aber war das wirklich der richtige Weg?

»Natürlich«, murmelte Dan und wandte sich wieder dem Curry zu. »Entschuldige, wenn ich dich …«

»Nein«, unterbrach Melody ihn. »Es lag nicht an dir. Nicht nur. Es ist, als ob irgendetwas zwischen uns existieren würde, das uns zueinander zieht.«

»So wie bei Oliver und Abigail?« Er sah sie von der Seite her an. »Das Erbe unserer Vorfahren?«

»Vielleicht.« Melody musste lachen, und der peinliche Moment zwischen ihnen war verflogen. »Vermutlich. Das wird es sein.«

Er nickte und füllte das dampfende Curry in eine Porzellanschale. Dann sagte er: »Ich mag dich wirklich, Melody, aber ich will dich nicht unter Druck setzen. Ich möchte ein Freund für dich sein. Vielleicht eines Tages auch mehr. Oder eben nicht. Ganz egal.«

Melody sah ihn nachdenklich an. »Weißt du, es geht mir nicht nur um Philip. Wir haben doch gestern Abend über Abigails und Olivers Beweggründe gesprochen. Das betrifft in gewisser Weise auch uns.«

»Ist dir das auch schon aufgefallen? Mir kommt es vor,

als wäre es bei uns genau wie bei den beiden.« Er wandte sich ihr zu. »Du bist meine Vorgesetzte. Und du bist verheiratet, unglücklich, wie ich mal zu behaupten wage.«

Melody legte die Stirn in Falten. Bisher war ihr das nicht bewusst gewesen, aber Dan hatte recht. Sie seufzte. »Ich möchte sicher sein, dass ich mich nur auf etwas einlasse, wenn ich es auch wirklich für uns will, und nicht, um es mir leichter zu machen, eine andere Beziehung zu beenden.«

»Das verstehe ich gut und weiß es auch durchaus zu schätzen«, sagte Dan, während er das Curry auf den Tisch stellte. »Im Moment ist bei dir viel in Bewegung, nicht wahr?«

Melody nickte und lächelte ihn dankbar an. »Ja, und ich muss eine Entscheidung treffen. So, wie es momentan mit Philip und mir läuft, kann es nicht bleiben. Entweder wir fangen ganz neu an, oder wir ziehen einen Schlussstrich.«

»Das hättet ihr schon letztes Jahr tun müssen.« Er reichte ihr den Reis. »Im Grunde geht es doch nur um eins: glücklich zu sein, oder?«

Melody nickte. »Aber es ist manchmal ziemlich schwer, zu erkennen, was einen glücklich macht.«

»Das stimmt.« Dan griff nun ebenfalls nach dem Reis, wurde jedoch durch das Klingeln seines Handys unterbrochen. Als er das Display betrachtete, runzelte er die Stirn.

»Ben, mein Sergeant«, erklärte er, bevor er den Anruf annahm. »Ich habe heute Abend keinen Dienst. Trotzdem sollte ich kurz drangehen. Entschuldige mich bitte.«

Während er mit seinem Kollegen sprach, dachte Melody über alles nach. Glück war so zerbrechlich. Vertrauen wurde schnell enttäuscht. Abigail war von Anthony betrogen worden, genau wie Melody im letzten Jahr von Philip. Hatten sie sich beide nur in einen anderen verliebt, weil sie von ihrem Ehemann enttäuscht worden waren?

»Melody?«, unterbrach Dan ihre Gedanken, und sie sah erschrocken auf, als sie seine ernste Miene erkannte. »Ich fürchte, wir müssen unser Abendessen verschieben.«

»Was ist los?« Sie stand auf.

»Du bist doch morgen bei diesem Mordprozess als Staatsanwältin dabei, nicht wahr?«

Sie nickte.

»Der Angeklagte hat sich gerade in seiner Zelle erhängt.« Dan presste die Lippen zusammen.

Melody starrte ihn an. »Was? Wie konnte das passieren?«

Dan rieb sich die Augen. »Ben hat mir eben mitgeteilt, dass der Chief Superintendent mich sofort sprechen will.«

Melody ließ sich wieder auf den Stuhl fallen. In diesem Moment leuchtete ihr Smartphone und zeigte einen eingehenden Anruf. Sie warf Dan einen kurzen Blick zu. »Burton, der Leitende Oberstaatsanwalt.« Sie holte tief Luft und nahm den Anruf an.

Die ganze Woche arbeiteten Melody und Dan Seite an Seite. Sowohl der Chief Superintendent als auch der Generalstaatsanwalt verlangten eine lückenlose Aufklärung des Vorfalls. Da der Tote einen Brief hinterlassen hatte, in dem er seine Unschuld beteuerte, wurde der Mordfall neu aufgerollt. Für Abigails Tagebücher blieb Dan und Melody keine Zeit. Abends kam Melody so spät nach Hause, dass sie sofort ins Bett fiel. Sie sah Dan mehrmals täglich, wenn sie sich bei Konferenzen im Besprechungsraum trafen, gemeinsam Zeugen vernahmen oder das weitere Vorgehen besprachen. Sie gingen förmlich miteinander um, was der Tatsache geschuldet war, dass immer auch andere Kollegen anwesend waren. Melody ärgerte sich über sich selbst. Sobald sie Dan sah, kribbelte ihr Bauch, beschleunigte sich ihr Herzschlag, und wenn er seine dunklen Augen auf sie richtete, musste sie sich zwingen, ihren Blick von seinem loszureißen. Sie kannte solche Reaktionen nicht. Und gerade jetzt, wo sie sich in ihrer neuen Position behaupten musste, passte ihr das gar nicht. Aber die Arbeit hinderte Melody daran, sich mit ihren eigenen Problemen zu beschäftigen. Es fiel ihr auf, dass Philip sie kein einziges Mal angerufen hatte, seit sie in Stockmill war. Bislang waren alle Telefonate von ihr ausgegangen, und er erkundigte sich auch nie nach ihrer Arbeit. War es wirklich nur Eifersucht auf ihre Karriere oder Gleichgültigkeit, die er ihr entgegenbrachte?

Melody griff gerade nach den Akten, die sie mit in den Konferenzraum genommen hatte.

»Und? Bleibt es bei heute Nachmittag und unseren Halloween-Party-Vorbereitungen?«, fragte Dan, der im Türrahmen lehnte und gewartet hatte, bis die Kollegen verschwunden waren.

Melody lächelte und sah auf die Uhr. Die letzten Tage waren im Nu verflogen, es war kaum zu glauben, dass morgen schon Samstag war und die Party ihrer Töchter stattfinden sollte. »Sehr gern, ich weiß momentan nicht, wo ich anfangen soll. Philip bringt die Mädchen heute Abend her, und bis dahin würde ich gern fertig sein, denn morgen früh muss ich noch ein wenig arbeiten.«

»Ich helfe dir mit den Vorbereitungen, dann haben

wir das schnell erledigt. Sagen wir in einer Stunde bei dir?«

Melody nickte.

Es war halb acht Uhr abends, als sie Abigail's Place, so gut es ging, dekoriert hatten. Künstliche Spinnennetze ergänzten die echten, die seit einhundertachtzig Jahren im Haus hingen, und Dan hatte einen Kürbis geschnitzt, den sie mit einer Kerze vor die Haustür stellten. Plastik-Skelette und Fledermäuse hingen in den Ecken des Salons, im Speisezimmer, in der Eingangshalle und in dem Raum neben Melodys Schlafzimmer, wo die Mädchen auf Luftmatratzen übernachten sollten. Jetzt saßen sie vor dem Kaminfeuer und betrachteten ihr Werk.

»Also, ich finde es ziemlich gruselig«, stellte Melody fest.

Dan nickte. »Und das Gaslicht macht eine wunderbar schaurige Atmosphäre. Deine Töchter werden begeistert sein.«

Er stand auf. Melody lächelte ihn dankbar an. Es war rücksichtsvoll von ihm, zu gehen, bevor Philip mit den Mädchen kam. Während er seine Jacke anzog, klingelte Melodys Handy.

Sie erkannte Mias Nummer auf dem Display. »Mia? Was gibt's?«

»Hi, Mummy«, rief Mia in den Hörer. »Stell dir vor, was Granny uns gerade geschenkt hat: Backstage-Karten für das Lady-Gaga-Konzert. Ist das nicht großartig?« Der Rest ging in begeistertem Gekreische unter.

Melody brachte Abstand zwischen den Hörer und ihr Ohr und wartete, bis Mia sich wieder beruhigt hatte. Dann sagte sie: »Das freut mich sehr für euch. Das ist ja Wahnsinn.« Sie lächelte. »Wann seid ihr hier?«

»Genau deshalb rufe ich ja an.« Mias Stimme nahm einen wehmütigen Klang an. »Das Konzert ist morgen Abend in Bath, und wir müssen die Halloween-Party leider ausfallen lassen.«

Melody öffnete den Mund und schloss ihn wieder. Ihr Blick wanderte zu Dan, der abwartend in der Tür zum Salon stand. Als er merkte, dass etwas nicht stimmte, kam er ein paar Schritte auf sie zu.

»Mum, das kannst du doch verstehen, oder?«, fragte Mia gerade.

»Nein«, sagte Melody verärgert. »Ganz und gar nicht, Mia. Ihr habt mich zu der Party überredet. Ich hatte irrsinnig viel zu tun und eigentlich gar keine Zeit für die Vorbereitungen. Jetzt habe ich mich beeilt, um alles zu dekorieren und einzukaufen. Und das soll alles umsonst gewesen sein? Hättet ihr mir das nicht ein paar Stunden früher sagen können?«

»Tut mir leid.« Mias Stimme klang wirklich verzweifelt. »Wir haben es ja selbst gerade erst erfahren.«

Melody presste die Lippen zusammen. Wieder einmal steckte Melodys Schwiegermutter dahinter.

»Und was ist mit euren Gästen? Ihr habt doch Freundinnen zu der Party eingeladen.« Melodys Stimme war leise. »Wollt ihr die einfach wieder ausladen?«

»Nein, das ist ja das Tolle«, rief Mia aus dem Hintergrund, »für die hat Granny auch Karten. Insgesamt hat sie sieben Stück für uns, genauso viele, wie wir brauchen.«

»Mum, ich kann wirklich verstehen, wenn du nicht

möchtest, dass wir nach Bath fahren. Dann kommen wir natürlich zu dir«, sagte Miranda.

Melody schloss die Augen. »Nein, nein, schon gut. Fahrt um Gottes willen zu diesem Konzert.«

»Danke, Mummy, wir haben dich lieb«, sagte Miranda und legte auf.

Melody ließ das Handy sinken und schüttelte den Kopf. »Wie es aussieht, haben wir alles umsonst dekoriert. Meine Schwiegermutter hat es wieder einmal geschafft, die Kinder für sich zu beanspruchen.«

Melody berichtete Dan in wenigen Worten von dem Konzert, zu dem die ganze Partygesellschaft eingeladen worden war.

»Gab es denn schon immer diese … Spannungen zwischen deiner Schwiegermutter und dir?«, fragte Dan.

Melody zuckte mit den Schultern. »Wir standen uns nie besonders nah. Sie ist ganz anders als ich, aber sie hat mich vorher nie so behandelt. Seit ich in Stockmill bin, werde ich konsequent aus dem Familienleben ausgeschlossen. Und sie setzt die Kinder ein, um mich am Widerspruch zu hindern. Ich meine, was hätte ich denn tun sollen?«

Dan nickte. »Dir blieb keine andere Möglichkeit. Wenn du deinen Töchtern verboten hättest, zum Konzert zu gehen, wären sie sauer auf dich gewesen, und das hätte die ganze Partystimmung verdorben.«

»Es hat ihr wohl nicht gefallen, dass Mia und Miranda zu mir kommen wollten.« Melody lehnte sich zurück und streckte die Beine aus.

»Warum tut sie das?«, fragte Dan.

»Ich habe keine Ahnung«, gestand Melody. »Sie hat sich immer gern in die Erziehung eingemischt und war der

Meinung, ich würde die Mädchen wegen meiner Karriere vernachlässigen. Aber sie hat nie besonderes Interesse daran gezeigt, mit ihnen Zeit zu verbringen. Das macht sie erst, seit ich nicht mehr in London bin.« Melody dachte an die letzten zwei Wochen. »Auf einmal geht sie mit ihnen einkaufen, nimmt sie zum Jagdausflug mit – und jetzt diese Lady-Gaga-Geschichte.«

»Wirklich merkwürdig.« Dan zog seine Jacke wieder aus und setzte sich neben Melody auf den Boden, in die Nähe des Feuers.

»Irgendwie habe ich das Gefühl, dass Philip dahintersteckt«, überlegte Melody. »Obwohl das nicht viel Sinn ergibt. Warum sollte er die Mädchen von mir fernhalten wollen?«

Dan sah nachdenklich ins Feuer. »Vielleicht möchte er dir klarmachen, dass es ein Fehler war, der Familie den Rücken zuzukehren?«

Melody zog die Schultern hoch. »Wir haben im Vorfeld darüber gesprochen. Er war einverstanden, wenn auch nicht gerade begeistert.«

Melody dachte einen Moment nach und fügte dann hinzu: »Aber vielleicht war es wirklich ein Fehler. Vielleicht hätte ich in London bleiben sollen.«

Dan betrachtete sie einen Moment. Dann schüttelte er langsam den Kopf. »Alles, was zurzeit passiert, zeigt doch nur, dass deine Töchter langsam erwachsen werden. Sie werden bald ihre eigenen Wege gehen, und was bleibt dir dann? Sie können dir deine Karriere doch nicht verbieten.«

Melody nickte. »Meine Familie macht es mir wirklich nicht leicht. Andererseits frage ich mich, ob ich Philip nicht tatsächlich im Stich gelassen habe, wie er es mir immer vorwirft.«

»Aber er hätte doch einfach nach Stockmill mitkommen können.«

»Ja«, sagte Melody. »Es wäre kein Problem für ihn gewesen, sich hierher versetzen zu lassen. Wir hätten vielleicht nicht an denselben Fällen arbeiten dürfen, aber wir hätten das schon hinbekommen. Und die Mädchen sind im Sommer sowieso auf eine neue Schule gekommen, für sie wäre der Wechsel problemlos gewesen.«

Melody stand auf. »Bleibst du noch ein bisschen bei mir?«

Dan erhob sich ebenfalls. »Natürlich. Wollen wir jetzt das Stockbrot machen, was meinst du?«

Melody holte eine Flasche Wein aus der Küche. Sie steckten das Brot, das sie für die Party gekauft hatten, auf die Spieße und setzten sich vor den Kamin.

»Es tut mir leid«, sagte Dan, nachdem sie eine Weile geschwiegen und dabei zugesehen hatten, wie das Brot an den Stecken allmählich knusprig wurde. »Ich weiß, dass du dich auf deine Töchter gefreut hast.«

Sie schluckte. »Ich habe Angst, dass sie sich von mir entfernen. Sie sind doch erst vierzehn und noch so leicht zu beeinflussen. Was meine Schwiegermutter und Philip im Moment veranstalten ... meinst du, sie wiegeln die Mädchen gegen mich auf?«

Dan zog die Augenbrauen hoch. Er stützte sich mit den Ellbogen auf seine Knie. In einer Hand hielt er den Spieß, auf dem sein Brot steckte. »Möglich. Aber du solltest deinen Töchtern zutrauen, das einschätzen zu können. Schließlich bist du ihre Mutter und warst vierzehn Jahre an ihrer

Seite. Nur weil du seit ein paar Tagen von ihnen getrennt bist, lassen sie dich doch nicht sofort fallen.«

»Vermutlich hast du recht«, antwortete Melody nachdenklich. Sie sah sich um. »So viel Arbeit und alles umsonst.«

»Ich finde, es war richtig, dass du deine Töchter zum Konzert hast fahren lassen.« Dan zog sein Brot aus dem Feuer und betrachtete es von allen Seiten. »Miranda und Mia werden dich über kurz oder lang genauso vermissen wie du sie. Auch das beste Konzert wird sie dann nicht mehr davon abhalten können, dich zu sehen. Und je verständnisvoller du bist, umso schneller wird es gehen.«

Melody nickte nachdenklich. Sie fragte sich, was passiert war, dass sie sich jetzt mit Philip um die Gunst der Mädchen stritt. Oder steckte nur seine Mutter dahinter? Aber war das nicht egal? Hätte Philip nicht für Melody Partei ergreifen und seiner Mutter Einhalt gebieten müssen?

Sie zupfte ein Stück Brot ab und ließ es gleich wieder fallen. »Ahhh! Ist das heiß!«

»Warte.« Dan reichte ihr ein Stück von seinem Brot, das schon etwas abgekühlt war. »Probier das.«

»Danke.« Melody griff nach dem Brot, und ihre Hände berührten sich. Der Schein des Feuers zuckte über sein Gesicht. Melodys Herzschlag beschleunigte sich. Plötzlich waren alle Gedanken weit fort. Es gab nur Dans schwarze Augen, sein dunkles Haar.

Dann schüttelte er den Kopf und flüsterte: »Nicht jetzt, Melody.«

Sie wusste, dass er recht hatte. Schweigend aßen sie das Brot.

»Jetzt hast du also ein freies Wochenende vor dir«, sagte

er schließlich. »Was hältst du davon, wenn wir es mit Abigail und Oliver verbringen?«

Melody dachte an die Akten auf ihrem Schreibtisch, die sie am nächsten Tag gut hätte bearbeiten können. Sie zögerte jedoch nur kurz. Sie würde nächste Woche einfach jeden Abend eine Stunde länger im Büro bleiben. Also nickte sie. »Morgen, gleich nach dem Frühstück? Dann schaffen wir die letzten drei Tagebücher, oder was meinst du?«

»Einverstanden«, sagte er und stand auf. »Morgen machen wir weiter.«

Kapitel 7

Sommer 1841

Abigail stand auf der Empore, die in der Spinnerei für die Aufseher angebracht worden war, und sah den Männern dabei zu, wie sie die Ballen Rohbaumwolle in die großen Bottiche hievten. Weidenruten und große Kämme zerrissen die festgepresste Baumwolle im Inneren der Fässer und trennten Samen, Blätter und Stängel von der Wolle. Oliver hatte ihr erklärt, dass jeder Ballen der Rohbaumwolle sich vom anderen unterschied. Deshalb war es wichtig, dass die Ballen gut durchmischt wurden, um hinterher ein einheitliches Garn zu erhalten. Hier in Hampton's Mill hatte man die Erfahrung gemacht, dass man bei einer Vermengung von zwanzig Ballen das beste Ergebnis erhielt.

Abigail betrachtete die verfilzte Naturfaser, die aus den Fässern herausgedreht und dann auf Spulen zu einem losen Vorgarn gerollt wurde. Abigail wusste, dass dieses Material Lunte hieß. Es wurde im nächsten Schritt zu den Spinnmaschinen geleitet, die auf der anderen Seite der großen Halle standen.

Abigails Blick wanderte zur Decke, wo sich das Rad mit einem gleichmäßigen Surren drehte. Sie konnte die Baumwollfasern und den Staub sehen, der davon aufgesogen wurde, und war froh, dass die Arbeiter das alles seit einigen Monaten nicht mehr einatmen mussten. Ihr Blick wanderte weiter zu den Frauen, die an den Spinnmaschinen, den sogenannten Selfaktoren, standen.

Langsam stieg Abigail die Treppe in die Arbeitshalle hinunter. Die Frauen knicksten vor ihr und lächelten sie an. Abigail wusste, dass sie bei den Arbeiterinnen und Arbeitern ein großes Ansehen genoss, seit sie die Kantine und die Kinderverwahranstalt vor beinahe einem Jahr eingeführt hatte. Beide Einrichtungen wurden sehr gut angenommen, und Abigail hatte bereits nach vier Wochen zwei weitere Kinderfrauen und eine zusätzliche Köchin einstellen müssen, damit der Arbeitsaufwand zu bewältigen war. Besonders freute es sie, dass andere Fabrikanten ihrem Beispiel zu folgen schienen, denn Jimmy Hammingway berichtete davon, dass auch Uman eine Fabrikküche eröffnet habe, weil ihm zu viele Arbeiter zu Hampton's Mill abgewandert seien. Zwei Fabriken in den umliegenden Städten hatten ebenfalls Aufenthaltsräume für die Arbeiterkinder eingerichtet, und Abigail hoffte auf weitere Nachahmer.

Sie blieb neben Vera stehen, Oliver Rashleighs ältester Tochter. Oliver hatte ihr seine Kinder vorgestellt, als sie ihn im vergangenen Winter zum ersten Mal in seinem Haus besucht hatte. Sie hatte sich ein Bild davon machen wollen, wie der Mann lebte, den sie heimlich liebte. Das Haus der Rashleighs stand am Rand der Stadt, in einer Straße, die nicht ganz so heruntergekommen wirkte wie die anderen in diesem Viertel. Die drei Töchter teilten sich ein Schlafzimmer, während Oliver eine kleine Kammer mit seinem Sohn bewohnte. Die geräumige Wohnküche strahlte Behaglichkeit aus. Abigail hatte mit Oliver und den Mädchen Tee getrunken, während ihr Bruder noch in der Fabrik war. Die Mädchen hatten Abigail scheu angestarrt und kaum ein Wort gesprochen. Nach diesem Besuch hatte sie Olivers Kinder nicht wiedergesehen.

Jetzt blickte Vera auf, und als sie Abigail erkannte, hielt sie kurz in ihrer Arbeit inne und knickste vor ihr.

Abigail nickte ihr zu. Dann fragte sie: »Würden Sie mir freundlicherweise erklären, wie der Selfaktor funktioniert?«

Vera sah sie erschrocken an. »Ich soll … ich …?«

Schnell hob Abigail die Hände. »Ich prüfe Sie nicht. Ich möchte nur die Arbeit in der Fabrik besser verstehen. Und der Selfaktor ist eine unserer wichtigsten Maschinen.« Inzwischen leitete Abigail die Geschäfte schon so lange, dass sie sich vorgenommen hatte, sich die Arbeitsabläufe endlich einmal genauer anzusehen.

Das Mädchen nickte und deutete auf den oberen Teil der Maschine. »Hier befindet sich das Streckwerk«, sagte sie, und Abigail erkannte die Spulen mit der Lunte, die darin befestigt waren. »Sehen Sie die Walzen da, Eure Ladyschaft?«

Abigail nickte. »Die ziehen die Lunte auseinander, bevor das Garn dann auf diese ganzen Spindeln gewickelt wird, nicht wahr?«

Sie wusste, dass ein Selfaktor zweitausend Spindeln gleichzeitig mit Garn füllen konnte. Wo früher Hunderte von Spinnerinnen gearbeitet hatten, war heute nur noch eine nötig, die die Maschine bediente. Viele Frauen wurden arbeitslos, während sich der Gewinn für den Fabrikanten um ein Vielfaches steigerte.

»Genau«, erklärte Vera weiter, »und während die Fäden

zu den Spindeln geführt werden, dreht man die Fasern. Und schon ist das Garn fertig.« Das Mädchen richtete sich auf und sah Abigail stolz an.

»Und wozu dienen diese Drähte?«, fragte Abigail, während sie die schnellen Bewegungen der Maschine beobachtete.

»Dadurch wird das fertig gesponnene Garn gleichmäßig auf die Spindeln gewickelt.« Vera deutete auf den unteren Teil der Maschine. »Sehen Sie, das Garn wird über die ganze Breite verteilt.« Sie eilte in die Mitte des Selfaktors, wo einer der Fäden zerrissen war, und knüpfte ihn geschickt wieder zusammen. Währenddessen arbeitete die Maschine weiter.

Abigail sah der jungen Frau eine Weile bei der Arbeit zu. Sie wusste, dass es schwer war, gute Spinnerinnen zu bekommen, denn die Wartung und Pflege eines Selfaktors war anspruchsvoll und erforderte viel Erfahrung. Außerdem brauchte man beim Aufnehmen und Verknoten der gerissenen Fäden viel Fingerspitzengefühl.

»Eure Ladyschaft?«

Abigail sah sich um, als sie Olivers Stimme hinter sich vernahm.

Er nickte seiner Tochter zu und wandte sich dann an Abigail. »Mr Scott ist soeben eingetroffen. Er hat die Statue mitgebracht.«

»Oh«, Abigail spürte, wie die Aufregung in ihr wuchs, »ich begleite Sie, Mr Rashleigh.«

Er sah sie von der Seite an, während sie an den Maschinen entlang zum Ausgang der Halle gingen. »Vier Wachmänner mussten ihn begleiten.«

Abigail nickte und sagte leise: »Die Statue ist sehr wertvoll. Ich habe all meinen Schmuck und sämtliche goldenen Figuren, die in Hampton Hall zu finden waren, dafür einschmelzen lassen.«

Sie überquerten den Hof und bogen in den Weg ein, der zum Eingang von Abigail's Place führte, als sich ihre Blicke trafen. Abigail stockte jedes Mal der Atem, wenn er sie ansah. Es lag so viel Liebe und Zärtlichkeit in seinen Augen, dass ihr ganz warm wurde. Sie dachte an die vergangene Nacht, als sie in seinen Armen gelegen hatte, wie auch schon in den Nächten davor. Erst gegen Morgen schlich er sich aus dem Haus und ging in die Stadt, um sich umzukleiden und dann wieder nach Hampton's Mill zurückzukehren. Abigail wusste nicht, ob seine Kinder etwas ahnten. Vermutlich dachten sie, dass ihr Vater sich neu verliebt hatte, aber wie sollten sie auf Abigail kommen?

Schon von Weitem konnte sie die Equipage des Goldschmieds vor dem Haus stehen sehen. Niemand außer Oliver, Ebenezer und ihr selbst wusste, warum er sie heute besuchte. In der Eingangshalle befahl Abigail Tucker, niemanden ins Haus zu lassen, dann begaben sie sich in Anthonys Arbeitszimmer. Als Oliver und Abigail eintraten, saßen Ebenezer und Mr Scott vor dem Schreibtisch. Die vier Wachmänner hatten sich neben dem Kamin postiert. Auf dem runden Tisch an der Wand stand eine unscheinbare Holzkiste. Mr Scott erhob sich.

»Eure Ladyschaft.« Er ging auf Abigail zu und verneigte sich.

Sie tauschten einige Höflichkeiten aus, ehe Mr Scott an die Kiste trat und den Deckel öffnete. Er hob einen glänzenden Gegenstand heraus und stellte ihn auf den Schreibtisch. Abigail hielt den Atem an, als sie die wunderschöne

Statue sah, die ungefähr drei Fuß hoch war. Abigail hatte Mr Scott bei der Gestaltung freie Hand gelassen. Jetzt betrachtete sie das Kunstwerk.

»Ist es eine Marienfigur?«, fragte sie.

»So ähnlich.« Mr Scott lächelte. »Sehen Sie sich die Augen genauer an. Es sind Smaragde.«

Oliver und Abigail beugten sich darüber. Dann traten sie zur Seite, damit Ebenezer die goldene Figur begutachten konnte.

»Das sind Sie, Eure Ladyschaft – Lady Abigail Mahony«, stellte Oliver fest. Er ließ seinen Blick zu Abigail und dann zurück zu der Statue gleiten.

»Die Arbeitermadonna«, sagte Ebenezer feierlich. Er richtete sich auf und sah zu seiner Mutter. »Die Leute in der Fabrik nennen Sie die Madonna der Arbeiter.« Er wandte sich an den Juwelier. »Meine Mutter hat das Rad in der Spinnerei eingeführt und dafür gesorgt, dass die Löhne angehoben wurden.«

Mr Scott nickte anerkennend. »Dann lässt Seine Lordschaft Ihnen weitgehend freie Hand?«

»Nein«, beeilte sich Abigail zu erklären, »eigentlich setze ich nur seine Wünsche um.«

»Sehr gut«, sagte Mr Scott und legte den Kopf schräg. »Wenn ich fragen darf – ist Seine Lordschaft verreist? Ich habe ihn seit langer Zeit nicht mehr gesehen.«

»Er ist hier in Stockmill«, sagte Oliver und lächelte verbindlich, »aber er ist zurzeit sehr beschäftigt. Er führt Studien durch.«

»Ja«, bestätigte Ebenezer. »Er hat die Astronomie für sich entdeckt.«

»Stundenlang beobachtet er den Nachthimmel«, seufzte

Abigail. »Und dann verschläft er den halben Tag. Die restliche Zeit berechnet er Entfernungen von Sternen und sucht nach neuen Planeten. Und abends schaut er wieder in den Himmel.«

»Ach, so ist das!« Der Goldschmied lachte. »Das erklärt, warum seit Monaten kaum jemand Seine Lordschaft zu Gesicht bekommen hat.«

Abigail nickte. »Wenn Sie mich fragen, grenzt seine Leidenschaft schon an Besessenheit.«

Eine Weile plauderten sie über die verschiedensten Zeitvertreibe, bis sich der Juwelier und die Wachmänner endlich verabschiedeten. Ebenezer begleitete die Herren die Treppe hinunter.

Abigail ließ sich in den Sessel fallen.

»Das hast du großartig gemacht, meine Liebe.« Oliver trat hinter sie und massierte ihr vorsichtig die Schultern.

»Es ist ja nicht einmal gelogen. Gut, dass wir ihm das Teleskop geschenkt haben. Er hat zwar nur das Fabrikgelände damit beobachtet, aber theoretisch könnte er sich auch die Sterne ansehen.«

»Dazu werden Teleskope für gewöhnlich benutzt«, erwiderte Oliver. Er schlang seine Arme um sie und drückte sie einen Moment an sich. Dann küsste er ihr Haar. »Ich liebe dich, Abigail.«

Sie reckte ihren Kopf und küsste ihn. »Und ich liebe dich. Aber wir müssen uns etwas einfallen lassen. Die Menschen fangen allmählich an zu reden. Und George drängt seit Monaten auf einen Besuch. Wenn er das Frühjahr nicht in Italien verbracht hätte, wäre er vermutlich längst hergekommen. Wenigstens hat uns das ein wenig Aufschub verschafft. Doch seit einigen Wochen ist er zurück in Bath und wird sich wohl nicht mehr lange von hier fernhalten lassen. Und Anthonys Verschwinden lässt sich kaum mehr verheimlichen.«

»Am besten wäre es, wenn er sich bei irgendeiner Gelegenheit einmal zeigen könnte, bei der er mit niemandem reden muss«, überlegte der Verwalter und löste sich wieder von Abigail. Sie mussten vorsichtig sein, denn es war besser, wenn auch Ebenezer nichts von ihrer Liebe erfuhr.

Abigail trat ans Fenster. »Hampton's Mill besteht seit genau dreißig Jahren. Wir könnten eine kleine Jubiläumsfeier in Hampton Hall geben und ein Bühnenprogramm organisieren. Sämtliche Mitglieder der hiesigen Gesellschaft würden anwesend sein und Zeuge von Anthonys Gegenwart werden. Anthony müsste nur stumm zusehen, und danach würden wir ihn wieder hierherbringen.«

Oliver machte eine zweifelnde Miene. »Das ist sehr riskant. Bestimmt würden Bekannte mit ihm ein Wort wechseln wollen, und es ist undenkbar, dass er so lange still sitzen bleibt.«

Abigail nickte resigniert. »Du hast recht. Außerdem braucht es Monate, um ein solches Fest vorzubereiten, und Anthonys Zustand wird immer schlechter.« Sie dachte an den letzten Aderlass, den Doktor Smith vor zwei Wochen durchgeführt hatte und der genau wie die vorangegangenen keinerlei Wirkung zeigte.

In diesem Moment kehrte Ebenezer zurück. Er zog die Augenbrauen hoch und stellte fest: »Ganz schön heikel, die Fragen, die er uns stellt.«

Oliver nickte. »Aber leider absolut naheliegend. Lord Mahony wurde seit Monaten bei keinem gesellschaftlichen Ereignis mehr gesehen.«

»Lange werden wir das Versteckspiel nicht mehr aufrechterhalten können.« Abigail deutete auf die goldene Statue, die noch immer auf Anthonys Schreibtisch stand. Sie funkelte im Schein der Gaslampen. »Wenigstens haben wir die Figur als Absicherung für die Arbeiter.«

»Die Arbeitermadonna«, wiederholte Ebenezer den neuen Namen der Statue.

Oliver lächelte Abigail zu. »Dieses Geschenk an die Arbeiter ist sehr großzügig von Ihnen, Eure Ladyschaft.« Er wählte in Gegenwart von Ebenezer immer die offizielle Anrede.

»Bringen wir die Arbeitermadonna in ihr Versteck.« Ebenezer trat ehrfürchtig an die Figur heran und nahm sie in die Hände. »Sie ist ziemlich schwer.«

Oliver vergewisserte sich, dass niemand im Flur zu sehen war. Abigail schritt ihrem Sohn voran und öffnete auf der anderen Seite des Flurs die Tür zu ihrem Schlafzimmer.

Oliver trat an ihren Kleiderschrank. »Darf ich, Eure Ladyschaft?«

Abigail nickte.

Er öffnete den Schrank und betätigte einen unauffälligen Hebel. Abigail hatte ihn durch Zufall entdeckt und sofort an die Statue gedacht. Sie fragte sich, warum Anthony wohl dieses geheime Zimmer im Haus hatte einbauen lassen. Ihr wurde kalt, als sie an seine Geliebte dachte. Ob es als ein Versteck für sie gedacht gewesen war? Abigail wischte den Gedanken an Anthony und Deborah fort und folgte den beiden Männern durch die Geheimtür in ein schmales Treppenhaus. Als sie alle drei in dem kleinen Turmzimmer standen, stellte Ebenezer die Figur auf das

Podest in der Mitte, das sie unbemerkt hierhergebracht hatten.

»Ebenezer«, sagte Abigail und griff nach seinen Händen, »versprich mir, dass du immer ein gerechter Herr sein wirst, der nie vergisst, dass es die Arbeiter sind, die für unseren Reichtum schuften.«

Er nickte feierlich.

Abigail seufzte. »Ich weiß, dass wir deinen Vater nicht mehr lange verstecken können. Man wird dahinterkommen, dass sein Verstand schwindet. Wenn nicht noch ein Wunder geschieht, und ich bete jeden Tag dafür, wird George in Kürze die Leitung der Fabrik übernehmen. Erst wenn du in vier Jahren volljährig bist, kannst du die Fabrik selbstständig führen.«

»Ich werde versuchen, Einfluss auf ihn zu nehmen«, versprach Ebenezer.

»Ich danke dir«, sagte sie und küsste ihn aufs Haar. »Bemühe dich immer um Gerechtigkeit und habe ein besonderes Auge auf die Kinder.«

Ebenezer sah sie ernst an. »Ich verspreche es.«

Abigail betrachtete ihren Sohn. Er war in den letzten Monaten sehr gewachsen und inzwischen einen halben Kopf größer als sie. Der kindliche Ausdruck auf seinem Gesicht war verschwunden. Die Krankheit seines Vaters war auch an dem Siebzehnjährigen nicht spurlos vorbeigegangen. Ebenezer war erwachsen geworden. Abigail presste die Lippen zusammen, als ihr klar wurde, dass ihr ältester Sohn nun kein Kind mehr war. Hoffentlich würde sich wenigstens Hugo seine Unbeschwertheit noch lange bewahren können. Abigail hatte versucht, die Sorgen von dem Kleinen fernzuhalten. Er war ein Träumer, ganz anders als sein großer Bruder es in diesem Alter gewesen war. Was würde ihn in den nächsten Jahren erwarten? Abigail verharrte einen Moment und folgte dann Ebenezer und Oliver die Wendeltreppe hinunter.

»Eure Ladyschaft!«

Abigail, die gerade auf dem Weg in die Weberei war, blieb stehen und sah sich um. Deborah Sickerville eilte hinter ihr her.

»Verzeihen Sie, dass ich Sie unangemeldet anspreche, aber ich möchte mich nach Anthony erkundigen.« Miss Sickerville richtete den Blick zu Boden.

Abigail atmete tief durch. Deborah erschien regelmäßig in der Villa, und Abigail hatte Angst, dass es Gerede unter den Dienstboten geben würde. Es gab sowieso schon genug, worüber sie tuscheln konnten. Das häufige Auftauchen der ausgesprochen gut aussehenden und jungen Deborah Sickerville sorgte mit Sicherheit für Gesprächsstoff. Besonders, da Abigail die junge Frau immer mit Anthony allein ließ. Sie konnte es kaum ertragen, die beiden zusammen zu sehen. Aber sie musste sich eingestehen, dass Anthony nach den Besuchen seiner Geliebten um einiges aufgeräumter und gesünder wirkte als zuvor. Und das schmerzte Abigail besonders. Trotzdem oder gerade deshalb hatte Abigail Deborah vor einigen Monaten die von Anthony versprochenen fünfhundert Pfund geschickt.

Abigail unterdrückte einen Seufzer. »Es geht ihm so weit gut. Leider zeigen sämtliche Therapien noch immer keinerlei Wirkung.«

Deborah hob den Blick. Ihre Augen schimmerten feucht. »Darf ich ihn sehen?«

Abigail musterte sie einen Moment. »Deborah, ich kann nicht zulassen, dass Sie ihn so oft besuchen.«

»Bitte«, sie sah Abigail flehend an, »ich möchte Ihnen bei der Pflege helfen. Lassen Sie mich jeden Tag zu ihm kommen, ich kann mich um ihn kümmern.«

Abigail erschrak. »Deborah, wie kommen Sie darauf, dass ich das jemals erlauben würde?« Sie schüttelte den Kopf. Sie würde doch nicht die Geliebte ihres Mannes täglich in ihr Haus lassen.

»Weil Sie ihn nicht lieben«, entgegnete Deborah und sah sie entschlossen an.

Abigail wollte ihr widersprechen, doch Miss Sickerville fuhr fort: »Nicht so wie ich. Tony ist alles, was ich habe, außer Mary, und die habe ich auch nur Tony zu verdanken. Ich liebe ihn, ich möchte bei ihm sein.«

Abigal wusste nicht, was sie darauf antworten sollte.

»Sie können sich nicht vorstellen, wie es ist, wenn man einen Menschen verzweifelt liebt und weiß, dass es ihm nicht gut geht, aber nicht zu ihm darf.« Tränen rollten ihre Wangen hinunter. »Sie ahnen nicht, wie es ist, wenn man sich nach einem Menschen sehnt, er aber nicht erreichbar ist.« Sie fasste nach Abigails Arm und hielt sie fest. »Tony hat mich gerettet, als ich ganz unten war. Jetzt geht es ihm schlecht, und ich möchte für ihn da sein.«

Abigail wandte sich ab. Sie war wütend auf Deborah. Warum sprach sie sie in aller Öffentlichkeit, hier auf dem Fabrikgelände, auf dieses heikle Thema an? Warum konnte sie Abigail nicht einfach in Ruhe lassen?

»Eure Ladyschaft?«

Abigail wandte sich um und sah Oliver auf sich zukommen. Sein Blick war besorgt. »Ist alles in Ordnung?«

Abigail nickte zögernd. Leise sagte sie: »Deborah möchte zu Anthony. Sie würde gern jeden Tag kommen und sich um ihn kümmern.«

Olivers Augenbrauen zogen sich zusammen. Sein Blick wanderte zwischen den Frauen hin und her.

»Gehen wir ins Haus.« Der Verwalter deutete auf die Villa.

Abigail nahm seinen Arm und ließ sich von ihm führen. Wie gut, dass er da war! Wie viel Kraft er ihr gab, wenn sie nicht mehr weiterwusste! Sie sah zu Deborah, die still und blass neben ihnen herlief. Sie schien isoliert, allein gelassen in einer Welt, in die sie eigentlich nicht gehörte. Und doch war sie hier, in Sorge um Anthony, dem sie so viel bedeutet haben musste, dass er dieses Haus für sie gebaut hatte, wenn sie den Worten der jungen Frau glauben konnte.

Abigail blieb stehen und überlegte. Wer war sie, dass sie Deborah verbot, den Mann zu sehen, den sie liebte? Warum ließ sie die Frau, deren Besuche ihren Mann ganz offensichtlich glücklich machten, nicht zu ihm? Warum stellte sie sich dem Glück entgegen, wo sie selbst doch gerade ihr Glück mit Oliver gefunden hatte? Dass sie und Anthony in einer Ehe gefangen waren, die gesellschaftlich angesehen und von allen erwartet worden war, spielte dabei keine Rolle. Nicht für sie. Anthony hatte sich nach Liebe gesehnt, genau wie Abigail. Sie konnten sich diese Gefühle nicht entgegenbringen, hatten sie aber in den Armen anderer Menschen gefunden. Es war Abigails Verletztheit, die sie dazu brachte, Deborah von Anthony fernzuhalten. Sie fühlte sich gekränkt, betrogen und benutzt. Aber sie hatte nicht das Recht, Deborah und Anthony ihre Liebe zu verweigern.

Abigail ging zum Eingang der Villa und bedeutete Oliver und Deborah, ihr zu folgen. Sie stieg die Treppe hinauf, durchquerte Stantons Zimmer und nahm dann die Wendeltreppe zum Turm, bis sie Anthonys Zimmer erreicht hatte. Die beiden anderen folgten ihr.

Anthony stand neben dem Teleskop, das wie üblich nicht in den Himmel, sondern zur Erde gerichtet war. Er hatte sie beobachtet, dessen war Abigail sich sicher.

Deborah war hinter Abigail stehen geblieben. Anthonys Blick war auf die junge Frau gerichtet. Sein Hemd hing ihm aus der Hose, er trug keinen Rock, nur das Leinenhemd, die Hose wurde von Hosenträgern gehalten. Er breitete die Arme aus, und ein Lächeln hatte sich auf sein Gesicht gelegt. Deborah errötete und starrte zu Boden.

»Bitte«, Abigail nickte ihr zu, »tun Sie ihm den Gefallen.«

Deborah zögerte. Abigail wandte sich ab und bat Oliver, sie zu begleiten. »Ich erwarte Sie im Salon, Deborah. Lassen Sie sich Zeit.«

Drei Wochen später stand Abigail in der Kinderverwahranstalt und sah den Frauen zu, während sie die Kleinkinder beaufsichtigten, die auf einem Teppich mit Hölzern und Teddybären spielten. In einer langen Reihe standen Wiegen und Krippen an der Wand, in denen die Säuglinge schliefen. Abigails Blick glitt zu den hohen Fenstern, die sie hatte einbauen lassen. Heute war über dem Qualm, der aus den Schornsteinen kam, ein schöner Septembertag. Es war schade, dass die Kinder den ganzen Sommer in der Fabrik hatten verbringen müssen, statt über die Wiesen zu toben und am Bach zu spielen. Aber die Nähe zu ihren arbeitenden Müttern war wichtiger für sie. Und selbst wenn Abigail einen Garten neben der Fabrik hätte anlegen lassen, in dem die Kinder spielen konnten, hätte sich der Qualm und Nebel unangenehm auf die kleinen Lungen gelegt.

Abigail beobachtete eine Gruppe ungefähr fünfjähriger Jungen, die mit Bauklötzen spielten. Vielleicht konnte sie regelmäßige Ausflüge in die Natur organisieren, für die älteren Kinder, die nicht mehr gestillt wurden. Sie müsste dafür natürlich mehr Kinderfrauen einstellen und Wagen anschaffen, mit denen die Gruppe aufs Land fahren konnte, doch es würde der Gesundheit der Kinder guttun. Aber zunächst musste sie sich um die Lehrer kümmern, die sie brauchte. Abigail war nämlich zu dem Entschluss gekommen, eine fabrikeigene Schule zu eröffnen, da sie in ganz Stockmill keine Lehranstalt gefunden hatte, die einen gewissen Bildungsstandard bot. Sie ließ ihren Blick über die älteren Kinder schweifen, die normalerweise im nächsten Jahr anfangen würden, als Piecer zu arbeiten. Sie würden den ganzen Tag unter den Maschinen herumklettern und die Baumwollreste aufsammeln, die Maschinen säubern und allerhand Hilfsarbeiten erledigen. Aber Abigail wollte, dass alle Kinder wenigstens drei Jahre zur Schule gingen, bevor sie anfingen zu arbeiten. Damit würden sie zumindest schreiben und rechnen lernen.

»Eure Ladyschaft!«

Abigail sah sich um. Hinter ihr stand eines ihrer Hausmädchen. Es war außer Atem und hatte gerötete Wangen. Anscheinend hatte es den Weg von der Villa im Dauerlauf zurückgelegt. »Mr Rashleigh schickt nach Ihnen. Sie haben einen Besucher.«

Abigail zog die Augenbrauen hoch und folgte ihr zum

Haus zurück. Ihr Herz raste. Jeden Tag hatte sie Angst davor, dass Gentlemen auftauchen würden, die sich nicht abwimmeln ließen. Als sie jetzt die große Kutsche vor dem Eingang stehen sah, biss sie sich auf die Lippen. Das musste Sir Laurence sein, der seit Ewigkeiten auf ein Gespräch mit Anthony drängte. Sie hatte gehofft, dass er längst wieder nach Northumberland zurückgekehrt sei.

Abigail wusste nicht, was sie schon wieder für eine Ausrede erfinden sollte.

Tucker deutete auf die Tür zum Salon. »Dort drin, Eure Ladyschaft.«

Abigail holte tief Luft und betrat das Zimmer. Oliver blickte ihr entgegen, und sie erkannte an seinem Gesichtsausdruck, dass er beunruhigt war. Den Grund dafür sah Abigail gleich darauf. Denn neben Sir Laurence, der auf dem Sofa saß, wartete ihr Schwager George auf sie.

Beide Männer erhoben sich, und George sah ihr mit einem süffisanten Lächeln entgegen. »Abigail, meine Liebe! Wie schön, dich wiederzusehen.«

Einen Augenblick starrte sie ihn erschrocken an, dann zwang sie sich ebenfalls zu einem Lächeln. »George, ich hatte dich gar nicht erwartet. Ich hoffe, du hattest eine erholsame Zeit an der Küste.«

Er zog die Augenbraue hoch. »So? Hat Anthony nicht erwähnt, dass ich beabsichtige, ihn zu besuchen?«

Abigail stutzte. George wollte sie offenbar auf die Probe stellen. In seinem letzten Brief war nicht die Rede davon gewesen. Abigail hatte ihn selbst beantwortet und von Anthony unterzeichnen lassen. Ihrem Mann fiel es zunehmend schwerer, Briefe zu schreiben. Seine Schrift nahm immer mehr die Züge einer Kinderschrift an.

»Er muss es vergessen haben«, antwortete Abigail rasch.

»Er ist sehr beschäftigt mit seinen astronomischen Studien«, erklärte Oliver.

Abigail nickte Sir Laurence kühl zu, um ihn nicht zu unangenehmen Gefühlsausbrüchen zu motivieren. »Sir Laurence, ich fürchte, mein Mann hat heute wieder keine Zeit für Sie.«

»Das ist schade.« Sir Laurence hauchte einen Kuss auf Abigails Seidenhandschuh und trat wieder zum Sofa.

»Er hat die ganze Nacht die Sterne beobachtet«, erklärte Abigail. »Und jetzt liegt er, so fürchte ich, noch im Bett.«

George strich sich über den Backenbart und ließ seinen Blick unanständig lange über Abigails Körper gleiten. »Den Himmel hat er beobachtet? Ausgerechnet von hier aus?«

»Warum nicht?« Abigail hätte sich am liebsten abgewendet, hielt seinen duchdringenden Blicken jedoch stand.

»Hampton's Mill liegt im Tal. Stellen Astronomen ihre Teleskope nicht normalerweise auf irgendwelche Hügel? Und dann die Qualmwolke! Wie will er denn da etwas erkennen, wo nicht einmal der Himmel selbst zu sehen ist?«

Abigails Blick huschte zu Oliver, der neben dem Kamin stand. Sie räusperte sich. »Nun, in der Nacht zieht der Dunst natürlich ab. Und gerade die Tatsache, dass von hier unten niemand die Sterne beobachtet, birgt neue Blickwinkel. Das sagt Anthony jedenfalls.«

George nickte nachdenklich. »Wie auch immer«, er ging zum Fester und zog die Gardine zurück. »Ich habe mich sehr gewundert, als ich heute nach Hampton Hall kam und das Haus von Arbeiterfamilien besetzt vorfand.«

Abigail machte einen flinken Schritt in die Raummitte und erklärte etwas zu hastig: »Das war Anthonys Einfall, und ich habe sofort zugestimmt. Schließlich müssen die Arbeiterhäuser in der Stadt renoviert werden. Während dieser Zeit sind die Familien in Hampton Hall einquartiert. Es sind schon fast drei Straßenzüge erneuert worden.«

»Und ihr seid hierhergezogen? In dieses winzige Haus?« George zog die Mundwinkel nach unten. Er ging zurück zum Sofa. »Ich hätte nicht geglaubt, dass mein Bruder sein Anwesen räumt, um Arbeiter darin wohnen zu lassen.«

»Nun, er hat anscheinend verborgene Seiten, von denen du nichts ahnst«, erwiderte Abigail so freundlich, wie es ihr möglich war.

»Offensichtlich, ja.« George setzte sich wieder auf das Sofa. »Wir werden warten, bis Anthony wach ist. Denn wir haben etwas Wichtiges mit ihm zu besprechen.« Er bedeutete Sir Laurence, ebenfalls Platz zu nehmen.

Abigail sah hilfesuchend zu Oliver hinüber.

»Nun, die Herren«, sagte der Verwalter und lächelte verbindlich. »Ich befürchte, das wird aussichtslos sein. Denn Lord Mahony hat darauf bestanden, heute den ganzen Tag nicht gestört zu werden.«

George lehnte sich zurück und schlug die Beine übereinander. Sein Blick wanderte zwischen Abigail und Oliver hin und her. Seine Augen wurden zu schmalen Schlitzen. Er erinnerte Abigail an eine Schlange, kurz vor dem Angriff. Instinktiv hielt sie die Luft an.

»Es ist bald drei Jahre her, dass ich nichts mehr von meinem Bruder gehört habe«, begann er. »Gut, ich war inzwischen längere Zeit verreist …«

Abigail atmete aus. »Er hat dir regelmäßig geschrieben.«

»*Du* hast mir geschrieben«, korrigierte sie George, und Abigail zuckte zusammen.

»Ich bin sein Bruder und kenne seine Schrift von Kindesbeinen an. Glaubst du, dass ich so leicht zu täuschen bin?« George stand auf und trat an den Kabinettschrank. Er öffnete ihn und schenkte sich und Sir Laurence ein Glas Brandy ein. »Ich habe sofort gesehen, dass nicht Anthony mir die Briefe geschrieben hat. Als Sir Laurence dann um meinen Rat bat«, er reichte seinem Freund eines der Gläser, prostete ihm zu und stürzte den Whiskey hinunter, »wurde ich endgültig misstrauisch.«

»Einen Rat?« Abigails Mund war plötzlich trocken.

»Er hatte wiederholt versucht, zu Anthony vorgelassen zu werden. Aber du und dein kleiner«, er sah mit abfälligem Blick zu Oliver hinüber, »Handlanger, ihr habt mit allen Mitteln versucht zu verhindern, dass Sir Laurence persönlich mit Anthony spricht.«

Abigail ballte die Faust. »Wir haben lediglich Anthonys Anweisungen ausgeführt«, sagte sie.

»Schluss jetzt!« Georges Stimme wurde laut. Er baute sich vor ihr auf. »Weihnachten vor drei Jahren war Anthony plötzlich verändert. Als er von seiner Reise zurückkam, machte er einen seltsamen, unerklärlichen Eindruck. Die letzten Jahre habe ich ihn nicht mehr gesehen, weil ich oft in Italien war.«

Abigail zog die Augenbrauen hoch. »Und?«

»Ich habe mir meine Gedanken gemacht.« George stand jetzt so nah vor ihr, dass Abigail den Brandy in seinem Atem riechen konnte.

»Er schickte mich übereilt weg, als ich ihn das letzte Mal gesehen habe. Danach hat er mir nicht mehr geschrieben. Und Sir Laurence berichtete mir von einem seltsamen Zusammentreffen, als er Anthony kurz zu Gesicht bekam.

Dann jedoch wurde er sofort wieder von dir und deinem Handlanger abgeschirmt.« Georges Augen bohrten sich in ihre. »Das ist das letzte Lebenszeichen, das wir von ihm haben. Er ist tot! Gib es zu! Er ist schon lange nicht mehr am Leben, und du hast es verschleiert, um selbst die Fabrik zu führen und die Geschäfte zu schwächen. Warum? Ich weiß es nicht, aber ich nehme an, dass dein Freund hier dahintersteckt.« Er wandte sich an Oliver. »Springt für Sie etwas dabei heraus? Haben Sie Ihren Einfluss auf meine Schwägerin zu Ihrem Vorteil genutzt?«

»Nein!«, rief Abigail. »Anthony lebt und ist wohlauf.«

Georges Blick huschte wieder zu ihr, wie ein Wiesel. »Dann bring mich zu ihm. Ich will ihn sehen.«

Abigail sah zu Oliver hinüber. »Also gut. Einverstanden. Warte bitte hier im Salon, wir werden Anthony holen.«

Wie in Trance verließ sie das Zimmer. Sie spürte Oliver neben sich. Als die Tür hinter ihnen zugefallen war, sah sie ihn an. In seinen Augen erkannte sie dieselbe Resignation, die sie auch selbst fühlte.

»Komm mit.« Oliver schob sie sanft in Richtung Treppe. »Wir müssen ihn holen. Entweder es geht gut, oder es ist vorbei.«

Abigail wusste, dass Oliver recht hatte. Sie konnten es nicht mehr verbergen. Sie konnten keinen Einfluss mehr nehmen. Wenn Anthony einen guten Tag hatte, war er durchaus in der Lage, ein paar vernünftige Sätze zu sagen. Doch sobald ihm Fragen gestellt wurden, geriet er ins Schlingern. Dann schien sich die Welt zu schnell für ihn zu drehen, und seine Gedanken konnten nicht mehr folgen.

Mit schweren Schritten stieg Abigail neben Oliver die Treppe hinauf. Als sie im Turm angelangt waren, sah Abigail sofort, dass es kein guter Tag war. Anthony saß mit leerem Blick an seinem Tisch. Deborah, die neben ihm gesessen hatte, sprang auf, als sie den Raum betraten.

»Schnell, Deborah«, befahl Abigail, »wir müssen ihn ankleiden.« Sie sah sich um. »Wo ist Stanton?«

»In der Waschküche, er wollte nach Tonys Wäsche sehen«, antwortete Deborah mit ängstlichem Blick. »Was ist denn passiert?«

Abigail seufzte. »Das erkläre ich Ihnen später. Stecken Sie ihm bitte das Hemd in die Hose. Mr Rashleigh, suchen Sie nach einem sauberen Rock. Die Hose hat Flecken«, stellte sie fest. Sie schüttelte den Kopf. »Aber das können wir nicht ändern. Es muss so gehen.«

Deborah half Anthony aufzustehen, und Abigail trat vor ihn.

»Anthony, hör mir gut zu.« Sie sprach übertrieben deutlich, wusste aber nicht, ob auch nur eines ihrer Wörter in sein Bewusstsein drang. »George ist hier und möchte dich sehen. Antworte so wenig wie möglich, ja? Wenn du nicht weißt, was du sagen sollst, wende dich an mich. Erkläre ihm einfach, ich würde mich um alles kümmern und dass du damit einverstanden bist, dass ich alle Entscheidungen für dich treffe. Hast du das verstanden?«

Anthony sah sie entrückt an. Abigail schluckte und wandte sich ab, um ihre Verzweiflung zu verbergen.

Schweigend wartete sie, bis Deborah und Oliver Anthony beim Ankleiden geholfen hatten. Dann musterte sie ihren Mann. Solange man ihm nicht in die Augen sah, in denen sich Ratlosigkeit und Verwirrung nur allzu deutlich zeigten, konnte man meinen, er wäre noch immer der alte Lord Anthony Mahony.

»Eure Ladyschaft?« Oliver sah sie an. »Sind Sie so weit?«

Abigail nickte. Oliver hatte Anthonys Arm ergriffen und führte ihn hinter ihr die Treppe hinunter. Deborah sah ihnen nach.

Es war das erste Mal seit Langem, dass Anthony wieder in die untere Etage kam. In den letzten Monaten hatte er sich nur in den Türmen aufgehalten. Er sah sich mit unruhigem Blick um, und Abigail merkte, wie sehr ihn dieser Ausflug innerlich aufwühlte.

In der Eingangshalle blieb Anthony stehen. Mit seinen staunenden, ängstlichen Augen und dem unsicheren Gang erinnerte er Abigail an ein Kind.

Oliver ergriff Abigails Hand, drückte sie kurz und lächelte seiner Herrin liebevoll zu. Er flüsterte: »Was auch immer gleich geschieht, denk an das, was du erreicht hast. An das Glück, das du den Menschen geschenkt hast.«

»Aber es gibt noch so viel mehr zu tun. So viele Missstände, die behoben werden müssen, so viel Ungerechtigkeit, die gelindert werden muss«, erwiderte sie leise.

»Du wirst nicht alles Leid aus der Welt schaffen können«, sagte er und ließ ihre Hand wieder los. Dann nickte er ihr zu und öffnete die Tür zum Salon. Abigail griff nach Anthonys Arm und führte ihn hinein.

George und Sir Laurence standen auf.

»Anthony!« George musterte seinen Bruder neugierig. Er schien tatsächlich überrascht zu sein, ihn zu sehen.

Anthony starrte George an.

»Das ist Sir Laurence aus Northumberland«, stellte George ihm seinen Freund vor. »Aber ihr kennt euch ja schon.«

Sir Laurence reichte Anthony die Hand. »Ja, ich hatte bereits das Vergnügen. Leider waren unsere Begegnungen sehr kurz, und wir kamen nicht dazu, uns ausführlich zu unterhalten.«

»Äh …«, stammelte Anthony, sein Blick huschte davon und blieb an der Gardinenstange hängen.

»Lord Mahony?«, fragte Sir Laurence.

Anthony machte ein paar unsichere Schritte auf den Punkt an der Wand zu, der – aus welchem Grund auch immer – seine Aufmerksamkeit fesselte.

»Anthony, ist alles in Ordnung?«, fragte George jetzt mit neuem Interesse.

»Die … die … Da ist eine …« Anthony deutete auf die Stange.

George sah mit hochgezogenen Augenbrauen zu Abigail.

Abigail schluckte und hob die Schultern. »Er ist zurzeit sehr mit seinen Studien beschäftigt.«

»Lord Mahony, Sie sind vermutlich noch müde«, mischte sich nun auch Oliver ein und fasste Anthony sanft am Arm. »Am besten wird es sein, wenn ich Sie wieder in Ihr Zimmer begleite.«

»Aber die … die … Ich brauche mein …« Anthony brach hilflos ab.

George hob die Hand und bedeutete den anderen im Raum zu schweigen.

»Was brauchst du, Anthony?«, fragte er mit betont freundlicher Stimme.

Anthony richtete seinen Blick auf George. Abigail konnte nicht mit Gewissheit sagen, ob er ihn erkannt hatte. »Hä? Wo ist Debby?«

»Debby?«, fragte George. Dann schien er zu begreifen. Ein anzügliches Grinsen legte sich auf sein Gesicht. »Debby? Du meinst die kleine Hure, der du ein …?«

Er brach ab. Sein Blick wanderte schuldbewusst zu Abigail, und doch war sie sicher, dass er sich absichtlich verplappert hatte.

»Wo ist sie?«, wiederholte Anthony die Frage.

»Ja, wo ist sie?« George lächelte hintergründig und sah sich im Zimmer um.

»Eure Lordschaft«, mischte sich Oliver wieder ein. »Wenn Sie Ihre Pflegerin suchen, die ist oben.«

»So?« George warf Oliver einen belustigten Blick zu. »Ist unsere Debby jetzt Krankenschwester geworden?«

Als niemand ihm antwortete, lachte er. »Was für eine Karriere! Von der Dirne zur Krankenpflegerin!«

Das war genug. Abigail konnte nicht länger an sich halten. Sie streckte ihren Arm in Richtung Tür. »Das reicht, George. Geh bitte!«

»Du?« Er sah sie lachend an. »Ausgerechnet du stellst dich gegen mich und wirfst mich aus dem Haus? Dich hat er doch zum Gespött gemacht, mein feiner Bruder«, George zeigte mit spitzem Finger auf Anthony, »einen Bastard hat er in die Welt gesetzt. Sich seine kleine Hure in der Nachbarschaft gehalten. Immer wieder ist er zu ihr gegangen, hat sich zu ihr gelegt, weil du nicht gut genug für ihn warst. Debby war gewandt, du warst kalt wie ein Fisch. Er hat mir oft genug erzählt, wie qualvoll es für ihn war, dich die paar Male zu nehmen, als er dir die Kinder machen musste.«

Abigail hob die Fäuste. Sie holte aus … Doch bevor sie zuschlagen konnte, ertönte ein lauter Knall. Olivers Faust war in Georges Gesicht gelandet. Ihr Schwager strauchelte rückwärts und stolperte über den Sessel, der hinter ihm stand.

»Raus hier!« Abigail deutete auf die Tür. »Verschwinde und lass dich nie wieder hier blicken.«

George brauchte einen Moment, um zu sich zu kommen. Er saß auf dem Boden, Blut tropfte aus seiner Nase, die Schläfe an seinem linken Auge war aufgeplatzt. Er schüttelte sich wie ein Hund nach einer Beißerei. Dann stand er mühsam auf.

»So ist das also.« Er sah Abigail und Oliver mit einem frivolen Blick an. »Von ihm lässt du dich verführen? Ich hatte mich schon gewundert, dass sie Sir Laurence abgewiesen hat. Der Junge hat sich – warum auch immer – in sie verguckt. Ich hab ihn ermuntert, denn ich wusste, dass sie von Anthony nichts mehr zu erwarten hatte, und hielt Sir Laurence' Chancen für sehr hoch.«

»Was nicht ist, kann ja noch werden«, mischte sich nun Sir Laurence Lancaster ein und streckte seine Hand nach Abigail aus.

»Wagen Sie es ja nicht, mich anzufassen!« Abigail warf ihm einen so bösen Blick zu, dass Sir Laurence zurückschreckte.

»Nun, jetzt wissen wir wenigstens, wer ihr die Laken wärmt.« George wandte sich an Abigail. »Rashleigh sucht nur seinen Vorteil. Spaß macht es ihm nicht. Frauen wie Debby wissen, wie man einem Mann Lust bereitet, und verstehen es, ihn zufriedenzustellen, aber du? Prüde und spröde, ohne Leidenschaft, du wirst keinen Mann um den Verstand bringen.« Er ging zur Tür und drehte sich zu Oliver um. »Sie tun mir leid. Aber sicher brauchen Sie es nicht mehr lange zu ertragen. Ihr Spiel wird schon bald zu Ende sein. Sir Laurence?«

Der junge Mann folgte ihm zur Tür. Abigail konnte an seinem Gesicht ablesen, wie viel Freude ihm dieser Skandal bereitete.

»Ihr werdet von mir hören.« George verschwand in der Eingangshalle, und Sir Laurence eilte ihm hinterher.

Abigail hörte ihre Schritte in der Halle. Die Haustür wurde geschlossen, und wenige Minuten später entfernte sich das Geräusch der Pferdehufe.

Dann blieb es still. Abigail stand noch immer mitten im Raum. Anthony starrte verwundert an die Wand, und Oliver sah betreten zu Boden. Er war es, der das Schweigen brach.

»Nun«, Oliver zögerte, »Eure Ladyschaft, es tut mir leid, dass ich die Beherrschung verloren habe.«

Abigail wich seinem Blick aus. Sie wusste, dass George sie nur hatte provozieren wollen. Und doch verletzten sie die Worte ihres Schwagers, und sie fragte sich, ob Anthony sich tatsächlich so abwertend und indiskret über sie geäußert hatte.

Oliver räusperte sich und trat an den Kamin. Er zog an der Klingel, und wenige Augenblicke später stand Tucker im Raum.

»Schicken Sie bitte nach Stanton, er möge Lord Mahony hinaufbegleiten.«

Abigail rührte sich nicht von der Stelle, bis sie allein im Zimmer waren. Dann erst drehte sie sich zu Oliver um.

»Abigail.« Er trat zu ihr.

Sie sah ihn nicht an, denn sie schämte sich und konnte Georges Worte nicht aus ihrem Kopf vertreiben.

Olivers Hand legte sich unter ihr Kinn. Er hob ihren

Kopf an und zwang sie, ihn anzusehen. »Du weißt, dass nichts von dem, was er gesagt hat, stimmt. Lass nicht zu, dass er sein Gift hier versprüht.« Er zog sie an sich und hielt sie fest. »Du bist eine starke Frau, und es wird ihm nicht gelingen, dich zu zerbrechen.«

»Es ist vorbei, Oliver«, sagte Abigail und löste sich von ihm. »Er wird wiederkommen. Und dann wird er sich seinen Platz nehmen.«

»Ja«, sagte Oliver resigniert. »Das ist nicht mehr abzuwenden.«

»Was wird mit dir geschehen?« Abigail biss sich auf die Unterlippe. »Er wird dich hinauswerfen.«

Oliver nickte.

»Und er wird dafür sorgen, dass du nirgendwo anders unterkommen kannst.«

»Ich spreche mit Jimmy Hammingway. Vielleicht weiß er etwas für mich.« Oliver lächelte, aber Abigail konnte seine Verzweiflung erkennen.

Kapitel 8

Herbst 2017

Ein lautes Klopfen ertönte. Melody brauchte einen Moment, um aus dem neunzehnten Jahrhundert wieder aufzutauchen. Auch Dan schien noch nicht in der Gegenwart angekommen zu sein.

Es klopfte erneut, und Melody sah auf die Uhr. Es war ein Uhr mittags. Sie hatten schon einige Stunden lang in Abigails Tagebuch gelesen.

Melody stand auf. »Wer kann das sein?«

»Heute ist Samstag – oder hast du etwa Bereitschaftsdienst?«, fragte Dan, obwohl er eigentlich wusste, dass Melody frei hatte.

Sie schüttelte den Kopf und wich einem der künstlichen Spinnennetze aus, das noch immer von der Decke baumelte. »Und selbst wenn, dann würde man mich anrufen. Niemand käme einfach bei mir zu Hause vorbei.«

Melody bahnte sich ihren Weg an den Plastik-Skeletten, Gespenstern und Totenköpfen vorbei in die Eingangshalle. Dan folgte ihr. Wenig später öffnete sie die Haustür und stieß einen überraschten Schrei aus, als sie in Philips Gesicht blickte.

Philip sah zwischen Melody und Dan hin und her. Eine steile Falte bildete sich auf seiner Stirn.

»Philip? Was machst du denn hier?« Melody wusste nicht, was sie sagen sollte.

»Störe ich?« Philips Blick blieb an Dan hängen.

»Ganz und gar nicht«, sagte Dan kopfschüttelnd. »Ich bin ein Kollege von Melody. Detective Inspector Dan Rashleigh«, stellte er sich vor, und Melody war ihm dankbar, dass er sie vor den Worten »Es ist nicht so, wie es aussieht« bewahrte.

»Komm herein«, sagte Melody und trat zur Seite.

Sie führte Philip in den Salon, während sie ein paar Plastik-Augäpfel einsammelte, die auf dem alten Parkett verstreut waren. Abigails Tagebücher lagen noch vor dem Kamin.

Philip sah zu den Kissen, die auf dem Boden neben den Büchern lagen.

»Wir haben alte Tagebücher gelesen«, erklärte Melody schnell.

Er sah sie an. »Beruflich?«

Sie schüttelte den Kopf. »Meine Vorfahrin Lady Abigail Mahony und Dans Vorfahr Oliver Rashleigh haben sich beide dafür eingesetzt, dass die Arbeitsbedingungen hier in der Fabrik besser wurden.«

Philip nickte. Eine Weile sagte niemand etwas. Das Kaminfeuer knisterte.

»Können wir reden?«, fragte Philip schließlich.

»Ich mache mich mal auf den Weg«, sagte Dan und wandte sich zur Tür. Unterwegs griff er nach seiner Jacke. »Wir telefonieren.«

Melody nickte ihm zu, und kurz darauf war er auch schon verschwunden.

Melody sah ihren Mann an. »Möchtest du einen Kaffee? Oder was zu essen?«

»Vielleicht Kaffee«, sagte Philip und musterte die Halloween-Dekoration, die am helllichten Tag und ohne Kinder im Haus irgendwie fehl am Platz wirkte.

Er folgte ihr in die Küche. Der Geruch von gebratenen Spiegeleiern und Toast lag noch in der Luft. Während sie den Wasserkessel füllte und das Feuer im Herd entzündete, fragte sie: »Warum bist du hier?«

Er hatte die Hände in die Taschen seiner Jeans gesteckt. »Wir müssen reden.«

Melody sah ihn abwartend an. Plötzlich spürte sie den Herzschlag in ihrer Brust.

»Was ist das, mit uns?«, fragte er.

»Sag du es mir«, erwiderte sie.

Er seufzte. »Als du damals bei der Staatsanwaltschaft angefangen hast, habe ich unter der Bedingung zugestimmt, dass du die Familie nie vernachlässigst.«

Melody stutzte. »Zugestimmt? Ich kann mich nicht erinnern, dass ich dich um deine Erlaubnis gebeten habe.«

»Du weißt, was ich meine.« Philip stieß sich vom Herd ab.

»Nein, eigentlich nicht. Philip, was ist dein Problem?«

Er sah sie angriffslustig an. »Du bist in Stockmill, und wir sind in London. Das ist das Problem.«

Der Wasserkessel pfiff. Melody goss das heiße Wasser in die Kanne. »Aber wir haben uns doch vorher auch nur abends gesehen und am Wochenende. Und was ist mit deinen Skiurlauben jedes Jahr?«

»Das ist etwas vollkommen anderes.«

Melody stellte die Kanne und zwei Tassen auf ein Tablett und legte eine Packung Kekse daneben. »Du bist dann jedes Mal zwei Wochen weg, und ich bin allein mit den

Mädchen. Aber habe ich deswegen jemals so ein Theater gemacht?«

»Das kann man nicht vergleichen«, sagte er und folgte ihr in den Flur hinaus.

»Du gibst mir doch gar keine Chance zu zeigen, dass unser Leben auch so funktionieren kann«, sagte Melody, während sie das Tablett in den Salon trug. »Deine Mutter macht sich jede erdenkliche Mühe, die Wochenenden der Mädchen zu verplanen. Und zwar so, dass ich keinen Platz darin habe. Wenn sie sich nicht eingemischt hätte, wäre ich schon letztes Wochenende nach London gekommen, und heute hätten wir hier alle zusammen Halloween gefeiert.«

»Ich hatte dir doch erklärt, dass ich weder Zeit noch Lust habe, am Wochenende hierherzukommen.«

Er setzte sich aufs Sofa, und Melody atmete tief durch. Dann schüttelte sie den Kopf.

»Es geht nicht darum, ob du am Wochenende mal herkommen willst. Es geht vielmehr darum, dass es dir nicht passt, dass ich diese Stelle hier angenommen habe oder dass man sie mir überhaupt angeboten hat.«

»Was willst du damit sagen?« Er lehnte sich nach vorn. »Meinst du, ich gönne dir die Stelle nicht? Ich bin eifersüchtig? Neidisch?«

Melody zog die Schultern hoch. »Ich will mich nicht mit dir streiten.« Sie drückte den Filter der Kaffeekanne herunter und goss die dampfende Flüssigkeit in die beiden Tassen. »Es kann doch nicht sein, dass Familie und Karriere sich nicht vereinbaren lassen. Wir haben eine Haushaltshilfe, die Mädchen sind so erwachsen, dass sie immer mehr ihr eigenes Ding machen, und ich bin schließlich nicht aus der Welt.«

Philip nahm die Tasse, die Melody ihm reichte. »Ich will die Scheidung, Melody«, sagte er plötzlich.

Sie hielt überrascht inne.

»Ich will das so nicht mehr.« Philip stellte die Tasse auf den niedrigen Tisch vor sich. »Ich weiß, du siehst das anders, aber ich möchte eine Frau haben, die zu Hause ist, wenn ich abends von der Arbeit komme, die sich um die Kinder kümmert, zu Elternabenden geht und die …«

»… nicht arbeitet?«, fragte Melody.

Er nickte. »Du findest das altmodisch, aber ich verdiene genug Geld und finde es erniedrigend, wenn meine Frau mehr nach Hause bringt als ich selbst.«

Melody schüttelte den Kopf.

»Ich bin vierzig, Melody. Ich frage mich, was ich erreicht habe, und neben dir sieht alles, was ich habe, so verdammt wenig aus.«

»Mach dich doch nicht so klein«, sagte Melody. »Du hast alles erreicht, was man sich wünschen kann. Du hast zwei wunderbare Töchter und einen tollen Job. Wir haben ein Haus in Mayfair, sind gesellschaftlich integriert …«

»Ich will nicht mit dir über mein Leben diskutieren«, erwiderte er. »Ich sehe für uns einfach keine Zukunft mehr.«

Melody legte den Kopf zurück. »Ich auch nicht. Du hast recht, wir sind zu unterschiedlich. Du wünschst dir offensichtlich Dinge von mir, die ich dir nicht geben kann. Und umgekehrt ist es genauso. Bestimmt gibt es eine Frau, die glücklich damit ist, zu Hause auf dich zu warten. Die sich freut, dass sie nur für dich lebt, und sich ausschließlich über dich und deine Erfolge definiert. Aber ich bin das nicht, und ich dachte, das wüsstest du zu schätzen. Glaubst du nicht, dass eine Ehefrau, die keine eigenen Interessen hat, mit der Zeit langweilig wird?«

Er schüttelte den Kopf. »Nicht für mich.«

Melody schwieg einen Moment. Ihr Kopf war seltsam leer. In ihrem Inneren stritten zwei Gefühle miteinander. Das eine verlangte von ihr zu kämpfen, ihn zu überzeugen, dass es sich lohnte, weiterzumachen, und das andere rief ihr zu, ihn gehen zu lassen.

»Weißt du, es ist ein merkwürdiger Zufall, aber Dan und ich lesen gerade Abigails Tagebücher.«

»Das sagtest du schon.« Philip nippte vorsichtig an seinem Kaffee und sah sie abwartend an.

»Abigail befand sich in einer ähnlichen Situation. Sie hat herausgefunden, dass ihr Mann eine zweite Familie hat, und fühlte sich verraten und verletzt.« Sie griff nach einem der Tagebücher und strich vorsichtig über den alten Einband. »Und dann hat sich Abigail in Oliver Rashleigh verliebt, den Verwalter der Fabrik, der Dans Vorfahr war, während Anthony eine ehemalige Prostituierte liebte.«

Philip zog die Augenbrauen zusammen. »Was willst du mir damit sagen? Du liebst mich nicht mehr?«

»Spielt das denn noch eine Rolle?«

Er zog die Schultern hoch.

»Letztes Jahr, als du diese Affäre hattest … Das wäre nicht passiert, wenn du mit mir glücklich gewesen wärst.«

Er nickte.

»Ich glaube, dass wir einen Fehler machen, wenn wir nach ewigem Glück suchen, denn das gibt es nicht. Wir sind Menschen und keine Götter. Es liegt in unserer Natur, nicht immer glücklich zu sein. Und ich halte es für einen schweren Fehler, beim ersten Sturm die Segel zu streichen.« Melody sah ihn nachdenklich an. Sie stand auf und trat ans Fenster. Wenn sie nur wüsste, was jetzt richtig war! Langsam fuhr sie fort: »Wir müssen auf demselben Meer fahren, sonst werden wir es nicht schaffen.«

Er stellte seine Tasse ab. »Aber mein Meer ist nicht mehr deins, Melody. Ich segle schon lange nicht mehr allein.«

Melody atmete tief ein. Dann nickte sie. Sie hatte es gewusst, irgendwie hatte sie es geahnt. »Du hast nie Schluss mit ihr gemacht, nicht wahr?«

Er schüttelte den Kopf.

Sie dachte eine Weile darüber nach. Irgendwo in ihr kämpfte sich Wut an die Oberfläche. Aber da war auch Traurigkeit, Verletzung und Scham, so gutgläubig gewesen zu sein.

»Warum jetzt? Warum hast du es mir nicht schon längst gesagt?«, fragte sie in die Stille hinein.

Er breitete die Hände aus. »Du warst zu Hause, das Leben war eingespielt. Jetzt, wo du nicht mehr da bist und die Mädchen viel unterwegs sind, habe ich gemerkt, dass das Leben auch ohne dich weitergeht. Dass die Lücke gar nicht so groß ist, weil *sie* ja da ist. Und im Gegensatz zu dir ist sie wirklich da, verstehst du? Jeden Tag, auch wenn ich bei der Arbeit bin.«

»Wer ist sie?«, fragte Melody und wollte es eigentlich nicht wissen.

»Emily«, sagte er und sah sie an.

Melody starrte ihn ungläubig an. Emily, ihre Haushaltshilfe. Emily, die den ganzen Tag in ihrem Haus gewesen war, die Melodys Unterwäsche kannte, ihre Zahnbürste, ihre Bücher, ihre CDs. Emily, der Melody alles anvertraut hatte, Emily, die die Mädchen von der Schule abgeholt hatte und die Aufgaben einer Mutter bei den Mädchen übernommen hatte. Emily, die ihre Rolle mühelos übernehmen würde, ja eigentlich schon längst übernommen hatte!

»Jetzt sag nicht, du hättest es nicht geahnt!« Philip lachte. »Du musst es doch gemerkt haben.«

Melody schüttelte den Kopf. Hatte sie es nicht merken wollen? Sie versuchte sich zu erinnern, aber da war nichts, was ihr je verdächtig erschienen wäre. Gut, sie hatte sich gewundert, dass Emily oft bis spät abends blieb und erst, wenn Melody nach Hause kam, ging. Aber sie hatte es stets mit Emilys Verbundenheit erklärt, hatte geglaubt, dass sich Emily als Teil der Familie fühlte. Welch großen Anteil sie an ihrer Familie wirklich genommen hatte, war Melody nicht klar gewesen.

»Wie lange schon?«, fragte sie mit brüchiger Stimme und drehte sich zu ihm.

»Drei Jahre.« Philip schenkte sich frischen Kaffee aus der Kanne ein.

Melody stieß die Luft aus. Drei Jahre? »Und die Mädchen? Wissen sie davon?«

Philip hob die Schultern. »Nicht offiziell. Aber ich weiß nicht, ob sie vielleicht etwas mitbekommen haben.«

Melody spürte, wie Wut und Abscheu in ihr aufstiegen. Ihre Gedanken überschlugen sich. Wie konnte sie sich an ihm rächen? Wie konnte sie es Emily heimzahlen? Sie hielt inne. Nein, so weit würde sie sich nicht herablassen.

»Bitte, geh jetzt«, sagte sie mit ruhiger Stimme.

Er trank einen Schluck. »Wir haben noch einiges zu besprechen.«

Doch sie schüttelte den Kopf. »Nicht jetzt.«

Philip nickte. Er zögerte. »Ich hab kein gutes Gefühl dabei, dich jetzt allein zu lassen.«

Melody unterdrückte nur mühsam ihre Wut, die inzwischen stärker war als der Schmerz darüber, dass etwas zu Ende gegangen war. »Ich bin durchaus in der Lage, allein zurechtzukommen.«

Einen Moment lang starrten sie sich an. Dann hob er die Hände. »Also gut, ich gehe. Melde dich, wenn du Hilfe brauchst. Ich werde alles in die Wege leiten.«

»Mach das.« Melody sah zu, wie er seinen Mantel nahm und langsam zur Tür ging. Sie folgte ihm mit fünf Schritten Abstand. An der Eingangstür drehte er sich zu ihr um.

»Also dann – mach's gut.«

Sie starrte ihm nach, als er die Tür hinter sich zuzog und verschwand. Der Luftzug ließ die Gespenster in der Halle flattern.

Plötzlich schien sie die ganze Halloween-Dekoration zu verhöhnen. Was hatte sie damit bezweckt? Wollte sie den Mädchen etwa eine Mutter vorspielen, die Partys organisierte? Dabei war zu Hause jede Party hauptsächlich Emilys Werk gewesen. Melody ging in die Küche und holte einen großen Müllsack aus der Schublade. Entschlossen kehrte sie in die Eingangshalle zurück und stopfte die Gespenster und Totenköpfe, die Spinnweben und Augäpfel, die Girlanden und Luftballons hinein. Erst als alle Spuren beseitigt waren, hielt sie inne. Sie ließ sich im Salon auf eines der Kissen vor dem Kamin fallen und starrte ins Feuer. In ihr war eine seltsame Leere. Ihre Gefühle wechselten rasch zwischen Wut, Verzweiflung, Angst und Trauer.

Gegen Abend rief Dan an. Melody ließ das Telefon klingeln und kroch früh ins Bett.

Den Sonntag verbrachte sie wie im Traum. Am Abend rief sie die Zwillinge an und log, dass sie Kopfschmerzen habe, um nicht lange mit ihnen sprechen zu müssen. Sie stand auf und machte sich Feuer. Dann setzte sie sich mit einer Tasse Kaffee vor den Kamin. Abigails Tagebücher lagen neben ihr. Ihr Telefon zeigte zwei weitere verpasste Anrufe an, beide von Dan. Sie nahm eines der Tagebücher in die Hand und legte es wieder weg. Sie dachte an Mia und Miranda. Emily war längst die Bezugsperson ihrer Töchter geworden, sie hatte die Stelle der Mutter bei ihnen eingenommen. Für Melody war die Karriere immer wichtig gewesen, zu wichtig, wie sie jetzt erkannte. Es war nicht möglich, als Frau Karriere zu machen und gleichzeitig eine gute Mutter zu sein. Es war ein Fehler gewesen, die Stelle hier anzunehmen. Sie hätte in London bleiben sollen.

Am Montag war sie früh im Büro. Bevor sie sich den Akten widmete, suchte sie im Intranet der Behörde nach einem Formular für ihren Versetzungsantrag. Innerhalb weniger Minuten war er ausgefüllt. Sie zögerte nur kurz, bevor sie die E-Mail absendete. Jetzt hieß es warten, ob und wann ihr eine Stelle in London angeboten würde. Da sie wusste, dass die Chancen sehr gering waren, sendete sie noch schnell einen Antrag auf Bewilligung von unbezahltem Urlaub hinterher.

Es klopfte an der Tür. Sie sah erstaunt auf die Uhr. Es

war erst halb acht, eigentlich noch zu früh für die meisten Kollegen.

»Guten Morgen.« Dan trat ins Zimmer und setzte sich auf den Besucherstuhl vor Melodys Schreibtisch.

»Hi.« Melody seufzte. Sie wusste nicht, was sie sagen sollte.

»Alles in Ordnung?« Er sah sie prüfend an. »Ich hab dich mehrmals versucht anzurufen.«

Melody nickte und biss die Zähne zusammen, um nicht loszuheulen.

»Was ist los?«, fragte er.

Melodys Lippen zitterten. Sie schüttelte den Kopf, unfähig, auch nur ein Wort zu sagen.

Er stand auf und kam um den Schreibtisch herum. Dann zog er sie aus dem Stuhl und schloss sie fest in seine Arme. Sofort strömten die Tränen über Melodys Wangen. Zum ersten Mal seit Philips Besuch weinte sie. Sie wusste nicht, ob sie um das Ende ihrer Ehe weinte, aus Demütigung, hintergangen worden zu sein, aus Angst, ihre Töchter zu verlieren, oder weil die Anspannung endlich von ihr abfiel. Dan streichelte beruhigend über ihren Rücken.

»Es tut mir leid«, schniefte sie, als sie sich endlich beruhigt hatte, »eigentlich bin ich keine solche Heulsuse.«

»Hör auf, immer die Starke zu spielen«, sagte er und reichte ihr ein Taschentuch. »Auch du darfst mal traurig sein.«

Melody putzte sich die Nase und ließ sich wieder auf ihren Schreibtischstuhl fallen.

»Ich nehme an, das hat was mit dem Besuch deines Mannes zu tun?«

Melody nickte und berichtete ihm von dem Gespräch.

»Es ist nicht tragisch, dass er mich verlassen will, es ist nur … Emily! Ich habe ihr vertraut, sie hat mir die ganze Zeit etwas vorgespielt.« Wieder stiegen Tränen in ihr auf. Wütend schnäuzte sie sich. »Ich habe gerade meinen Versetzungsantrag abgeschickt. Ich gehe zurück nach London.«

»Verstehe.« Er stand auf und trat zum Fenster. »Warum?«

»Ich werde um meine Töchter kämpfen.«

»Was sagen die beiden denn dazu?«, fragte Dan.

Melody hob die Schultern. »Ich habe noch nicht mit ihnen gesprochen. Ich war am Wochenende viel zu aufgewühlt und möchte meine Töchter nicht mit meiner Wut anstecken. Denn egal, was kommen wird, Mia und Miranda sollen nicht gegen ein Elternteil aufgebracht werden, und ich hätte gestern sicher nicht schweigen können, wenn die Sprache auf Emily und Philip gekommen wäre.«

»Das war eine vernünftige Entscheidung.« Dan drehte sich um und lehnte sich gegen die Fensterbank. »Aber bevor du auf deine Karriere verzichtest und Hals über Kopf nach London zurückgehst, solltest du zuerst mit den Mädchen sprechen«, sagte er. »Es sei denn, es gefällt dir hier sowieso nicht und du sehnst dich nach London zurück.«

»Es gefällt mir hier«, erwiderte Melody und musste sich eingestehen, dass das stimmte. Sie war gern in Stockmill, sie mochte das alte Haus, den neuen Job und Dan. »Aber ich möchte meine Töchter nicht verlieren.«

»Solange du nicht weißt, wie Mia und Miranda darüber denken, kannst du nicht wissen, ob du gerade dabei bist, sie zu verlieren. Ich glaube sofort, dass deine Schwiegermutter versucht, die Mädchen von dir fernzuhalten.« Dan betrachtete sie nachdenklich. »Aber dein Leben hier aufzugeben, nur auf den Verdacht hin, dass eine andere Frau deinen Platz einnehmen will, ist übertrieben. Vielleicht mögen deine Töchter diese Emily gar nicht oder finden es blöd, dass ihr Vater mit ihr zusammen ist. Sie sind beide vierzehn, und du sagst doch selbst, dass sie immer selbstständiger werden.«

Melody seufzte. »Ich weiß, aber ich habe das Gefühl, etwas unternehmen zu müssen.«

»Philip behauptet, dass die Stelle hier nicht gut für dich und eure Familie ist und dass du die Mädchen vernachlässigst?« Er sah sie fragend an.

Melody nickte.

»Dabei hat er seit drei Jahren ein Verhältnis mit eurer Haushaltshilfe. Ist das nicht mindestens so belastend für die Mädchen? Warum glaubst du, dass deine Karriere sie stört, aber die Affäre ihres Vaters nicht?« Dan hatte die Stirn in Falten gelegt.

Melody hob die Schultern.

»Philip versucht nur, dir ein schlechtes Gewissen zu machen. Er tut so, als ob allein deine Karriere daran schuld wäre, dass er dich betrügt, als ob du ihm keine andere Wahl lässt. Dabei hat er nicht bedacht, dass seine Affäre schon lange vor deinem Weggang aus London begonnen hat.«

»Kann schon sein«, sagte Melody. »Aber warum ziehen sich die Mädchen zurück? Warum habe ich sie seit zwei Wochen nicht mehr gesehen?«

»Das wäre doch in London auch nicht anders gewesen, oder? Dann wären sie übers Wochenende genauso zur Jagd und zum Konzert in Bath gefahren.« Dan sah auf die Uhr. »Sehen wir uns heute Abend?« Er ging zur Tür. »Ich muss jetzt ins Präsidium.«

»Um sieben in Abigail's Place?«

Er nickte und ließ sie nachdenklich zurück.

Kapitel 9

November 1841

Abigails Magen krampfte sich zusammen, während sie durch die Straßen der Stadt lief. Sie presste sich das Tuch vor den Mund, um den Gestank abzuhalten. Sie wich den Obst- und Gemüsehändlern aus, die ihre Waren in Körben auf der Straße darboten. Die meisten Lebensmittel waren faulig, Abigail warf einen angewiderten Blick auf den Schimmel, der die Tomaten bedeckte. Aus dem Fleischerladen, an dem sie gerade vorbeikam, strömte ein schrecklicher Gestank, und Abigail brauchte die grünlich schillernden Fleischstücke gar nicht genauer anzusehen, um zu wissen, dass jedes davon verdorben war. Trotzdem trieben sich ein paar Jungs vor der Scheibe herum und starrten mit hungrigen Augen auf die ausgestellten Koteletts.

Abigail hatte bereits alle Münzen, die sie bei sich trug, an die bettelnden Menschen verteilt, die an den Straßenecken saßen und ihr flehend die Hände entgegenstreckten. Ihre Rocktaschen waren leer, und doch waren noch so viele Hungernde übrig.

»Eure Ladyschaft!«

Abigail sah nach vorn und begegnete Nellys Blick. Die junge Frau kam ihr auf der Straße entgegen, sie trug einen

Laib Brot, der ziemlich trocken und hart aussah. Abigail befürchtete, dass dieses alte Brot das einzige Abendessen der Familie sein würde. Sofort durchfuhr sie der nächste Schmerz. George hatte Nelly und ihre Kinder aus dem Cottage geworfen. Sie hatten in die Stadt zurückkehren müssen und wohnten vorübergehend bei Jimmy Hammingway. Sein Haus war restlos überfüllt, aber sie hatten wenigstens ein Dach über dem Kopf, und das war mehr, als viele andere Familien von sich sagen konnten.

»Haben Sie eine Arbeit gefunden?«, fragte Abigail und bemühte sich um ein Lächeln. Sie wusste bereits, wie Nellys Antwort ausfallen würde.

Die junge Frau schüttelte den Kopf. »Aber das wird schon.«

»Oh, Nelly«, Abigail schluckte die Tränen hinunter, die seit Wochen immer wieder in ihr aufstiegen, »das tut mir alles so leid.«

»Nein«, sagte Nelly und griff nach ihrer Hand. »Bitte, Eure Ladyschaft, grämen Sie sich nicht! Sie sind so gütig, Sie haben so viel für uns alle getan.«

Abigail hätte sich am liebsten die Ohren zugehalten. Sie hatte nichts am Leid dieser Menschen ändern können. Ganz im Gegenteil, durch ihre Einmischung war alles noch schlimmer geworden. Denn seit George die Verwaltung von Anthonys Besitz übernommen hatte, hatte er alle von Abigail eingeführten Verbesserungen rückgängig gemacht und war teilweise sogar noch einen Schritt zurückgegangen. So war der Lohn der Piecer auf fünf Schillinge gefallen – bevor Abigail ihn auf zehn Schillinge erhöht hatte, war er immerhin bei sechs gewesen. Ähnliche Verschlechterungen gab es in sämtlichen Bereichen. Abigails Bemühungen hatten nur noch größere Härte bei George ausgelöst.

Sie seufzte. »Ich weiß, dass ich nichts mehr tun kann. Aber ich ertrage es nicht, das Leid der Menschen zu sehen und nicht handeln zu können.«

»Wir geben nicht auf, Ma'am«, sagte Nelly lächelnd. »Und das dürfen Sie auch nicht tun. Als ich aufgegeben hatte, sind Sie gekommen und haben mir den Glauben an das Gute im Menschen zurückgegeben. Den werde ich mir bewahren. Ich werde für die Gerechtigkeit kämpfen. Alles wird gut werden, solange es Menschen wie Sie gibt. Ihr Zuspruch, Ihre Anteilnahme und Ihre Gegenwart hier bei uns machen so vielen von uns Mut.«

Sie drückte noch einmal Abigails Hand und verschwand in der Menge der Menschen, die an diesem Arbeitstag nichts zu tun hatten und Hunger litten.

Abigail traten Tränen in die Augen. Die Menschen hatten keinen Grund, ihr dankbar zu sein. Sie hatte ihnen gezeigt, wie eine gerechtere Welt sein könnte, aber solange Männer wie George an der Macht waren, würde nie Gerechtigkeit herrschen. Verzweifelt setzte sie ihren Weg fort, an den Markthändlern, Bettlern und hungrigen Kindern vorbei. Sie wich stinkenden Pfützen und Betrunkenen aus, die keine andere Hoffnung mehr hatten, als ein wenig süße Erlösung im Alkoholrausch zu finden.

Niedergeschlagen klopfte sie an die Tür von Oliver Rashleighs Haus. Sie hatte ihn seit drei Tagen nicht mehr gesehen. Es war schwer geworden, seit George die Firma leitete. Ihr Schwager hatte sie gezwungen, nach Hampton Hall zurückzukehren, und Abigail's Place wieder zu seinem Büro gemacht. Manchmal schlich Oliver sich abends zu ihr, aber sein Besuch war riskant, und wenn George ihn in Hampton Hall entdecken würde, dann würde er ihn sicher hart bestrafen.

»Abigail?« Oliver öffnete die Tür. Er wirkte müde und abgespannt.

»Bist du allein?«, fragte sie vorsichtig und sah sich um.

Er nickte und verschränkte die Arme. Sein Blick war finster. Einen Moment lang dachte Abigail, er würde sie wegschicken. Doch dann legte sich ein resignierter Ausdruck auf sein Gesicht, und er trat zur Seite.

Abigail sog erschrocken die Luft ein, als sie den fast leeren Raum sah. »Oliver, wo sind eure Möbel? Wo sind die Küchengeräte?«

»Es tut mir leid«, sagte er leise und wich ihrem Blick aus. »Ich musste alles verkaufen. Die Mädchen finden kaum Arbeit, und das, was sie bekommen, dauert immer nur ein paar Tage. Wir mussten die Sachen verkaufen, um uns etwas zu essen besorgen zu können.« Er machte ein paar Schritte in den Raum hinein. »Wir müssen hier raus, ich kann die Miete nicht mehr zahlen.«

»Oliver …« Abigail spürte, wie Tränen ihre Wangen hinunterliefen. »Ich werde euch helfen.«

Er schüttelte den Kopf und sah sich in dem leeren Raum um, der vor Kurzem noch ein gemütliches Heim gewesen war. »Wie denn, Abigail? Du hast selbst nichts, über das du verfügen kannst. Alles gehört deinem Mann, und er ist krank und kann nicht darüber bestimmen. George wird dir keinen Penny geben, damit du einem von uns helfen kannst.«

»Ich werde die Arbeitermadonna holen«, sagte Abigail entschlossen. Leider hatte George sie so übereilt aus Abigail's Place geworfen, dass sie die goldene Figur nicht mehr unbemerkt aus ihrem Versteck holen und mitnehmen konnte.

»Wie soll das gehen? Er lässt dich nicht aufs Gelände, geschweige denn in die Villa hinein«, sagte Oliver und setzte sich auf eine der Holzkisten, die mitten im Raum standen. »Und wir wissen nicht einmal, ob George die Statue nicht längst entdeckt hat.«

Abigail ließ sich neben ihn auf eine Holzkiste sinken. »Oliver, wie soll es bloß weitergehen?«

Er fasste ihre Oberarme und drehte sie zu sich. »Du solltest dich auf die Erziehung deiner Söhne konzentrieren. Lord Ebenezer wird einmal unser aller Herr sein. Sorge weiterhin dafür, dass er ein offenes Ohr für die geknechteten Arbeiter hat, dass er ein gerechter Herr wird und deine Ideen später einmal umsetzt. Mehr kannst du im Moment nicht tun.«

»Ich kann nicht zusehen, wie die Menschen hungern und frieren, während ich in Hampton Hall Bälle und Feste geben muss.« Sie dachte an ihre gestrige Diskussion mit George, der darauf bestand, dass der Weihnachtsball wie in jedem Jahr stattfinden sollte. »George hat sich in Hampton Hall eingerichtet, und ich fürchte, er wird uns die nächsten vier Jahre nicht verlassen, bis Ebenezer ihn an der Spitze der Firma ablösen wird.«

»Wie ich höre, verhandelt er mit Sir Laurence über einen Verkauf der Fabrik«, sagte Oliver und sah Abigail forschend an. »Das war der Grund, warum Sir Laurence unbedingt mit Anthony sprechen wollte. Vermutlich steckt Uman dahinter.«

»Was meinst du damit?«

Oliver hob die Schultern. »Auch wenn Sir Laurence dir unübersehbare Avancen macht, weiß er, dass er bei dir keine Chancen hat, da du mit Anthony verheiratet bist. Aber Sir Laurence Lancaster ist reich und von Adel, und Uman hat eine hübsche Tochter von dreizehn Jahren.«

»Du meinst, Uman könnte mit Sir Laurence ein Abkommen geschlossen haben? Die Hand seiner Tochter und danach eine Fusion der Fabriken mit der Aussicht, dass Sir Laurence – als Victor Umans Erbe – einmal Herr über beide Firmen sein wird?« Abigail merkte, dass ihre Vermutung erschreckend sinnvoll klang.

Oliver nickte. »Uman ist seit Jahren hinter Hampton's Mill her. Er wusste allerdings, dass Anthony niemals verkaufen würde.«

»Aber jetzt hat George das Sagen, und Uman wittert eine neue Chance?«

Oliver nickte wieder. »George verkauft an Sir Laurence, der Victor Umans Schwiegersohn wird, und Uman kommt auf diese Weise doch noch an Hampton's Mill. Und Sir Laurence ist nur daran interessiert, eine eigene Fabrik zu besitzen. Nebenbei bekommt er sogar noch eine Ehefrau.«

»Und für Uman würde die Hochzeit seiner Tochter mit dem Adeligen einen gesellschaftlichen Aufstieg bedeuten. Aber wird Sir Laurence Victor die Fabrik überlassen?«, fragte Abigail skeptisch.

»Das braucht er gar nicht. Es wird Uman schon genügen, dass er Einfluss nehmen kann. Das war doch immer schon sein Ziel. Er wollte Hampton's Mill nur haben, um die Löhne noch weiter zu senken und noch mehr Profit zu machen. Und mit Sir Laurence als Schwiegersohn und Inhaber der Konkurrenzfabrik dürfte ihm das wohl endlich gelingen.« Er machte eine kurze Pause und fuhr dann fort: »Allerdings ist Lord George nicht berechtigt, die Fabrik zu verkaufen, weil er den Besitz nur verwaltet, bis Lord Ebenezer volljährig ist.«

Abigail beruhigte sich etwas. »Dann ist die Fabrik also erst einmal sicher?«

»So, wie es aussieht«, sagte Oliver betrübt. »Aber er wird mit Sicherheit versuchen, Einfluss auf Ebenezer zu nehmen. Wenn dein Sohn volljährig ist, könnte er dann sofort verkaufen … Dabei weiß ich momentan wirklich nicht, ob ein Verkauf der Fabrik nicht besser für die Arbeiter wäre, als weitere vier Jahre unter Georges Führung aushalten zu müssen.«

Abigail betrachtete ihren Geliebten. Es schmerzte sie, ihn hier, in den traurigen Überresten seines früheren Lebens zu sehen. In der Holzkiste, auf der er saß, befanden sich die letzten ihm verbliebenen Gegenstände. Er hatte alles verloren, weil er Abigail liebte und sie vor George verteidigt hatte.

»Oh Oliver!« Abigail schluchzte auf. »Es tut mir alles so leid.«

Er legte seinen Arm um sie, und Abigail drückte sich an ihn.

»Ich will bei dir sein. Ich kann nicht in Hampton Hall bleiben, in dem Wissen, dass du hier bist und kein Zuhause mehr hast.«

»Natürlich kannst du das«, erwiderte Oliver und küsste ihre Stirn. »Wir müssen abwarten, dann wird alles besser. Komm nicht mehr her, das ist zu gefährlich. Kümmere dich um deine Kinder und versuche, dein Leben zu leben, so gut es geht.«

»Nein.« Sie löste sich von ihm und sah ihn entsetzt an. »Du meinst, ich soll euch alle vergessen? Dich und Nelly und Jimmy und alle Menschen hier in der Stadt?«

Er sah sie traurig an. »Du sollst uns nicht vergessen, aber hadere nicht mit dem Schicksal. Du bist eine Frau und kannst nichts unternehmen.«

Abigail starrte ihn an. Sie fühlte sich hilflos und ohnmächtig.

»Mein Liebling«, sagte er, nahm ihre Hände und küsste sie. »Ich liebe dich, aber wir haben keine gemeinsame Zukunft. Ich würde dir nur schaden. Wenn George dich hier sieht, wenn jemand ihm von deinen Besuchen bei mir und in der Stadt erzählt, wird er dich nicht mehr aus dem Haus lassen. Und er wird nur umso strenger mit den Menschen hier sein.«

Abigail rauschte das Blut in den Ohren. Mit tonloser Stimme fragte sie: »Ich schade euch nur. Meinst du das?«

»Nein«, sagte er und zog sie wieder an sich. »Wir schaden dir. Du musst dein Leben führen. Wir kommen schon klar. Aber du kannst uns nicht helfen, und es bringt nichts, wenn du mit uns leidest.«

»Aber ich werde mit euch leiden«, sagte Abigail und schmiegte ihre Wange an seine. »Ich kann nicht so tun, als gäbe es das Leid hier nicht, und in meinen Gedanken bin ich immer bei dir, bei euch allen. Bitte, lass mich ein Teil deines Lebens sein, Oliver. Schick mich nicht weg.«

»Du bringst dich in Gefahr.« Olivers Lippen streiften über ihre Wange. »Ich habe Angst um dich.«

Abigails Mund suchte seinen. Mit all ihrer Liebe und Entschlossenheit, mit all ihrer Angst und Verzweiflung küsste sie ihn. Während ihre Hände über seinen Körper fuhren, flüsterte sie: »Ich werde dich nie allein lassen. Solange ich lebe, werde ich bei dir sein. Ich werde eine Lösung finden.«

»Sei vorsichtig«, murmelte er und erwiderte ihre Küsse und Berührungen mit derselben Hingabe.

Abigail ließ sich in ein Meer aus Zärtlichkeit und Liebe fallen und verdrängte für ein paar Stunden alle Probleme um sich herum.

Als sie am Nachmittag nach Hause ging, überlegte sie, wie sie an die Arbeitermadonna gelangen konnte. Oliver hatte recht, die Wächter hatten die Anweisung, George sofort zu informieren, wenn sie auch nur in die Nähe von Hampton's Mill kam. Wie konnte sie diese wertvolle Figur dennoch aus dem Haus schaffen, deren Verkauf Oliver, Nelly, Jimmy und all den anderen ausgebeuteten Arbeitern in diesen schwierigen Zeiten immens helfen würde?

Abigail zog den Schal enger um die Schultern. Der Wind war kalt, und der Winter würde nicht mehr lange auf sich warten lassen. Sie schlug den schmalen Fußweg ein, der von der Stadt direkt nach Hampton Hall führte. In der Ferne sah sie eine Gestalt an einem Baum stehen. Sie schirmte ihre Augen gegen den Wind ab und versuchte zu erkennen, wer bei dem ungemütlichen Wetter dort wartete. Es war eine Frau, Abigail sah die wehenden Röcke und den Mantel. Sie beschleunigte ihre Schritte, als sie erkannte, dass es Deborah Sickerville war, die sie inzwischen ebenfalls entdeckt hatte und ihr entgegeneilte.

»Eure Ladyschaft, wie gut, dass Sie kommen. Ich warte schon seit heute Morgen auf Sie.« Deborah sah schlecht aus. Ihre Augen waren gerötet, die Haut war vor Kälte blau verfärbt, und sie trug dunkle Schatten unter den Augen.

»Was ist geschehen?« Abigail reichte ihr ihren Muff, damit die Frau ihre Hände wärmen konnte.

»Sie haben ihn geholt«, sagte Deborah, und Tränen liefen über ihre Wangen. »Tony. Heute Morgen. Ich wollte ihn sehen, aber man lässt mich ja nie zu ihm. Als ich kam, fuhr gerade ein Wagen weg, und Stanton sagte mir, dass sie ihn geholt haben.«

Abigail sah sie erschrocken an. »Wohin haben sie Anthony denn gebracht? Was hat Stanton gesagt?«

»Er wusste es auch nicht, Ma'am. Bestimmt haben sie ihn in eine Anstalt gesperrt.«

Abigail atmete tief durch. George hatte ihr versprochen, Anthony in Hampton Hall zu lassen und ihn nicht wegzuschließen, aber Anthonys Zustand war immer schlimmer geworden. Es würde Abigail nicht wundern, wenn George Anthony tatsächlich hinter ihrem Rücken weggebracht hätte.

»Kommen Sie«, sagte sie und nahm Deborahs Arm. »Wir werden nachsehen, was geschehen ist.«

Schweigend liefen die beiden Frauen zum Haus. Als sie eintrafen, fragte Abigail Tucker als Erstes nach George. Er sei mit der Kutsche fortgefahren, erklärte der Butler. Abigail ließ nach Doktor Smith schicken, und die beiden Frauen eilten in Anthonys Zimmer. Das Bett war gemacht, alles war ordentlich und aufgeräumt. Aber weder hier noch in seinem privaten Salon war Anthony anzutreffen.

Abigail läutete, und wenig später erschien Stanton in Anthonys Schlafzimmer.

»Wo ist mein Mann?«, fragte sie ohne Umschweife.

»Ich erhielt heute Morgen den Befehl, seine Koffer zu packen. Dann fuhr er mit einer Kutsche fort.«

»Wohin?«, fragte Abigail tonlos.

»Das wurde mir nicht mitgeteilt, Eure Ladyschaft.« Nur das Zucken um Stantons Augen verriet die Anspannung des Kammerdieners. Abigail wusste, dass er sich genau die gleichen Sorgen um Anthony machte wie sie und Deborah.

Abigail nickte und schickte ihn fort.

Die beiden Frauen gingen in den Salon, um auf Doktor Smith zu warten. Deborah schluchzte leise vor sich hin, Abigail starrte ins Feuer. Sie hätte ihr gern tröstende Worte gesagt, aber sie wusste keine.

Tee wurde serviert, sie tranken ihn nicht. Als Doktor Smith endlich ins Zimmer trat, sprang Abigail auf.

»Eure Ladyschaft«, Doktor Smith verneigte sich. »Es tut mir leid.«

»Sie wissen also, wo mein Mann ist?« Abigail runzelte die Stirn.

Er nickte und betrachtete sie besorgt. Dann wanderte sein Blick zu Deborah. »Sollten wir nicht lieber allein …?«

Abigail schüttelte den Kopf. »Alles, was Anthony betrifft, geht auch Miss Sickerville etwas an. Wir sind beide in großer Sorge um meinen Mann.«

»Sie sind also nicht informiert worden?« Doktor Smith stand noch immer neben der Tür.

Abigail deutete auf den Sessel. »Nehmen Sie Platz. Nein, als ich eben kam, war Anthony bereits fort.«

»Nun«, Doktor Smith setzte sich zögernd in einen der Sessel, »Lord George schickte heute Morgen einen Boten zu mir, dem ich einen Bericht über Lord Mahonys Gesundheitszustand aushändigen sollte. Selbstverständlich habe ich mich geweigert. Schließlich sind das sehr persönliche Informationen.«

Abigail nickte zustimmend. »Was geschah dann?«

Doktor Smith hob die Schultern. »Ihr Schwager ließ mich zu sich kommen. Als ich hier eintraf, war sein Anwalt ebenfalls anwesend. Er legte mir ein Dokument vor, aus dem hervorging, dass Lord George sämtliche Interessen Lord Mahonys vertritt und berechtigt ist, in seinem Sinne zu entscheiden.«

Abigail seufzte. »Es ist wahr, er hat die Berechtigung dazu erwirkt. Ich bin eine Frau, und Ebenezer ist noch zu jung.«

»Mir blieb nichts anderes übrig, als meinen Bericht vorzulegen.« Smith sah Abigail bedauernd an.

»Und was haben sie mit Anthony gemacht?«, fragte Abigail. Sie kannte die Antwort und hatte dennoch Angst davor.

»Sie haben ihn in die Irrenanstalt nach Manchester gebracht«, berichtete Doktor Smith mit leiser Stimme. »Ich konnte nichts dagegen tun.«

Abigail hörte, wie Deborah neben ihr aufschluchzte. Der Körper der jungen Frau bebte vor Qual. Abigail fühlte mit ihr. Sie wusste, dass keine von ihnen Anthony jemals wiedersehen würde.

»Es tut mir sehr leid«, wiederholte Dr Smith und stand auf.

Abigail räusperte sich. »Wir werden ihn besuchen. Morgen brechen wir nach Manchester auf, um ihn zu sehen.«

Deborah sah auf. Ein winziger Hoffnungsschimmer lag in ihren Augen.

»Eure Ladyschaft«, sagte Doktor Smith und atmete tief

ein. »Ich fürchte, den Weg können Sie sich sparen. Niemand darf ihn sehen. Ich hörte, wie Lord George diese Anweisung erteilte.«

»Aber ich bin seine Frau«, Abigail stand ebenfalls auf, »ich werde darauf bestehen, ihn zu sehen.«

Doktor Smith hob die Schultern. »Selbst ohne Lord Georges Anweisung wäre es unmöglich. Auch für Sie, Eure Ladyschaft. Diese Anstalten lassen keine Besucher zu, nur in Ausnahmefällen.«

Deborah sackte in sich zusammen.

Doktor Smith verabschiedete sich und machte sich auf den Weg. Abigail kehrte zum Sofa zurück und nahm neben Deborah Platz. Sie sprachen lange Zeit kein Wort.

»Ich weiß nicht, wie es jetzt weitergehen soll«, flüsterte Deborah schließlich.

Abigail sah sie an. »Ich werde versuchen, George dazu zu bringen, Ihnen etwas Geld zu geben.«

»Nein«, Deborah schüttelte den Kopf, »ich meine damit nicht finanziell. Ich weiß nicht, wie es ohne Tony weitergehen soll. Er hat mich an mich selbst glauben lassen, verstehen Sie?«

Abigail lächelte sie traurig an. »Ja, ich glaube schon.« Sie griff nach Deborahs Hand. »Es ist erstaunlich, wie viel Selbstvertrauen die Liebe geben kann. Ich habe es selbst erfahren und bin sehr dankbar dafür.« Sie spürte einen Stich, als sie an Oliver dachte, der sein Heim verloren hatte, nur weil er für Abigail Partei ergriffen hatte.

»Tony hat mich geliebt, um meiner selbst willen. All die Jahre, in denen ich sein Geheimnis war, war er der Mittelpunkt meiner Welt. Wenn ich eine besonders schöne Blume gefunden habe, wenn Mary ein neues Wort gelernt hat, wenn wir Rehe auf den Feldern gesehen haben, immer habe ich gedacht: Das muss ich Tony erzählen.« Sie fing an zu weinen. »Ich kann nicht verstehen, dass er nicht mehr da ist. Was soll ich Mary bloß sagen?«

Abigail legte ihren Arm um die Schultern der jungen Frau. »Sagen Sie ihr, dass Anthony krank ist und zu einer Kur gefahren ist.« Sie schluckte. »Wir wissen nicht, wie es ausgeht, doch ich befürchte ...« Sie konnte es nicht aussprechen, aber Deborah wusste auch so, was Abigail meinte. Keine von ihnen glaubte daran, ihn je wiederzusehen.

Sie schraken auf, als die Tür zum Salon aufgerissen wurde und George im Türrahmen erschien. Hinter ihm tauchte Ebenezer auf.

Georges Augenbrauen zogen sich zusammen, als er Deborah sah. »Was willst du hier?«

»Was hast du mit Tony gemacht?« Deborah sprang auf und blitzte George wütend an. »Wieso hast du ihn weggebracht?«

»Er ist irrsinnig, falls du es noch nicht gemerkt hast.« Auf Georges Gesicht erschien ein Grinsen. Er ging zum Schrank mit den Spirituosen und goss sich einen Whiskey ein. »Obwohl das nichts Neues ist. Die ersten Anzeichen seines geistigen Verfalls waren schon zu erkennen, als er dich als Geliebte gewählt hat.«

Abigails Blick glitt zu Ebenezer. Er hatte es nicht gewusst. Sie erkannte das Entsetzen, das sich auf seinem Gesicht abzeichnete.

»Dabei fällt mir ein ...« George trank seinen Whiskey und schenkte sich nach. »Wir müssen dringend über ein neues Arrangement sprechen.«

»Ich habe mit dir nichts zu besprechen«, sagte Deborah verächtlich und wandte sich ab.

»Nein?« George trat hinter sie. »Soweit ich unterrichtet bin, lebst du in Anthonys Haus. In unserem, in meinem Haus. Ein kleines Entgegenkommen deinerseits würde nicht schaden.«

Sein Zeigefinger fuhr ihren Oberarm hinauf, und Abigail sah, wie sich die junge Frau versteifte.

»Ebenezer, geh bitte und sieh nach deinem Bruder«, befahl Abigail, die ihren Sohn vor der unschönen Szene bewahren wollte.

»Nein, nein«, sagte George, ohne sich von Deborah abzuwenden. »Es geht auch um Ebenezer. Debby ist mit ihrer Gunst sehr großzügig, und wer könnte den Jungen besser zum Mann machen als die Geliebte seines Vaters?«

»George, das reicht!« Abigail trat zu ihm, und Deborah ging ans Fenster.

»Misch dich nicht ein«, knurrte George, während er Deborah an beiden Armen fasste und sie zu sich drehte. »Ich bin mir sicher, sie wird meiner Meinung sein. Ein paar kleine Dienste, dafür bekommt sie Kost und Logis frei. Da hat unsere Debby schon weitaus härter arbeiten müssen, nicht wahr?«

Deborah wich seinem Blick aus.

George ließ sie los. »Geh jetzt, Debby. Lord Ebenezer und ich werden dich in den nächsten Tagen besuchen.«

Die junge Frau starrte zu Boden. Ohne Abigail noch einmal anzusehen, schlich sie zur Tür und schlüpfte aus dem Zimmer.

George sah Abigail belustigt an. »Was denn? So prüde? Du geizt doch auch nicht mit deinen Reizen, wie man hört.«

»Komm, Ebenezer!« Abigail nahm die Hand ihres Sohnes und ging zur Tür.

»Ebenezer, wir werden morgen da weitermachen, wo wir heute aufgehört haben«, rief George ihnen nach.

Als sie die Tür des Salons hinter sich geschlossen hatte, atmete Abigail tief durch und versuchte, ihren Ekel loszuwerden.

Sie zog ihren Sohn die Treppe hoch, durch die langen Flure, über die teuren Teppiche, an den vielen ungenutzten Zimmern vorbei in ihren Salon.

»Was hat George mit dir heute gemacht?« Sie sah Ebenezer an und spürte die Angst, die in ihr aufgestiegen war. Sie hatte nicht daran gedacht, dass George sich an ihren Sohn wenden und ihn ebenfalls beeinflussen könnte.

Ebenezer zog die Schultern hoch. »Er hat mir die Geschäfte erklärt.«

Abigail schloss kurz die Augen. Warum hatte sie das nicht verhindert? Hätte sie Ebenezer nur auf ein Internat geschickt, ehe George die Leitung der Fabrik übernahm. Aber sie hatte auf ein Wunder gehofft, hatte gedacht, dass Anthony doch noch gesund werden würde. Was für ein Fehler – das fiel ihr jetzt auf.

»Ebenezer«, sie sah ihn eindringlich an, »bewahre dir immer dein gerechtes Herz. Lass dich von George nicht in eine falsche Richtung führen.«

Ihr Sohn grinste. »Sie brauchen sich nicht zu sorgen, Mutter. Ich habe viel von Ihnen gelernt und werde es immer in meinem Herzen bewahren. Aber Onkel George hat durchaus gute Ideen, und er versteht viel von Geschäften. Er hat mir Einzelheiten erklärt, die Sie mir als Frau nicht zeigen können.«

Abigail stieß die Luft aus. »Weil man mich als Frau nicht an die Geschäfte heranlässt. Weil Männer dieses Feld für sich beanspruchen, obwohl Frauen nicht dümmer sind oder ungeeignet. In den Fabriken dürfen sie schuften, aber wenn es um verantwortungsvolle Positionen geht, ist das reine Männersache.«

»Frauen sind zu schwach, um Entscheidungen treffen zu können. Das ist von der Natur so eingerichtet. Sie sind emotionaler, weil sie Kinder aufziehen und dem Mann ein gemütliches Heim schaffen müssen. Sie können nicht hart sein, wenn es vonnöten ist, sie sind einfach zu mitfühlend.« Ebenezer griff nach Abigails Hand. »Wie Sie selbst wissen, Mutter. Sie sind liebenswert und einfühlsam. Das ist eine große Tugend, aber im Geschäftsleben leider vollkommen unpassend.«

»Oh Ebenezer«, Abigail schüttelte den Kopf, »wie oft hat George dich schon mitgenommen? Er ist erst seit wenigen Wochen hier, und schon redest du wie er.«

»Unsinn, Mutter«, er seufzte, »Sie machen sich zu viele Gedanken. Ich werde immer ein gerechter Herr sein, das haben Sie mir beigebracht.«

Abigail hätte ihm zu gern geglaubt, aber sie hörte George aus Ebenezer sprechen, und das zerstörte den letzten Glauben an Gerechtigkeit in ihr.

»Warst du dabei, als sie deinen Vater geholt haben?«, fragte sie.

Ebenezer schüttelte den Kopf. Seine Miene verdunkelte sich. »Aber ich bin froh, dass er weg ist. Er war schwachsinnig und passte nicht mehr hierher.«

»Ebenezer«, rief Abigail erschrocken, »wie kannst du so über deinen Vater sprechen!«

Der Junge hob die Schultern. »Mutter, Sie müssen die Wahrheit erkennen, und es ist nun einmal am besten, wenn er nicht mehr hier ist. Wir müssen an unseren Ruf denken, an das Ansehen unserer Familie.«

»Das tue ich«, erwiderte Abigail und zog sorgenvoll die Augenbrauen hoch. »Wir dürfen nicht zu kalten, unmenschlichen Geschöpfen verkommen.«

»Ich glaube, Sie sorgen sich wirklich zu viel«, sagte Ebenezer lächelnd und ging zur Tür. »Wir müssen uns jetzt zum Dinner umkleiden.«

Er ließ sie allein zurück, und sie dachte noch lange über seine Worte nach.

In den nächsten Tagen fielen Abigail immer mehr Veränderungen an ihrem ältesten Sohn auf. Der Einfluss, den George in den letzten Wochen auf ihn gehabt hatte, war nicht zu übersehen. Als sie Oliver in einem alten Schuppen am Rand des Parks von Hampton Hall traf, erzählte sie ihm von ihren Sorgen.

»Ich war so sehr mit dem Leid der Arbeiter beschäftigt, dass ich nicht bemerkt habe, wie George den Jungen an sich gerissen hat und mit seinen Ideen und Vorstellungen füttert.« Sie schmiegte sich auf der kalten Steinbank enger an Oliver. »Ich hätte besser aufpassen müssen.«

Oliver küsste ihr Haar, das an den Seiten geflochten und hinten zu einem Knoten zusammengesteckt war. »Was hättest du denn tun sollen? Solange dein Schwager das Sagen hat, wirst du schwerlich verhindern können, dass er Ebenezer beeinflusst.«

Abigail streckte ihren Kopf nach oben, um seinen Kuss zu erwidern. »Und die arme Deborah … George zwingt sie, sich ihm als Geliebte hinzugeben, sonst verliert sie das Haus. Ich will gar nicht daran denken, dass Ebenezer vielleicht auch …«

»Jetzt, da Lord Ebenezers Vater nicht mehr da ist, sieht der Junge in seinem Onkel eine Vaterfigur«, überlegte Oliver. »Er ist gerade in einem Alter, in dem er Vorbilder braucht.«

Abigail schob ihre kalten Hände in Olivers zerschlissenen Mantel. Sie hatte Angst vor ihrer nächsten Frage, aber sie musste es wissen. »Wo wohnt ihr jetzt?«

»In einem Zimmer, ganz in der Nähe von Jimmy.« Oliver streichelte Abigails Oberarm. »Es ist trocken und einigermaßen warm. Sobald ich Arbeit habe, werden wir wieder in ein größeres Haus ziehen.«

Abigail beobachtete eine Krähe, die auf dem gefrorenen Boden vor dem Schuppen herumhüpfte.

»Ich werde die Arbeitermadonna holen«, sagte sie entschlossen. »Wir verkaufen sie und geben das Geld allen Bedürftigen. Ihr bekommt so viel, dass ihr ein Jahr lang davon leben könnt. Und Deborah geben wir auch etwas, damit sie nicht mehr von George abhängig ist.«

»Oh, Abigail«, seufzte Oliver und drückte sie fest an sich. »Wir kommen nicht an die Madonna heran. Außerdem«, er löste sich von ihr und sah ihr in die Augen, »außerdem weiß auch Ebenezer von der Existenz dieser wertvollen Figur. Wenn er sich neuerdings so gut mit seinem Onkel versteht – meinst du nicht, dass er ihr Versteck schon längst verraten hat?«

Abigail schüttelte den Kopf. »Niemals. Er lässt sich zwar von George in so manchen geschäftlichen Ansichten beeinflussen, aber die Arbeitermadonna würde er niemals verraten.«

»Vielleicht wäre es wirklich besser, die Madonna aus Abigail's Place herauszuschaffen«, überlegte Oliver. »Und von ihrem neuen Versteck darf dann niemand erfahren außer uns beiden.«

»Wir werden sie verkaufen und mit dem Geld allen Menschen helfen, die in Not geraten sind.« Abigail sah ihren Geliebten fest an. »Ich werde nur noch so lange in Hampton Hall bleiben, wie meine Kinder mich brauchen. Aber dann werde ich gehen, ich will mit dir zusammen ein neues Leben anfangen. Ein bescheidenes Leben in einer anderen Stadt.«

»Abigail«, Oliver sah sie mit so viel Zärtlichkeit in den Augen an, dass sie die Kälte der Steinbank nicht mehr spürte. »Weißt du, was du dann aufgeben würdest?«

Sie nickte. »Ich habe das Leid gesehen, das Deborah erfuhr, als sie Anthony nie wiedersehen durfte. Aber ich habe das Glück, dass der Mann, den ich liebe, noch bei mir ist und ich mit ihm leben kann.«

Er lächelte traurig. »Ich hoffe, du hast recht.«

»Wir sollten vorsichtig vorgehen, wenn wir die Arbeitermadonna aus dem Haus holen«, überlegte Abigail. »Auf keinen Fall dürfen wir jemanden einweihen. Wir müssen es allein schaffen.«

Er nickte nachdenklich. »Als Lord George vor drei Jahren Lord Mahony vertreten hat, hatte er die Angewohnheit, nachmittags zwischen eins und zwei die Fabrik zu inspizieren, um sich zu vergewissern, dass alle pünktlich von der Mittagspause zurückkehrten, arbeiteten und niemand faulenzte.«

Abigail nickte. »Das heißt, in dieser Zeit ist er auf jeden Fall nicht in Abigail's Place.«

»Wenn er an dieser Gewohnheit weiterhin festhält. Aber es sind noch genug andere in der Villa.« Oliver griff nach ihrer Hand und streichelte sie nachdenklich. »Wenn wir es schaffen würden, die Schreiber abzulenken. Wenn sie die Abwesenheit ihres Herrn nutzen würden, selbst ein kleines Päuschen einzulegen.«

»Wir könnten ihnen eine Flasche Wein und Kuchen mit einem Boten schicken. Um Punkt ein Uhr müsste der Bote da sein.« Abigail war plötzlich ganz aufgeregt. Das könnte funktionieren.

»Da Lord George ja nichts von der Arbeitermadonna ahnt, würde ihm bei seiner Rückkehr nichts auffallen«, überlegte Oliver weiter.

»Wenn wir schnell genug wieder weg sind und die Schreiber sich beim Feiern nicht erwischen lassen …«, ergänzte Abigail.

»Bleibt noch zu überlegen, wie wir auf das Gelände kommen.« Oliver kratzte sich am Kinn.

»Die Arbeiter haben von zwölf bis eins Mittagspause. Da Anthony die Fabrikküche und auch die Kinderverwahranstalt wieder geschlossen hat, müssen die Menschen in dic Stadt gehen, um dort zu essen und ihre Säuglinge zu stillen. Wenn wir uns in den Strom der Zurückkehrenden einreihen, könnten wir Glück haben, dass man uns nicht erkennt.« Abigail grinste. »Wir müssen uns nur so kleiden wie die Arbeiter und unsere Gesichter verdecken, so gut es möglich ist. Wenn auch nur ein Arbeiter uns erkennt und anspricht, fliegt alles auf.«

Oliver nickte.

»Es ist riskant, und wenn wir entdeckt werden, brauchen wir eine gute Ausrede«, sagte Abigail und sah ihren Geliebten besorgt an. Um sich selbst machte sie sich weniger Sorgen, doch Oliver würde mit Sicherheit in Polizeigewahrsam landen, wenn man sie fasste. »Aber wir müssen es wagen, um das Leid der Menschen zu mildern. Die Arbeitermadonna ist Tausende Pfund wert, wir würden alle Arbeitslosen von Stockmill den Winter über versorgen können. Deborah wäre unabhängig von George, und du und deine Familie könntet wieder in ein ordentliches Haus ziehen. Und wir könnten ein paar Pfund für unsere gemeinsame Zukunft zur Seite legen.« Sie lächelte ihn an. Dann umarmte und küsste sie ihn.

»Oh Abigail, ich wünschte so sehr, dass wir erfolgreich sind«, sagte er, als sie voneinander abließen. »Aber ich habe große Angst.«

Abigail küsste ihn. Sie hatte selbst ein schlechtes Gefühl dabei, aber es war der einzige Weg, um all den Menschen zu helfen.

Zwei Tage später warteten Abigail und Oliver einige hundert Meter vor der Fabrik auf die zurückkehrenden Arbeiter. Abigail hatte sich Veras Kleid geliehen und dem Mädchen dafür eines ihrer eigenen geschenkt. Oliver trug eine seiner alten Hosen und ein Hemd. Wenn man nicht genauer hinsah, fiel einem kein Unterschied zu den Arbeitern auf. Erst wenn man ihre sauberen Hände betrachtete, das glänzende Haar und die helle Haut, bemerkte man die Täuschung.

Der Bote, den sie mit Kuchen und Wein zu Abigail's Place geschickt hatten, würde vermutlich in diesem Moment bei den Schreibern ankommen und die Gaben mit einer formlosen Karte aushändigen, auf der ihnen ein

Händler namens Miller seinen Dank bezüglich der guten Zusammenarbeit aussprach.

Eine Gruppe Arbeiter eilte auf die Gasse zu, die zwischen den Backsteingebäuden auf das Fabrikgelände führte. Abigail sah auf die Werksuhr, die an der Weberei angebracht war. Zwei Minuten vor eins. Sie nickte Oliver zu. Mit gesenkten Köpfen schlossen sie sich den Arbeitern an und liefen als Letzte durch die Gasse. Auf dem Gelände zerstreute sich die Gruppe. Einige eilten geradeaus zur Weberei, zwei gingen auf das Kontorgebäude zu, andere überquerten den Hof und liefen zur Spinnerei.

Abigail und Oliver gingen ebenfalls in Richtung Spinnerei. Die Dunstwolken hatten sich etwas gelichtet, weil die Maschinen in der letzten Stunde stillgestanden hatten. Doch noch immer war die Sicht auf den Himmel versperrt.

Als sie die Spinnerei erreicht hatten, steuerten sie zunächst wie alle anderen auf den Eingang zu, schlüpften im letzten Moment jedoch links am Gebäude vorbei. Wenn sie jemandem auffallen würden, dann jetzt. Wenn in diesem Moment ein Vorarbeiter aus einem der Fenster schaute, musste er Abigail und Oliver unweigerlich erkennen. So schnell sie konnten, huschten sie über den breiten Weg, der zu den Lagerhallen führte, in denen bis vor Kurzem die Fabrikküche und die Kinderverwahranstalt untergebracht waren. Wenig später erreichten sie die Hecke, die den Park der Villa säumte.

Abigail drückte sich ins Gebüsch und hielt einen Moment inne, um wieder zu Atem zu kommen. Oliver sprang neben ihr hinter einen Baum. Sie lauschten. Niemand schien sie bemerkt zu haben. Die erste Hürde war geschafft. Abigail wollte sich gerade einen Weg durch die Sträucher bahnen, um sich von hinten an Abigail's Place heranzuschleichen, als sie Stimmen vernahm.

Sie erstarrte. Waren das Peitschenhiebe? Jemand schrie. Abigail warf Oliver einen kurzen Blick zu und verließ ihr Versteck. Die Geräusche kamen aus der Richtung der Lagerhallen. Sie eilte am Rande des Parks entlang, bis sie den Hof vor der alten Kinderverwahranstalt erreicht hatte. Die Eingangstür stand auf. Wieder lauschte sie. Alles war ruhig. Sie überlegte, ob sie nachsehen sollte, woher die Geräusche gekommen waren, oder ob sie sich an ihren Plan halten und sofort zur Arbeitermadonna eilen sollte. Sie hatten schließlich nur begrenzt Zeit, denn die Schreiber würden nicht allzu lange bei Wein und Kuchen sitzen.

Als alles friedlich blieb, entspannte sie sich. Vielleicht hatte sie sich die Geräusche nur eingebildet.

Sie wollte gerade umkehren und sich wieder dem Park zuwenden, als sie es erneut hörte. Lautes Peitschen und gequälte Schreie.

»Warte, Abigail«, flüsterte Oliver, der plötzlich neben ihr aufgetaucht war. »Ich werde nachsehen.«

Sie schüttelte den Kopf. »Für dich wäre eine Entdeckung noch viel gefährlicher als für mich. Ich gehe, bleib du hier.«

Ohne eine Antwort abzuwarten, lief sie auf die offene Eingangstür zu und schlüpfte in den dunklen Korridor. Sie drückte sich an die Wand und lugte vorsichtig um die Ecke. Doch es war zu finster, um etwas erkennen zu können. Wieder war das Knallen der Peitsche zu hören. Wieder schrie jemand vor Schmerzen laut auf. Abigail erstarrte. Das war die Stimme eines Kindes. Sie schluckte. Ihre Augen spähten in die Dunkelheit. Ganz langsam schälten sich

Umrisse aus dem diffusen Licht. Sie schlich weiter und gelangte schließlich in den großen Aufenthaltsraum, in dem noch die leeren Wiegen und Bettchen standen. Beinahe wäre sie über einen kleinen Bauklotz gestolpert. Sie verharrte. Im Dämmerlicht konnte sie den schlagenden Mann erkennen – es war ihr Schwager George, der mit der Peitsche auf den Jungen eindrosch. Bei jedem Schlag bäumte sich der Kleine auf, der nackt über einer Stuhllehne lag. Auf Georges Gesicht lag eine Mischung aus Glück und Wut. Mit jedem Peitschenhieb schien die Wut weniger zu werden, und mit der Zeit zeigte seine Miene tiefe Befriedigung.

Abigail schlug die Hände vor den Mund, als sie die Gestalt erblickte, die im Hintergrund stand und die Szene reglos verfolgte. Ebenezer!

In diesem Moment fiel das Kind ohnmächtig zu Boden. Der kleine Körper hatte den Schmerzen nicht mehr standhalten können. In der festen Annahme, George würde nun von ihm ablassen, atmete Abigail auf. Doch George schien wie in Trance zu sein. Er holte aus und zog die Peitsche mit voller Wucht durch das Gesicht des Kindes. Blut spritzte, als die Haut aufriss.

Blind vor Wut stürzte sich Abigail aus ihrem Versteck auf George. Doch bevor sie ihn erreicht hatte, sank dieser zu Boden. Abigail blieb stehen und sah, wie Ebenezers Hände ihren Schwager von hinten würgten. Georges Gesicht verfärbte sich erst rot, dann blau, und seine Augäpfel traten heraus. Er keuchte und ließ die Peitsche fallen. Wild schlug er um sich, konnte den Angreifer jedoch nicht erreichen. Abigail kreischte. Hinter sich hörte sie Olivers Schritte. Aber Ebenezer ließ noch immer nicht von George ab. Abigail starrte auf die weiß hervortretenden Fingerknöchel ihres Sohnes an Georges bläulich verfärbtem Hals. Minutenlang stand sie wie erstarrt und beobachtete den Todeskampf ihres Schwagers. Nach einer Ewigkeit, wie es ihr schien, sackte George in sich zusammen, und Ebenezer glitt mit ihm zu Boden, die Hände immer noch wie ein Schraubstock um Georges Hals. Bunte Bauklötze lagen um die beiden Männer herum. Das ohnmächtige Kind atmete schwer.

Ein Keuchen kam aus Abigails Kehle.

Langsam löste sich Oliver aus der Dunkelheit hinter Abigail. Er trat auf Ebenezer zu und legte ihm die Hand auf die Schulter. Abigails Sohn zuckte zurück, als würde erst diese Berührung in aus seinem Zustand reißen.

»Er ist tot«, sagte Oliver mit ruhiger Stimme. »Lassen Sie ihn los, Lord Ebenezer.«

Einen Moment lang schien Ebenezer nicht zu wissen, was er tun sollte. Dann nahm er die Hände vom Hals seines Onkels. Er zog sie zurück, als hätte er in glühende Kohlen gefasst.

Da begann das Kind zu wimmern. Oliver ging hinüber zu dem kleinen Jungen, der mit seinem eigenen Blut beschmiert war.

»Eure Ladyschaft, ich rufe nach Doktor Smith«, rief Oliver und verließ den Raum.

Abigail zitterte. Sie stand hilflos vor dem geschundenen Kind, dem toten George und ihrem Sohn. Übelkeit stieg in ihr auf.

Plötzlich hörte sie Ebenezer sagen: »Der Junge hat nur mit den Bauklötzen gespielt.«

Als hätten diese Worte eine Schleuse geöffnet, strömten

mit einem Mal Tränen über Ebenezers Gesicht. Sein junger Körper bebte. Es war, als hätte er Abigail gerade erst bemerkt. »Er hatte so einen Hass auf dich und deine Ideen. Und dann war da der Junge, und er hat so glücklich ausgesehen mit den Klötzen. Onkel George ist wie wild auf das Kind losgegangen.«

»Schh, alles ist gut«, sagte Abigail. Sie stürzte zu ihrem Sohn und schlang ihre Arme um ihn. »Mein Liebling, du hast alles richtig gemacht. George hätte das Kind zu Tode geprügelt, wenn du ihn nicht daran gehindert hättest.«

»Und doch wäre der Tod eines Arbeiterkindes, das von seinem Herrn getötet wurde, nur eine Randnotiz«, hörte Abigail Olivers Stimme hinter sich. »Aber ein erwürgter Adeliger wird einen Mordprozess nach sich ziehen.«

Abigail drückte ihren Sohn fest an sich. »Ich lasse nicht zu, dass Ebenezer gehängt wird, nur weil er ein Kind vor dem sicheren Tod bewahrt hat.«

Oliver schüttelte den Kopf und trat neben sie. »Ich auch nicht, meine Liebe.«

Er legte seine Arme um Mutter und Sohn, und sie blieben eine Weile lang so stehen. Abigail spürte den Herzschlag ihres Sohnes und ihres Geliebten und vereint mit ihnen auch ihren eigenen.

Nach einer Weile kündigte Hufgetrappel die Ankunft mehrerer Kutschen an. Oliver löste sich von den beiden und sah mit festem Blick auf die Eingangstür. Mehrere Gestalten kamen herein. Abigail erkannte Doktor Smith, der auf George zustürmte.

Abigail trat ihm in den Weg und deutete auf den schwer verletzten Jungen. »Ihm müssen Sie helfen, für meinen Schwager kommt jede Hilfe zu spät.«

Mit einem prüfenden Blick auf George wandte sich Doktor Smith an den Jungen.

»Ihm ist übel mitgespielt worden. Wer ist dafür verantwortlich?«, fragte er, während er seine Tasche öffnete und Bandagen und Fläschchen herausholte.

»Das würde mich auch interessieren«, sagte ein großer Mann im eleganten Gehrock. »Ich bin Inspector Craddock.«

Oliver meldete sich zu Wort. »Inspector, Lord George hat auf den Jungen eingeprügelt und auch nicht von ihm abgelassen, als das Kind schon bewusstlos am Boden lag.«

»Lord George?« Der Inspector zog die Augenbrauen hoch und trat an die Leiche heran. Er stieß einen Pfiff aus. »Das war eindeutig Tod durch Erwürgen. Wer ist der Schuldige?« Er sah Abigail, Oliver und Ebenezer der Reihe nach an.

»Ich, Inspector.« Oliver trat vor, noch bevor irgendjemand etwas erwidern konnte. »Ich habe Lord George umgebracht.«

»Oliver!«, rief Abigail erschrocken.

Ebenezer trat ebenfalls vor. »Nein, Inspector, ich war es.«

Abigail schluchzte auf.

»Eure Lordschaft«, Oliver hob die Hand, um Ebenezer am Weitersprechen zu hindern, »es ist gütig von Ihnen, dass Sie mich schützen wollen, aber ich stehe zu dem, was ich getan habe.« Jetzt wandte er sich an den Polizisten. »Es war Notwehr. Ich wollte den Jungen schützen.«

»Das stimmt nicht!«, schrie Ebenezer.

»Nun, meine Herren«, sagte der Inspector und ließ seinen Blick zwischen Oliver und Ebenezer hin und her wandern. »Das ist mir auch noch nicht untergekommen, dass sich zwei um die Schuld streiten. Ihnen ist doch sicher bewusst, dass derjenige, der des Mordes für schuldig befunden wird, am Strick baumeln wird?«

Beide Männer starrten den Inspector an.

»Nun«, der Polizist wandte sich an Abigail. »Ma'am.«

»Lady Mahony«, korrigierte ihn Oliver.

»Verzeihung, Eure Ladyschaft«, der Inspector deutete eine Verneigung an, »waren Sie bei dem Mord zugegen? Können Sie mir sagen, wer der Täter war?«

Abigail wand sich vor Qual. Sie konnte ihm doch nicht sagen, dass ihr Sohn seinen Onkel erwürgt hatte, und damit Ebenezer an den Strick liefern? Aber sie würde auch nicht lügen und ihren Geliebten eines Mordes bezichtigen, den er gar nicht begangen hatte.

»Also?« Der Polizist sah sie eindringlich an.

»Eure Ladyschaft, sagen Sie ihm, dass ich es war. Denken Sie an die Zukunft«, beschwor Oliver sie.

»War es dieser Herr, wie er selbst behauptet?«, fragte der Polizist.

Abigail atmete heftig, während der Polizist sich drohend vor ihr aufbaute.

»War er es?«

Olivers Augen flehten sie an.

Mit letzter Kraft nickte Abigail.

Oliver schloss seine Augen für einen Moment.

»Abführen!«, rief Inspector Craddock, der erleichtert schien, nicht den Aristokraten und Erben von Hampton's Mill verhaften zu müssen. Er nickte den Polizisten zu, die im Hintergrund gewartet hatten.

Jetzt traten sie von beiden Seiten an Oliver heran und packten ihn an den Armen.

»Oliver!« Abigail stürzte zu ihm und klammerte sich an ihn. Die Polizisten hielten inne.

»Ich liebe dich«, flüsterte Abigail Oliver ins Ohr. »Ich werde nicht zulassen, dass du gehängt wirst.«

Unsanft zogen die Polizisten Abigail von ihrem Geliebten weg. Dann führten sie Oliver nach draußen. Abigail glitt zu Boden und starrte ihnen nach.

Hinter sich hörte sie Ebenezer zu Doktor Smith sprechen. »Bringen Sie den Jungen nach Hampton Hall und versorgen Sie ihn. Ich werde mich selbst um ihn kümmern, bis er wieder vollständig gesund ist. Und lassen Sie seine Eltern ausfindig machen.«

Abigail sah sich um. Ebenezer wich ihrem Blick aus und verließ mit gesenktem Kopf die ehemalige Kinderverwahranstalt.

Kapitel 10

Herbst 2017

Melody blätterte die letzte Seite um. »Hier endet das Tagebuch«, sagte sie ungläubig.

Dan legte die Stirn in Falten. »Vielleicht hat sie danach keinen Sinn mehr darin gesehen, noch etwas aufzuschreiben.«

Melody schüttelte den Kopf. »Aber sie hat doch auch dieses schreckliche Erlebnis und Georges Ermordung festgehalten. Warum hat sie nicht davor abgebrochen, sondern genau hier, an dieser Stelle …?«

Dan nahm ihr das Buch aus der Hand. Er hielt es in den Schein des Feuers. »Schau mal, könnte es sein, dass hier ein paar Seiten fehlen?«

Melody sah ihm über die Schulter. »Stimmt.« Sie fuhr mit dem Finger über den Mittelfalz. »Es ist sehr geschickt gemacht. Man merkt es fast nicht. Es scheinen eine ganze Menge Seiten entfernt worden zu sein. Hier sind noch Reste davon zu sehen.«

»Vermutlich sind diese Seiten vernichtet worden«, überlegte Dan. »Wir werden wohl nie erfahren, wie es mit Abigail weitergegangen ist.«

»Es passt alles zusammen«, überlegte Melody. »Dein Urururgroßvater soll für Abigail einen Mord begangen haben. Niemand außer Ebenezer, Oliver und Abigail wusste, wie es wirklich gewesen war. Für alle anderen war die Sache klar: Oliver Rashleigh hat George ermordet, weil er die von Abigail eingeführten Verbesserungen der Arbeitsbedingungen rückgängig gemacht hat.«

»Und Abigail hat sich aus Kummer um ihren Geliebten, der für seine Tat vermutlich gehängt wurde, aus dem Fenster gestürzt?« Dan sah sie an und zog eine Augenbraue hoch.

Melody nickte zögernd. »So könnte es gewesen sein.«

»Aber du wirkst trotzdem nicht zufrieden«, stellte Dan fest.

Melody zuckte mit den Schultern. »Ich bin Staatsanwältin. Ich will der Wahrheit so nah wie möglich kommen. Und ich habe irgendwie das Gefühl, dass die Geschichte noch einige Geheimnisse birgt. Warum sind die letzten Tagebuchseiten entfernt worden, aber die Seiten davor, auf denen der wahre Täter genannt wurde, nicht?«

Er nickte. »Ich kann morgen Mittag in unserem Archiv vorbeischauen und mal nachsehen, ob es zu dem Fall noch alte Akten gibt. Normalerweise wird alles verwahrt, was irgendwann einmal relevant werden könnte. Und da es sich bei dem Opfer um einen Adligen handelte, kann ich mir gut vorstellen, dass man die Akten archiviert hat.«

Melody lächelte. »Gute Idee. Und ich sehe mich mal im Zeitungsarchiv um.«

Dan sah auf die Uhr. »Es ist nach neun, ich mache mich jetzt auf den Heimweg.« Er richtete sich auf, hielt aber noch einmal inne. »Wie geht es dir?«

Melody seufzte. »Eigentlich ganz gut. Ich habe heute Mittag mit Miranda telefoniert, und die beiden scheinen irgendetwas zu planen. Eine Überraschung für mich. Ich glaube, sie haben ein schlechtes Gewissen wegen der geplatzten Halloween-Party.«

»Na bitte«, Dan sah sie mit seinen dunklen Augen an, und Melody hatte plötzlich das unbändige Verlangen, sein Gesicht zu berühren und seine Lippen zu spüren, »eine so schlechte Mutter bist du also doch nicht.«

Sie schüttelte den Kopf und streckte, ohne weiter darüber nachzudenken, ihre Hand nach seinem Gesicht aus. Sanft strichen ihre Finger über seine Wangen. Sein Atem ging schneller, als ihre Hände sein Kinn und den Hals streichelten und durch seine dunklen Haare fuhren. Zärtlichkeit lag in seinen Augen. Die Bartstoppeln kitzelten ihre Finger. Dan betrachtete sie liebevoll. Und dann legte sie ihre Hand in seinen Nacken und zog ihn an sich. Seine Lippen legten sich auf ihre, und er schloss die Augen, gab sich ganz diesem Kuss hin. Auch Melody ließ sich fallen. Ihre Körper schlangen sich umeinander, die Lippen hungrig an denen des anderen. Melodys Hände fuhren seinen Rücken hinunter. Ihr Körper vibrierte, sie sehnte sich nach seiner Nähe, nach seinen Küssen, nach seinen Umarmungen. Ihre Hände glitten unter sein Hemd und fühlten seine weiche Haut, die starken Rückenmuskeln. Dans Finger öffneten ihre Blusenknöpfe. Sie stöhnte auf, konnte es kaum erwarten, seinen Körper an ihrem zu spüren.

»Warte«, keuchte er. Er küsste sie noch einmal und flüsterte: »Bist du dir sicher, dass du das nicht nur tust, weil du gerade von deinem Mann verlassen wurdest?«

»Nein, ich bin mir nicht sicher«, stieß Melody hervor und zog ihn an sich. Seine Erregung war deutlich zu spüren, und ihr Herzschlag beschleunigte sich.

Er hatte inzwischen ihre Bluse geöffnet, und sie zog sie aus. Seine Lippen lösten sich von ihrem Mund, wanderten an ihrem Hals hinunter zu ihrer Brust. Melody glaubte vor Lust zu explodieren.

»Ich will nicht, dass du es hinterher bereust«, murmelte er.

Melody ließ kurz von ihm ab. »Ist es nicht egal, warum wir das tun? Im Moment fühlt es sich genau richtig an.«

Er zog sie an sich, und Melody ließ sich in seine Umarmung fallen.

Zwei Stunden später lagen sie eng nebeneinander vor dem Feuer. Melody hatte eine Decke und zwei Kissen von oben geholt. Ihre Nase grub sich in seinen Hals, und eingehüllt in seinen Geruch schlief sie ein.

Als Melody erwachte, spürte sie Dans Körper noch immer dicht neben sich. Lange lag sie da und horchte in die Dunkelheit. Sie schmiegte sich an ihn und genoss die Wärme seines Körpers. Erst gegen Morgen schlief sie wieder ein.

Dans Küsse weckten sie. Er saß, halb angezogen, neben ihr und deutete auf ein Tablett, das er vor den Kamin gestellt hatte.

»Guten Morgen, ich habe Frühstück gemacht.«

Er lächelte sie schüchtern an. Melody fühlte sich noch müde, und doch war sie glücklich wie schon lange nicht mehr. Sie zog ihn zu sich herunter und küsste ihn.

Sofort streckte er sich neben ihr aus. »Dann bereust du es also nicht«, murmelte er, dicht an ihrem Ohr.

Melody schüttelte den Kopf.

Seine Lippen streiften über ihre Stirn, und er murmelte: »Ich muss los, wenn ich noch zu Hause vorbeiwill. Ich muss mich wenigstens duschen und umziehen.«

Statt einer Antwort zog sie ihn wieder zu sich. Er stöhnte und erwiderte ihre Küsse.

»Melody?«, fragte er eine halbe Stunde später, während er sich erneut anzog. »Bin ich für dich nur eine Ablenkung von Philip?«

Melody seufzte.

Dan hob schnell die Hand. »Schon gut, du musst nicht darauf antworten. Entschuldige, das hätte ich nicht fragen sollen. Wir sind erwachsen und …«

»Ich weiß es nicht«, unterbrach Melody ihn. »Vielleicht war der Zeitpunkt nicht gerade günstig, an dem wir uns kennengelernt haben«, sagte sie und überlegte einen Moment. »Oder er war genau richtig.« Sie hob die Schultern und setzte sich auf.

Dan nickte und knöpfte sich das zerknitterte Hemd zu.

»Ich hätte nicht mit dir geschlafen, wenn ich dich nicht sehr gern haben würde«, gestand Melody. »Und alles andere muss sich zeigen.«

Dan beugte sich zu ihr hinunter. Er griff nach ihrer Hand. »Ich wünsche mir nichts weiter von dir als eine faire Chance. Ich würde mich ärgern, wenn das mit uns nichts würde, nur weil wir im falschen Moment miteinander geschlafen haben.«

Melody nickte. »Wir haben eine Chance, so viel steht fest. Ich freue mich jedes Mal darauf, dich zu sehen. Schon wenn ich dich in der Ferne sehe, beginnt es in meinem Bauch zu kribbeln. Wenn ich an dich denke, wird mir ganz warm. Und deine Augen sind wunderschön. Es liegt so viel Liebe und Zärtlichkeit darin, dass ich in ihnen ertrinken könnte.«

Statt einer Antwort küsste er sie erneut.

Am Abend standen sie in Dans Küche. Vor ihnen auf dem Tisch lagen ein USB-Stick und drei Fotokopien.

Dan schlang seine Arme um Melody. »Ich habe dich vermisst.«

Sie lächelte. »Es waren doch nur wenige Stunden. Das kann ja was werden, wenn wir mal länger voneinander getrennt sind. Denk daran, ich will zurück nach London.«

Seine Augenbrauen zogen sich zusammen. »Ich bin nach wie vor der Meinung, dass das nicht der richtige Weg ist.« Er küsste sie. »Und ich sage das nicht nur aus eigennützigen Motiven. Obwohl ich es schrecklich fände, wenn du wieder nach London gehen würdest.«

Sie drückte ihn fest an sich. Dann löste sie sich von ihm und setzte sich an den Tisch. »Also, was hast du herausgefunden?«

»Die Akten sind nicht allzu ergiebig«, sagte Dan und nahm neben ihr Platz. Er klappte seinen Laptop auf und steckte den Stick in den USB-Anschluss. »Die alten Akten sind alle digitalisiert worden«, sagte er, während er den entsprechenden Ordner öffnete.

Melody kniff unwillkürlich die Augen zusammen, als sie die alte, geschwungene Schrift sah.

»Ich bin schon alles durchgegangen«, sagte Dan. »Nach Oliver Rashleighs Verhaftung gab es einen Aufstand unter den Arbeitern. Sie bestanden darauf, dass man Oliver freiließ. Er habe nur das Kind verteidigt. Als Zeugen wurden Ebenezer und Abigail angeführt.«

»Was ja eigentlich auch stimmt«, warf Melody ein. »Nur dass Ebenezer das Kind verteidigt hat.«

Dan nickte. »In einem Eilverfahren wurde Oliver Rashleigh vom zuständigen Landlord schuldig gesprochen. Der

Richter war ein Freund der Hamptons und wuchs mit George und Anthony zusammen auf. Wir kennen ihn. Es war Lord Lutlow.«

»Und das war erlaubt? Der Richter war ein Freund des Opfers.« Melody sah Dan erschrocken an.

»Das war ein weiterer Punkt, gegen den die Menschen damals protestierten.« Dan seufzte. »Jedenfalls wurden Aufstände befürchtet, und aus diesem Grund hat man die Hinrichtung dann doch nicht öffentlich gemacht.«

»Das war damals eher unüblich«, sagte Melody. »Hinrichtungen waren noch bis Mitte des neunzehnten Jahrhunderts große Ereignisse, die viele Zuschauer angelockt haben.«

»Und hier hört die Dokumentation in den Akten auf.« Dan scrollte zum Ende des eingescannten Schriftstücks. »Kein Wort über die Exekution. Sonst wurde immer das Datum mit Uhrzeit festgehalten, oft wurde sogar aufgeschrieben, was der Hingerichtete als letzte Mahlzeit hatte und ob ein Pfarrer bei ihm war. Aber in diesem Fall … nichts!«

»Also wissen wir nicht, wann Oliver Rashleigh hingerichtet wurde?«, fragte Melody ungläubig.

Dan blickte vom Bildschirm auf. »Laut den Akten hier wurde er zwar zum Tode verurteilt, jedoch nie hingerichtet.«

»Hm«, machte Melody, während sie das letzte der eingescannten Dokumente betrachtete, »ich frage mich, ob es sich um eine lückenhafte Dokumentation handelt oder ob …«

»… er vielleicht tatsächlich nie hingerichtet wurde«, ergänzte Dan.

Melody wurde plötzlich unruhig. »Das würde auch zu meinen Recherchen passen.« Sie griff nach den drei Kopien, die sie heute Mittag im Zeitungsarchiv gemacht hatte. »Ich hatte mich gewundert, dass es keinen Bericht über Oliver Rashleighs Hinrichtung gibt. Alles, was ich gefunden habe, betrifft Abigail und ihr Verschwinden.«

»Verschwinden?« Dan sah sie überrascht an. »Ich dachte sie hat sich aus dem Fenster von Abigail's Place gestürzt.«

»Den Zeitungsberichten zufolge war es ganz anders.« Melody breitete die Papiere auf dem Tisch aus. »Die Berichte sind auffällig kurz gehalten. Abigail ist wohl eines Nachts verschwunden und hat ihrem Sohn einen Abschiedsbrief hinterlassen. In dem schrieb sie, dass sie nicht ohne ihren Geliebten Oliver Rashleigh leben könne und deshalb den Tod wähle. In diesem Brief hat sie auch verfügt, dass das große Gemälde, das am Eingang zur Spinnerei hing, an deine Familie übergeben wurde. Es sollte Olivers Kindern als finanzielle Hilfe dienen, weil ihr Vater ja nicht mehr für sie sorgen konnte. Abigail wurde nie wieder in Stockmill gesehen. Aber auch ihre Leiche wurde nie gefunden.«

»Moment mal, dann stimmt das mit dem Fenster also gar nicht?«, sagte Dan überrascht. »Dabei ist es allgemein bekannt, dass sie sich auf diese Weise umgebracht hat.«

»Und wenn nur jemand dieses Gerücht verbreitet hat?«, überlegte Melody laut, obwohl sie nicht wusste, warum jemand das hätte tun sollen.

»Melody«, sagte Dan, während er seinen Blick über die Fotokopien wandern ließ, »weißt du, was das heißt?«

Melody nickte langsam. »Vielleicht hat Abigail es geschafft und konnte mit Oliver fliehen. Sie wollten doch gemeinsam ein neues Leben beginnen.«

»Sie wären vollkommen mittellos gewesen«, überlegte Dan. »Denn die Arbeitermadonna steht nach wie vor im Turm der Villa.«

»Aber warum sollten Abigail und Oliver fliehen und die goldene Statue, die ihnen ihr neues Leben finanzieren konnte, zurücklassen?«

»Weil sie nicht ihr gehörte, jedenfalls dachte Abigail so. Sie hat die Arbeitermadonna anfertigen lassen, um die Menschen abzusichern«, sagte Dan. »So, wie wir Abigail aus ihren Tagebucheinträgen kennengelernt haben, hätte sie die Madonna niemals für sich selbst genommen.«

»Verdammt«, sagte Melody und lehnte sich auf dem Stuhl zurück, »wenn wir nur die fehlenden letzten Seiten aus ihrem Tagebuch hätten!«

»Wenn wir mit unserer Vermutung recht haben und Abigail und Oliver fliehen konnten, würde das erklären, warum Abigail die letzten Seiten herausgerissen hat.« Dan lehnte sich zurück.

»Es sollte so aussehen, als wären sie beide gestorben«, ergänzte Melody. »Und doch wollte sie ihren Geliebten wenigstens in ihrem Tagebuch rehabilitieren.«

»Was für eine schreckliche Entscheidung sie treffen musste. Allein von ihrer Aussage hing es ab, ob ihr Sohn oder ihr Geliebter gehängt werden sollte.« Dan starrte nachdenklich auf den inzwischen schwarzen Bildschirm seines Laptops.

»Wir sollten noch einmal nach den fehlenden Seiten suchen«, sagte Melody und stand entschlossen auf. »Jetzt wissen wir ja, wonach wir suchen müssen. Die Blätter passen in jede Ritze oder zwischen die Seiten eines Buches … Wir müssen ganz gründlich sein. Ich kann und will einfach nicht glauben, dass Abigail oder jemand anders diese Seiten vernichtet hat. Wir müssen unbedingt erfahren, wie es mit Abigail und Oliver weitergegangen ist. Lass uns das ganze Haus auf den Kopf stellen.«

Dan zog die Augenbrauen hoch. »Du weißt, dass es sehr unwahrscheinlich ist, dass derjenige, der die letzten Seiten aus dem Tagebuch gerissen hat, sie irgendwo in der Villa versteckt hat. Wäre es nicht an der Zeit, zu akzeptieren, dass sie für immer verschwunden sind? Immerhin deutet alles darauf hin, dass Oliver gehängt wurde und Abigail sich umgebracht hat.«

Melody schüttelte den Kopf. »Bevor ich aufgebe, will ich unbedingt noch einmal nach diesen Aufzeichnungen suchen. Wenn wir tatsächlich nichts finden, gebe ich mich geschlagen.«

Am Samstagmorgen begannen sie gleich nach dem Frühstück mit ihrer Suche. Melody war aufgeregt und freute sich auf den Nachmittag, denn Miranda und Mia wollten endlich zu ihr nach Stockmill kommen. Melody wusste nicht, ob Philip inzwischen mit ihnen über ihre Trennung gesprochen hatte. Am Telefon verhielten sich die Mädchen vollkommen normal, und Melody wollte warten, bis sie persönlich darüber sprechen konnten. Sie hatte Dan jeden Abend getroffen und die Zeit mit ihm sehr genossen. In gewisser Hinsicht war sie erleichtert, dass Philip sich von ihr getrennt hatte. Sie wusste nicht, ob sie und Dan eine Zukunft hatten, aber im Moment schien es genau das Richtige für sie zu sein und ihr gefiel das Gefühl des Frischverliebtseins.

»Ich schlage vor, wir beginnen in den Turmzimmern

und arbeiten uns dann nach unten vor«, unterbrach Dan ihre Gedanken. Sie standen in der Eingangshalle.

Melody nickte. »Erst die Räume ohne Gaslicht«, sagte sie, nahm ihre Wolljacke von der Garderobe und schlüpfte hinein. »Dann können wir uns, wenn es später dunkel wird, die besser beleuchteten Räume vornehmen.«

Dan streckte ihr seine Hand entgegen, und gemeinsam gingen sie die Treppe hinauf.

Sie kletterten als Erstes durch Melodys Kleiderschrank und stiegen in den geheimen Turm hoch. Dort teilten sie den Raum in zwei Hälften auf, und jeder untersuchte seine Hälfte genau. Melody blätterte alle Bücher durch, tastete die Bodendielen ab und suchte nach Geheimfächern in der Wand oder hinter den Regalen.

Zwei Stunden später streckte sie sich erschöpft. »Hier scheint nichts zu sein.«

Auch Dan schüttelte resigniert den Kopf. »Wenn die fehlenden Seiten in diesem Zimmer versteckt wurden, dann so gut, dass sie einfach nicht zu finden sind.«

»Nur hier in der Mitte haben wir noch nicht gesucht«, sagte Melody und betrachtete die goldene Arbeitermadonna, die im Sonnenlicht funkelte. »Meinst du, ihr Podest ist von innen hohl?«

Dan klopfte gegen das Holz. »Das ist es. Aber wie hätte Abigail die Seiten da hineinbekommen sollen? Sie hatte es vermutlich eilig.«

Melody griff nach der Arbeitermadonna und hob sie vorsichtig hoch. Sie war schwerer, als sie gedacht hatte. »Schau mal, genau unter der Madonna ist ein Loch im Sockel.«

Dan trat neben sie und beugte sich darüber. Er zog sein

Handy aus der Hosentasche und leuchtete mit der Taschenlampe hinein. »Ich kann nichts erkennen. Das Loch ist zu klein.«

»Versuch doch mal, ob sich das Podest bewegen lässt«, schlug Melody vor, die immer noch die schwere Arbeitermadonna in den Armen hielt.

Dan rüttelte vergeblich an dem Podest. Er trat einen Schritt zurück und untersuchte es genauer. »Es sind auch keine Schrauben zu sehen, wir müssten es wohl aufstemmen.«

»Meinst du, du bekommst das hin?«, fragte Melody.

»Das schon, aber danach wäre es kaputt. Und das alles nur auf einen vagen Verdacht hin?«

»Trotzdem«, sagte Melody und stellte die Madonna vorsichtig auf eines der Regalbretter. »Wir müssen sicher sein. Erst dann können wir mit dem nächsten Raum anfangen. Komm mit, ich habe unten einen Werkzeugkoffer.«

Als sie wenige Minuten später in den Turm zurückkamen, wählte Dan einen kräftigen Schraubenzieher und steckte ihn vorsichtig in eine der Ritzen des Podestes. Er brauchte eine Weile, aber schließlich gab das Brett nach und ließ sich vorsichtig nach außen biegen. Melody leuchtete ins Innere des Podests. Spinnweben zogen sich von einer Seite zur anderen. Jahrhundertealter Staub hatte sich auf dem Boden abgelagert. Aber dort, unter dem Staub auf dem Boden lag ein Bündel Papier, das mit einer Schleife zusammengebunden war.

»Da ist was!« Melodys Stimme überschlug sich vor Aufregung.

Sie griff in das Podest und zog die Papiere heraus. Mit

zitternden Fingern öffnete sie das grüne Satinband und erkannte sofort Abigails Schrift.

»Das sind sie! Die fehlenden Seiten.« Melody sah Dan an.

»Herzlichen Glückwunsch«, er nickte ihr anerkennend zu, »du hattest also recht! Ich glaube, ich hätte längst aufgegeben.«

Als sie wenig später mit einer Kanne heißem Tee vor dem Kaminfeuer saßen, nahm Melody die Papierseiten und strich ehrfurchtsvoll darüber. Jetzt würde Abigail ihnen endlich ihr Geheimnis verraten, das sie so lange gehütet hatte.

Kapitel 11

November 1841

Alle Augen waren auf Lord Lutlow gerichtet. Der Gerichtssaal war so voll, dass kein einziger Mensch mehr hineingepasst hätte. Die Holzbänke waren eng besetzt, in den Gängen drängten sich die Menschen, und die Luft war so schlecht, dass Abigail meinte, ersticken zu müssen. Sie sah in Olivers Gesicht, und nur die Zärtlichkeit und Liebe in seinem Blick ließen sie diese Minuten ertragen. Es war, als würde die Welt um sie herum gar nicht existieren. Als wären nur sie beide da und sonst niemand. Der schreckliche Moment, in dem Ebenezer George erwürgt hatte, lag erst drei Tage zurück. Es hatte ein Eilverfahren gegeben, weil der Täter eindeutig feststand und weil es eine Augenzeugin gab, deren Wort nicht angezweifelt wurde: Abigail, die ehrwürdige Lady Mahony.

Neben sich auf der harten Bank spürte Abigail Ebenezers Anwesenheit. Er sah genauso blass und ausgezehrt aus wie Abigail selbst. Sie hatte ihren Sohn nachts immer wieder in seinem Zimmer umherlaufen hören, er hatte seit dem Mord kaum ein Wort gesprochen. Seine Konversation beschränkte sich auf Gespräche mit Doktor Smith über den Zustand des Jungen, der noch immer mit dem Tode rang. Ebenezer hatte ihn in eines der Gästezimmer von Hampton Hall bringen lassen und saß viele Stunden an seinem Bett. Es war, als fühlte Ebenezer sich für die Schläge verantwortlich, und Abigail konnte ihn verstehen. Er hatte sich von George einwickeln lassen und war dabei gewesen, als sein Onkel im Wahn auf das Kind eingeschlagen hatte. Fragte er sich vielleicht, ob er früher hätte eingreifen müssen? Gab er sich die Schuld am Zustand des Kindes?

Wie Abigail im Nachhinein erfahren hatte, war der Junge ein Waisenkind, das erst vor wenigen Wochen seine Eltern verloren hatte. Seine Mutter war in Hampton's Mill in eine der Maschinen geraten und noch am selben Tag an dem hohen Blutverlust gestorben. Der Vater hatte sich daraufhin das Leben genommen. Eine Tante hatte sich danach um den Jungen gekümmert. Da sie selbst jedoch acht Kinder allein zu ernähren hatte, blieb für den Jungen nicht viel Liebe und Nahrung übrig. So hatte er sich in die Kinderverwahranstalt geschlichen, an die er so schöne Erinnerungen hatte. Warum George dermaßen in Wut geraten war, als er das mutterlose Kind dort spielen sah, konnte sich niemand erklären. Abigail vermutete, dass er an dem Kind seinen Hass auf sie ausgelassen hatte. George schien sich persönlich beleidigt zu fühlen, dass Abigail all die Verbesserungen für die Arbeiter vorgenommen hatte, obwohl sie eine Frau war.

Kein Laut war zu hören. Es war, als hielte ganz Stockmill den Atem an. In den nächsten Sekunden würde Lord Lutlow über Oliver urteilen. Doch die Augen des Angeklagten ruhten nur auf Abigail, als wollte er ihren Anblick noch so lange wie möglich genießen. Sie zitterte am ganzen Körper.

»Im Namen Ihrer Majestät, der Königin von England«, begann Lord Lutlow, und Abigail hätte sich am liebsten die Ohren zugehalten, »und meines Amtes als zuständiger Landlord und Richter von Stockmill und Umgebung, bin ich zu dem Urteil gelangt, dass der Angeklagte des Mordes an Lord George schuldig ist.«

Abigail sah, wie Oliver zusammenzuckte.

»Ich verurteile ihn zum Tode durch den Strang.«

Stimmen wurden laut. Hinter ihr erhoben sich die Menschen und schwangen schreiend ihre Fäuste. Polizisten stellten sich in Reihen auf und prügelten die Aufständischen aus dem Gerichtssaal. Abigail jedoch hörte all das kaum. Sie stand auf, um zu Oliver zu eilen, doch Ebenezer hielt sie am Arm zurück.

Sie sah die Verzweiflung im Gesicht ihres Geliebten, und die Angst. Sie wollte sich von ihm verabschieden, ihn noch einmal an sich drücken, aber in diesem Moment wurde er von zwei Polizisten gepackt und aus dem Saal gebracht. Jetzt war die Menge nicht mehr zu halten. Sie stürmten nach vorn, an den Polizisten vorbei, aber der Richter und sein Schreiber waren längst verschwunden.

»Kommen Sie, Mutter.« Ebenezer fasste Abigail am Arm und zog sie durch die Menge nach draußen.

Hinter sich hörte sie Holz splittern, und eine Fensterscheibe zerbrach.

Ebenezer schob seine Mutter in die Kutsche, die vor dem Eingang auf sie wartete. Sie fand kaum die Kraft, die Stufen zu erklimmen. Als sie in dem blauen Samtsitz saß, brachen die Tränen aus ihr heraus. Sie verbarg ihr Gesicht in den Händen.

»Ich wollte nur, dass er von dem Jungen ablässt«, hörte sie Ebenezers Stimme.

Abigail sah auf.

Ihr Sohn schien in den letzten drei Tagen verändert. Er wirkte – trotz all der Sorgen oder vielleicht gerade deshalb – erwachsen.

Abigail suchte nach ihrem Taschentuch und trocknete sich das Gesicht. Sie nickte. »Wenn ich ihn nur noch einmal sehen darf.«

»Vielleicht gibt es eine Rettung für Mr Rashleigh«, sagte Ebenezer und lehnte sich nach vorn.

Abigail hielt inne. Sie runzelte die Stirn. Oliver war zum Tode verurteilt, es bestand keine Möglichkeit zur Flucht. Er wurde im Gefängnis Tag und Nacht bewacht, und die Hinrichtung würde in den nächsten Tagen stattfinden. »Es ist zu spät, Ebenezer.«

»Ich wollte nicht, dass er die Schuld auf sich nimmt.« Auch Ebenezer hatte Tränen in den Augen.

»Ich weiß«, sagte Abigail und griff nach seiner Hand. »Aber er hat gesehen, dass du ein guter Mensch bist. Ich denke, er wollte, dass du einmal Herr über Hampton's Mill sein wirst.«

»Das habe ich nicht verdient.« Ebenezer biss sich auf die Unterlippe. »Ich habe die Beherrschung verloren.«

Abigail lächelte traurig und versuchte, das Bild in ihrem Kopf zu verdrängen, wie ihr Sohn wie besessen den Hals seines Onkels gewürgt hatte. Ja, auch in Ebenezer schlummerte eine gefährliche Kraft. Abigail wusste nicht, ob es Jähzorn war oder etwas anderes.

Die Kutsche hielt an, und Abigail wartete, bis Kay die Tür öffnete. Als sie aus der Equipage gestiegen war, erkannte sie überrascht, dass ein zweiter Wagen vor dem Haus gehalten hatte.

Tucker stand an der Tür. »Eure Ladyschaft, Lord Lutlow wartet im Salon auf Sie.«

Abigail erstarrte. Walter Lutlow, der gerade Abigails Geliebten zum Tode verurteilt hatte? Wie konnte er es wagen, hierherzukommen? Er wusste durch Inspector Craddock von Abigails Beziehung zu Oliver. War er etwa gekommen, um noch einmal Partei für seinen getöteten Freund George und den erkrankten Anthony zu ergreifen?

Abigail schüttelte den Kopf. »Ich möchte ihn nicht sehen. Bitte sagen Sie ihm, dass ich mich nicht wohlfühle und zu Bett gegangen bin.«

»Warten Sie, Mutter«, sagte Ebenezer, der hinter ihr in die Eingangshalle trat. »Wir sollten ihn anhören. Es könnte wichtig sein.«

»Nein«, erwiderte Abigail und wandte sich wütend zu ihrem Sohn um. »Was kann er mir zu sagen haben, das ich nicht schon wüsste? Ich brauche keine Mitleidsbekundungen.«

»Bitte, Mutter.« Ebenezer griff nach ihrem Arm und zog sie mit sich.

Erschrocken über die Dreistigkeit ihres Sohnes, versuchte sie sich aus seinem Griff zu befreien, der sich wie ein Schraubstock um ihren Arm geschlossen hatte.

»Eure Ladyschaft«, Lord Lutlow kam ihnen aus dem Salon entgegen, »Abigail.«

Ebenezer ließ sie los.

»Bitte, gewähre mir einige Minuten deiner Zeit«, sagte der Richter und sah sie ernst an. »Es ist wichtig.«

Abigail atmete tief ein und aus. Dann nickte sie. Was

blieb ihr anderes übrig? Es gab sowieso schon genug Aufsehen. Sie spürte Tuckers Blick in ihrem Nacken. Die Dienstboten sollten nicht noch mehr Anlass zum Klatsch erhalten. Also presste sie die Lippen zusammen und folgte Ebenezer und Lord Lutlow in den Salon.

Schweigend setzten sie sich an den kleinen Tisch, der in einer der großen Fensternischen stand.

»Abigail, ich komme gleich zur Sache«, sagte Lutlow und faltete die Hände vor sich auf dem Tisch. Er hatte sein graues Haar zurückgestrichen, und die Falten in seinem Gesicht ließen ihn älter wirken, als er tatsächlich war. »Ebenezer hat mich gestern Abend besucht.«

Abigails Blick wanderte erschrocken zu ihrem Sohn. Was hatte er ihm erzählt?

»Er hat mir die Wahrheit gesagt, die ganze unschöne Geschichte.« Der Richter seufzte.

Abigail sog scharf die Luft ein. »Er lügt. Ebenezer will die Schuld auf sich nehmen, um Mr Rashleigh zu schützen.«

Lord Lutlow hob die Hand, um Abigail am Weitersprechen zu hindern. »Ich habe mit Doktor Smith gesprochen, und auch er hat seine Zweifel geäußert, dass Mr Rashleigh den relativ kräftigen George erwürgen konnte. Immerhin ist er einen ganzen Fuß kleiner als dein Schwager. Ebenezer hingegen ist groß und stark. Er konnte mir genau beschreiben, wie er seinen Onkel von hinten angegriffen hat.«

»Aber ich …« Abigail schluckte. Sie konnte plötzlich nicht mehr lügen.

»Ich weiß, was du auf dich genommen hast, Abigail.« Er benutzte die vertrauten Anrede, denn schließlich waren sie immer noch Freunde. »Du hast dich Oliver Rashleigh bei seiner Verhaftung an den Hals geworfen und intime Worte mit ihm gewechselt. Darüber werde ich nicht urteilen«, sagte Walter Lutlow streng. »Aber ich fürchte, du hast dich damit in Verruf gebracht. Du wirst es künftig in der Gesellschaft schwer haben.«

Abigail sah ihn kampflustig an. »Mich kümmert nicht, was die Lords und Ladys sagen. Ich habe in den letzten Monaten so viele Missstände in der obersten Gesellschaftsschicht erkennen müssen, dass ich mich in der Gegenwart einfacher Menschen viel wohler fühle.«

»Abigail, ich stehe auf deiner Seite«, sagte Walter und streckte seine Hand aus, um sie auf Abigails Arm zu legen, doch die wich zurück. »Ich musste heute dieses Urteil fällen, weil das Gesetz nun einmal verlangt, dass derjenige, der eines Mordes überführt wird, hingerichtet wird. Es ist wichtig, den Menschen zu zeigen, dass die Gesetze wirken, dass sie befolgt werden.«

»George war dabei, das Kind zu Tode zu prügeln«, sagte Abigail und stand auf. »Er war wie besessen und wollte dieses Kind töten, das gerade seine Eltern verloren hatte und nichts anderes wollte, als in den Lagerhallen zu spielen.«

»Das weiß Lord Lutlow.« Ebenezer fasste Abigail an der Schulter und zog sie sanft zurück auf den Stuhl. »Ich habe ihm gestern davon erzählt.«

»Ich kann nicht gutheißen, was geschehen ist«, Lord Lutlows Hände ruhten wieder auf der Tischplatte, »aber ich habe Verständnis.«

»Warum hast du Oliver dann zum Tode verurteilt?«, fragte Abigail. »Du hättest das Gesetz auch befolgt, wenn du ihn eine Weile ins Gefängnis gesteckt hättest. Aber so löschst du sein Leben aus.«

Lutlow schüttelte den Kopf. »Gesetz bleibt Gesetz. Für Mr Rashleigh oder«, sein Blick wanderte zu Ebenezer, »für Lord Mahony.«

Abigail atmete heftig aus.

»Es gibt jedoch eine Lösung. Sie wird dir vielleicht nicht optimal erscheinen, drängt sich mir aber in Anbetracht der Umstände als die beste auf.«

»Welche Lösung meinst du?« Abigail zog die Augenbrauen zusammen.

»Ich würde nicht mehr ruhig schlafen können, wenn ich wüsste, dass ein Unschuldiger meinetwegen den Tod gefunden hat, obwohl ich weiß, dass er diesen Mord nicht begangen hat.« Wieder sah er Ebenezer an. »Aber genauso wenig kann ich den Sohn meines Freundes an den Strick liefern, der die Tat aus edlen Motiven begangen hat und dadurch vielleicht das Leben eines unschuldigen Kindes gerettet hat.«

Abigail nickte, und Walter Lutlow fuhr fort: »Ich gebe Mr Rashleigh die Möglichkeit zur Flucht und werde die Hinrichtung morgen unter Ausschluss der Öffentlichkeit vollstrecken lassen. Ich habe Männer, denen ich vertrauen kann. Offiziell muss Oliver Rashleigh danach als tot gelten. Er darf nie wieder hier in der Gegend gesehen werden, in ganz England nicht mehr. Er bekommt von mir neue Papiere und einen neuen Namen, damit kann er neu anfangen. Aber die Bedingung steht fest: Er muss von hier verschwinden, und sollte er jemals zurückkehren, wird er gehängt.«

Abigail schluckte. »Das heißt, ich werde ihn nie wiedersehen?«

Lord Lutlow nickte.

Abigail stand auf. Langsam schritt sie durch den großen Salon. Verschiedene Sofas, Sessel und Stühle standen zu einzelnen Sitzgruppen angeordnet im Zimmer. Sie sah auf die teuren, gewebten Teppiche, betrachtete die Spiegel und Ahnenporträts an den Wänden. Sie ging zum Kamin, in dem ein Feuer loderte, das die Novemberkälte vertrieb. Wieder sah sie die frierenden Menschen auf den Straßen der Stadt vor sich.

Sie drehte sich zu Lord Lutlow um. »Wer wird bis zu Ebenezers Volljährigkeit sein Vormund werden?«, fragte sie.

Überrascht zog Lord Lutlow die Augenbrauen hoch. »Ich weiß es nicht. Wer ist der nächste Verwandte?«

Abigail zuckte mit den Schultern. »Es gibt keine direkten Verwandten mehr, soweit ich weiß. George und Anthony hatten keine weiteren Geschwister und auch keine Cousins.«

»Nun, in diesem Fall wird vom Gericht ein Verwalter bestimmt«, sagte Lord Lutlow mit einem forschenden Blick auf Ebenezer.

»Walter«, Abigail sah ihren Freund flehend an, »kannst du nicht selbst für meinen Sohn der Vater sein, den er nun nicht mehr hat? Du warst Anthony immer ein guter Freund. Ich weiß, dass ich dir vertrauen kann und dass du für Ebenezer nur das Beste willst.«

»Nun, ich müsste mit eurem Anwalt sprechen und herausfinden, was im Testament steht. Und dann muss überprüft werden, ob es auch wirklich keine anderen männlichen Verwandten gibt.« Lord Lutlow lehnte sich auf dem Stuhl zurück. »Aber was hat das mit Mr Rashleigh zu tun?«

»Ich kann nicht in Stockmill bleiben, wenn er gehen muss. Das hier«, Abigail machte eine weitgreifende Handbewegung, »ist nicht mehr mein Leben, seit ich weiß, was es die Arbeiter kostet. Ich kann nicht in einem Palast wohnen, während sich in der Stadt ganze Familien ein einziges Zimmer teilen müssen.«

»Abigail, das ist von Gott bestimmt. Er hat dir deinen Platz zugewiesen und den Arbeitern den ihren«, sagte Lutlow.

»Nein«, Abigail hob abwehrend die Hand, »diese Erklärung reicht mir nicht. Schließlich hätte auch ich auf der anderen Seite der Mauer geboren werden können. Alle Menschen sollten gleich sein und für ihre Arbeit auch gleich bezahlt werden. Ich weiß, dass ich nur eine Frau bin und meine Meinung nicht zählt. Ich weiß, dass ich immer wieder an den Regeln und Gesetzen der Männer scheitern werde. Aber ich hoffe, dass ich meinem Sohn das Leid der Bevölkerung hinlänglich vor Augen geführt habe, und wenn ihn bis zu seinem einundzwanzigsten Lebensjahr ein gerechter Mann leitet, wird er sicher ein guter Herr werden.«

»Mutter, was wollen Sie damit sagen? Wollen Sie mich verlassen? Und was ist mit Hugo?« Ebenezer sah sie entsetzt an.

Abigail nickte. »Ich will mit Oliver gehen. Wie Lord Lutlow eben schon festgestellt hat, ist mein Ruf in der Gesellschaft ruiniert. Wenn ich bei euch bliebe, hätte ich ein einsames und frustrierendes Leben vor mir.« Sie ging zu Ebenezer, der noch immer am Tisch saß, und legte ihm ihre Hand auf die Schulter. »Ich werde euch vermissen. Ich werde jeden Tag an Hugo und dich denken und mich vor

Sehnsucht nach euch verzehren, aber ihr habt alles, was ihr braucht.«

»Nein! Wir brauchen dich!« Ebenezer schlang seine Arme um Abigail. Sie schaffte es nicht, ihn für die vertrauliche Anrede zu rügen. Er hatte ja recht. Sie nahm ihren Söhnen die Liebe der Mutter.

Sie atmete tief ein. Mit Tränen in den Augen sagte sie: »In unseren Herzen werden wir immer zusammen sein. Was ich erlebe, erlebt ihr mit mir, und wo ihr seid, werde auch ich sein. Ihr habt Geld und Macht. Missbraucht beides nicht. Ich will mit Oliver gehen und Gerechtigkeit suchen. Irgendwo wird es sie geben, in einem neuen Land, wo alle Menschen gleich sind.«

»Abigail, bist du dir ganz sicher?«, sagte Lord Lutlow. »Wenn du mit Oliver Rashleigh gehst, musst auch du eine neue Identität annehmen. Es wäre gefährlich, denn man würde ihn sofort erkennen, wenn er bei dir gesehen würde.«

Abigail nickte. »Lady Abigail Mahony soll den Tod finden. Ich will als neuer Mensch an Olivers Seite weiterleben.«

»Mutter!« Verzweiflung zeichnete sich auf Ebenezers Gesicht ab.

Sie ließ sich neben ihn auf den Stuhl fallen. »Ich werde immer wieder scheitern, nur weil ich eine Frau bin. Aber ich kann nicht ohnmächtig dabei zusehen, wie die Ungerechtigkeit seinen Lauf nimmt. Werde du ein gütiger, ein gerechter Mensch, dem die Arbeiter vertrauen. Vermittle diese Werte auch an deinen Bruder, wenn es an der Zeit ist. Aber lasse ihm seine Kindheit noch so lange wie möglich.« Sie beugte sich vor und küsste Ebenezer auf die Stirn. »Lass mich gehen und mit Oliver mein Glück finden.«

Ebenezer sah sie lange an. Dann nickte er. »Ich werde Sie nicht enttäuschen, Mutter.«

Walter Lutlow räusperte sich. »Im Januar läuft ein Dampfschiff von Liverpool nach Halifax aus. Ich kümmere mich um neue Pässe. Bis zur Abfahrt solltet ihr euch irgendwo auf dem Land versteckt halten.«

Abigail nickte. Ihr Kopf war leer. Sie hatte zwar schon vor diesem Tag darüber nachgedacht, mit Oliver fortzugehen und ein neues Leben zu beginnen, in dem es keinen Standesunterschied zwischen ihnen gab. Doch nun hatte sie keine Wahl mehr, der Traum war traurige Wirklichkeit geworden.

Kapitel 12

Herbst 2017

»Das war es. Hier endet der letzte Eintrag.« Melody betrachtete die lose Tagebuchseite mit gemischten Gefühlen. »Offenbar hat Lord Lutlow Oliver davonkommen lassen.«

»Aber für einen hohen Preis«, sagte Dan. »Er durfte nie mehr zurückkehren. Er musste seine Kinder zurücklassen und durfte ihnen nicht einmal schreiben, um nicht zu verraten, dass er noch am Leben war. Wahrscheinlich hat sie ein neues Tagebuch angefangen, als sie in Liverpool war, oder wo immer sie auf die Überfahrt gewartet hat.«

Melody seufzte. »Schade, dass wir die Tagebücher aus der Zeit danach nicht haben. Ich würde gern wissen, wie es weiterging mit Oliver und Abigail.«

»Damals war Amerika das Land der unbegrenzten Möglichkeiten.« Dan stand auf und setzte sich in einen der Sessel im Salon. »Sie wollten nach Halifax fliehen. Von dort kann es sie in Amerika überallhin verschlagen haben. Mich würde außerdem interessieren, wie es Ebenezer ergangen ist. Ob Lord Lutlow wirklich sein Vormund wurde? Und was ist aus Hugo geworden?«

Melody stand ebenfalls auf. Sie hatten wieder vor dem

Feuer gesessen, während sie die Tagebuchseiten gelesen hatten.

»Oben im Zimmer – es muss das Zimmer von Stanton gewesen sein – stehen noch ein paar Kisten aus Hampton Hall.«

Dan sah auf. »Stimmt. Darin könnte etwas über Ebenezer und Hugo zu finden sein. Ob sie auch ein Tagebuch geführt haben?«

»Oder eine der Frauen, die sie später geheiratet haben?«, überlegte Melody. »In den Kartons müssen persönliche Dinge sein, sonst wären sie nicht hierhergebracht woren.«

Ein lautes Klopfen war von der Haustür her zu hören. Melody sah erschrocken auf ihre Uhr.

»Oh mein Gott, ich habe die Zeit ganz vergessen. Das werden Mia und Miranda sein.«

»Mist, ich sollte längst weg sein. Wenn du willst, verschwinde ich durch die Hintertür.« Dan stand auf und griff nach seiner Jacke.

Melody schüttelte den Kopf. »Auf keinen Fall. Du bist mein Freund, warum solltest du dich heimlich davonstehlen? Ich finde es gut, wenn die Mädchen dich kennenlernen.«

Dan lächelte sie an, und Melody konnte sehen, wie glücklich ihn ihre Worte machten. Er warf seine Jacke wieder über den Sessel und folgte Melody in die Eingangshalle.

»Mummy!« Mia warf sich Melody in die Arme. »Ich bin so froh, dich zu sehen.«

Melody drückte ihre Tochter fest an sich.

Miranda schob ihre Schwester zur Seite und umarmte Melody ebenfalls.

Dan hatte im Hintergrund gewartet. Jetzt nahm Melody ihre Töchter rechts und links in den Arm und stellte ihnen Dan vor.

»Ach, der Polizist, der mit dir zusammen in der Vergangenheit wühlt?« Miranda löste sich von Melody und streckte ihm die Hand hin. »Hi, ich bin Miranda.«

Dann drehte sie sich zu Melody um. »Mum, wir haben eine Überraschung für dich!«

»Ich will es ihr sagen«, sagte Mia. Sie schob sich neben ihre Schwester und grinste Melody an. »Du bist gewählt worden.«

Melody zog die Augenbrauen hoch. »Wieso gewählt?«

Miranda strahlte: »Als Vorbild-Mutter.«

Melody sah sie irritiert an.

»In unserer Klasse ging es neulich um die Berufe der Eltern, und jeder hat vorgestellt, was seine Eltern beruflich so machen«, erklärte Miranda. »Hinterher durften alle wählen, welche Mutter oder welcher Vater eingeladen werden soll, um seinen Beruf näher vorzustellen.«

»Und du hattest die meisten Stimmen!«, rief Mia. »Alle wollen dich kennenlernen.«

»Wirklich?« Melody lachte. »Was habt ihr denn über mich erzählt? Ich hoffe, eure Schulkameraden haben jetzt nicht die größten Erwartungen. Schließlich bin ich nur Oberstaatsanwältin.«

»Nur?« Miranda stemmte die Hände in die Hüften. »Das ist cool! Du hast Karriere gemacht. Wir sind richtig stolz auf dich.«

»Jetzt kommt es nur darauf an, dass du bald mal nach London kommen kannst«, sagte Mia.

»Das ist doch kein Problem«, sagte Melody. »Ich werde

sowieso demnächst wieder in London sein. Ich habe einen Antrag auf unbezahlten Urlaub gestellt, damit ich bei euch sein kann.«

Melodys Blick wanderte zu Dan, der die Szene verfolgte. Dann betrachtete sie wieder ihre Töchter. »Ich habe beschlossen, lieber einen Schritt zurückzugehen, damit ich euch häufiger sehen kann.«

Mia und Miranda starrten sie an.

Schließlich fragte Mia: »Warum willst du das machen?«

Und Mia erklärte: »Ich finde es blöd, wenn du nicht in deinem neuen Job arbeitest.«

»Außerdem ist das Haus hier cool.« Miranda sah sich in der Eingangshalle um. »Und ich will später mal hier in der Nähe studieren. Dann könnte ich bei dir wohnen. Emily und Dad sind mir sowieso viel zu anstrengend.«

Melody standen Tränen der Erleichterung in den Augen. Jetzt würde alles gut werden, sie war eine berufstätige Mutter, und offenbar kam das bei ihren Töchtern gut an. Und die beiden schienen auch kein Problem damit zu haben, dass sie in Stockmill lebte.

Dan zwinkerte Melody zu, während sie in die Küche gingen, um das Teewasser aufzusetzen. Sie dachte an Abigail und Oliver, die sich für immer von ihren Kindern trennen mussten. Was für eine schreckliche Entscheidung! Und doch war Melody froh zu wissen, dass Abigail und Oliver irgendwo auf der Welt ein neues Leben angefangen hatten. Melody war fest entschlossen herauszufinden, wie das Leben ihrer Vorfahrin weitergegangen war. Aber erst einmal würde sie das Wochenende mit Mia und Miranda genießen. Und mit Dan.

Epilog

New York, Carlton House Hotel,
März 1842

Sir Laurence Lancaster lehnte sich im Sessel zurück. Das Hotel bot jeglichen Komfort, und doch sehnte er sich nach seinem Anwesen in Northumberland zurück. Er sah sich in dem Salon um, der den männlichen Hotelgästen vorbehalten war. Außer ihm saßen nur einige ältere Herren in den Ledersesseln, die Pfeife rauchend in ihren Zeitungen lasen. Sir Laurence unterdrückte ein Gähnen. Seit fünf Wochen weilte er inzwischen in New York. Er hatte alle Geschäfte erledigt, und die oberflächliche Gesellschaft der betriebsamen Stadt begann, ihn zu langweilen. Heute würde er sich eine Schiffspassage nach Liverpool buchen lassen. Es war Zeit, nach England zurückzukehren. Lustlos griff er nach der *New York Times,* die neben ihm auf einem Eichenholztisch lag. Die Abfahrten der Schiffe für die nächsten Wochen standen im hinteren Teil der Zeitung. Er blätterte durch die Seiten und hielt plötzlich inne. Zwei Gesichter blickten ihm von einer dieser neumodischen Fotografien entgegen. Die Daguerreotypie war nicht ganz deutlich, und doch konnte er die beiden abgelichteten Personen zweifelsfrei erkennen. Aber das war vollkommen unmöglich! Sie waren beide tot! Die Zeitung zitterte in seinen Händen, während er auf das leicht verschwommene Gesicht der Frau starrte, deren Schönheit ihn vor vier Jahren, als er sie zum ersten Mal erblickte, sofort in ihren Bann gezogen hatte. Mit einem Mal war er hellwach. Er betrachtete die Bildunterschrift.

Das Ehepaar Abigail und Oliver Middleton hat in Five Points eine Armenspeisung eröffnet. Jeden Mittag ab zwölf Uhr können sich Bedürftige einfinden und erhalten kostenlos eine warme Mahlzeit.

Laurence riss das Foto aus der Zeitung und stand auf. Vielleicht war es doch noch zu früh, New York zu verlassen. Endlich würde er, Sir Laurence Lancaster, das Einzige, was er in seinem Leben bislang begehrt und nicht bekommen hatte, doch noch erhalten.

Danksagung

Die Idee zu diesem Buch hat mir Friedrich Engels geliefert. Sein Werk »Die Lage der arbeitenden Klasse in England« hat mich berührt, ergriffen, entsetzt. Sofort hatte ich unzählige Schicksale im Kopf. Seine Aufzeichnungen waren für mich eine unverzichtbare und wertvolle Recherchequelle, und ich empfehle dieses Buch jedem, der sich weiter in das Thema der Industrialisierung und ihrer Folgen einlesen möchte.

Diese Lektüre im Kopf, blieb mein Blick auf meinem morgendlichen Weg mit meinen Hunden in den Wald immer wieder an einer alten geheimnisvollen großen Villa hängen. Mit Türmchen verziert, von einem kleinen, verwilderten Garten umgeben und mitten auf einem Fabrikgelände einer alteingesessenen Fabrik gelegen, regte sie meine Fantasie an und beschäftigte mich. Der Funke war entfacht, meine Gedanken begannen, eine Geschichte zu weben. So wurde eine Hagener Villa das Vorbild für Abigail's Place. Denn, wie nicht anders zu erwarten, trug mich meine Geschichte ins England des 19. Jahrhunderts und mitten hinein in das Zeitalter der Industrialisierung.

Und dann bekam ich die großartige und unerwartete Gelegenheit, die Villa, die für meine Geschichte den Grundstein legte, zu besichtigen. Was für ein unvergesslicher Sonntagmorgen, an dem mein Mann und ich vom Besitzer persönlich durch das Haus geführt wurden! Die aufwendigen Innenausstattungen waren zusätzliche Inspirationen. Und wir haben so viele großartige Erinnerungen gehört! Dafür danke ich Ihnen, liebe Frau Harmann, lieber Herr Harmann. Ich wünsche mir von Herzen, dass Sie die couragierte, spannende Geschichte Ihrer Familie eines Tages aufschreiben werden.

Und auch Melodys Entstehung ist fest mit meiner Heimatstadt Hagen verbunden. Denn durch eine liebe Freundin, eine leitende Oberstaatsanwältin, kam ich auf die Idee, meine Protagonistin zur Staatsanwältin zu machen. Ich danke dir, liebe Elke, dass du mir meine unzähligen Fragen beantwortet hast, meinen Text gelesen und verbessert hast und ich in den Alltag und die Aufgaben einer Staatsanwältin schauen durfte.

Ich widme dieses Buch dir, liebe Elke und deinem Mann Willi, Nadine und Carsten Kunz und meiner Autorenkollegin und Freundin Birgit Ebbert, stellvertretend für all die vielen anderen Freunde und Unterstützer meines Theaters an der Volme, die mir mit einer überwältigenden Solidarität in schwieriger Zeit verdeutlicht haben, was es heißt, zusammenzuhalten. Diese Unterstützung macht mich (beinahe) sprachlos, und ich freue mich auf viele gemeinsame Stunden mit euch! Danke, ihr Lieben!

Ich bin sehr, sehr glücklich, bei meinem Verlag dtv gelandet zu sein. Als Autoren-Neuling habe ich mich von Anfang an hier wohlgefühlt. Ich danke meinen großartigen Lektorinnen Hannelore Hartmann und Ulrike Schuldes, von denen ich immer wieder so viel lernen kann. Danke!

Und selbstverständlich danke ich wieder allen, die mir

täglich die Kraft zum Schreiben geben: meinen Hunden Poirot, Hastings, Barnaby, Misss Marple und Humphrey, meinen Katzen Reena, Else und Frau Suhrbier mit ihrer unendlichen und treuen Liebe, meiner Mutter Sigrid Janorschke für ihre unermüdliche Unterstützung, meiner Freundin und Autorenkollegin Marlies Ferber, die sich in langen Mails die Freuden und das Leid meines Schreibens anhören muss und mir so großartige Rückmeldungen gibt, und natürlich meinem Mann. Dir, lieber Dario, danke! Für alles.